Corina Bomann
Winterengel

Corina Bomann

Winterengel

ROMAN

List

MIX
Papier aus verantwor-
tungsvollen Quellen
FSC® C014496

List ist ein Verlag
der Ullstein Buchverlage GmbH

ISBN: 978-3-471-35161-1

© 2017 by Ullstein Buchverlage GmbH, Berlin
Alle Rechte vorbehalten
Gesetzt aus der Weiss Std
Satz: L42 AG, Berlin
Druck und Bindearbeiten: GGP Media GmbH, Pößneck
Printed in Germany

I. KAPITEL

1895

»Glas ist wie die Liebe«, hörte ich meinen Vater sagen, als er die Tür zu seiner Werkstatt öffnete. »Es kann Jahrzehnte überdauern, aber von einem Moment zum anderen zerstört werden. Beides, Liebe und Glas, muss gefühlvoll behandelt werden, wenn es nicht zerbrechen soll. Gelingt das, kann es die Menschen ewig erfreuen.«

Es war das erste Mal, dass er mich mitnahm in seine Glashütte. Hitze umfing mich. Das Feuer des Glasschmelzofens leuchtete durch das Fenster der schweren Tür wie das Auge eines Drachens. Die vielen Zangen, Wannen und anderen Werkzeuge kamen mir im ersten Moment beängstigend vor. Doch mit meinen sechs Jahren wusste ich bereits, dass sie die Grundlage für unser Leben waren: das Dach über unseren Köpfen, das Brot, das wir aßen, die Betten, in denen wir schliefen, und die Kleider, die wir trugen.

Von Liebe hatte ich keine Ahnung, deshalb erfasste ich die Bedeutung seiner Worte in diesem Augenblick noch nicht. Mein Vater berührte mich an der Schulter und führte mich dann herum. Schließlich standen wir vor dem großen Spiegel, dem Meisterstück meines Vaters.

Er wirkte wie das Tor in eine andere Welt. Eine Welt, in der es eine weitere Anna gab, die ein rotes Mantelkleid und einen Hut auf dem Kopf trug, und noch einen Vater, der mit seinem dunklen Gehrock und seinem schwarzen Haar wie ein König ohne Krone aussah. Der König der Spiegel.

»Gott wird mir keine Söhne schenken, also wirst du das hier eines Tages erben«, sagte mein Vater und stellte sich hinter mich. »Du wirst eine Spiegelmacherin werden wie all deine Vorfahren. Du wirst lernen, wie man Glas herstellt und daraus Gegenstände formt, die bei den Menschen Begehren hervorrufen. Für Spiegel, auch wenn sie nichts mehr wert sind, wenn sie zerbrechen, wurde gemordet. Vielen Menschen ist nichts wertvoller als das eigene Antlitz.«

Ich starrte meinen Vater über das Spiegelbild mit weit aufgerissenen Augen an.

Meine Ahnen, das waren all die Leute, die von Gemälden in seinem Arbeitszimmer auf mich herabsahen. Ihre Blicke fürchtete ich, denn oftmals waren sie mürrisch oder anklagend.

Seine Augen hatten allerdings nichts mit den Blicken der Toten auf den Bildern gemein. Sie waren lebendig und leuchteten, als würde ein Sonnenstrahl auf blaues Glas fallen.

»Stimmt es, dass man, wenn man zu lange in einen Spiegel schaut, den Teufel sieht?«, fragte ich, ohne den Blick von unserem Spiegelbild abwenden zu können. Diesen Spruch hatte ich nur wenige Tage zuvor von einer alten Frau auf der Straße gehört. Sie bezeichnete Spiegel als Spielzeug der Eitelkeit und als Sünde. Mama hatte gemeint, sie wäre nicht mehr ganz richtig im Kopf.

»Nein, den Teufel sieht man nicht«, beruhigte mich mein Vater. »Aber möglicherweise kann man in sein eigenes Herz schauen, auf Begierden und Sehnsüchte. Oder man erkennt seine eigene Hässlichkeit, egal, wie schön man ist. Ein Spiegel lässt sich nicht betrügen, er zeigt die Welt so, wie er sie sieht. Und wenn ich jetzt hineinschaue, sehe ich keinen Teufel, ich sehe meine Zukunft.«

6

»He, Anna, träumst du schon wieder?«

Ich schreckte auf. Die Hitze, die ich soeben noch zu spüren meinte, verschwand und wurde zu einem eisigen Hauch auf meinen Wangen.

Wenzel, der Sohn von Meister Philipps, grinste mich frech an. Mit seinem rotblonden Haarschopf und den vielen Sommersprossen glich Wenzel einem Kobold. Ich hatte keine Ahnung, warum, doch immer, wenn er bei mir stand oder mit mir redete, begann mein Herz heftig zu klopfen. Noch schlimmer war es aber, wenn er mich dabei ertappte, wie ich in meine Tagträume versank.

»Nein, ich … ich habe nur nachgedacht.«

»Das tust du oft in letzter Zeit«, entgegnete Wenzel und setzte sich auf den Verkaufstisch.

»Nein, mach das nicht!« Ich riss abwehrend die Hände hoch. Ich wusste nur zu gut, wie instabil der Tisch war. Deshalb beluden wir ihn niemals vollständig. Wenzels zusätzliches Gewicht ließ ihn gefährlich ächzen. Ich versetzte ihm einen kräftigen Schubs.

Er taumelte zurück. »Was ist denn los mit dir?«

»Du sollst dich nicht auf den Tisch setzen!«, fuhr ich ihn an. »Was, wenn er zusammenbricht? Dann war die ganze Arbeit umsonst. Glas verzeiht nicht, wenn es auf dem Pflaster landet, das weißt du doch selbst!«

»Beruhige dich wieder«, entgegnete er beschwichtigend und kam zu mir. Ich erstarrte förmlich, als er mir eine Haarsträhne aus dem Gesicht strich. Die Wärme seiner Haut durchdrang die Kälte meiner Wange mühelos und ließ mich erschaudern. »Ich weiß, es ist nicht gerade leicht für dich, aber ich verspreche dir, wir finden eine Lösung.«

Wie auch immer diese aussehen mochte. Der Glashütte von Meister Philipps ging es noch verhältnismäßig

7

gut, dennoch reichte mein Lohn hinten und vorne nicht. Die Glasfiguren waren ein gutes Zubrot – wenn sie verkauft wurden und nicht zerbrachen, weil sich jemand auf den wackligen Tisch setzte.

Heute war nicht ein einziger Engel über den Verkaufstisch gegangen.

Vielleicht war es noch zu früh, immerhin waren es noch fünf Wochen bis Weihnachten. Der erste Advent würde erst kommendes Wochenende gefeiert werden.

Die Farbe des Himmels wechselte schon den ganzen Tag über von Dunkelgrau zu Bleigrau und wieder zurück. Kein einziger Sonnenstrahl durchbrach die Wolkendecke. Es würde sicher Schnee geben. Da blieben die Leute lieber zu Hause, und wenn sie doch auf den Markt gingen, beschränkten sie sich auf das Wesentliche.

»Lass uns zusammenpacken«, sagte Wenzel schließlich. »Es bringt ja doch nichts mehr. Eher zerspringt das Glas vom Frost.«

So viel zu seiner versprochenen Lösung. Ich bezweifelte, dass er wirklich eine hatte.

Vorsichtig stapelte ich meine Figürchen in die Schachtel, deren Fächer ich mit Rohwolle ausgekleidet hatte, damit sie nicht zerbrachen: rote und purpurne Engel, goldene Sterne und weiße Eiskristalle, meine neueste Kreation. Schließlich setzte ich den Deckel darauf und hob die Schachtel auf die Arme. Sie hatte ein beträchtliches Gewicht, doch trotz meiner schlanken Gestalt war ich nicht kraftlos.

Als Wenzel den Tisch verstaut hatte, stiegen wir auf seinen Wagen. Nach den Samstagmärkten brachte er mich immer heim, auch wenn ich die Strecke in einer halben Stunde gut zu Fuß bewältigen konnte und dies an normalen Arbeitstagen auch tat. Eigentlich wäre das nicht nötig gewesen, aber ich genoss es, dass er sich um mich kümmerte und dass ich Zeit mit ihm verbringen konnte.

Während die Räder über die vereisten Wege ratterten, dachte ich wieder an den Tagtraum.

Von der einst prachtvollen Werkstatt meines Vaters war nicht viel geblieben. Nach seinem Tod wurde der Schuldenberg offenbar, den er angehäuft hatte.

Die Leute, die gemeint hatten, dass es Wahnsinn sei, die Spiegelproduktion in dieser Gegend noch einmal aufleben zu lassen, schienen recht zu bekommen. Die Zeiten, in denen ein Fürst ein ganzes Schloss mit Spiegeln ausstatten wollte, waren längst vorbei. Aufträge für große Spiegel gab es immer seltener, schließlich fertigte die Manufaktur fast nur noch Gläser und Flaschen für Wirtshäuser. Die holländische Glasproduktion, die schon vor hundert Jahren zur Schließung der großen Spiegelhütte geführt hatte, machte uns weiterhin schwer zu schaffen.

Vermutlich war es der Gram, der das Herz meines Vaters plötzlich stillstehen ließ.

In der ersten Nacht nach seinem Tod träumte ich, dass sein Herz aus Rubinglas wäre und in tausend Stücke zersprungen sei. Viele Wochen konnte ich rotes Glas nicht mehr ansehen.

Wenige Tage nach Vaters Beerdigung erschienen die Leute von der Bank. Sie pfändeten die Werkstatt mit allem, was darin war – ebenso wie unser Wohnhaus. Wir waren gezwungen, in eine kleine Wohnung zu ziehen. Von einem Tag zum anderen verloren wir die Grundlage unseres Lebens.

Es war ein Wunder, dass ich in Spiegelbergs Nachbarort Jux bei einem Glasmacher eine Anstellung fand.

Als schlecht bezahlte Hilfskraft zwar, aber ich verdiente wenigstens etwas und konnte mit Glas arbeiten.

»Anna?«, fragte Wenzel sanft. Seine Stimme ließ einen warmen Schauer durch meinen Körper laufen.

»Ja?«

»Ich wollte dich das schon eine ganze Weile fragen«, begann er zögernd.

»Was denn?«

»Na ja … würdest du …« Er atmete tief durch und fuhr dann mit festerer Stimme fort: »Würdest du am Sonntag nach dem Kirchgang ein wenig mit mir spazieren gehen?«

Ich blickte ihn überrascht an. Seine Ohren glühten, als hätte er zu lange vor dem Ofen gestanden.

Was war los mit ihm?

»Warum?«, fragte ich. Wollte er über die Lösung, die er sich ausgedacht hatte, sprechen, oder … Plötzlich wurde mir bewusst, welchen Hintergedanken er haben könnte.

Wir kannten uns bereits seit der Schule. Wenzel war zwei Jahre älter als ich. Ich beneidete ihn damals, als er schon in der Werkstatt seines Vaters anfangen konnte und ich noch immer die Schulbank drücken musste. Er war mir immer ein wenig voraus, und manchmal half er mir, wenn ich mit einigen Dingen nicht nachkam. Ich mochte ihn damals schon und jetzt, wo wir zusammenarbeiteten, noch ein bisschen mehr.

Doch allein mit ihm unterwegs gewesen war ich noch nie.

»Nun ja, ich möchte etwas mit dir besprechen«, antwortete er mit hochrotem Kopf.

Das beunruhigte mich ein wenig. Sicher, die Schwärmerei für ihn war schön. Er sah sehr gut aus und war sehr freundlich. Doch ich hatte noch nicht vor, zu heiraten. Obwohl man mit achtzehn eigentlich schon alt genug war.

»In Ordnung«, sagte ich dennoch.

»Gut«, sagte Wenzel überglücklich, ohne meine Zweifel zu bemerken. »Wo wollen wir uns treffen? Soll ich dich vielleicht von zu Hause abholen?«

»Nein, das muss nicht sein«, platzte ich heraus. »Treffen wir uns doch unter der knorrigen Eiche, in die vor ein paar Jahren der Blitz eingeschlagen hat. Weißt du, wo sie steht?«

»Natürlich.« Wenzel wirkte ein wenig irritiert. Hatte er wirklich gehofft, ich würde ihn zu uns nach Hause einladen? Meine Mutter würde tatsächlich glauben, dass er mir den Hof machte! Manchmal träumte ich heimlich davon, aber irgendwie wollte ich nicht, dass sie auf diesen Gedanken kam.

»Und, was sagst du? Das wäre doch ein guter Ort, nicht?«

»Du weißt aber schon, dass bei dem Blitzeinschlag ein paar Leute schwer verletzt wurden, als sie unter dem Baum Schutz suchten?«

»Das weiß ich, aber deshalb muss es doch kein Unglücksort sein.«

Meine Hände klammerten sich fester an die Schachtel. Schweißfeucht waren sie ohnehin schon, und es schien mit jedem Meter, den wir fuhren, schlimmer zu werden.

Was würde meine Mutter sagen? Sicher, sie wäre froh, wenn ich einen guten Mann finden würde. Doch das bedeutete auch, dass ich mich nicht mehr so viel um sie kümmern konnte. Und Wenzel würde es sicher nicht gern sehen, wenn ich mit meiner gesamten Familie ins Haus einzog.

»Dann treffen wir uns also an der Eiche«, sagte Wenzel und schüttelte lächelnd den Kopf.

»Was ist?«, fragte ich.

»Nichts. Du bist nur manchmal ... komisch.«

Ich hätte fragen können, wieso, doch ich ließ es bleiben. War es denn verkehrt, wenn das erste Stelldichein nicht direkt in der Wohnung der Mutter begann? War es nicht viel schöner, wenn man etwas heimlich tun konnte?

Schweigend legten wir den Rest des Weges nach Spiegelberg zurück. An dem Haus, in dessen oberster Etage wir wohnten, machte er halt.

»Also, dann bis morgen«, sagte er, und ehe ich es mich versah, zog er mich kurz an sich und drückte mir einen Kuss auf die Wange.

Ich starrte ihn überrascht an, stieg dann aber vom Wagen. Mir war auf einmal ganz schwindelig. Ich winkte kurz und sah ihm hinterher, wie er die Straße hinunterfuhr.

Der Gedanke, ihn zu heiraten, lag schwer auf meiner Brust. Jedes andere Mädchen wäre vielleicht froh gewesen. Doch ich hatte Angst. Angst davor, dass sich in meinem Leben danach nie wieder etwas ändern würde. Ich wusste, dass es kindisch war, von mehr zu träumen.

Aber wenn ich nachts nicht einschlafen konnte, dachte ich manchmal daran, in fremde Länder zu reisen und etwas zu sehen, das ich später in Glas nachbilden konnte. Ich war sicher, dass es das Begehren der Menschen wecken würde, wenn ich ihnen exotische Glastiere und -pflanzen anbieten konnte.

Ich seufzte schwer, dann trug ich meine Schachtel die Treppe hinauf zur Eingangstür.

Das Haus, in das wir uns eingemietet hatten, gehörte

Michael Niedermayer, dem Betreiber des Krämerladens. Er kannte meine Mutter von früher und hatte sich rasch bereit erklärt, uns aufzunehmen.

Die Wohnung bestand aus einem einzelnen großen Zimmer, das wir durch einen Paravent in eine Stube und ein Schlafzimmer teilten. Eine eigene Küche hatten wir nicht, dafür durften wir in der Küche der Niedermayers kochen.

Die Miete war nicht besonders hoch, dennoch mussten wir sparsam sein, denn die Arztbesuche und die Arzneien meiner Mutter kosteten einiges. Und wenn ich wie heute keinen einzigen Glasengel verkaufte, mussten wir den Gürtel noch enger schnüren.

Der Geruch von Kohlsuppe strömte mir entgegen, als ich die Treppe hinaufging. Minka, die Katze der Niedermayers, hatte es sich wieder einmal mitten auf der obersten Stufe bequem gemacht. Schon oft wäre ich beinahe über das Tier gestolpert und die Treppe hinuntergefallen.

»Kusch!«, machte ich, worauf mich die Katze nur hochmütig ansah, sich aber keinen Zentimeter weit bewegte.

Also versuchte ich, so gut wie möglich an ihr vorbeizukommen. Eigentlich mochte ich Katzen, doch dieser hier hätte ich zu gern einen Tritt verpasst.

Kaum war ich an ihr vorbei, erhob sie sich, streckte ihre Glieder und verschwand in der offenstehenden Tür der Wäschekammer.

»Das machst du doch mit Absicht«, raunte ich und schüttelte den Kopf. Hoffentlich stürzte Mutter nicht irgendwann über dieses eigensinnige Pelzknäuel.

Als ich zur Tür hereinkam, schlug mir Kühle entgegen. Anscheinend hatte Elisabeth vergessen, Holzscheite nachzulegen. Mutter lag auf dem Sofa, in eine dicke wollene Decke eingewickelt, und schlief. Von meiner Schwester war nirgends etwas zu sehen.

Ich stellte die Schachtel auf den breiten Fenstersims und ging dann zum Kachelofen. Dieser konnte ziemlich heiß werden, wenn man nicht vergaß, zu heizen. Doch jetzt waren die Kacheln nur noch lauwarm.

Glücklicherweise war die Glut noch nicht ganz erloschen. Ich pustete sie ein wenig an, und als die Flamme wieder höher loderte, legte ich die Holzscheite und etwas Kohle hinzu, die wir uns aus dem Keller des Krämers abzweigen durften.

Es würde eine Weile dauern, bis es hier richtig warm wurde, aber ein Anfang war gemacht.

»Elisabeth?«, fragte meine Mutter schlaftrunken. Offenbar rechnete sie noch nicht mit meiner Heimkehr.

»Nein, Mama, ich bin's, Anna.«

»Du bist schon wieder hier?« Verschlafen blinzelte sie mich an.

»Ja, ich bin wieder hier«, antwortete ich. »Wenzel hat mich auf dem Wagen mitgenommen.«

Mühsam richtete sie sich auf und verzog ihr Gesicht. Das Rheuma schien heute ganz besonders schlimm bei ihr zu wüten. Schon vor Vaters Tod plagte es sie, und es wurde von Jahr zu Jahr schlimmer.

Früher dachte ich immer, dass nur alte Leute so eine Krankheit bekommen würden. Doch Dr. Mettelmann meinte, dass auch jüngere Menschen davon befallen werden konnten. War das der Fall, konnten sie sich innerhalb weniger Jahre nur noch schlecht bewegen. Besonders dann, wenn sie häufig heftige Anfälle erlitten.

Während des Sommers ging es meiner Mutter verhältnismäßig gut. Dann konnte sie sogar Wäsche waschen.

Doch im Winter war sie beinahe ständig zur Reglosigkeit verdammt. Besonders schlimm tat ihr Rücken weh. Egal, ob sie stand, saß, ging oder lag, sie hatte ständig Schmerzen. Die Tabletten und Einreibungen halfen nur vorübergehend.

Wenn es dann in der Wohnung kalt wurde, verschlechterte sich ihr Zustand noch.

»Dieser Wenzel ist wirklich ein sehr netter Bursche«, sagte sie, nachdem sie offenbar eine Lage gefunden hatte, in der sie es aushalten konnte.

»Das ist er.« Ich überlegte kurz, ob ich ihr von seiner Frage erzählen sollte. Nein, jetzt nicht, sagte ich mir. Vielleicht heute Abend, wenn es hier wärmer war und wir etwas zu essen im Magen hatten.

»Wo ist eigentlich Elisabeth?«, fragte ich. »Heute ist doch keine Schule mehr.«

»Frau Niedermayer hat sie gebeten, ihr beim Flicken des Bettzeugs zu helfen.«

Das bedeutete, dass Elisabeth unten in der warmen Stube saß, nähte und sich von Frau Niedermayer mit Gebäck füttern ließ. Nicht, dass ich es meiner Schwester missgönnte, doch ich mochte es überhaupt nicht, wenn sie darüber unsere Mutter vergaß.

»Hast du Hunger?«, fragte ich. »Oder brauchst du etwas anderes?«

»Nein, mein Kind, lass nur. Erzähl mir, wie lief es heute auf dem Markt? Konntest du viel verkaufen?«

Ich schüttelte den Kopf. »Nein, leider nicht.«

Jede andere hätte vielleicht gelogen, um ihre Mutter nicht zu beunruhigen. Doch ich konnte das nicht. Meine Mutter hätte es mir angesehen.

Sie streckte die Hand nach mir aus. »Komm her, mein Mädchen.«

Ich weiß, in diesen Augenblicken sah sie in mir das Mädchen mit den kleinen Zöpfen, das in einem Schürzenkleid durchs Haus lief. Und ich wollte in diesem Augenblick auch nichts anderes sein. Wenigstens einmal wollte ich vergessen, dass meine Mutter krank war, ich keinen Vater mehr hatte und dass meine einzige Chance, uns ein besseres Leben zu verschaffen, die Heirat mit einem gutsituierten Mann war.

Ich hockte mich neben sie und spürte wenig später ihre Hand auf meinem Haar.

»Es wird alles gut werden«, sagte sie. »Noch ist nicht Weihnachten. Die Leute werden deine Engel kaufen, wie sie es immer tun. Und vielleicht geht es mir im kommenden Jahr wieder etwas besser, damit ich eine Stelle annehmen kann.«

»Nein«, platzte es aus mir heraus. »Das musst du nicht. In zwei Jahren kann Elisabeth in die Lehre gehen. So, wie sie näht, wird sie sicher irgendwo angenommen.«

Meine Mutter seufzte. Sie wusste nur zu gut, dass sie nicht wieder gesund werden würde. Dass es eine Illusion war, dass sie mit uns den Lebensunterhalt bestreiten würde. Da kam ich mit meiner Vorstellung der Wirklichkeit näher.

»Ich werde weiter auf den Markt gehen, und Meister Philipps bezahlt mich recht gut«, fügte ich hinzu.

»Das tut er«, stimmte mir meine Mutter zu. »Aber ein Gehalt reicht nicht für uns drei. Und für deine Engel musst du lange Abende in der Werkstatt verbringen.«

Das stimmte. Dafür, dass ich in der Werkstatt aufräumte, gestattete es mir Meister Philipps, dass ich spätabends aus Glasresten meine Engel goss. Er wusste, dass ich die Engel verkaufte, verlangte aber nichts dafür.

16

Wahrscheinlich, weil er glaubte, das meinem Vater, den er gut gekannt hatte, schuldig zu sein.

»Es reicht«, entgegnete ich. »Elisabeth und ich brauchen nicht viel. Und der Verkauf der Glasfiguren war ja ohnehin nur ein Zubrot.«

Die Hand meiner Mutter fuhr durch mein Haar, dann begann sie zu singen. Ich kannte die Melodie sehr gut, denn sie hatte sie immer gesummt, wenn sie an meinem Bett wachte, als ich krank war. Die Erinnerung daran ließ mir die Tränen in die Augen schießen. Kein Mensch konnte ewig Kind bleiben, aber manchmal wünschte ich mir die früheren Tage zurück. Die Tage, in denen ich voller Hoffnung in die Zukunft geschaut hatte.

Die Tür ging, und der Gesang meiner Mutter brach ab. Sofort erhob ich mich. Elisabeth sollte nicht sehen, wie ich neben unserer Mutter hockte und mit den Tränen kämpfte. Sie sollte nicht mitbekommen, dass ich schwach geworden war.

Als sie hinter den Paravent trat, glühte ihr Gesicht rosig von der Wärme und den Keksen unten.

»Anna!«, sagte sie erschrocken.

Ich stemmte die Arme in die Hüften. »Warum hast du den Ofen nicht am Laufen gehalten? Du weißt doch, dass die Kälte Mama in die Knochen kriecht und sie noch kranker macht.«

Mein peitschender Tonfall ließ sie zusammenzucken. Ihre Augen weiteten sich und die Röte wich aus ihrem Gesicht.

»Ich … ich wollte doch nur kurz …«

Ich atmete tief durch. Ich wollte nicht schroff zu ihr sein, aber was konnte ich tun? Manchmal hatte ich das Gefühl, dass das Gewicht auf meinen Schultern zu schwer wurde. Ich wusste, dass Elisabeth nicht viel helfen konnte – aber manchmal konnte ich mich gegen die Wut, die in mir aufstieg, einfach nicht wehren.

»Hier«, sagte Elisabeth beschämt und reichte mir eine Münze. Frau Niedermayer hatte ihr eine Mark für ihre Arbeit bezahlt. »Ich dachte mir, dass wir das Geld gebrauchen können.«

Ich ging zu ihr und zog sie in meine Arme. Jetzt war mir noch elender zumute.

Meine Schwester litt genauso unter unserer Armut wie meine Mutter oder ich. Von dem Geld, das sie verdiente, sollte sie sich eigentlich etwas Schönes kaufen. Aber solche Träume konnten wir uns nicht erlauben.

»Danke«, sagte ich und versuchte meine Tränen runterzuschlucken. Sie mochte den Ofen vergessen haben, doch sie trug keine Schuld daran, dass ich heute nichts verkauft hatte. Das war allein mein Problem.

»Was meinst du, ob wir uns heute auch eine Suppe machen sollten? Ein paar gelbe Rüben haben wir noch.«

Elisabeth nickte. »Ich kann dir helfen!«

»Nein, du bleibst hier und leistest Mutter Gesellschaft. Und passt auf, dass das Feuer weiterbrennt, ja?«

Sie nickte, und ich streichelte ihr übers Haar.

Ich verließ die Wohnung und ging zur Treppe. Die Katze blieb verschwunden.

Eigentlich war ich viel zu durchgefroren und müde, um gleich wieder etwas zu tun, aber in der Küche war es warm, und sobald die Kälte aus meinem Körper fort war, würde sich auch der Zorn wieder in seine Ecke verkriechen.

2. KAPITEL

In der Nacht wurde ich durch lautes Hufgetrappel geweckt. Es hallte durch die ganze Straße. Den Reitern schien es egal zu sein, ob sie die gesamte Nachbarschaft weckten.

Waren es vielleicht Betrunkene aus dem Gasthaus? Hin und wieder kehrten dort auch Soldaten ein, die am Wochenende Freigang hatten.

Neugierig schlich ich zum Fenster. Der Mond beleuchtete die weißen Wolkenschlieren am Himmel beinahe schon gespenstisch. Ein Schleier aus zarten Eiskristallen bedeckte die Dächer und das Straßenpflaster. Auch auf den Mänteln der beiden Reiter lagen sie. Sie trugen dicke Fellmützen, um sich vor der Kälte zu schützen. Solch eine Mütze könnte Elisabeth gut für den Schulweg gebrauchen, ging es mir durch den Kopf.

Die Reiter machten vor unserem Haus halt. Einen Moment lang sahen sie sich um, dann stieg einer aus dem Sattel und erklomm die Treppe. Wollte er zu Herrn Niedermayer?

Im nächsten Augenblick tönte das Hämmern an der Tür durchs ganze Haus. Besorgt blickte ich zu meiner Mutter und meiner Schwester. Elisabeth regte sich, während meine Mutter ruhig weiterschlief. Die Medikamente betäubten sie ein wenig, und ich hoffte, dass sie ihr auch schöne Träume verschafften.

Das erneute Klopfen dröhnte allerdings noch lauter durch das Haus. Elisabeth erwachte.

»Was ist los?«, fragte sie.

»Nichts. Da sind nur ein paar Reiter. Vermutlich haben sie sich in der Tür geirrt. Schlaf weiter.«

Ich wusste, dass Elisabeth das nicht tun würde. Hier passierte so selten etwas, dass jede noch so kleine Begebenheit die Neugierde meiner Schwester ebenso weckte, wie es bei mir der Fall war.

Unten ging die Tür. Ich reckte meinen Hals. Tatsächlich trat Herr Niedermayer nach draußen. Er hatte einen dunklen Morgenmantel über sein Nachthemd geworfen und gestikulierte wild den Reitern.

Der Mann, von dem ich nur die Pelzmütze sah, hob beschwichtigend die Arme, dann griff er unter seinen Mantel und zog einen kleinen Umschlag hervor. Er sagte etwas zu Herrn Niedermayer, das ich nicht verstehen konnte. Unser Hauswirt starrte ihn verwundert an, drehte den Umschlag herum und nickte. Dann zog er sich wieder ins Haus zurück.

Ich hatte also recht gehabt, die Männer waren Boten. Was für eine Nachricht mochten sie Herrn Niedermayer gebracht haben? Ich wusste nicht, ob er auswärtige Verwandte hatte, doch wenn, war sicher etwas Schlimmes passiert. Warum sonst sollte man in der Nacht eine Nachricht überbringen?

Bevor der Bote wieder auf sein Pferd stieg, blickte er nach oben. Er war vielleicht zehn Jahre älter als ich. Selbst in dem bleichen Schneelicht konnte ich erkennen, dass seine Augen grau wie Schneewolken waren. Als er mich erblickte, verzog er das Gesicht zu einem seltsamen Lächeln.

Rasch zog ich mich vom Fenster zurück. Keine Ahnung, warum mein Herz plötzlich zu rasen begann. Eigentlich war doch nichts dabei, wenn ich aus dem Fenster schaute. Bei dem Lärm, den die Männer gemacht hatten, war ich sicher nicht die Einzige. Und doch war es mir auf einmal peinlich, dass er mich in meinem schäbigen Nachthemd gesehen hatte. Ein dummer Gedanke, denn eigentlich hatte er doch nicht viel davon erkennen können.

Während die Männer davonritten, kehrte ich zu meinem Bett zurück. Kaum war ich unter der Decke verschwunden, hörte ich, wie Schritte die Treppe hinaufkamen.

Kurz darauf klopfte es an unsere Tür.

Elisabeth richtete sich auf. »Wer kann da zu uns wollen?«

Ich antwortete nicht und ging zur Tür.

Als ich sie öffnete, sah ich Herrn Niedermayer. In einer Hand trug er eine Lampe, in der anderen den Umschlag, den ihm der Reiter ausgehändigt hatte.

Für einen Moment hielt ich den Atem an. Mein Herz hämmerte jetzt noch schneller gegen meine Brust.

»Das wurde eben für dich abgegeben, Anna«, sagte er. »Hier.«

Ich zog verwundert die Augenbrauen hoch und zögerte, das Schreiben anzunehmen. Was mochte es enthalten?

»Wer sollte mir schreiben?«, fragte ich. »Und wer waren diese Männer?«

»Das haben sie mir nicht gesagt.«

Ich nahm den versiegelten Umschlag an mich, betrachtete das Wappen, das in das Wachs eingeprägt war, einen Moment lang und strich andächtig über das Papier. Wie glatt es war und wie schwer es sich anfühlte.

Mit pochendem Herzen brach ich das Siegel und riss den Umschlag auf.

Das Blatt Papier, das ich hervorzog, war mit einem Wappen und einer Krone geschmückt. Die Schrift darunter war sehr fein und deutlich, dennoch konnte ich kein Wort verstehen.

Verwirrt schüttelte ich den Kopf, dann zeigte ich Herrn Niedermayer das Blatt.

»Werden Sie daraus schlau?«

Niedermayer überflog die Zeilen und schüttelte den Kopf. »Nein. Das sind keine deutschen Worte.«

»Haben die Männer denn nicht gesagt, wer sie sind? Woher sie kommen?«

Ich sah, wie Herr Niedermayer unter meinen Fragen zusammenzuckte, als würden dicke Regentropfen auf seine Glatze platschen.

»Sie haben nichts gesagt, leider kann ich dir nicht helfen.«

Ich senkte den Kopf. Unruhe tobte in mir. Wer sollte mir eine Nachricht in einer fremden Sprache schicken? Vielleicht war das auch nur ein Irrtum …

»Am besten, du gehst damit gleich morgen zu dem alten Professor am Ortsrand«, sagte Herr Niedermayer. »Ich wüsste sonst keinen, der sich auf fremde Sprachen versteht.«

Ich nickte. Den alten Professor kannte ich vom Sehen. Er war einmal in unserer Glashütte gewesen, um einen Satz Weingläser zu ordern, die er verschenken wollte. Wir hatten uns nicht weiter unterhalten, doch schon damals war er mir etwas merkwürdig erschienen.

»Ist gut, das mache ich. Gute Nacht, Herr Niedermayer. Und danke für den Brief.«

»Keine Ursache.« Er wandte sich um und verließ die

Wohnung. Ich kehrte mit dem Umschlag in der Hand zum Bett zurück. Mittlerweile war auch meine Mutter wach.

»Was ist denn passiert?«, fragte sie schlaftrunken.

»Ich weiß nicht«, antwortete ich und strich mit dem Daumen über das Wappensiegel auf dem Umschlag. »Reiter haben eine Nachricht für mich abgegeben, doch ich kann sie nicht lesen. Herr Niedermayer meint, dass ich zum alten Professor gehen soll.«

»Zum Professor?« Die Medikamente vernebelten ihr noch immer den Verstand.

»Ich erzähle es dir morgen, Mama«, sagte ich. »Schlaf ruhig weiter, es ist alles in Ordnung.«

Sie schien meiner Aufforderung nachzukommen, denn wenig später wurde ihr Atem wieder gleichförmig.

Für Elisabeth galt das nicht. Sie erhob sich aus ihrem Bett und kroch unter meine Decke. »Zeig mal!«, verlangte sie und griff nach dem Brief.

»Kennst du dich mit fremden Sprachen aus?«, fragte ich, doch Elisabeth war vollkommen versunken in die Betrachtung des Wappens mit der Krone.

»Das sieht aus wie das Wappen eines Königs«, stellte sie fest. »Vielleicht bist du ja zu einem Ball eingeladen worden?«

»Wir sind hier nicht im Märchen«, entgegnete ich, wenngleich mir die Vorstellung gefiel. In einem herrlichen Kleid bis Mitternacht mit einem wunderschönen Prinzen tanzen, dann einen Schuh verlieren, sodass der Prinz nach mir suchen musste … Geschichten wie dieser habe ich in meiner Kindheit mit Vorliebe gelauscht. Meine Mutter hatte sie mir beim Zubettgehen erzählt und mein Vater, wenn wir unterwegs waren. Zu den Dingen, die bei der Versteigerung unseres Besitzes angeboten worden waren, hatte auch ein wunderschönes gläsernes Prinzenpaar gehört: eine Prinzessin im blauen Kleid und ein Prinz mit dunklen Locken. An keines der Stücke, die mein Vater gefertigt hat, konnte ich mich so gut erinnern wie an dieses.

Doch nach seinem Tod hatte ich lernen müssen, dass es keine guten Feen gab, die schöne Kleider und Kutschen zauberten und dafür sorgten, dass ein Prinz vor der Tür auftauchte, um das arme Mädchen zu retten.

»Glaubst du das?«, hörte ich meine Schwester fragen. »Der Schulmeister hat uns erzählt, dass die Gebrüder Grimm ihre Märchen von den einfachen Leuten hatten. Sie haben sie ihnen erzählt und die Brüder haben sie aufgeschrieben. Vielleicht ist ja doch etwas Wahres daran.«

»An einer Prinzessin, die hundert Jahre schläft? Oder an einem armen Mädchen, das von einer Taube auf einem Baum ein goldenes Kleid bekommt?«

»Vielleicht solltest du mal wieder zu Vaters Grab gehen und mit ihm reden. Vielleicht hilft er dir.«

Diese Bemerkung ließ mich verstummen. Seit der Beerdigung war ich nur selten am Grab unseres Vaters gewesen. Die Vorstellung, dass er unter der Erde einsam in seiner Kiste lag, zerriss mir das Herz. Ich konnte nicht auf seinen Grabhügel blicken, ohne ihn wie in dem Augenblick zu sehen, als der Tischler den Sargdeckel über ihm verschlossen hatte.

»Es tut mir leid«, sagte Elisabeth schließlich, als sie merkte, dass ich traurig wurde. »Ich gehe besser wieder in mein eigenes Bett.«

»Nein, bleib ruhig«, sagte ich und legte meinen Arm um sie. Als wir noch kleiner waren, hatte sich Elisabeth oft in mein Bett geschlichen. Wir erzählten uns Geschichten, in denen sehr oft Spiegel vorkamen. Meist waren Spiegel darin die Tore zu anderen Welten, in denen eine mutige Prinzessin Abenteuer bestehen musste.

Jetzt fragte ich mich, ob es hinter den Spiegeln irgendwo noch eine andere Anna gab, deren Leben so verlief, wie es ihr Vater eigentlich geplant hatte. Eine glückliche Anna, die unbeschwert auf ihr Leben blicken konnte.

3. KAPITEL

Das sonntägliche Läuten der Kirchenglocken hallte über die Hausdächer von Spiegelberg hinweg. In der Nacht war noch mehr Schnee gefallen, sodass wir aufpassen mussten, nicht hinzufallen, als wir das Haus verließen.

Trotz ihres schlechten Gesundheitszustandes hatte meine Mutter darauf gedrängt, dass wir gemeinsam zur Kirche gehen sollen. Sie wollte Gott bitten, ihr ein wenig mehr Gesundheit zu schenken.

Es tat mir in der Seele weh, sie dabei zu beobachten, wie sie sich den Weg entlangmühte. Am liebsten hätte ich sie in einen Handwagen gesetzt. Doch das wäre erst recht entwürdigend gewesen, also stützten Elisabeth und ich sie, so gut wir konnten.

Die Häuser, an denen wir entlangkamen, waren dick verschneit, teilweise sahen sie so aus, als trügen sie Mützen aus Schafwolle. Im Garten des Schusters erhob sich eine hohe Tanne wie ein uralter Wächter aus Eis. Man hatte einen Teil der Wege geräumt, doch besonders in schmalen Durchgängen begann sich der Schnee zu häufen. Der Pfad an der Kirchmauer jedoch war frei.

Vor dem Tor standen zahlreiche Leute, die uns mit teils fragenden und teils mitleidigen Blicken bedachten. Das Schicksal von Martin Härtel, meinem Vater, hatte viele Bewohner von Spiegelberg berührt, war es doch ein Sinnbild für die Lage des Ortes.

Seit die große Spiegelhütte vor über hundert Jahren geschlossen wurde und auch die Suche nach Kohle und Silber erfolglos geblieben war, mussten viele Menschen in die umliegenden Städte ziehen. Einige gingen nach Sulzbach an der Murr, doch die meisten zog es nach Heilbronn.

Nach dem Tod meines Vaters hatte man uns das ebenfalls ans Herz gelegt, aber das war unmöglich. Meine Mutter war krank, ich gerade mal sechzehn Jahre alt und Elisabeth zehn. Meine Schwester konnte damals noch nicht mit Nadel und Faden umgehen, und ich hatte nur gelernt, Glas herzustellen. Verwandte, an die wir uns hätten wenden können, hatten wir nicht mehr. Also waren wir hiergeblieben.

Ich führte Mama zu unserer Bank und half ihr beim Hinsetzen. Sie versuchte, tapfer zu sein, doch in ihren Augen sah ich den Schmerz.

Ich blickte nach vorn zum Altar. Er war prachtvoll geschmückt, aber noch prachtvoller würde er am kommenden Sonntag aussehen, wenn der erste Advent gefeiert wurde. Als sämtliche Kirchgänger eingetroffen waren, wurden die Türen geschlossen. Ich schaute mich um.

Von den knapp vierhundert Menschen, die hier noch wohnten, waren etwa zwei Drittel gekommen, um den Worten des Pastors zu lauschen. Würde es jemals wieder besser werden und die Not sich endlich von uns abkehren?

Als der Pastor zu sprechen begann, schob ich die

Hand in meine Manteltasche. Es war gewiss Einbildung, aber der Brief schien zu brennen. Ein klein wenig hatte ich gehofft, den Professor in der Kirche zu treffen. Doch ich entdeckte ihn nirgends.

Entweder hatte er sich irgendwo hingesetzt, wo man ihn nicht sah, oder er war wie so oft daheim geblieben. Ich ging von Letzterem aus. Also würde ich, bevor ich mich mit Wenzel traf, sein Haus aufsuchen müssen.

Ich wusste nicht, welcher Gedanke mir mehr Bauchkneifen bereitete.

Mit dem Professor hatte ich noch nie gesprochen. Es war möglich, dass er mir gar nicht helfen würde. Immerhin war er ein guter Vorwand, um Mama nicht mitteilen zu müssen, dass ich mit Wenzel verabredet war. Doch was würde der von mir wollen? Glaubte er, dass ich seine Braut werden wollte? Würde er etwas Unschickliches versuchen? Und was, wenn ich ihm einen Korb gab? Konnte ich dann meine Anstellung bei Meister Philipps vergessen?

Als der Gottesdienst vorbei war, half ich meiner Mutter auf und führte sie nach draußen. Dabei bemerkte ich Elisabeths drängenden Blick. Seit gestern Nacht hatten wir nicht mehr über den Brief gesprochen. Auch unsere Mutter hatte nicht nachgefragt, was gestern Abend gewesen sei. Wahrscheinlich hielt sie das, was sie gesehen und gehört hatte, für einen Traum.

Wäre nicht das Papier in meiner Tasche, würde ich nicht das Wappen sehen, hätte ich die Ankunft der Reiter nicht mitbekommen, würde auch ich glauben, dass ich mir das alles nur eingebildet hatte.

»Mama, hättest du etwas dagegen, wenn ich nach dem Mittagessen noch einmal in den Ort gehe?«, fragte ich, als wir uns ein Stück von der Kirche entfernt hatten und uns wieder dem Schusterhaus näherten. Das Wetter war ein wenig milder geworden, aber es reichte noch nicht, um die Eiszapfen an den Dächern zu tauen.

»Willst du dich mit einem Burschen treffen, Anna?«, fragte sie zurück. Ich starrte sie einen Moment lang ertappt an. Elisabeth zog die Augenbrauen hoch. Sie wusste nichts von Wenzels Einladung, aber irgendwas schien sie auf meinem Gesicht zu sehen.

»Nein, ich … Da ist doch gestern dieser Brief angekommen. Ich kann ihn nicht lesen, also wollte ich den Professor fragen, ob er ihn mir übersetzen kann. Herr Niedermayer meinte jedenfalls, ich solle es dort versuchen.«

Meine Mutter sah mich fragend an, dann nickte sie. »Geh nur. Elisabeth wird mir Gesellschaft leisten.«

»Danke«, sagte ich und zog den Arm meiner Mutter noch etwas fester an mich.

Nach dem Essen, das aus dem Rest der gestrigen Rübensuppe bestanden hatte, schlüpfte ich in meinen Mantel und legte mir noch ein Tuch über die Schultern. Erwartung wühlte in meinem Innern. Was mochte in dem Brief stehen? War er vielleicht doch nur falsch adressiert?

Unten an der Treppe traf ich auf Frau Niedermayer, die wir auch schon in der Kirche gesehen hatten.

»Na, Anna, wo geht es denn noch hin?«, fragte sie.

Ich mochte Frau Niedermayer eigentlich, denn sie war freundlich und hatte viel für Elisabeth übrig. Dass ihr Mann und sie uns für einen günstigen Preis in der oberen Etage wohnen ließen, rechnete ich ihr hoch an. Allerdings störte mich ihre Neugierde manchmal schon.

»Ich möchte zum Professor«, antwortete ich. »Ich weiß nicht, ob Sie es mitbekommen haben, aber gestern Nacht hielten zwei Reiter hier an.«

»Ja, mein Mann hat mir davon erzählt. Das ist ja aufregend! Ein Brief aus einem fremden Land.«

Ich war beinahe froh, dass er die Nachricht genauso wenig hatte lesen können wie ich.

»Vielleicht ist das alles ja auch nur ein Irrtum«, wiegelte ich ab und versuchte zu verbergen, dass es mich vor Ungeduld fast zerriss. »Möglicherweise haben sie sich im Haus geirrt. Oder im Ort. Ich werde es herausfinden, wenn der Professor so freundlich ist, mir den Brief zu übersetzen.«

»Dann wünsche ich dir viel Glück!«, sagte Frau Niedermayer. »Und vielleicht erzählst du mir ja mal, was in dem Brief gestanden hat.«

»Wenn er wirklich für mich gedacht ist, gern«, entgegnete ich und verabschiedete mich dann. In Wirklichkeit würde ich es ihr so oder so nicht sagen, denn es ging sie nichts an. Sie berichtete mir doch auch nichts über ihre Post. Aber sie war nun mal unsere Hauswirtin, und ich wollte sie nicht verärgern.

Der Wind wehte mir kleine Eiskristalle ins Gesicht, als ich über den Marktplatz lief. Das Pflaster war unter dem Schnee beinahe verschwunden, Pferde und Schuhe hatten Tausende Eindrücke darin hinterlassen. Hundegebell folgte mir. Nur noch wenige Leute waren auf der Straße. Die meisten saßen jetzt wohl bei Tisch, anderen war es sicher schlichtweg zu kalt, sich noch draußen herumzutreiben.

Ich lief die Hauptstraße entlang, bog in mehrere kleine Gässchen und kam schließlich an dem Gebäude vorbei, in dem sich die alte Spiegelmanufaktur befunden hatte. Es wurde mittlerweile als Nährmittelfabrik genutzt. Das Herz schnürte sich mir zusammen. Mein Vater hatte oftmals von der alten Spiegelmanufaktur gesprochen. Er selbst hatte den Betrieb dort auch nicht mehr miterlebt, dafür aber sein Großvater, der wohl nicht müde geworden war, ihm davon zu berichten.

Ein heftiger Windstoß von der Seite schickte mich weiter.

Etwa eine Viertelstunde später erreichte ich das Haus des Professors. Es war recht klein und machte den Eindruck, als ducke es sich zwischen seine beiden wesentlich höheren Nachbarn.

Am Briefkasten stand der Name »Alois Bezelius«. Im Ort nannte ihn niemand so. Er war nur der »Professor«, der mit einem altmodischen Gehrock durch die Straßen ging, einen Zylinder auf dem weißen Haarschopf und einen gestreiften Schal um den Hals.

Er redete mit niemandem, und wenn man ihn sah, wirkte er immer ein wenig abwesend.

Vielleicht irrte sich Herr Niedermayer. Vielleicht konnte der Professor gar keine fremden Sprachen. Doch er war meine einzige Hoffnung.

Ich stieß das Tor zu seinem Garten auf und trat ein.

Die Schneedecke auf dem steinernen Weg war noch unberührt. Offenbar hatte er heute noch nicht das Haus verlassen. Der Garten wirkte karg, aber das war auch im Sommer der Fall. Eine Trauerweide ließ gramvoll die Äste hängen und die Hecken wirkten unsymmetrisch. Aus den Beeten vor dem Haus reckten sich ein paar trockene Halme durch den Schnee. Ich konnte mich nicht entsinnen, dass dort jemals Blumen gestanden hatten.

An der Haustür gab es keine Klingel, dafür aber einen Türklopfer, dessen Ring im Maul eines Löwen steckte. Ich betätigte ihn und lauschte dem Echo des Geräusches.

Dann wurde es wieder still. Schlief der Professor? War er taub oder wollte er nicht hören?

Ich klopfte noch einmal.

Wieder hallte das Dröhnen durchs Haus. Ich versuchte, mir vorzustellen, wie es darin aussah. Sicher besaß er hohe Regale voller verstaubter Bücher. Gab es vielleicht auch wunderschöne Sofas, in deren Polstern man versank? Gemälde? Oder waren die Räume kahl?

Mein Herz begann noch heftiger zu klopfen. Was, wenn er verreist war? Es gab zwar keinen Grund, bei diesem Wetter rauszugehen, und in der Kirche hatte ich den Professor auch nicht gesehen, doch hätte er nicht wenigstens einmal vor die Tür geschaut, wenn er zu Hause war?

Wenig später hörte ich Schritte. Sie näherten sich der Tür. Erleichterung machte sich in mir breit. Er war immerhin da! Das hieß noch nicht, dass er mich hereinlassen und meinen Brief ansehen würde. Und es bedeutete auch nicht, dass er die Sprache des Briefs beherrschte. Aber versuchen wollte ich es wenigstens.

Kurz darauf wurde der Riegel zurückgeschoben.

Der Professor trug jetzt keinen Gehrock, dafür ein blaues Hemd und eine Hose mit Hosenträgern. Um den Hals hatte er sich aber den Schal gebunden.

»Guten Tag, was führt dich zu mir?«, fragte er. Seine Stimme war sehr dunkel und klang sanfter, als ich es erwartet hätte.

»Entschuldigen Sie bitte, Herr Professor, ich wollte Sie fragen, ob Sie mir vielleicht einen Brief übersetzen könnten …«

»In welche Sprache denn?« Der Mann zog die buschigen Augenbrauen hoch.

»Ins Deutsche.«

»Bist du denn des Schreibens nicht mächtig?«, fragte er weiter.

»Doch, schon, aber ich beherrsche die Sprache nicht, in der der Brief verfasst wurde.«

Der Professor starrte mich einen Moment lang an, dann sagte er: »Nun gut, komm rein. Wir sehen uns die Sache einmal an.«

Er trat beiseite. Zögerlich setzte ich meinen Fuß über die Schwelle. Im Haus war es warm, doch ein muffiger Geruch hing in der Luft. Ich blickte mich um. Tatsächlich wirkte das Foyer ziemlich kahl. Durch eine der offenstehenden Türen fiel warmes Licht. Dorthin führte mich der Professor.

Wie sich wenig später herausstellte, befand sich hinter der Tür das Arbeitszimmer des Professors. Hier gab es tatsächlich die Bücherregale voller staubiger Bände. Auch um ein hohes Pult waren zahlreiche Buchstapel verteilt. Er arbeitete sicher gerade an etwas, einem Buch vielleicht oder einer Übersetzung.

»Gib mir deinen Brief und nimm Platz«, sagte er und streckte die Hand aus, die ganz fleckig war von schwarzer Tinte.

Ich reichte ihm das Schreiben und ließ mich dann auf einem mit blau-grau gestreiftem Stoff bezogenen Stuhl nieder. Dieser gab ein missmutiges Ächzen von sich. Ich wagte nicht, mich darauf zu bewegen.

Ich beobachtete, wie der Professor meinen Brief öffnete, ihn studierte und dann zu seinem Pult trug. Wieder flogen seine Augen über die Schrift, dann zog er die Augenbrauen hoch. Er wirkte, als könne er nicht glauben, was er da sah.

»Können Sie es lesen?«, fragte ich. »Ich habe wirklich keine Ahnung, was das für eine Sprache ist.«

Der Professor antwortete nicht. Eine ganze Weile befasste er sich noch mit dem Brief, dann blickte er auf.

Ich ahnte nichts Gutes. Kannte er die Sprache vielleicht nicht?

»Du bist die Tochter des Glasmachers, nicht wahr?«, fragte er mich, während er mein Gesicht studierte. »Martin Härtel, der vor zwei Jahren gestorben ist.«

»Ja, die bin ich. Anna ist mein Name.« Natürlich hatten wir uns im Ort schon oft gesehen, doch ich hätte nicht erwartet, dass er mich als die Tochter des Glasmachers wiedererkennen würde.

»Ein schöner Name. Und dein Vater war ein guter Mann. Nie hat er mich vertrieben, wenn ich mir seine Glassachen anschauen wollte. Du musst wissen, dass ich Glas liebe. Es ist so einfach zu verstehen.«

Der Professor verstand Glas? Offenbar war er wirklich verrückt, wie manche Leute im Ort behaupteten.

»Wie meinen Sie das?«, fragte ich.

»Nun, im Gegensatz zum menschlichen Verstand ist Glas leicht zu durchschauen. Es ist fest und nützlich und man weiß, dass man es vorsichtig behandeln muss. Das sollte man mit Menschen natürlich auch tun, doch in ihren Verstand kann niemand schauen, und manchmal sind sie alles andere als nützlich.«

Damit richtete er den Blick wieder auf das Papier.

Seine Worte klangen ein bisschen wie das, was mein Vater über Glas und die Liebe gesagt hatte. Gespannt beobachtete ich ihn. Meine Frage, ob er es lesen konnte, hatte er mir leider nicht beantwortet.

Nach einer Weile holte er einen neuen Schreibbogen hervor und griff nach seinem Füllfederhalter. Die Spitze gab ein unangenehmes Kratzen von sich, als er ein paar Worte zu Papier brachte. Dabei wirkte er so abwesend, wie ich ihn schon früher erlebt hatte. Hatte er mich schon wieder vergessen?

»Hier«, sagte er nach einer Weile und reichte mir das Blatt. Verwirrt sah ich ihn an.

»Was ist das?«, fragte ich, während ich mich erhob. Der Sessel knarzte erleichtert.

»Deine Übersetzung. Es war Englisch, das fällt mir nicht schwer. Hättest du mir einen chinesischen Dialekt vorgelegt, hätte ich sicher eine Weile gebraucht, aber so war es ein Kinderspiel.«

»Sie können Chinesisch?«, fragte ich verwundert. Ich hatte noch nie einen Chinesen gesehen, geschweige denn ein chinesisches Wort gelesen oder gehört.

»Unter anderem. Wenn man wie ich den Kontakt zu Menschen meidet, hat man viel Zeit, etwas zu lernen.« Er sah mich an. »Wird euch in der Schule nicht Englisch beigebracht?«

Ich schüttelte den Kopf. »Nein, nicht dass ich wüsste. Vielleicht in einem Gymnasium. Aber ich gehe schon lange nicht mehr zur Schule.«

»Wirklich? Du siehst noch so jung aus!«, entgegnete der Professor. »Na, dann lies doch mal, was in dem Brief steht.«

Ich betrachtete das Blatt. Kein Wunder, dass die Feder so gekratzt hatte. Die Schrift wirkte, als wären mit Tinte gefärbte Spinnenbeine über das Papier gelaufen. Doch nach einer Weile konnte ich sie entziffern.

Verehrte Miss Haertel,

diese Nachricht erhalten Sie auf Geheiß Ihrer Majestät, Queen Victoria von England. Durch einen Besuch von Lord Sandhurst erfuhr Ihre Majestät von Ihren vorzüglichen Glas-

arbeiten und beabsichtigt nun, eine Kollektion Ihrer Werke zu erwerben. Wir laden Sie daher ein, mit einer Auswahl Ihrer Arbeiten vorstellig zu werden.

Sollten Sie gewillt sein, die Reise, deren Kosten natürlich vom Königshaus übernommen wird, anzutreten, geben Sie dem Boten bitte Bescheid. Er wird Ihnen mitteilen, welche Vorkehrungen zu treffen sind, und begleitet Sie selbstverständlich nach England.

Wir hoffen sehr auf Ihr Kommen und verbleiben mit gewogenen Grüßen

Andrew Stafford, Haushofmeister

Ich starrte den Professor an. »Das ist nicht möglich.«

»Warum denn nicht?«, antwortete er. »Da steht es geschrieben! In all der Zeit, die ich mich schon mit Schriften befasse, habe ich vieles gelesen, was nicht den Tatsachen entspricht. Doch hier sind die Worte klar. Es ist eine Einladung an den englischen Königshof, Mädchen, ob du es glauben willst oder nicht.«

Er streckte mir den Brief entgegen, aber ich zögerte, ihn anzunehmen. Woher sollte ein englischer Adeliger – Lord klang jedenfalls nach einem Adelstitel – von mir erfahren haben? Was hatte er überhaupt in unserem kleinen Ort zu suchen gehabt?

Mein Verstand durchforstete fieberhaft die Gesichter der Kunden der vergangenen Wochenenden. Mir war niemand aufgefallen, der adelig ausgesehen hätte …

Möglicherweise erlaubte sich nur jemand einen bösen Scherz mit mir.

Schließlich nahm ich den Brief wieder an mich und faltete ihn sorgsam zusammen.

»Ich würde dir raten, geh zu der Königin. Es ist nie

gut, wenn man jemanden mit einer Krone auf dem Kopf warten lässt.«

»Aber ich … ich kann doch meine Familie nicht im Stich lassen.«

»Ist es so, dass du sie im Stich lässt? Oder würdest du sie nicht vielmehr im Stich lassen, wenn du diese Möglichkeit nicht ergreifst?«

Ich starrte ihn an. »Ich … ich weiß nicht. Meine Mutter braucht Hilfe, aber …«

»Möglicherweise kannst du ihr mit etwas mehr Geld besser helfen – und dir selbst mit neuen Bildern im Kopf. Das wäre dann ein wirklicher Reichtum.«

Ich wusste nicht, was ich dazu sagen sollte. Und noch weniger wusste ich, was ich tun sollte.

»Schulde ich Ihnen etwas?«, fragte ich.

»Nur eine Geschichte, wenn du wieder da bist. Und wenn ich ehrlich bin, wäre eines dieser Glasengelchen für meinen Weihnachtsstrauß auch nicht schlecht. Immerhin gefallen sie einer Königin, da muss ich auch eines besitzen!«

Er zwinkerte mir zu und richtete dann seinen Blick wieder auf das Pult.

»Vielen Dank«, sagte ich und wandte mich der Tür zu. »Auf Wiedersehen.«

»Auf Wiedersehen, Fräulein Härtel«, entgegnete er, ohne von seinem Pult aufzublicken.

4. KAPITEL

Wenzel saß auf einem schneebedeckten Stein und rieb sich die Hände. Unter dem wuchtigen Eichenbaum, der von dem Blitzschlag in zwei Hälften geteilt worden war, aber dennoch im Sommer grünes Laub trug, schien ihm irgendwie nicht wohl zu sein.

Mittlerweile war die Luft eisiger geworden, und der Wind trieb wieder Schneeflocken vor sich her. Von hier aus wirkte unser Ort wie in einer Schneekugel. Hügel erhoben sich sanft ringsherum, der Schnee war auf ihren Gipfeln noch dichter als in den Tälern. Die Baumteppiche ließen hier und da etwas dunkles Grün sehen, wo Tannen standen. Die Laubbäume reckten ihre kahlen Äste sehnsuchtsvoll in den bleigrauen Himmel.

»Bitte entschuldige, dass ich erst jetzt komme«, sagte ich atemlos, denn ich war den ganzen Weg hierher gerannt. »Ich hatte noch etwas zu erledigen.«

Wenzel blickte auf. Seine Nase war ganz rot, seine Augen tränten von der Kälte, aber er wirkte erleichtert. »Anna, da bist du ja! Ich habe mir schon Sorgen gemacht.« Er erhob sich. »Geht es deiner Mutter gut?«

»Ja, es geht ihr gut. Aber ... ich habe gestern einen Brief erhalten.«

»Einen Brief?«

Ich zog ihn mitsamt der Übersetzung des Professors aus meiner Manteltasche.

Wenzel nahm ihn an sich und las. Zunächst zeigte er keine Reaktion, dann schüttelte er den Kopf. »Was soll denn das? Der Haushofmeister der Königin lädt dich wegen der Engel an den englischen Hof ein?«

»Ich bin genauso erstaunt wie du«, entgegnete ich und ließ mich neben ihn auf den Stein sinken.

»Wann ist das gekommen?«

»Gestern Nacht. Ich wurde wach, als Männer in dunklen Mänteln durch die Straße ritten.« Ich berichtete ihm, wie es gestern abgelaufen war.

Wenzel starrte mich mit großen Augen an. »Du meinst, diese Leute sind nur deinetwegen hier gewesen?«

»Sieht fast so aus«, antwortete ich. »Und offenbar hätte ich dem Boten gleich Bescheid geben sollen. Es steht keine Adresse dort, bei der ich mich melden soll.«

»Dann wird er sicher noch einmal wiederkommen.« Wenzels Miene wurde finster. »Willst du gehen?«, fragte er und reichte mir das Schreiben zurück.

»Ich ... ich weiß nicht«, antwortete ich, denn ich wusste es wirklich nicht. »Ich meine, es ist eine große Ehre, aber ...«

»Möglicherweise ist es auch alles ein großer Betrug. Wer weiß, vielleicht wollen sie dir etwas antun.«

»Aber woher sollten sie wissen, wer ich bin?«, gab ich zurück. »Und welches Interesse hätten sie an einer Glasmacherin, die als Aushilfe in einer kleinen Werkstatt in Jux arbeitet?«

»Vielleicht wollen sie dich abwerben.«

Ich schüttelte den Kopf. »Nein, das glaube ich nicht. Wie sollte ich denn von mir reden gemacht haben?«

Ich stutzte. Ein Bild kam mir in den Sinn. Ein Mann in einem pelzverzierten Mantel, der einen meiner Engel gegen das Licht hielt. Er hatte nicht gesprochen, nur geschaut. Sein Begleiter war es, der schließlich einiges gekauft hatte, darunter zehn Engel: zwei weiße, zwei blaue, drei rote und drei purpurne.

Ich griff nach Wenzels Arm.

»Was ist?«, fragte dieser besorgt. »Ist dir nicht gut?«

»Doch, mir ist nur eingefallen, wer dieser Lord gewesen sein könnte.«

»Und?«

»Erinnerst du dich an den Winterabend vor einem Jahr? Als es so schlimm zu schneien begonnen hatte?«

Wenzel zog ein unverständiges Gesicht. Und so jemand wollte mir den Hof machen! Er konnte sich nicht einmal merken, wenn etwas seltsam erschienen war!

»Wir wollten doch gerade einpacken, da kamen zwei Männer an den Stand. Der eine trug einen teuren Samtmantel mit Pelzkragen und so einen merkwürdigen Stock in der Hand. Er hatte einen gezwirbelten Bart und sah aus, als wären seine Locken mit der Brennschere gemacht worden. Der andere war dagegen recht schlicht gekleidet. Der Schlichtere hat mir zehn Engel abgekauft, nachdem der andere sie begutachtet hatte. Ich nehme an, er war der Diener und der Mann im Samtmantel der Lord.«

»Bist du sicher?« Wenzel schüttelte den Kopf. »Ich kann mich wirklich nicht mehr daran erinnern.«

»Aber ich.« Mein Herz pochte wie wild. Wenn ich es recht bedachte, hatte der Mann in dem Mantel tatsächlich wie ein Adeliger ausgesehen. Gesprochen hatte er nicht, und jetzt, wo ich näher über sie nachdachte, fiel mir auf, dass die Worte seines Begleiters etwas merkwürdig geklungen hatten. Ich dachte zunächst, er wäre ein Holländer gewesen, der recht gut Deutsch sprach.

»Aber was, wenn das in Wahrheit Holländer waren?«, fragte nun auch Wenzel und griff nach meinen Händen. »Was, wenn sie dich zu sich locken und erfahren wollen, wie du die Engel machst?«

»Das ist nun wirklich kein Geheimnis!«, entgegnete ich. »Weißt du noch, als der Bürgermeister zu uns kam und von den Weihnachtskugeln aus Lauscha geschwärmt hat? Glaswaren herstellen kann jeder, der sich mit der Glasmacherei auskennt.«

»Aber kaum jemand ist dabei so fingerfertig wie du.«

Ich schüttelte den Kopf. »Nein, das ist absurd, Wenzel. Niemand will mich abwerben. Möglicherweise war das tatsächlich ein Lord, und sein Bote kommt noch einmal zurück, um mich nach meiner Antwort zu fragen.« Ich hatte wieder das Gesicht und die silbergrauen Augen des Mannes vor mir, der zu mir hochgeschaut hatte. »Wenn ich die Glasengel verkauft bekomme, dann ...«

»Anna.« Wenzel drückte meine Hand etwas fester. »Glaubst du wirklich, dass es dir etwas bringen wird, so eine weite Reise zu machen?«

»Ich weiß es nicht.«

Er presste die Lippen zusammen, blickte kurz zur Seite, dann sah er mich wieder an. Sein Blick wirkte fast schon verzweifelt. Als fürchtete er, mich vor einem Unheil nicht bewahren zu können.

»Bitte, Anna, geh nicht. Der Grund, weshalb ich dich heute treffen wollte, ist, dass ich dich fragen wollte, ob du dir vorstellen könntest ...?«

Ich erstarrte. All die Berührungen, das Lächeln, das er mir zuwarf, wenn er mich sah und die Andeutungen, die er in den vergangenen Monaten gemacht hatte, ließen nur einen Schluss zu.

»Ich wollte fragen, ob du es dir vorstellen könntest, meine Frau zu werden.«

Ich schnappte nach Luft. Wenzel schien mein Erschrecken zu bemerken.

»Ich … ich weiß, es kommt ein wenig plötzlich«, sagte er rasch. »Aber wir kennen uns schon so lange, und ich glaube, du wärst eine gute Frau für mich.«

Ich konnte nichts darauf sagen. Dabei hatte ich gespürt, dass er etwas für mich empfand. Ich war vielleicht noch jung und wusste nichts von der Liebe, aber ich hatte bemerkt, dass er zu mir anders war als zu anderen Mädchen.

Doch was war mit mir? Sicher, ich mochte ihn auch. Und das Herzklopfen bei seinen Berührungen kam nicht von ungefähr. Aber wollte ich seine Frau werden?

Natürlich wäre das die leichteste Art, mein Leben und das meiner Mutter und meiner Schwester zu sichern. Wenzel hätte sicher nichts dagegen, wenn ich sie weiterhin unterstützte.

War das die Zukunft, die ich mir erträumte? Selbstverständlich wollte ich heiraten, das wollte jedes Mädchen. Aber bereits jetzt und ohne etwas von der Welt gesehen zu haben?

Sobald ich Wenzels Frau war, würde ich Kinder bekommen und mich um seinen Haushalt kümmern. An Arbeit in der Glashütte war dann nicht mehr zu denken. Und ebenso wenig an eine Reise um die Welt.

»Anna?«, fragte Wenzel, nachdem ich eine Weile geschwiegen hatte. »Ist alles in Ordnung mit dir?«

Ich blickte ihn an. Er sah gut aus mit seinen rotblonden Haaren und den blauen Augen. Obwohl er sich gründlich rasierte, wirkte er immer, als wäre seine Klinge nicht scharf genug gewesen.

Auf den ersten Blick wäre er ein idealer Ehemann. Doch ich konnte die Ketten, die er mir anlegen würde, bereits rasseln hören.

Als mein Vater noch lebte, hatte ich immer davon geträumt, eines Tages seine Werkstatt zu führen und in fremden Ländern wunderschöne Glassachen zu betrachten. Die Reise nach England wäre ein Anfang. Aber sie würde unmöglich sein, wenn ich Wenzels Braut wurde.

»Anna?«, fragte er erneut und schreckte mich aus meinen Gedanken.

»Ja, es geht mir gut«, antwortete ich und versuchte, mich wieder auf ihn zu konzentrieren, was nicht leicht war, denn aus irgendeinem Grund spürte ich den Brief in meiner Tasche wie einen schweren Stein.

»Und was sagst du zu meiner Frage?«, hakte er nach. »Könntest du es dir vorstellen, meine Frau zu werden?«

»Ich … ich weiß nicht«, antwortete ich, denn ich wollte ihn nicht mit einem Nein verletzen. Außerdem wusste ich es wirklich nicht.

Bei der Nachricht, dass eine Königin meine Engel wollte, hätte ich eigentlich zur Haustür stürmen, nach oben rennen und meiner Mutter freudig von dem, was geschehen war, berichten sollen. Aber ich fühlte mich bedrückt.

Zwei Stimmen waren in meinem Kopf. Wenzel, der mich zu seiner Frau machen wollte und das Schreiben für Unsinn hielt. Und die Stimme des Professors, der meinte, ich könnte meiner Mutter durch den Verdienst das Leben etwas erleichtern.

Einer Königin meine Engel zu zeigen wäre, wie Bezelius sagte, eine große Ehre. Nein, ein Traum, der wahr wurde! Wie oft hatte ich schon mal geträumt, in einem Königsschloss zu sein! Wie oft hatte mein Vater mir von dem großen Spiegel im Fürstenschloss erzählt! Wie oft hatte ich mir ausgemalt, einen Ball in einem Spiegelsaal mitzuerleben!

Das alles konnte wahr werden – doch es würde einen hohen Preis haben.

Wenzel hatte es nicht ausgesprochen, aber ich wusste auch so, dass Meister Philipps es nicht gutheißen würde, wenn ich über längere Zeit in der Werkstatt fehlte. Ohnehin hatte er mich nur angenommen, weil er meinen Vater gekannt hatte. Wenn ich nicht da war, würde er einen neuen Hilfsarbeiter anstellen.

Außerdem, wer sagte mir denn, dass die Königin meine Engel auch dann noch wollte, wenn sie sie sah? Möglicherweise würde ich bei meiner Rückkehr vor dem Nichts stehen. Das bedeutete, dass wir unsere Wohnung verloren, das Geld für Mutters Medikamente und Elisabeths Schulgeld nicht mehr aufbringen konnten.

Mein Vater hatte mir nicht beigebracht, von Träumen zu leben.

Auf wen sollte ich nun hören? Den Professor? Wenzel? Oder auf mich? Sollte ich vielleicht meine Mutter fragen?

Ich wischte Schnee vom Treppengeländer und betrachtete, wie die Kristalle auf meiner warmen Haut schmolzen. Wäre mein Vater noch am Leben, hätte er mich sicher ermutigt. Vielleicht sollte ich ihn fragen.

Ich blickte nach oben zu unserem Fenster, in dem bereits Licht brannte. Mutter und Elisabeth fragten sich bestimmt schon, wo ich abblieb. Doch ich wollte jetzt noch nicht zu ihnen. Ich musste zu Papa, dessen Rat mir stets geholfen hatte.

Es war erstaunlich, wie still es bei Einbruch der Dunkelheit wurde. Die Krähen verzogen sich in ihre Nester, und beinahe lautlos fielen die Flocken auf den Boden. Nur ein ganz leichtes Rascheln war zu vernehmen. Frost kroch unter meine Kleider und jagte mir Schauer über den Nacken. Meine Finger kribbelten vor Kälte, aber ich dachte nicht daran, umzukehren.

Ich hatte gerade das Friedhofstor erreicht, als der Schneefall einsetzte. Trotzdem fiel es mir nicht schwer, das Grab meines Vaters zu finden. Wir hatten einen Platz nahe der kleinen Kapelle ausgesucht. Dieser war erst kurz zuvor frei geworden, weil ein altes Grab eingeebnet werden musste. Von hier aus hatte Vater einen guten Blick auf den Ort – wenn es denn wirklich so war, wie manche Leute behaupteten, dass die Toten über ihren Gräbern schwebten und ihren Heimatort beobachteten.

Ich stellte mich vor den Grabhügel, der dicht mit Efeu bewachsen und von einem Grabkreuz geschmückt war, sprach ein kurzes Gebet und sagte dann wie immer: »Hallo, Papa, ich bin's, Anna.«

Außer dem Raunen des Windes bekam ich keine Antwort. Doch ich stellte mir die Stimme meines Vaters vor. Mochte ich mich auch nicht mehr an alle Einzelheiten seines Gesichts erinnern, so hatte ich doch immer noch im Ohr, wie er gesprochen hatte.

»Ich … ich habe einen Brief erhalten, aus England«, fuhr ich fort. Meine Stimme klang dumpf. Ein wenig ängstlich war ich nun doch, denn es wurde allmählich dunkel. »Du weißt sicher, was er beinhaltet. Nur weiß ich nicht, was ich tun soll.«

Ich hockte mich hin und streckte die Hand nach dem Efeu aus, mit dem er überwachsen war. Die Winterkälte hatte ihm nichts anhaben können, so schien es jedenfalls.

»Soll ich nach England gehen oder lieber auf Wenzel hören? Ich könnte Wenzel heiraten, wenn ich wollte. Aber irgendwie ... will ich das gar nicht.«

Der Wind raunte abermals über den Gottesacker. In den kahlen Baumkronen saßen ein paar Krähen, ganz still, als wären sie aus Porzellan.

In der ersten Zeit nach seinem Tod war Vater mir öfter im Traum erschienen. Er hatte mit mir gesprochen und mir gesagt, dass ich meinen Weg schon gehen würde. Immer, wenn ich aus solchen Träumen erwachte, war ich furchtbar traurig gewesen, denn während ich schlief, konnte ich mir einbilden, dass alles so war wie früher. Aber sobald ich die Augen öffnete, war ich in meinem neuen Leben. Einem Leben ohne ihn.

Vielleicht sollte ich die Augen schließen und mich an das Grabkreuz lehnen. Nur kurz, damit mein Vater Zeit hatte, zu mir zu kommen.

Ich beugte mich vor und legte die Arme um das Kreuz. Dann bettete ich mein Gesicht darauf. Ich spürte die Kälte, doch sie erreichte mich nicht ganz. Und ich wollte hier ja auch nicht lange bleiben. Ich wollte nur Vaters Seele die Gelegenheit geben, zu mir Kontakt aufzunehmen.

5. KAPITEL

Schneeflocken fielen mir auf die Wangen. Lange würde ich nicht mehr hier stehen können, das Gestöber wurde einfach zu groß. Außerdem dunkelte es bereits. In nicht einmal einer halben Stunde würde der Markt aufgelöst werden. Die meisten Händler hatten bei dieser schlechten Witterung schon gepackt.

»Wir sollten gehen«, sagte Wenzel, der ebenfalls dabei war, die nicht verkauften Gläser wieder in ihre Kisten voll Rohwolle zu stapeln. »Es kommt bestimmt niemand mehr.«

Frierend schlang ich meine Arme um den Körper. Er hatte recht. Die Chancen, dass sich noch jemand für meine Engel interessierte, waren sehr gering. Ich begann meine Ware in ihren Kasten zu legen. Die Engel fühlten sich an, als wären sie aus Eis. Da traten zwei Herren an unseren Stand. Der eine trug einen roten Samtmantel mit einem Pelz, der ihn sicher nicht frieren ließ. Der Mantel des anderen war schlichter, doch auch er schien nicht zu frieren. Beide trugen Fellmützen, unter denen man kaum die Gesichter erkennen konnte.

Was ich erkannte, war, dass der Herr im roten Mantel einen gezwirbelten Bart und eine ziemlich große Nase hatte. Der andere war wesentlich jünger. Das Auffälligste an ihm waren seine Augen, die silbern unter den energisch geschwungenen schwarzen Augenbrauen leuchteten. Er trug keinen Bart, nur einen leichten Bartschatten an Oberlippe, Kinn und Wangen.

»Entschuldigen Sie, hat Ihr Stand noch geöffnet?«, fragte er freundlich und mit einem seltsamen Akzent in der Stimme.

»Ja, ich … natürlich.« Mein Herz begann zu klopfen.

»Wie wunderbar!«, sagte er mit Blick auf seinen Begleiter. »Das sind Glasengel, nicht wahr?«

»Ja, aber ich habe auch Blüten und kleine Tiere, wenn Sie wollen.«

Mein Blick huschte verstohlen zu dem Herrn in Rot. Seine Miene wirkte seltsam starr, so als würde er weder vom kalten Wetter noch von meiner Auslage irgendwie berührt werden. Dafür leuchteten die Augen des anderen umso heller.

»Bitte zeigen Sie mir, was Sie dahaben«, sagte er und zog sich einen Handschuh aus. Zum Vorschein kam eine Hand, die nicht so aussah, als sei sie an harte Arbeit gewöhnt. Aber wahrscheinlich war es zumindest körperlich nicht allzu schwer, einem feinen Herrn zu dienen.

Ich holte alles hervor, was ich eingepackt hatte, und stellte es zu dem, das noch ausgepackt auf dem Tisch stand. Neben mir räumte Wenzel noch immer. Entweder wollte er nicht neugierig erscheinen, oder es interessierte ihn wirklich nicht.

Der Fremde ging meine Waren durch, während der Herr im roten Mantel wie eine Statue dastand und mich musterte. Ich lächelte ihm einmal kurz zu, doch er erwiderte das Lächeln nicht. Er sah aus wie eingefroren, das Gesicht wie ein Nussknacker aus Holz.

»Diese Engel«, sagte der Jüngere. »Wie stellen Sie sie her?«

»Ich gieße sie«, antwortete ich knapp, denn in meinen Augen war es nichts Besonderes. Außerdem hatte mir mein Vater beigebracht, dass ich niemandem erzählen sollte, wie genau die Engel entstanden. Jeder Glasmacher hatte seine eigenen Rezepte, seine eigenen Farbmischungen und seine persönlich verfeinerte Technik.

Doch meine Antwort schien dem Fremden schon zu genügen.

»Ich nehme diese da und die«, sagte er, und ich erschrak, als ich sah, worauf seine Hände zeigten. Es waren beinahe all meine

Weihnachtsfiguren. Überrascht starrte ich ihn an. Es war mehr, als ich selbst an einem erfolgreichen Samstag verkauft hätte.

»Sind Sie sicher?«, fragte ich und sah zu dem Herrn in Rot. In dessen buschigen Augenbrauen hatten sich ein paar Schneekristalle verfangen. Sein Blick traf meinen, aber es war mir weder peinlich noch unangenehm. Es waren Augen, die ebenso leblos wirkten wie die gesamte Person.

»Seine Lordschaft ist sich sicher«, antwortete der Jüngere. »Oder stehen einige der Exemplare nicht mehr zum Verkauf?«

»Doch natürlich!«, antwortete ich und rief mich schnell zur Ordnung. Der Mann wollte die Engel, dann sollte er sie auch bekommen. Ich packte alles zusammen und verabschiedete mich still von jedem meiner kleinen Freunde, dann reichte ich die Schachtel über den Tisch.

Obwohl er komisch sprach, zahlte er doch mit einheimischem Geld, dann warf er mir einen Blick und ein Lächeln zu, das mich geradezu lähmte. Nie zuvor hatte mich ein Mann so angelächelt – auch Wenzel nicht. Ich starrte den Fremden an, als wäre die heilige Muttergottes vor mir erschienen, und bekam beinahe nicht mit, wie er sich verabschiedete.

»Vielleicht sehen wir uns wieder«, sagte der Mann und tippte an seine Kappe. Sein Begleiter in dem roten Mantel wandte sich um, ohne einen Gruß und ohne einen Blick zurück. Für ihn waren die Engel wohl gekauft worden, aber bedeuteten sie ihm irgendwas?

Jemand rüttelte mich an der Schulter. Ich schreckte auf und bemerkte, dass meine Wange taub war. Verwirrt blickte ich mich um. Inzwischen war es beinahe dunkel. Über dem letzten Streifen Tageslicht am Horizont blinkten die ersten Sterne.

»Mädchen, du kannst doch hier nicht schlafen!«, sagte eine vorwurfsvolle Stimme. »Du holst dir doch den Tod!«

Erschrocken sprang ich auf. Ich war tatsächlich auf dem Grab meines Vaters eingeschlafen. Ohne, dass er mir im Traum erschienen wäre! Dafür hatte ich die beiden Männer wiedergesehen, die damals die zehn Engel gekauft hatten. Einer von ihnen hatte dem Boten sehr ähnlich gesehen …

Der Mann, der mich geweckt hatte, war keiner der beiden, sondern Hans Decker, der Totengräber des Ortes. Ich kannte ihn, denn weil meine Mutter nicht dazu imstande gewesen war, hatte ich mit ihm die Bestattung meines Vaters besprochen.

»Ist alles in Ordnung, Mädchen?«, fragte der alte Mann besorgt.

»Ja, ich denke schon«, sagte ich, dann fuhr es mir siedend heiß durch die Glieder. »Oh mein Gott!«

Meine Mutter und Elisabeth waren inzwischen wahrscheinlich krank vor Sorge.

»Ich muss los!«, verkündete ich, dann rannte ich durch die Grabreihen. Ich hätte dem Totengräber danken sollen, dass er mich vor dem sicheren Erfrierungstod bewahrt hatte, doch daran dachte ich jetzt nicht.

So schnell ich konnte, lief ich durch die Straßen. Inzwischen waren die Fenster überall beleuchtet. Gelber Lichtschein fiel auf die Wege und brachte den Schnee zum Glitzern. Mittlerweile war niemand mehr draußen. Dafür sah ich aus dem Augenwinkel die Leute hinter den Fenstern.

Früher waren Elisabeth und ich manchmal rausgeschlichen, um die Leute heimlich zu beobachten. Das war interessant gewesen, doch meist hagelte es Schelte dafür, dass wir so spät noch draußen waren. Als Vater gestorben war, machten wir das nicht mehr.

Wenig später tauchte unser Haus vor mir auf. Auch

die Fenster der Niedermayers waren beleuchtet, aber ich hatte keine Lust, in deren Stube oder Küche zu schauen.

Als ich zur Haustür hereinkam, war ich durchgeschwitzt. Ich keuchte und sog die warme Luft begierig in meine Lungen. Es roch nach Kohlsuppe und Ofenruß. Elisabeth stand an der Treppe und zog sich ihren Mantel über. Sie sah aus, als wollte sie noch einmal nach draußen.

»Wo warst du?«, fragte sie, als sie mich sah. »Ich wollte dich gerade suchen gehen!«

»Ich war bei Vater«, antwortete ich. »Ich wollte ihn um Rat fragen.«

»Warum?«

Bevor ich antworten konnte, erschien Frau Niedermayer. »Was ist denn los, Kindchen? Ist etwas mit eurer Mutter?«

Ich schüttelte den Kopf. »Nein, Frau Niedermayer, es ist alles in Ordnung. Ich bin nur aufgehalten worden, und Elisabeth hat sich Sorgen gemacht.«

»Bei dem Wetter ist das auch angebracht«, sagte Frau Niedermayer, machte aber keine Anstalten, sich wieder in ihre Wohnung zurückzuziehen.

»Guten Abend, Frau Niedermayer«, wünschte ich und erklomm die Treppe. Oben zog ich Elisabeth in die Wohnung.

»Es tut mir leid, dass ihr euch geängstigt habt. Ich war bei dem Professor und dann ...« Das Treffen mit Wenzel ließ ich aus.

»Warum hast du Papa besucht?«

Ich erzählte ihr, was ich erfahren hatte, und zeigte ihr die Übersetzung des Briefes.

»Königin Victoria von England will, dass du zu ihr kommst?« Elisabeth schüttelte ungläubig den Kopf.

»Ja, jedenfalls steht das so da. Allerdings weiß ich nicht, was ich davon halten soll.«

»Du meinst, jemand erlaubt sich einen Scherz?«

Wenzel glaubt das, wäre es mir beinahe herausgerutscht. Glücklicherweise konnte ich meine Zunge noch schnell im Zaum halten.

»Ich weiß es nicht. Deshalb bin ich zu Vater gegangen. Ich wollte ihn um Rat bitten. Um irgendein Zeichen, das mir hilft.«

Elisabeths Gesicht wurde ernst. »Hast du es bekommen?«

»Nein, ich ... bin auf dem Grab eingeschlafen.«

»Himmel!«, rief Elisabeth aus. »Du hättest erfrieren können!«

»Der Totengräber hat mich geweckt«, antwortete ich, während ich spürte, wie meine Wangen zu kribbeln begannen. Allmählich schien das Blut wieder durch sie hindurchzufließen.

»Hältst du das für ein gutes Omen?«, fragte Elisabeth. »Der Totengräber bedeutet sicher nichts Gutes.«

»Du meinst, ich sollte es sein lassen?«

»Sprich mit Mutter darüber«, sagte Elisabeth und hängte ihren Mantel wieder an den Haken.

Meine Mutter hatte die Aufregung um mich verschlafen. Eingewickelt in Decken, lag sie auf dem alten Sofa.

»Mama?«, fragte ich und rüttelte sie sanft an der Schulter. Sie schlug die Augen auf und blickte mich etwas verwundert an.

»Anna! Bist du wieder zurück?«

Ich schaute zu Elisabeth, die sich auf ihrem Bett niedergelassen hatte und mich noch immer ein wenig verstimmt ansah.

»Ja, das bin ich. Und der Professor war so freundlich, mir den Brief zu übersetzen. Allerdings ist sein Inhalt recht erstaunlich.«

Ich reichte ihr den Brief und die Übersetzung. Sie studierte beide stumm, dann sah sie mich beinahe genauso ungläubig an wie meine Schwester.

»Meinst du, dass der Brief echt ist? Es erscheint mir ziemlich unwahrscheinlich, dass eine Königin nach dir fragt.«

»Im vergangenen Jahr hatte ich einen ungewöhnlichen Kunden. Er ist mir wegen seines teuren Mantels im Gedächtnis geblieben. Er könnte der Lord sein, von dem hier die Rede ist. Er ist mit einem Diener gereist, der für ihn gesprochen hat.«

»Leute wie diese erinnern sich doch nicht an unsereins.«

»Aber die Engel scheinen ihm gefallen zu haben. Und nun will die Königin welche kaufen.«

»Und wenn das nun eine Falle ist? Wenn es irgendwer auf dich abgesehen hat?« Mutter griff nach meiner Hand. »Und selbst wenn der Brief echt ist, so eine Reise nach England ist gefährlich. Ich möchte nach meinem Mann nicht auch noch meine Tochter verlieren.«

Dieses Argument konnte ich nur schwer entkräften. Ja, die Reise würde möglicherweise gefährlich sein. England war zwar nicht irgendwo in der Wildnis, aber eine Insel und von Spiegelberg viele hundert Meilen entfernt.

Doch was wurde aus meinen Träumen, in die Welt zu reisen? Hier bot sich mir eine einmalige Gelegenheit.

Aber vielleicht war es wirklich der falsche Augenblick, um meiner Sehnsucht nachzugeben. Mutter war krank, ich konnte sie nicht weiter beunruhigen.

»In Ordnung«, sagte ich. »Ich bleibe hier. Der Spatz

in der Hand ist besser als die Taube auf dem Dach, nicht wahr?«

Meine Mutter streichelte mir übers Haar. Ein mitleidiger Ausdruck erschien auf ihrem Gesicht, so als wüsste sie von meiner Sehnsucht. »Wenn dein Vater noch leben würde, hätte er sicher gesagt, dass du gehen solltest. Er wäre mit dir gereist. Aber die Zeiten haben sich geändert. Jetzt gibt es kein Glück mehr für uns.«

Mit diesen Worten driftete ihr Blick in die Ferne.

Mir stiegen die Tränen in die Augen. Ich wollte mich beherrschen, doch ich konnte es nicht. Schnell wandte ich mich ab und ging zum Fenster.

Jetzt gibt es kein Glück mehr für uns.

Stimmte das? Waren wir durch den Tod meines Vaters verdammt, ewig in diesem Ort zu bleiben? Ein Leben in Armut zu führen?

Diese Vorstellung widerstrebte mir zutiefst. Auch wenn es momentan schlecht aussah, gab es doch immer eine Möglichkeit, neu anzufangen!

Ich jedenfalls wollte nicht die Frau von Wenzel werden und dann auf ewig hier angekettet sein.

Zornig ballte ich die Fäuste und zerknüllte dabei auch den Brief. Ich starrte hinaus in die Dunkelheit, auf die Schneeflocken, die gegen die Scheibe prasselten. Ich schaute in mein Gesicht, sah meine Tränen glitzern und wünschte mir auf einmal, ganz weit weg zu sein.

In der Nacht hoffte ich vergeblich, dass Papa mich in meinen Träumen besuchen würde. Es gab offenbar niemanden, der mich ermutigen wollte, nach England zu reisen. Und ich selbst? Ich hatte Angst. Angst davor, alles zu verlieren. Aber was, wenn ich alles gewinnen könnte? Wenn der Besuch bei der Königin für mich bedeutete, das Glück wiederzufinden?

6. KAPITEL

Eine Woche ging ins Land, ohne dass sich der Bote noch einmal hätte blicken lassen. Offenbar hatte er es nicht eilig, meine Antwort zu erfahren. Darüber war ich froh, denn ich wusste immer noch nicht, was ich tun sollte. Also richtete ich meine Gedanken auf das, was heute vor mir lag.

Der neue Markttag am morgigen Samstag ließ mich hoffen, dass mir diesmal jemand meine Glasengel abkaufte. Allerdings konnte ich es wohl vergessen, dass Wenzel mich mit dem Wagen abholte.

Die ganze Woche über war er sehr still und redete mit mir nur das Nötigste. Mit meinem Zögern hatte ich ihn ganz klar verärgert.

Auch mit Elisabeth schien etwas nicht zu stimmen. Seit Mittwoch sagte auch sie kaum noch etwas.

Als ich an diesem Freitagabend von der Arbeit nach Hause kam, saß sie am Küchentisch und starrte auf ihre Hände. Mutter schlief mal wieder, aber das war nur gut so. Der Kachelofen war immerhin warm, und die Medikamente würden schon dafür sorgen, dass sie fürs Erste nicht von Schmerzen behelligt wurde.

»Guten Abend, Elisabeth«, sagte ich, doch sie antwortete nicht. Stattdessen starrte sie auf ihre Fingerspitzen, als gäbe es dort etwas Besonderes zu sehen. »Ist etwas nicht in Ordnung?«, fragte ich, während ich mich aus meinem Lodenmantel schälte und dann die Hände gegen die heißen Kacheln des Ofens hielt.

Noch immer antwortete meine Schwester nicht. Allmählich machte ich mir Sorgen. War etwa wieder eine dubiose Nachricht eingetroffen? Ich hatte ihnen doch gesagt, dass ich nicht reisen würde!

»Elisabeth«, sagte ich und ging zu ihr. »Nun rede doch mit mir. Was ist passiert?« Ich schaute auf ihre Hände. Es war schon einmal vorgekommen, dass Schulmeister Werner ihr einen Schlag mit dem Stock über die Finger versetzt hatte. Damals hatte mein Vater noch gelebt und dieser hatte sich Werner anschließend vorgeknöpft. Seitdem war Ruhe gewesen. Doch es war möglich, dass er es wieder getan hatte.

Allerdings konnte ich keine Schlagspuren entdecken. Ich legte ihr die Hand auf die Schulter.

»Elisabeth, Mäuschen«, sagte ich. Als Kind hatte ich sie immer so genannt.

Plötzlich wirbelte sie herum. Ihre Augen funkelten zornig.

»Wie kannst du das nur tun?«, fragte sie.

Ich wich erschrocken zurück. So hatte ich sie noch nie gesehen. Sie war eigentlich immer die Sanftere von uns.

»Was tun?«, fragte ich, während sich mein Herz zusammenkrampfte. War ihr zu Ohren gekommen, dass Wenzel mir den Hof machen wollte?

»Hierbleiben!«, platzte es aus ihr heraus, dann schüttelte sie meine Hand ab.

»Aber …«

»Du hast den Brief einer Königin bekommen, Anna. Sie will dir deine Glasengel abkaufen. Möglicherweise würden wir so genug Geld verdienen, damit Mama bessere Medizin erhalten kann. Und du willst hierbleiben!«

Ihre Worte verschlugen mir die Sprache. Ich ließ mich auf den Küchenstuhl sinken.

»Dann willst du also, dass ich gehe?«, fragte ich verwundert. »Vor einer Woche hat es noch nicht so ausgesehen.«

»Da war der Doktor noch nicht hier und hat gemeint, dass Mama bald schon nicht mehr laufen kann.«

Ich starrte sie schockiert an. »Wann war er hier?«

Ich konnte nicht glauben, dass sie mir nichts davon erzählt hatte.

»Vorgestern. Du hast es nicht mitbekommen, aber mittlerweile kann sie kaum noch von ihrem Bett hoch. Die Schmerzen sind einfach zu groß. Der Arzt sagte, dass sie bald schon ganz im Bett bleiben müsse.«

Fassungslos schüttelte ich den Kopf. Ich hatte bemerkt, dass es ihr nicht gut ging, doch ich hatte es auf den Winter geschoben.

»Hat er denn irgendwas von einem besseren Medikament gesagt?«, fragte ich.

»Er meinte, dass es eines gäbe, doch es wäre ziemlich teuer.« Meine Schwester schaute mich traurig an. Ich griff über den Küchentisch nach ihrer Hand. Diesmal entzog sie sich mir nicht. Aber ihre Augen bohrten sich unnachgiebig in meine.

»Ich glaube, du solltest es machen«, sagte sie. »Reise zur Königin, Anna. Du könntest damit vielleicht alles für uns ändern.«

»Und wenn wir dadurch alles verlieren? Außerdem würde ich ziemlich lange unterwegs sein. Du kannst dich nicht allein um Mutter kümmern.«

»Das schaffe ich doch jetzt schon!« Ihre Hand umschlang die meine. »Wenn der Bote kommt, sag ihm, dass du mitgehst. Versprich mir, dass du es ihm sagst.«

Ich wusste, dass ich das tun sollte. Doch die Sorge um Mutter war größer. Außerdem hatte ich gegenüber Wenzel angedeutet, dass ich das Angebot nicht annehmen würde. Wenn ich ihm meinen Sinneswandel darlegte, würde er sicher böse werden.

»Ich …« Sollte ich es ihr wirklich versprechen?

Glücklicherweise wachte Mutter in diesem Augenblick auf.

»Elisabeth, wo bist du?«, fragte sie.

»Hier, Mama! Anna ist auch gerade nach Hause gekommen.«

»Das ist schön.«

Meine Schwester erhob sich. Ihre Hand zog sich von meiner zurück und hinterließ Kühle auf meiner Haut. Ich sah sie an. In ihren Augen lag Angst. Angst um unsere Mutter. Angst davor, dass es wirklich kein Glück mehr für uns gab, wie es unsere Mutter vorhergesagt hatte.

7. KAPITEL

Am nächsten Morgen hämmerte es unten an der Tür so vehement, dass ich für einen Moment glaubte, die Reiter seien zurückgekehrt. Ich war bereits aufgestanden, denn ich wollte noch ein paar Vorbereitungen für den Markttag treffen.

Eigentlich hätte mich das Klopfen nicht zu kümmern brauchen, doch dann ging ich zum Fenster. Der Reiter, der einen ähnlichen schwarzen Mantel trug wie die Briefboten in der Samstagnacht, trat ungeduldig von einem Bein aufs andere.

Nach einer Weile öffnete Herr Niedermayer. Die beiden sprachen einen Moment lang miteinander, dann bat der Hausherr ihn herein.

Ich zog mich vom Fenster zurück. Möglicherweise war es ein Lieferant oder ein Bekannter. Ich hatte mich um Wichtigeres zu kümmern.

Das Feuer im Kachelofen brannte bereits, erwärmte den Raum allerdings nur langsam. Ich trat neben das Bett von Elisabeth und rüttelte sie an der Schulter.

»Aufstehen!«, sagte ich. »Ich muss los zum Markt.«

Wie immer murrte meine kleine Schwester, doch sie wusste, dass sie jetzt nicht mehr länger unter den Daunen bleiben konnte.

»Ich habe uns Brote geschmiert und noch drei Äpfel aus dem Keller geholt. Sorgst du dafür, dass Mutter etwas isst, bevor du aus dem Haus gehst?«

Elisabeth sah mich aus kleinen Augen schlaftrunken an, nickte aber.

Ein Ruf an der Treppe ließ mich aufhorchen. Was war los? Manchmal rief Frau Niedermayer, wenn Elisabeth ihr bei einer Arbeit helfen sollte. Doch so früh? Sie war ja noch nicht einmal richtig auf den Beinen.

»Ich geh schon«, sagte ich und eilte aus dem Raum. Am Fuß der Treppe stand Herr Niedermayer.

»Ah, Anna, gut. Komm doch mal herunter«, sagte er und zog sich von der Treppe zurück. Ich schüttelte verwirrt den Kopf. Was sollte ich unten?

Ich strich meine Kleider glatt und stieg die Treppe hinab.

Dort sah ich Herrn Niedermayer – und den Fremden, der vor ein paar Minuten hier angekommen war. Es war tatsächlich der Bote, der mich so seltsam angelächelt hatte!

»Guten Morgen«, sagte ich zögerlich, während mein Blick an seinen Silberaugen hängenblieb. Und auch alles andere an ihm war ziemlich ansehnlich. Sein Gesicht war schmal, seine Nase hatte einen schönen langen Rücken und seine Lippen waren leicht aufgeworfen. Die dicke Fellmütze verbarg sein Haar, doch angesichts der Augenbrauen war ich sicher, dass sie schwarz waren wie das Gefieder eines Raben.

Im nächsten Augenblick erkannte ich, wer er war. Der Mann, der diesen seltsamen Lord begleitet hatte! Mein Herz begann zu rasen.

»Ah, da ist ja das Glasmädchen«, sagte er freundlich und streckte mir die Hand entgegen. Glasmädchen? Warum nannte er mich so? Verwirrt ergriff ich seine Hand. »Mein Name ist John Evans«, setzte er hinzu. »Wurde Ihnen der Brief übergeben?«

Meine Gedanken überschlugen sich. Der Brief. Der Lord. Die Engel. Auf einmal wurde mir heiß.

»Ja, Herr Niedermayer hat ihn mir sofort gebracht.« Ich wusste genau, welche Frage jetzt folgen würde.

Der Mann sah mich eindringlich an. »Und, wie lautet Ihre Antwort?«

Ich hatte wieder das Gesicht meiner Schwester vor mir. Die Enttäuschung darüber, dass ich eine Gelegenheit wie diese einfach davonziehen lassen würde.

»Ich … ich war mir noch nicht ganz sicher«, stammelte ich. Irgendwie hatte ich das Gefühl, unter dem Blick dieses gutaussehenden Mannes zu schrumpfen. Er fand mich sicher hässlich und linkisch – aber warum interessierte mich das überhaupt?

»Das kann ich verstehen. Schließlich bekommt man nicht jeden Tag einen Brief der englischen Königin«, entgegnete er. »Allerdings bin ich es eher gewohnt, dass die Menschen sich schnell entscheiden, wenn so etwas der Fall ist. Und Sie hatten immerhin eine Woche …«

»Nun ja, ich … ich war mir einen Moment lang nicht mal sicher, ob das Schreiben echt ist. Außerdem spreche ich kein Englisch. Die Tochter eines Glasmachers lernt so etwas nicht.«

Unverständnis flammte in seinen Augen auf. »Gab es denn niemanden, der Ihnen den Brief übersetzen konnte?«

»Doch, natürlich. Aber selbst dann … habe ich ihn nicht für echt gehalten.«

Meine Wangen brannten nun, als würde ich direkt vor dem Kachelofen stehen.

John Evans zog die Augenbrauen hoch. »Welche Bestätigung der Echtheit hätten Sie denn noch haben wollen? Haben das königliche Siegel und das Wappen nicht gereicht?«

»Das ist nichts, was unsereins geschieht«, entgegnete ich. »Hier kommen für gewöhnlich keine Briefe von Königen an. Früher einmal hat ein Fürst sein Schloss mit unseren Spiegeln ausgekleidet, aber das ist lange her.«

Keine Ahnung, warum ich ihm das erzählte. Es interessierte ihn sicher nicht.

»Nun, ich kann Ihnen versichern, dass der Brief der Königin echt ist. Ich habe ihn selbst aus der Hand meines Herrn erhalten.«

»Der feine Herr in dem roten Mantel auf dem Markt vor einem Jahr.«

Evans lächelte. »Sie erinnern sich also?«

»Ich musste ein wenig in meiner Erinnerung wühlen, aber ja, ich erinnere mich. Und Sie habe ich auch erkannt.«

»Dann haben Sie ja Ihren Beweis!«

»Jetzt habe ich ihn, ja. Aber ...«

»Aber?« Evans zog fragend die Augenbrauen hoch.

»Aber ich weiß nicht, ob ich es machen soll.«

»Was gibt es da für Sie zu überlegen?«, fragte Evans. Seine Miene wirkte beinahe fassungslos. Offenbar konnte er sich nicht vorstellen, wie man solch ein Angebot ausschlagen konnte.

»Meine Mutter ist krank und braucht Hilfe. Sie hat nur mich und meine Schwester. Elisabeth ist erst zwölf Jahre alt. Ich arbeite in einer Glaswerkstatt im Nachbarort.«

Ich sah ihn an und verlor mich einen Moment lang in seinen schönen Mondaugen. Sahen alle Engländer so aus wie er? Sein Herr jedenfalls nicht. Nicht einmal Wenzel sah so gut aus.

»Wenn ich mich entscheide, Sie zu begleiten, wie würden wir dann nach England kommen?«, fragte ich.

Beinahe glaubte ich, Evans würde gleich den Kopf schütteln. Nicht, weil er es mir nicht sagen wollte, sondern weil ich einfältig klang. Wie kam man schon nach England? Mit dem Schiff! Ich wusste das, und doch hatte ich mich zu dieser dummen Frage hinreißen lassen.

»Wir werden mit dem Zug nach Köln fahren und von dort aus weiter nach Frankreich. In Calais werden wir mit einer Fähre übersetzen und dann nach London reisen. Ich habe die Anweisung, Sie dort fürs Erste in einem Gasthaus unterzubringen, bevor Sie der Königin Ihre Aufwartung machen.«

Das klang alles so mächtig. Eine Reise mit dem Zug nach Köln, dann durch Frankreich und anschließend mit einer Fähre nach England!

Ich war noch nie weiter als bis Heilbronn gekommen. Die große Reise nach Amsterdam hatte mein Vater allein unternommen und uns von dort wunderhübsche Sachen mitgebracht.

»Und wie lange würde das dauern?«

»Vielleicht eine oder zwei Wochen. Je nachdem, ob Ihre Majestät Sie noch eine Weile bei sich behalten möchte.«

»Dann würden also höchstens zwei Wochen ins Land gehen, bis ich wieder hier bin.«

»Möglicherweise auch drei«, gab Evans zurück.

Das erschreckte mich. Beinahe einen ganzen Monat sollte ich mich in der Weltgeschichte herumtreiben? Das würde Meister Philipps niemals billigen. Außerdem würde ich möglicherweise zum Weihnachtsfest nicht zu Hause sein.

»Das ist zu lange«, platzte es aus mir heraus.

»Zu lange? England ist weit von hier entfernt, das dauert eben ein Weilchen. Außerdem ist nicht gesagt, dass Ihre Majestät Sie gleich vorlassen wird. Sie ist eine vielbeschäftigte Frau!«

»Tut mir leid, dann ... dann kann ich das Angebot leider nicht annehmen.«

Stille folgte meinen Worten. Von draußen tönte das Raunen des Windes ins Haus.

»Ist das Ihr letztes Wort?«, fragte Evans eisig. Ich hätte mit einem Wutausbruch gerechnet, doch mehr als Enttäuschung sah ich nicht in seinen Augen. Offenbar konnte er sich sehr gut beherrschen.

»Verstehen Sie mich bitte!«, flehte ich. »Wenn ich so lange wegbleibe, wird mich mein Meister nie wieder in die Werkstatt lassen! Ich werde meine Anstellung verlieren, und dann müssen wir hungern.«

Evans überlegte einen Moment lang, nickte in sich hinein und wandte sich dann wieder mir zu. »Und wenn die Königin Ihnen viele Engel abkauft, so viele, wie auf eine riesige Tanne passen? Ihr Ehemann war ein deutscher Prinz, wussten Sie das?«

Ich schüttelte den Kopf. Woher sollte ich das wissen? Die kleine Tageszeitung dieser Gegend schrieb nicht davon, welche Prinzen welche Königinnen heirateten.

»Er hat die Weihnachtstanne an den englischen Hof gebracht. Jedes Jahr wird sie neu geschmückt. Wollen Sie es sich wirklich entgehen lassen, dass Hunderte Ballgäste Ihre Engel an der Tanne bewundern? Und vor allem, wollen Sie sich den Verdienst entgehen lassen? Eine Königin ist eine andere Kundin als jemand auf dem Markt.«

»Ich ziehe meine Kunden nicht über den Tisch, egal, ob sie Könige sind oder einfache Leute auf dem Markt. Oder glauben Sie, ich ließe eine Königin mehr zahlen, als die Engel wert sind?«

Mit dieser Antwort schien er nicht gerechnet zu haben.

»Ihre Majestät könnte Ihnen ein Vielfaches der Summe bieten.«

»Aber dazu müsste sie die Engel erst einmal sehen! Und vielleicht ist sie unzufrieden und schickt mich einfach zurück!«

»Dann wird sie Ihnen eine angemessene Entschädigung zahlen.«

Evans sah mich abwartend an.

»Sie wollen also wirklich nicht?«, fragte er nach einer Weile.

Ich presste die Lippen zusammen. Wenn es nur danach gegangen wäre, ob ich wollte, dann wäre ich ihm sofort nach England gefolgt. Mein Vater, dessen war ich mir nun sicher, hätte darauf bestanden. Er hätte mich nach London begleitet und dann allen Leuten von der großen Ehre, die uns zuteilgeworden war, berichtet.

»Also gut, dann versuche ich es meinem Dienstherrn zu verdeutlichen, dass Ihre Verpflichtungen Sie davon abhalten, Ihrer Majestät den Wunsch zu erfüllen.«

Mit diesen Worten schob er sich seinen Hut auf den Kopf und verließ das Haus.

Ich schaute ihm verwirrt hinterher. War es das? Gab er so leicht auf?

Im nächsten Augenblick tauchte das Gesicht meiner Schwester in der Dunkelheit über der Treppe auf. Sie hatte sich offenbar in die Mitte gehockt und uns die ganze Zeit über belauscht.

Nur kurz blickten wir uns an, doch die Wut in ihren Augen traf mich mit voller Wucht. Natürlich hatte sie meine Einwände mitbekommen. Und sicher war sie erneut enttäuscht über meine Zaghaftigkeit. Dass ich nach Ausflüchten suchte, obwohl sie mir erklärt hatte, dass sie sich um Mutter kümmern würde.

Aber hatte ich nicht recht mit Meister Philipps?

Ich überlegte kurz und es war, als würde ich eine kleine Stimme hören: Was könntest du denn von Meister Philipps erwarten? Dass er dich zu seinem Gesellen macht? Wohl kaum. Bestenfalls würdest du seine Schwiegertochter werden – wenn Wenzel es sich inzwischen nicht überlegt hat.

Plötzlich schien ein Blitz durch mich hindurchzuschießen. Ich zuckte zusammen und rannte zur Tür, riss sie auf und stürmte nach draußen.

Der Diener des Lords war bereits bei seinem Pferd.

»Halt, warten Sie!«, rief ich ihm hinterher.

Der Mann blieb stehen und wandte sich um.

»Ich ... ich habe es mir überlegt.«

»Sie kommen also mit mir?«

Ich nickte, bevor die Zweifel zurückkehrten. Wahrscheinlich würde ich meine Entscheidung noch im Zug bereuen, aber dann war ich unterwegs. »Ja, ich komme mit Ihnen.«

Irgendwie wirkte er erleichtert. Wahrscheinlich, weil der Lord ihm dann nicht die Ohren langziehen würde.

»Gut. Ich hole Sie morgen Früh gegen neun Uhr ab. Reden Sie mit dem Meister Ihrer Werkstatt und mit Ihrer Mutter. Und packen Sie Ihre Engel zusammen. Ihre Majestät möchte alle sehen, die Sie haben.«

»In Ordnung«, sagte ich, worauf er sich wieder auf sein Pferd schwang.

Als ich ins Haus zurückkehrte, brauchte ich eine Weile, bis ich mich wieder gefasst hatte. Ich lehnte neben der Tür, den Kopf in den Nacken gelegt. Mein Herz pochte noch immer. Hoffentlich machte ich damit keinen riesigen Fehler.

»Das war ein ziemlich netter Bursche«, sagte eine Stimme. Herr Niedermayer schaute durch die Tür. »Und für einen Herrn aus England sprach er gutes Deutsch.«

»Ja, das tat er«, erwiderte ich.

»Er scheint es ernst gemeint zu haben mit dem, was er sagte, so viel steht fest. Aber ich kann verstehen, wenn du ihn nicht zu dieser Königin begleiten willst. Deine Mutter braucht Hilfe. Und das Geld, das du in der Werkstatt verdienst.«

»Ich werde mit ihm reisen«, sagte ich. »Eben war ich noch einmal draußen und habe es ihm gesagt.«

Ein Lächeln huschte über Herrn Niedermayers Gesicht. »Ich glaube, du tust das Richtige, Mädchen. Wenn die Königin deine Glasengel kauft, werdet ihr euch sicher ein eigenes Haus leisten können. Und Meister Philipps wird wohl kaum wütend sein, wenn jemand so Berühmtes in seine Werkstatt zurückkehrt.«

O doch, Meister Philipps würde wütend sein. Und Wenzel erst recht. Und meine Mutter würde sich die ganze Zeit über Sorgen machen. Je mehr ich darüber nachdachte, desto mulmiger wurde mir zumute.

Die Einzige, die über meinen Sinneswandel erleichtert sein würde, war meine Schwester. Und der Professor, der mir gleich dazu geraten hatte.

»Ich ... ich muss jetzt auf den Markt.«

»Ist schon recht«, sagte Herr Niedermayer und zog sich wieder zurück.

Oben in der Wohnung stand Elisabeth am Tisch und schnitt die Äpfel in kleine Stücke.

»Elisabeth, ich ...«, begann ich.

»Was?«, fauchte sie und schaute mich mit ihrem zornigen Blick an. »Kommst du jetzt her, um mir zu sagen, dass du dich endgültig dazu entschieden hast, uns im Stich zu lassen?«

»Aber wie könnte ich euch im Stich lassen?«, fragte ich verwundert. Unser Vater wäre sicher sehr böse geworden, wenn er gehört hätte, dass meine Schwester so mit mir sprach. War es ihr jetzt doch nicht recht, dass ich die Reise machen wollte? »Ich gehe jeden Tag zur Arbeit und sorge dafür, dass du die Schule besuchen kannst. Wie lasse ich euch da im Stich?«

Elisabeth presste die Lippen zusammen. »Indem du hierbleibst und die Gelegenheit nicht nutzt, die sich dir bietet.«

»Ich war noch mal draußen und habe dem Fremden gesagt, dass ich ihn begleiten werde.«

Elisabeths Kopf schnellte in die Höhe. »Wirklich?«

Ich nickte. »Du hast vielleicht recht. Wenn die Königin mir ein paar Engel abkauft, könnte ich womöglich mit viel Geld nach Hause zurückkehren.«

»Sie sind ja auch schön«, sagte Elisabeth. Ihre Stimme klang nun etwas milder, wenngleich der Zorn auf ihrem Gesicht sich nur langsam auflöste.

Ich ging zu ihr und nahm sie in die Arme.

»Komm her, Mäuschen«, sagte ich und strich ihr übers Haar. »Es wird alles gut. Wenn du nur gut auf dich und Mutter aufpasst.«

»Das werde ich«, versprach sie. »Ich muss es ja ohnehin tun, wenn du in der Werkstatt bist.«

8. KAPITEL

Auf dem Marktplatz drängten sich Buden und Tische wie schon lange nicht mehr. An diesem Samstag vor dem ersten Advent schien die richtige Zeit gekommen zu sein, um ein paar Engel zu verkaufen. Der Duft von Gewürzen, Gebäck und Kerzenwachs schwebte über den Köpfen der Besucher. Viele Händler waren neu oder kamen nach langer Zeit wieder einmal her. Die Weihnachtszeit nahte unübersehbar.

An einem Stand, der funkelnde Kristalle anbot, blieb ich stehen. Diese Kristallverkäufer machten es sich leicht, sie nahmen einfach einen Kristall und schliffen eine Figur daraus, während ich mich jedes Mal mit der Herstellung der Gussformen abmühen musste.

Einen Moment lang betrachtete ich das Funkeln der Kristalle eifersüchtig, dann setzte ich meinen Weg fort.

Ich hatte einige Mühe, mir mit meinem Kasten unter dem Arm einen Weg zu bahnen. Als ich schließlich am Tisch von Wenzel ankam, pries dieser einer Kundin gerade eine neue Sorte Gläser an, die wir in der vergangenen Woche hergestellt hatten. Meister Philipps meinte, dass wir schauen sollten, wie sie den Leuten gefielen.

Ich stellte meinen Kasten auf die leere Seite des Tisches. Dabei schaute ich immer wieder verstohlen zu Wenzel. Dieser tat, als würde er mich nicht sehen. Das mochte an der Kundin liegen, aber irgendwie hatte ich das Gefühl, dass er mir immer noch mein Zögern auf seine Frage nachtrug.

Als die Kundin endlich fort war – tatsächlich mit einem Satz der neuen Gläser –, sprach ich Wenzel an.

»Guten Morgen. Bitte verzeih, dass ich so spät komme.«

»Seit neuestem verspätest du dich ja laufend«, entgegnete er missmutig. Ich glaubte, mich verhört zu haben. Trotz des Schnees war ich in der vergangenen Woche stets rechtzeitig in der Werkstatt gewesen.

»Du weißt genau, dass das nicht stimmt«, gab ich zurück. »Ich war immer pünktlich bei der Arbeit! Und bin abends sogar länger geblieben.«

»Das ist es nicht«, grummelte Wenzel. »Es geht um das Treffen zwischen uns. Letzte Woche warst du auch zu spät.«

»Du weißt doch, dass ich wegen des Briefes beim Professor war. Das hatte wohl kaum etwas damit zu tun, dass ich unpünktlich bin.«

»Und warum bist du diesmal zu spät gekommen?«

Vielleicht, weil du mich nicht wie sonst mit dem Wagen abgeholt hast?, hätte ich ihm beinahe entgegengeschleudert. Doch ich besann mich rechtzeitig. Ich würde noch genug Streit mit ihm haben, wenn es um die Reise nach England ging.

»Der Mann, der mir den Brief gebracht hat ... Er kam heute Morgen zu uns und fragte mich nach meiner Antwort.«

Wenzel presste die Lippen zusammen und sein Blick ging noch immer an mir vorbei, als wäre ich Luft.

»Und? Hast du ihm gesagt, dass du nicht reisen wirst?«

Ich sah Wenzel an. »Warum hätte ich das tun sollen?«, fragte ich.

Jetzt blickte auch er mich an. Seine Kiefermuskeln mahlten, und ich sah Zorn in seinen Augen. Der Wenzel, mit dem ich noch vor einer Woche gescherzt hatte, schien verschwunden zu sein. Jetzt hatte ich einen Wenzel vor mir, der es nicht verkraften konnte, dass ich nicht sofort seine Frau werden wollte.

»Dann gehst du also doch?«

»Ja!«, antwortete ich und verschränkte trotzig die Arme vor der Brust.

»Aber ... das ist doch Unfug!« Wenzel lachte spöttisch auf. »Denkst du wirklich, die Königin wartet nur auf dich und deine dummen Engel? Wahrscheinlich werden sie dich nach Übersee verschiffen und als Sklavin verkaufen!«

»Jetzt redest du Unfug!«, gab ich zurück. »John Evans, der Bote, ist ein Abgesandter der englischen Königin. Er hat mich davon überzeugt, dass ich dieses Angebot nicht ausschlagen kann. Versteh doch, meine Mutter braucht teurere Medikamente! Und ich kann deinen Vater auf keinen Fall bitten, mir mehr zu bezahlen.«

»Du könntest meine Frau werden!«, gab Wenzel zurück. »Aber das willst du ja nicht.«

Das hatte ich nicht gesagt. Aber offenbar hatte Wenzel mein Schweigen so aufgefasst.

»Nein, das will ich nicht!«, schrie ich ihn an. »Und du bist ein Esel, wenn du glaubst, dass ich das will, nachdem du mich nur einmal gefragt hast!«

Seine Fäuste ballten sich und seine Miene wurde starr. Plötzlich wirkten seine Augen wie dunkle Löcher. Ich wich ein Stück zurück.

»So, ich bin also ein Esel«, sagte er gefährlich leise. »Nun gut, sicher war ich das. Ich wollte dir ein gutes Leben bereiten, aber du kannst nur noch an diese Königin denken und diesen Lord! Du bist eine Närrin, und ich bin froh, dass ich das jetzt herausgefunden habe, bevor es zu spät ist!«

Seine Worte hallten laut über den Platz. Sicher hatten die Leute heute ein gutes Gesprächsthema beim Abendessen.

Ich starrte auf meine Kiste mit den Engeln. Es war nicht so, dass ich selbst keine Zweifel hegte. Doch Wenzels Zorn zeigte mir, dass es gut war, ihm keine Antwort gegeben zu haben. Und wer konnte schon wissen, wie er als Ehemann gewesen wäre. Ob ich dann nicht die Faust zu spüren bekommen hätte.

Auf einmal erschien mir das, was ich hier tat, völlig sinnlos zu sein. Warum war ich überhaupt zum Markt gekommen? Diese Szene hätte ich mir sparen können. Und Meister Philipps würde so oder so böse auf mich sein.

»Es wird wohl besser sein, wenn ich wieder nach Hause gehe«, sagte ich, denn ich mochte keinen Moment länger neben ihm stehen. Tränen stiegen mir in die Augen, und ich wollte nicht, dass er sie sah.

»Ja, mach das. Tust ja auch sonst, was du willst. Ich

werde meinem Vater sagen, dass er mit dir nicht mehr zu rechnen braucht. Wahrscheinlich wirst du reich zurückkehren und es nicht mehr nötig haben, blöde Engel zu machen. Ich finde sie ohnehin miserabel, keine Ahnung, was dieser Lord daran findet!«

Ich starrte ihn fassungslos an. Nun hatte ich mit Sicherheit keine Chance mehr, zu meiner alten Stelle zurückzukehren. Wenzel würde schon dafür sorgen.

»Fahr doch zur Hölle, Wenzel!«, schrie ich und raffte dann mit zitternden Händen meinen Kasten an die Brust.

Ich spürte die Blicke der anderen Händler, aber das war mir egal. Mit langen Schritten verließ ich den Stand und schaffte es gerade so über den Markt, bis ich schließlich in einer kleinen Gasse meine Tränen nicht mehr zurückhalten konnte. Ich krümmte mich zusammen und begann zu weinen. Meine Schachtel hielt ich dabei auf den Knien, ihr Inhalt war mein wertvollster Besitz.

Nach einer Weile beruhigte ich mich wieder. Dir werde ich es zeigen, Wenzel, sagte ich mir. Wenn du mit deinem Leben hier zufrieden bist, soll mir das recht sein, aber ich will das nicht. Und ich war es meiner Mutter und meiner Schwester schuldig, dass ich diese Gelegenheit ergriff.

Schließlich richtete ich mich wieder auf. Dabei bemerkte ich eine kleine, etwas rundliche Frau, die mich mitleidig musterte.

»Geht's wieder?«, fragte sie besorgt.

Ich nickte. Was hätte ich auch tun sollen? Ich kannte sie nicht und wollte auch keine Hilfe von ihr.

»Dein Bursche wird sich schon wieder einkriegen«, sagte sie dann. »Ich kenne das mit den Männern. Den einen Tag poltern sie, den anderen sind sie brav wie die Lämmer.«

Offenbar hatte sie meinen Streit mit Wenzel mitbekommen. Mir war allerdings nicht das peinlich, sondern dass sie ihn für meinen Burschen hielt. Ich war niemandes Mädchen, und so würde es auch bleiben.

»Danke«, sagte ich, dann wandte ich mich um. Sie rief mir noch einen Ratschlag hinterher, aber darauf achtete ich nicht mehr.

9. KAPITEL

Die ganze Nacht verbrachte ich damit, die kleinen Engel in Streichholzschachteln zu verstauen, gepolstert mit Rohwolle, um sie vor Erschütterungen beim Transport zu bewahren.

Dabei fiel mir auf, wie ich mich mit der Zeit entwickelt hatte. Nicht von jeder Gussform hatte ich alle entstandenen Engel verkauft. Einige Stücke waren übrig geblieben, und so konnte ich deutlich sehen, wie ich meine Technik allmählich verfeinert hatte.

Da die Gussformen bei jedem Guss zerstört wurden – mein Vater nannte dies »die Technik der verlorenen Form« –, musste ich für jeden Engel eine neue anfertigen. Das war recht mühsam, weil sie immer wieder aus Wachs modelliert werden mussten. Kurz vor seinem Tod brachte mich mein Vater auf die Idee, zweiteilige Negativformen aus Holz zu erstellen, in denen die Wachsrohlinge gegossen werden konnten.

Auch das war nicht gerade einfach, denn man musste

sich die Formen des Engels genau andersherum vorstellen. Was sich wölben sollte, musste als Delle dargestellt werden und umgekehrt.

Doch ich konnte recht gut zeichnen, und nach einigen Fehlversuchen gelang es mir, einen makellosen Wachsrohling zu erschaffen. Und diese Technik zahlte sich aus. Die Wachsengel musste ich nach dem Gießen nur leicht nacharbeiten und konnte mit ihrer Hilfe dann eine Form aus Gips und Schamott herstellen.

Meister Philipps hatte ich davon nichts erzählt, und auch meine Gipsformen hatte ich stets sehr sorgfältig entsorgt. Er glaubte, dass ich die Engel einzeln goss. Die Holzformen nahm ich nach der Arbeit immer mit nach Hause. Auch wenn ich ihm dankbar war, dass er mein Werk erst ermöglichte, wollte ich nicht, dass er es als lohnenswert ansah und mir damit die Erwerbsquelle nahm.

Als ich die kleine Schachtel von ganz unten in die Hand nahm, wusste ich sofort, was sie enthielt. Es war wie Magie, die durch meine Hand zog.

Dieser Engel war der Erste, den ich angefertigt hatte – damals noch unter der Aufsicht meines Vaters. Mit einer einzelnen Gussform, die danach passé war. Nie wieder hatte ich diese Engelsform gemacht, denn sie hatte sich als zu kompliziert herausgestellt. Die Glasmasse hatte die Gussform nicht ganz ausgefüllt, wodurch der Kleine nur ein Füßchen hatte. Ansonsten war er sehr hübsch. Seine Schwingen hatten blaue Spitzen. Noch heute war ich stolz darauf, dass mir das gelungen war. Verkaufen konnte ich ihn mit seinem Makel natürlich nicht, doch er war so etwas wie ein Glücksbringer für mich geworden.

Als ich ihn in die Hand nahm, durchströmte mich ein

vertrautes Gefühl. Warum trug ich ihn eigentlich nicht mehr bei mir?

Dann fiel es mir wieder ein. Das letzte Mal, dass ich ihn in der Tasche gehabt hatte, war an dem Tag, bevor Vater gestorben war. Danach hatte ich ihn zu den anderen Engeln gelegt und nicht mehr angesehen.

Mittlerweile wusste ich, dass nichts und niemand den Tod meines Vaters hätte verhindern können. Kein Medaillon, kein Amulett und kein Glücksbringer.

Der Engel war jedoch ein Symbol dafür, dass ich mein Handwerk begonnen hatte. Es konnte nicht schaden, ihn mitzunehmen. Ich nahm ihn aus der Schachtel und wickelte ihn in ein Taschentuch, bevor ich ihn in meiner Rocktasche verstaute.

Nach einer weiteren Stunde hatte ich sämtliche Engel verpackt. Ich stapelte sie in eine Tasche, wobei ich zwischendurch immer eine Schicht Rohwolle einlegte, um ihnen noch besseren Schutz zu bieten. Es mussten etwa fünfzig Engel sein. Ich war froh, dass ich vor zwei Wochen noch einmal einen großen Schwung hergestellt hatte.

Dieser Gedanke ließ mein Herz plötzlich schwer werden. Wenn ich aus England zurückkehrte, würde ich keinen Schmelzofen und keinen Arbeitsplatz mehr haben. Zweifel überfielen mich. Doch ich konnte nach dem Streit mit Wenzel nicht mehr zurück. Außerdem hatte ich wieder die Worte des Professors im Ohr. Keine Ahnung, warum sie so eine große Wirkung auf mich hatten, doch mein Verstand wollte ihm glauben, dass dies die große Chance für mich war, mein Leben zu ändern.

Todmüde schleppte ich mich schließlich zu meinem Bett. In der Tasche, die dort stand, befand sich neben einem einfachen blauen Kleid auch mein bestes Kleid, das ich bei der Königin tragen wollte. Vater hatte es mir kurz vor seinem Tod gekauft. Es war aus beigefarbener Seide, die über und über mit kleinen roten Blumen bedeckt war. Es war eines der wenigen Dinge, die ich aus meinem früheren Leben noch besaß, und ich war sicher, dass ich darin einen guten Eindruck machen würde.

Auf die Reise würde ich in meinem alten grünen Reisekleid gehen. Dieses entsprach nicht mehr ganz der aktuellen Mode, aber es war noch nicht so oft geflickt worden wie meine anderen Kleider. Dazu legte ich noch etwas Unterwäsche und frische Strümpfe.

Ich versank in tiefen Schlaf, allerdings nicht für sehr lange. Von einer seltsamen Unruhe beseelt, erwachte ich, als draußen noch tiefe Nacht herrschte.

Kaum hatte ich die Augen geöffnet, hörte ich ein leises Rascheln. Hatte sich eine Maus in unsere Wohnung geschlichen? Ich schlug die Bettdecke beiseite und ging auf Zehenspitzen durch den Raum. Wenn es eine Maus hierein schaffte, machte sie sich als Erstes auf den Weg zu unserem kleinen Vorratsschrank. Ich wollte ja Mausefallen aufstellen, aber Elisabeth hatte zu viel Mitleid mit den kleinen Nagern und wollte nicht sehen, wie sie mit gebrochenem Genick in der Falle lagen. Da blieb mir nichts anderes übrig, als sie mit dem Besen zu erschlagen, schnell und unbarmherzig.

Nicht dass es mir nichts ausmachte. Mir tat es leid um das kleine Wesen, doch ich konnte nicht zulassen, dass Elisabeth und meine Mutter hungerten, nur weil sich Mäusefamilien die Bäuche vollschlagen wollten.

Als ich um den Vorhang bog, sah ich allerdings, dass das Rascheln nicht von einer Maus verursacht wurde.

Elisabeth saß im Mondschein vor dem Fenster und sah aus, als würde sie nähen oder sticken.

»Elisabeth?«, fragte ich erstaunt.

Ertappt blickte sie auf und versuchte sogleich zu verbergen, woran sie arbeitete. »Anna!«

»Was machst du hier?«, fragte ich und setzte mich neben sie auf den Fenstersims.

»Ich dachte, du schläfst«, antwortete sie und nestelte an dem Tüchlein herum. »Das hier … sollte eigentlich eine Überraschung für dich sein.«

»Das Tuch ist für mich?« Ich streckte die Hand danach aus, doch Elisabeth zog den Stoff weg.

»Es ist noch nicht fertig!«, protestierte sie. »Ich wollte es dir eigentlich zu Weihnachten schenken, aber jetzt gehst du und wirst vielleicht zum Weihnachtsfest nicht zurück sein, also …«

Ich starrte sie an und spürte, wie sich mein Herz zusammenzog. Tränen stiegen mir in die Augen und ich konnte nicht anders, als sie zu umarmen.

»Pass doch auf, ich stech dich sonst noch mit der Nadel«, sagte sie, aber davon ließ ich mich nicht abbringen.

»Ich verspreche dir, ich werde der Königin ganz viele Engel verkaufen. Und dann werden wir Weihnachten feiern wie nie zuvor!«

Ich hielt sie noch eine Weile, ließ sie dann wieder los und wischte mir über die Augen. Jetzt sah ich, dass auch sie weinte.

»Wir werden Weihnachten im Januar feiern müssen«, sagte sie und versuchte, tapfer zu klingen, doch das war sie ebenso wenig wie ich. Ich wusste, dass ich mir Sorgen machen würde. Und ich wusste auch, dass Mutter und Elisabeth sich sorgen würden. Wenn man erst ein-

mal gesehen hatte, wie unbarmherzig das Schicksal zu-
schlagen konnte, vertraute man kaum noch auf einen guten Ausgang bei einer Sache. Und man fürchtete immer
wieder das Schlimmste.

»Ich versuche, so schnell wie möglich zurückzukehren. Du weißt doch, die neuen Eisenbahnen sind sehr
schnell, und auch die Fähren brauchen keinen ganzen
Tag mehr für die Überfahrt.« Ob das stimmte, wusste
ich natürlich nicht, denn ich war noch nie mit einer Fähre gefahren. Aber ich wollte Elisabeth Mut machen.

»Hauptsache, du kommst zurück«, sagte sie dann.

»Das werde ich, versprochen.«

Elisabeth nickte, dann drückte sie mir einen Kuss auf
die Wange. »Geh wieder ins Bett, du musst ausgeruht
sein, wenn dich der Fremde abholt.«

Diesmal hörte ich auf sie, auch wenn die Unruhe immer noch da war und ich bezweifelte, dass ich bis zum
Morgen ein Auge zutun würde. Immerhin war ich noch
nie länger verreist. Und schon gar nicht mit einem Mann
mit Silberaugen, der mich irgendwie verwirrte.

10. KAPITEL

Am nächsten Morgen lag das fertige Taschentuch neben
meinem Kopfkissen. Ich streichelte über die kleinen roten und gelben Blüten, die an den Rändern kunstvoll ver-
schlungene grüne Ranken zierten, und das Monogramm,
das Elisabeth für mich eingestickt hatte. Die Buchstaben
A und H waren ebenfalls sehr geschickt ineinander ver-
schlungen. Auf dem Markt würden die Leute sicher ei-

nen guten Preis für ein Tuch wie dieses bezahlen. Aber ich würde es um kein Geld der Welt hergeben. Liebevoll drückte ich den Stoff an meine Wange, dann erhob ich mich.

Elisabeth lag wieder in ihrem Bett, tief und fest schlafend. Sie musste den Rest der Nacht daran gearbeitet haben. Ich konnte immer noch nicht glauben, dass sie mir so ein wunderbares Geschenk mitgab. Und was hatte ich? Ich hatte über die Arbeit und das Herstellen der Engel noch keine Zeit gehabt, überhaupt an ein Geschenk für sie zu denken. Aber vielleicht sah ich in London etwas, das ich ihr mitbringen konnte.

So leise wie möglich schlich ich zur Waschschüssel. Das Wasser war eiskalt, vertrieb jedoch die restliche Müdigkeit. Gegen die Unruhe, die in mir wühlte, konnte es allerdings nichts ausrichten. Aber vielleicht war das nur gut so.

Ich schlüpfte in mein grünes Kleid, das Taschentuch schob ich in die kleine Brusttasche, denn ich wollte es in der Nähe meines Herzens haben. Als ich fertig war und noch einmal mein Gepäck überprüft hatte, trat ich an das Bett meiner Mutter.

Die Schmerzen schienen momentan schlimm an ihr zu zehren. Die Linien auf ihrem Gesicht waren tiefer, mittlerweile wirkte sie wesentlich älter, als sie in Wirklichkeit war. Auch das Grau in ihren Haaren war mehr geworden. Ich wusste, dass nicht nur ihre eigene Gesundheit ihr Sorgen machte. Was hätte ich dafür gegeben, sie wieder ein wenig sorgloser zu sehen!

Als würde sie meine Anwesenheit spüren, öffnete sie die Augen. Diesmal erkannte sie mich sofort, und ihr Blick war so klar, als hätte sie mich die ganze Zeit über beobachtet.

»Ist es so weit, Anna?«, fragte sie. Ihre Hand löste sich von der Bettdecke und strich über mein Haar.

»Noch nicht. Es ist erst acht Uhr. Aber ich dachte, ich bereite mich schon mal vor, für den Fall, dass er eher kommt.«

Meine Stimme zitterte vor Aufregung.

»Bitte versprich mir, dass du gut auf dich achtgibst, ja?«, sagte meine Mutter.

»Das verspreche ich«, entgegnete ich. »Du brauchst dir keine Sorgen zu machen. Immerhin reise ich nicht allein.«

»Ich mache mir immer Sorgen um dich, da kannst du sagen, was du willst«, entgegnete Mama. »Ich mache mir Sorgen, wenn du morgens aus dem Haus zum Arbeiten gehst. Wenn du in der Glaswerkstatt bist. Wenn du in der Dunkelheit die Landstraße entlangläufst. Wenn du auf dem Markt bist. Du bist meine Tochter, und ich glaube, es wird nie aufhören, dass ich mir Sorgen mache. Allerdings weiß ich, dass dein Vater über dich wacht.« Sie streichelte mir die Wangen, und ich merkte, wie mir wieder einmal die Tränen kamen.

»Versprich mir bitte, dass es dir nicht schlechter gehen wird«, sagte ich und versuchte, mir die Sturzbäche von den Wangen zu wischen. Vergeblich. Die Tränen kullerten und kullerten und durchnässten meinen Rock.

»Du weißt, dass ich den Zustand meines Körpers nicht beeinflussen kann«, sagte sie mit einem milden Lächeln. »Aber ich will versuchen, bei deiner Rückkehr etwas gesünder zu sein.«

Wir fielen uns in die Arme und hielten uns einen Moment lang. Als ich mich von ihr löste, legte sie ihre Hände auf meine Arme, betrachtete mich kurz und sagte:

»Du bist eine richtige Frau geworden. Dein Vater wäre stolz auf dich.«

»Danke, Mama«, sagte ich und küsste ihre Stirn, dann erhob ich mich.

Die nächste Stunde verflog viel zu schnell. Es gab noch einiges, das ich erledigen wollte, und die Mischung aus Angst und Aufregung, die in meinem Magen wühlte, war alles andere als hilfreich. So ließ ich den Mehlsack fallen und handelte mir ein paar große weiße Flecke ein, die ich mühsam aus dem Stoff klopfen musste.

Inzwischen war auch Elisabeth wach. Ich dankte ihr für das Taschentuch mit einer festen Umarmung, dann gab ich ihr ein paar Instruktionen zur Speisekammer.

»Wenn du etwas nicht weißt, frag Frau Niedermayer. Sie wird dir sicher gern helfen.« Das stimmte, und manchmal hatte ich das Gefühl, dass unsere Hauswirtin Elisabeth gern selbst zur Tochter hätte. »Gib auf Mutter acht und vor allem auf dich selbst. Zieh meine Stiefel an, wenn es draußen glatt ist. Sie sind nicht schön, aber man kommt mit ihnen gut durch den Schnee.«

Elisabeth nickte zu allem, doch in ihren Augen sah ich, dass sie nur schwerlich ihren Unmut unterdrückte. Immerhin führte sie den Haushalt meistens allein, während ich in die Werkstatt oder auf den Markt ging. Aber anstatt mich anzumeckern, schlang sie die Arme um mich. »Gib auch du auf dich acht und schreibe mir vielleicht einen Brief.«

»Der kommt dann vermutlich erst nach mir an«, scherzte ich. »Aber ja, ich werde dir einen Brief schreiben. Oder auch eine Postkarte. Irgendwas wird schon ankommen. Hauptsache, ihr bleibt beide gesund genug, um es zu lesen.«

»Das werden wir«, entgegnete Elisabeth, dann ließ sie mich los und wischte sich mit dem Schürzenzipfel die Tränen von den Wangen.

Schließlich hörte ich das Klappern von Pferdehufen vor dem Haus. Ich wusste sofort, dass es John Evans war. Noch einmal nahm ich meine Mutter und meine Schwester in den Arm, atmete tief durch und holte dann meine Taschen.

Ich hatte erwartet, dass Evans mich mit einem Wagen oder einer Kutsche abholen würde. Erschrocken stellte ich fest, dass er zu Pferde gekommen war – mit einem zweiten Pferd für mich. Ich fragte mich, ob es seinem Begleiter gehörte.

Noch nie hatte ich auf einem dieser Tiere gesessen! Wenn mein Vater mit uns weggefahren war, hatte er stets den Wagen genommen. Reiten sei nichts für eine Dame, hatte er gemeint. Eigentlich war es ihm sonst egal, ob etwas für Frauen war oder nicht, immerhin ließ er mich in einer Glashütte arbeiten, aber wenn es ums Reiten ging, hatte er offenbar große Angst, dass ich mich verletzen könnte.

»Guten Morgen, Miss Härtel!«, sagte Evans gutgelaunt und klopfte sich den Schnee aus dem Mantel. »Wie ich sehe, haben Sie glücklicherweise nicht sehr viel Gepäck.«

»Nun ja, ich …«, entgegnete ich, dann fiel mir ein, dass ich seinen Gruß nicht erwidert hatte. »Guten Morgen, Herr Evans.«

Der Mann lachte auf. »Herr Evans! Ihr Deutschen seid wirklich drollig!«

Ich wusste beim besten Willen nicht, was ihn so amüsierte.

»Im Englischen sagt man Mister. Das ist gleichbedeutend mit Herr. Nennen Sie mich Mr Evans. Oder gleich John, wenn Ihnen das lieber ist.«

Er bot mir an, ihn beim Vornamen zu nennen? Sofort stieg mir wieder das Blut in die Wangen.

»In Ordnung, Mr Evans«, sagte ich, denn noch nie hatte ich einen Mann, den ich nur flüchtig kannte, mit dem Vornamen angesprochen.

Evans wirkte ein wenig enttäuscht. Doch ich blieb dabei, ich würde ihn nicht beim Vornamen nennen. Welchen Eindruck sollte das von mir machen? Die Leute würden sich ohnehin schon die Mäuler zerreißen, wenn sie mich mit einem fremden Mann wegreiten sahen. Und die Geschichte, die die Niedermayers sicher erzählen würden, würde nichts dazu beitragen, meinen Leumund zu verbessern.

»Haben Sie schon jemals auf einem Pferd gesessen?«, fragte Evans nun wieder mit der gleichen Unverbindlichkeit, die schon vorher in seinem Tonfall mitgeschwungen hatte.

»Nein, bisher nicht«, antwortete ich ehrlich. Was brachte es auch, wenn ich ihm vorgaukelte, eine gute Reiterin zu sein? Spätestens, wenn er zum Galopp ansetzte und ich mich dann verzweifelt an den Hals des Pferdes klammerte, würde er es erkennen.

»Nun, eigentlich ist es ganz leicht. Sie setzen sich in den Sattel, nehmen die Zügel und lassen das Tier machen, was es am besten kann.«

»Mich abwerfen?«, fragte ich skeptisch.

»Wenn Sie sich nicht allzu dumm anstellen, wird das wohl kaum passieren.«

»Was meinen Sie mit ›dumm anstellen‹?« Es war mir peinlich, dass ich fragen musste. Wahrscheinlich hielt er mich für vollkommen naiv und unzulänglich.

»Nun ja, wenn Sie dem Tier unvermittelt die Hacken in die Flanken bohrten, wäre es schon eine sehr große Dummheit. Und Angst zu haben ist die allergrößte Dummheit, die Sie begehen könnten, denn das spürt das Tier und wird daraufhin selbst ängstlich. Dann kann es passieren, dass es bereits durchgeht, wenn es irgendwo knackt oder etwas Eis auf seine Nase fällt.«

Ich starrte ihn an. Solche Kleinigkeiten konnten diese Tiere schon aus dem Gleichgewicht bringen? So vorsichtig musste man nicht einmal mit Glaspferden umgehen!

»Aber lassen Sie sich davon nicht verunsichern.«

Ach, wirklich? Ich fühlte mich mit einem Mal voll und ganz verunsichert.

»Ich helfe Ihnen, und wenn Sie wollen, führe ich Ihr Pferd. Dann müssen Sie sich nur im Sattel halten.«

Hatte ich eine andere Wahl? Meinetwegen würde er ganz sicher keinen Wagen mieten. Außerdem waren die Straßen ziemlich rutschig. Mit einem Wagen kam man wohl nur schlecht durch.

»In Ordnung«, sagte ich und zwang mich zu einem Lächeln.

»Gut. Ich binde nur noch schnell Ihr Gepäck fest. Wir wollen die Glasengel doch nicht verlieren, nicht wahr?«

»Nein, auf keinen Fall«, entgegnete ich unsicher. Während Evans sich an meinen beiden Taschen zu schaffen machte, blickte ich nach oben. Elisabeth drückte sich am Fenster die Nase platt. Und sicher schauten auch die Niedermayers, wenn auch etwas diskreter, zu. Von all den Leuten in der Nachbarschaft, die sich fragten, wohin ich wollte, ganz zu schweigen.

Ich fühlte mich, als würde ich auf einem zugefrorenen See stehen, dessen Eisdecke jeden Augenblick einbrechen könnte. Ich spürte die aufkeimenden Gerüchte beinahe wie das Wasser, das unter dem Eis schwappte und darauf lauerte, mich zu verschlingen.

»So, das hätten wir«, sagte Evans schließlich und kam zu mir. »Soll ich Ihnen in den Sattel helfen?«

Gern hätte ich seine Hilfe ausgeschlagen, aber ich wusste beim besten Willen nicht, wie ich auf dieses Ungetüm kommen sollte.

Evans machte mit den Händen eine Räuberleiter und forderte mich auf, hinaufzusteigen.

»Sind Sie sicher?«, fragte ich, worauf er aussah, als wollte er gleich die Augen verdrehen.

»Ich werde Sie schon halten können. Steigen Sie auf meine Hände, ich hebe Sie dann auf das Pferd.«

Etwas zögerlich hielt ich mich an seinen Schultern fest und setzte meinen rechten Fuß in seine Hände. Evans hob mich an, ich stieß einen kurzen Schrei aus und klammerte meine Hände an den Sattel. Dass ich jetzt auf dem Pferd saß, konnte ich nicht behaupten. Wenig später verlor ich den Halt, rutschte ab und fiel Evans in die Arme. Der hatte so etwas wohl nicht erwartet und kippte nach hinten, wodurch ich auf ihm landete, weich zwar, aber das alles war mir unheimlich peinlich.

»Bitte verzeihen Sie«, sagte ich schnell und sah zu, dass ich von ihm herunterkam. Rasch zupfte ich meine Sachen zurecht und schaute mich nach allen Seiten um. Die beiden alten Männer, die auf dem Gehsteig erschienen waren, taten so, als hätten sie nichts gesehen, doch ich war sicher, dass sie es mitverfolgt hatten. Nach oben zu blicken wagte ich erst gar nicht, denn meine Schwester schüttete sich bestimmt schon aus vor Lachen.

»Macht doch nichts«, sagte Evans, aber ich meinte,

ihn mit den Zähnen knirschen zu hören. »Wir versuchen es noch einmal.«

»Sollten wir vielleicht eine Leiter nehmen? Ich könnte Herrn Niedermayer fragen ...«

»Nein!«, fuhr Evans mich an. »Wir machen es so. Wir können uns nicht erlauben, noch mehr Zeit zu verlieren. Die Züge warten für gewöhnlich nicht.«

Wieder hockte er sich vor mich. An seinem Rücken klebte Schnee. Ich musste unwillkürlich schmunzeln, als ich seinen Abdruck auf dem Boden sah.

»Nun machen Sie schon!«, knurrte Evans.

Ich riss mich zusammen, legte die Hände wieder auf seine Schultern und griff dann um zum Sattel. Diesmal gelang es mir, das Bein über den Pferderücken zu schwingen.

So fühlte es sich also an, wenn man auf einem Pferd saß! Ich kam mir auf einmal riesengroß vor.

»Jetzt halten Sie sich gut fest«, tönte Evans' Stimme zu mir hinauf. »Ich werde Ihr Pferd erst einmal führen, damit Sie ein Gespür für das Tier bekommen. Sollten Sie sich sicher genug fühlen, sagen Sie Bescheid.«

Mit diesen Worten stieg er auf sein eigenes Pferd. Das sah natürlich viel geschmeidiger aus.

Noch einmal sah ich hinauf zu dem Fenster unserer kleinen Dachwohnung. Elisabeths Gesicht war inzwischen verschwunden. Wahrscheinlich musste sie nach Mutter sehen.

Ich spürte einen leichten Stich in der Herzgegend. Ich würde nicht lange in London bleiben. Höchstens drei Wochen, was war das schon? Und doch kam ich mir vor, als läge eine Ewigkeit vor mir.

Da griff Mr Evans nach dem Zügel meines Pferdes. »Bereit?«

Ich nickte.

Als sich das Pferd in Bewegung setzte, hatte ich für einen Moment das Gefühl, herabzufallen. Ich krallte mich am Sattel fest und teilweise auch an der Mähne des Tiers. Keine Angst, sagte ich mir, eingedenk dessen, was Mr Evans gesagt hatte. Ich durfte keine Angst haben, wenn das Ungetüm unter mir nicht scheuen sollte.

Auf dem Weg aus Spiegelberg hinaus trafen wir auf einige Leute, die mich kannten. Ihre Augen wurden groß wie Scheunentore, als sie sahen, dass mich ein Mann auf dem Pferd davonführte. Glaubten sie vielleicht, dass der Fremde mich als seine Braut fortbrachte? Wenn Wenzel dies zu Ohren kam, und das würde es zweifellos, kochte er sicher vor Wut. Ein wenig tat es mir leid, dass wir nach dem Streit nicht mehr miteinander gesprochen hatten. Ja, er war ein Esel, aber nach dem Tod meines Vaters hatte er mir stets beigestanden. Wir hatten in der Werkstatt viel Spaß gehabt und auch auf dem Markt viel zusammen gelacht.

Durch seine Frage, ob ich ihn heiraten wollte, hatte er eigentlich alles kaputtgemacht. Ich fürchtete mich schon davor, ihm bei meiner Rückkehr zu begegnen. Und das galt auch für Meister Philipps.

Als wir Spiegelberg hinter uns gelassen hatten, veränderte sich die Welt. Sie wurde weiß und glitzernd wie ein seltsames Märchenreich. Die Hügel trugen weiße Hauben und die Bäume wirkten, als wären sie aus Kristall geschnitten. Überall funkelte es und eine überirdische Stille umfing uns.

Wenn ich morgens zur Arbeit nach Jux ging und spätabends zurück, war es immer dunkel. Bei klarem Wetter konnte man gerade so den Sonnenaufgang ahnen. Wenn es dann langsam dämmerte, war ich bereits in der Werkstatt. Nach Feierabend leuchtete mir bestenfalls noch ein dumpfes Dunkelblau entgegen.

Doch hier war alles so weiß wie Schwanenfedern. Von den Bäumen hingen lange Eiszapfen, die hin und wieder einen Wassertropfen verloren und damit immer länger wurden. Als Kind hatte ich die Eiszapfen an der Regenrinne unseres Hauses bewundert, aber inzwischen bemerkte ich sie nicht einmal mehr.

Sie jetzt zu sehen war wie eine Begegnung mit alten Freunden. Fasziniert betrachtete ich sie, während sich mein Körper allmählich an die Bewegungen des Pferdes anpasste.

Von allen Dingen, die es in der Natur gab, war Eis das, was dem Glas in Sachen Schönheit, aber auch Zerbrechlichkeit am nächsten kam. Mir fiel auf, dass ich nie zuvor daran gedacht hatte, Eiszapfen aus Glas zu formen. Vielleicht sollte ich es bei meiner Rückkehr tun.

Doch in welcher Werkstatt? Niedergeschlagen ließ ich die Schultern sinken. Jetzt bemerkte ich die Kälte, die in meine Wangen und meine Nase kniff und unter meinen Mantel kroch.

Vielleicht war das alles wirklich ein großer Fehler.

Ich blickte zu Evans. Auf seinem Rücken hatten sich ein paar Schneeflocken gesammelt, die von den Bäumen heruntergerieselt waren.

Seit wir losgeritten waren, hatte er nicht ein einziges Wort gesprochen.

»Mr Evans?«, fragte ich, denn vielleicht würde mich ein Gespräch davon ablenken, dass wir nach meiner Rückkehr möglicherweise noch ärmer waren als vorher.

Er reagierte nicht. Waren ihm die Ohren zugefroren?

»Mr Evans?«, fragte ich erneut, worauf ein Ruck

durch seinen Körper ging, als würde er nach kurzem Schlummer erwachen.

»Ja?«, fragte er und blickte kurz über die Schulter.

»Ist alles in Ordnung mit Ihnen?«

»Das könnte ich Sie fragen. Waren Sie in Gedanken versunken?«

»Ein wenig«, antwortete er, und ich hätte schwören können, dass er gähnte, als er wieder nach vorn schaute.

»Was kann ich für Sie tun?«

Mir ist langweilig, hätte ich beinahe geantwortet, doch dann hätte er sich wohl gleich wieder seinen Gedanken hingegeben.

»Mögen Sie keinen Schnee?«, fragte ich stattdessen.

»Wie bitte?«

»Ich meinte, mögen Sie keinen Schnee? Es scheint, als würde er Sie müde machen.«

»Ich habe in der vergangenen Nacht nicht viel geschlafen«, antwortete er. »Genaugenommen schlafe ich schon seit einer Weile nicht mehr gut.«

»Setzt Ihnen die Reise zu? Oder die lange Zeit, die Sie von Zuhause fort sind?«

Wieder wandte er sich um und sah mich ein wenig rätselhaft an.

»Warum interessiert Sie das?«

»Wir werden eine Weile unterwegs sein, und ich kenne nur Ihren Namen und weiß, dass Sie Diener des Lords sind. Es wäre doch eigentlich nur höflich, etwas von sich zu erzählen, nicht wahr?«

»Erzählen Sie mir dann im Gegenzug auch etwas von sich?«

»Sie wissen doch schon, was ich mache«, gab ich zurück.

»Das schon, aber zu wissen, was die Profession eines Menschen ist, bedeutet noch nicht, ihn zu kennen. Sonst würden Sie sich doch sicher auch mit Ihrem Wissen über mich zufriedengeben.«

Er war schon etwas seltsam, dieser Diener. Wenn man ihn reden hörte, konnte man glauben, dass er gar keiner war. Aber wahrscheinlich brachte das die Arbeit bei einem Lord mit sich.

»In Ordnung, ich erzähle Ihnen etwas über mich. Aber da gibt es nicht viel.«

»Na gut, dann fangen Sie an.«

Ich zog die Augenbrauen hoch. »Warum ich? Ich habe doch Sie gefragt. Außerdem sollten wir tauschen. Sie erzählen etwas von sich, ich dann etwas von mir.«

Evans lachte auf. »Und da dachte ich, dass ich eine stille Glasmacherin nach England bringen würde.« Er setzte noch etwas in seiner Muttersprache hinzu.

»Sie sollten vielleicht bei Deutsch bleiben, wenn Sie mit mir sprechen, ich verstehe Sie nicht«, gab ich ein wenig ärgerlich zurück.

»Wenn Sie das wünschen.« Er lächelte mich schelmisch an.

»Wie soll es eigentlich werden, wenn ich mit der Königin rede? Werden Sie mir dann übersetzen?«

»Mein Herr, der Lord, wird bei Ihnen sein, wenn Sie vor die Queen treten. Allerdings brauchen Sie sich keine Sorgen um die Konversation mit der Königin zu machen. Sie spricht fließend Deutsch.«

»Die Königin beherrscht Deutsch?«

»Ja. Die Mutter Ihrer Hoheit ist Deutsche. Sie sollten damit in England allerdings nicht hausieren gehen.«

»Warum nicht? Schämt sie sich dafür?«

»Die Engländer mögen Ausländer auf ihrem Thron nicht. Ihre Königin ist Engländerin für sie.«

Ich nahm diese Information mit einem Nicken hin. Dass Victoria mich verstehen würde, beruhigte mich aber immerhin.

»Warum möchte Ihre Majestät eigentlich meine Engel haben? Nur, weil sie ihr so gefallen?«

Evans schaute mich verwundert an. »Warum nicht? Sie möchte für den Baum nur das Beste. Jedes Jahr wird dafür neuer Schmuck angeschafft. Als mein Herr ihr Ihre Engel gezeigt hat, war sie entzückt.«

»Sie hat die Engel schon gesehen?«

»Einen von ihnen. Das hat gereicht, um Sie einzuladen.«

Mir wurde plötzlich ganz heiß. Möglicherweise war dieses Unternehmen doch nicht umsonst.

»Sie können mir glauben, es ist eine Ehre, dass man Sie eingeladen hat. Neben Ihnen werden zahlreiche Hoflieferanten vorsprechen. Und wann werden Sie das nächste Mal die Gelegenheit haben, Ihre Engel an einer königlichen Tanne zu sehen?«

Nie, das wusste ich. Und dennoch wäre es mir lieber gewesen, wenn ich mit Sicherheit gewusst hätte, dass ich an Weihnachten zu Hause sein könnte.

II. KAPITEL

Der Bahnhof von Heilbronn erschien mir wie ein Wunder. Ein so großes Gebäude hatte ich zuvor nur sehr selten gesehen. Die gelben Sandsteinwände leuchteten in der Nachmittagssonne, und eine feine Schneeschicht bedeckte die roten Dachziegel. In den hohen Fenstern spiegelten sich die Wolken, die schwer über den blauen Himmel zogen. Dahinter sah man die Reisenden durch die Abfahrtshalle eilen.

Rauchgeruch lag in der Luft. Ein schrilles Pfeifen kündigte die Einfahrt eines Zuges an. Kurz sah ich das schwarze Ungetüm noch, bevor es mit seiner bunten Waggonschlange hinter dem Gebäude verschwand.

Die Pferde hatten wir inzwischen zurückgebracht, doch da Evans einen großen Schrankkoffer in seiner Unterkunft hatte, erwartete uns im Bahnhof ein Kofferträger, der helfen würde, das Gepäckstück zu verladen. Während mein Begleiter noch mit dem Mann sprach, der die Wagen verlieh, saß ich auf einer Bank vor dem Bahnhof. Meine Tasche mit den Kleidern stand neben meinen Füßen, die mit den Engeln hielt ich auf dem Schoß.

»Schönes Wetter heute, nicht wahr?«, fragte eine Männerstimme neben mir. Ich blickte zur Seite und sah eine silberne Taschenuhr, die an einer braunen Weste hing. Da diese nicht mit mir gesprochen hatte, ließ ich meinen Blick ein wenig höher wandern. Der Mann war ein ganzes Stück älter als Evans, trug eine Schiebermütze und einen Backenbart. Die Daumen hatte er lässig unter die Revers seines offenstehenden braunen Mantels gehakt.

»Ja, sehr schön«, entgegnete ich und bereute es im nächsten Augenblick. Der Mann wirkte seltsam. Er betrachtete mich viel zu aufmerksam, als wollte er sich jeden meiner Züge genau einprägen. Mein Vater hatte mich als Kind oft vor Männern wie diesem gewarnt.

»Die führen was im Schilde«, sagte er immer. »Wenn einer von denen dich anspricht, laufe schnell weg.«

Allerdings hätte es komisch ausgesehen, wenn ich, mittlerweile eine junge Frau, vor ihm die Flucht ergriffen hätte.

Das Einzige, was ich tun konnte, war, ihn genauso aufmerksam zu betrachten wie er mich.

»Wo wollen Sie hin?«

»Das geht Sie nichts an«, entgegnete ich, worauf der Mann mit der Zunge schnalzte und dann grinste.

»Aber, aber, warum denn so feindselig? Ich habe doch nur eine einfache Frage gestellt.«

»Und ich möchte sie Ihnen nicht beantworten«, entgegnete ich.

»Nun gut, dann versuche ich es mit einer anderen Frage: Eine hübsche junge Frau wie Sie reist doch sicher nicht allein, oder doch?«

»Nein, ich reise nicht allein. Mein Begleiter müsste jeden Augenblick auftauchen.«

»Er lässt Sie einfach hier sitzen?«

Obwohl ich ihn nicht dazu aufgefordert hatte, setzte er sich neben mich. Mein Körper spannte sich an. Ich überlegte, ob ich vielleicht doch weglaufen sollte.

Schließlich entschied ich mich dazu, mich zu erheben.

Der Mann verzog das Gesicht. »Was ist los mit Ihnen? Kommen Sie etwa aus dem Kloster? Ich tue Ihnen doch überhaupt nichts.«

»Nein, aber ich möchte nicht, dass Sie neben mir sitzen.«

»Wird Ihr Begleiter eifersüchtig?« Er blickte demonstrativ auf meinen rechten Ringfinger. Ich verbarg die Hand schnell unter der Tasche, doch es war zu spät.

»Ich sehe keinen Ring, junges Fräulein«, stellte der Mann mit einem süffisanten Grinsen fest. »Wenn Ihr Begleiter eifersüchtig ist, sollte er Ihnen rasch einen anstecken. Könnte ja sein, dass jemand anderes kommt und Ihr Herz stiehlt.«

Sicher nicht du!, sagte ich mir, konnte mich aber beherrschen. Warum stand ich eigentlich noch hier? Ich hätte längst zur Bahnhofstür gehen sollen!

»Miss Härtel?«, hörte ich Evans rufen. Erleichtert atmete ich auf.

»Mein Begleiter ruft mich«, sagte ich. »Guten Tag!«

»Guten Tag, schönes Fräulein«, sagte der Mann ein wenig spöttisch und tippte sich an den Rand seiner Mütze.

Ich umklammerte die Griffe meiner beiden Taschen und ging, ohne mich noch einmal nach ihm umzudrehen, zu John. Eigentlich wollte ich ihn ja nicht beim Vornamen nennen, aber innerlich tat ich es nun doch. Auch wenn er mich mit dem schwierigen Start beim Ritt ein wenig verärgert hatte, wirkte er nicht so, als könnte ich ihm nicht trauen.

»Haben Sie alles?«, fragte ich, als ich bei ihm ankam.

Evans deutete auf das Ungetüm von einem Koffer neben sich.

»Du meine Güte!«, rief ich aus. »Was transportieren Sie denn darin?«

»Mein Gepäck.«

»Sie brauchen so viel für ein paar Tage in Deutschland?«

»Es waren nicht nur ein paar Tage in Deutschland. Und ein Gentleman benötigt eben so dieses und jenes.«

Ich wurde neugierig. »Was benötigt ein Gentleman denn so?«

»Garderobe.«

»Aber Sie müssten ja Ihren gesamten Schrank da in dem Koffer haben.« Ich konnte mir nicht vorstellen, dass ein Diener so viele Kleidungsstücke besaß. Oder war das bei Angestellten eines englischen Lords anders?

»Es sind nicht nur meine Kleider, sondern auch andere Dinge.«

»Welche Dinge?«

»Dinge, die …« Er stockte. Seine Silberaugen funkelten. Offenbar hatte ich den Bogen etwas überspannt.

Ich konnte mir denken, was er sagen wollte. Es ging mich nichts an.

»Schon gut«, sagte ich. »Es ist Ihre Sache. Wann fährt unser Zug?«

Evans' Blick lag noch einen Moment lang auf mir, dann wandte er sich dem Kofferkuli zu.

»In etwa einer halben Stunde. Wenn Sie wollen, können wir uns schon mal zum Gleis begeben. Ich habe Plätze für uns reserviert, aber der Koffer muss noch verladen werden.«

»In Ordnung, gehen wir«, sagte ich und schloss die Hände fester um meine Taschen.

Im nächsten Moment fühlte ich es wie ein Stechen zwischen meinen Schulterblättern. Instinktiv wandte ich mich um und sah wieder den Mann in dem braunen Mantel. Er saß noch immer auf der Bank und schaute uns nach.

»Was ist?«, fragte Evans, als er mein Zögern bemerkte. Nun blickte auch er in die Richtung des unverschämten Kerls.

»Dieser Mann dort …«

»Sie haben vorhin mit ihm gesprochen«, stellte Evans fest. »Kennen Sie Ihn? Oder ist er Ihnen zu nahe getreten?«

»Ich kenne ihn nicht«, entgegnete ich.

»Hat er Sie belästigt?« Evans' Körper spannte sich, während seine Augen zu schmalen Schlitzen wurden. Auf einmal wirkte er, als wollte er ihm eine runterhauen.

»Nein, er wollte nur wissen, wohin ich fahre und ob ich allein reise.«

»Sie haben es ihm hoffentlich nicht gesagt?«

»Dass ich mit Ihnen reise?«, fragte ich. »Doch, das habe ich ihm gesagt, denn ich hatte den Eindruck, dass er mir seine Begleitung aufdrängen wollte. Aber wohin unsere Reise geht, habe ich ihm natürlich nicht gesagt.«

»Gut.«

»Gut?«, wunderte ich mich. »Ist es solch ein Geheimnis, wohin wir unterwegs sind?«

»Man sollte Fremden nicht zu viel von sich erzählen.«

»Sie sind auch ein Fremder. Und trotzdem reise ich mit Ihnen.«

»Sie kennen mich doch!«, gab Evans zurück.

»Vom Sehen. Aber besonders viel haben Sie nicht von sich erzählt. Sie sind mir ausgewichen, als ich etwas von Ihnen wissen wollte.«

»Sie werden schon noch alles erfahren! Und jetzt lassen Sie uns zum Bahnsteig gehen. Der Zug trifft bald ein.«

Wir machten uns auf, und ich betrachtete ihn von der Seite. Irgendwas schien Mr Evans mit den Silberaugen zu verbergen. Würde ich es jemals erfahren?

Als unser Zug einfuhr, verschwand der Bahnsteig für eine Weile in dichtem Nebel. Nur die Lok war noch zu sehen, die Waggons selbst wirkten wie Schemen in dem weißen Dampf, der aus dem Stahlross strömte. Die ausgestiegenen Passagiere schwebten wie Geister auf uns zu.

Ich spürte einen feinen Wasserfilm auf meinem Gesicht und meinen Händen. Mein Herz pochte. Noch nie zuvor war ich so nah an einer Lokomotive gewesen.

»Kommen Sie«, sagte Evans und fasste mich sanft am Arm. Er führte mich zu einem der Waggons mit grünem Anstrich und ließ mir den Vortritt beim Einsteigen. Unsicher erklomm ich die Treppe. Ich konnte die Kraft des Zuges beinahe unter meinen Füßen spüren. Zwar schaukelte er nicht so wie der Pferderücken unter mir, dennoch fühlte ich mich unsicher.

Evans stieg nach mir ein. Da ich damit zu tun hatte, die hölzerne Verkleidung des Innenraumes zu betrachten, stieß er gegen mich, weil er wohl erwartet hatte, dass ich gleich weitergehen würde.

Kurz spürte ich die Wärme seines Körpers, dann machte ich einen Satz nach vorn.

»Zu unseren Plätzen geht es rechts«, sagte er, ein wenig echauffiert, wie mir schien. »Bleiben Sie besser nicht stehen, nach uns wollen auch noch Leute einsteigen.«

Als ob ich das nicht wüsste! Kurz wallte Zorn in mir auf, doch er verflog, als ich das Abteil betrat. Mir gingen die Augen über.

Ich hatte Evans etwas von erster Klasse sagen hören, als er mit dem Mann sprach, der seinen Koffer in den

Gepäckwagen verladen sollte. Ich hätte nie gedacht, dass es in einem Zug so aussah!

Mehrere große, mit rotem Samt bezogene Bänke standen in dem Waggon. Die Polster waren dicker als die des Sofas, auf dem Mutter lag. Oberhalb der Bänke waren Gepäckträger angebracht worden, die viel zu klein gewesen wären für Evans' riesigen Schrankkoffer. Meine Tasche mit den Kleidern hievte Evans hinauf, doch als er mir die mit den Glasengeln aus der Hand nehmen wollte, sträubte ich mich.

»Keine Sorge, sie gehen schon nicht kaputt«, sagte er.

»Aber wenn der Zug nun bremst und sie hinunterfallen?« Ich hatte gesehen, mit welchem Tempo der vorherige Zug eingefahren war. Und unserer war auch nicht wesentlich langsamer gewesen.

»Ich versichere Ihnen, das wird nicht der Fall sein. Die Fahrt ist lang. Sie können die Tasche nicht die ganze Zeit über auf dem Schoß halten!«

Ich war sicher, dass ich es konnte, doch da nun noch andere Leute den Waggon betraten, wollte ich mir keinen Streit mit Evans liefern. Ich überließ ihm die Tasche.

»Vorsicht!«, rief ich, während er sie neben mein anderes Gepäckstück stellte. Die Tasche schaukelte kurz bedrohlich, dann blieb sie stehen. Hoffentlich bremste der Zug nicht abrupt. Dann würde all die Mühe umsonst sein.

»Sie werden schon heil ankommen, glauben Sie mir«, sagte Evans, während er sich auf die rote Sitzbank sinken ließ. »Setzen Sie sich doch! Der Blick aus dem Fenster wird Ihnen gefallen.«

Ich kam seiner Aufforderung nach, doch dann bemerkte ich, wie nahe wir uns waren. Augenblicklich spannte sich mein Körper an. Evans' Wärme strömte gegen meinen Arm und löste in mir das seltsame Verlangen aus, mich gegen ihn zu lehnen. Mein Herz begann zu pochen und in meinem Magen kribbelte es. Verdammt, was war das nur? Ich hatte schon neben Wenzel gesessen, aber da war es mir nicht so ergangen.

Sogleich rückte ich ein Stück von ihm weg. Ich wollte mich nicht zur Närrin machen. Wer konnte schon wissen, wozu ich mich hinreißen lassen würde?

»Zerdrücken Sie nicht die Fensterscheibe«, bemerkte Evans spöttisch, als er sah, dass ich mich gegen die Waggonwand presste. »Sie werden auch so genug zu sehen bekommen.«

»Ich …« Mehr brachte ich nicht heraus. Was sollte man auf so einen Satz auch schon erwidern?

Ich rückte ein wenig von der Wand ab, spürte dann aber seine Wärme wieder. Meine Wangen begannen zu kribbeln. Ich war sicher rot wie eine Himbeere!

Angestrengt schaute ich aus dem Fenster und versuchte, mich abzulenken. Mir wäre es lieber gewesen, wenn er gegenüber gesessen hätte.

Ihm schien es allerdings nichts auszumachen. Er zog eine Zeitung aus der Tasche und vertiefte sich in die Lektüre.

Glücklicherweise bekamen wir wenig später Gesellschaft. Uns gegenüber setzte sich ein älteres Paar. Die Frau trug einen Hut, der wie ein Vogelnest aussah. Der Mann neben ihr hatte eine rote Nase und schneeweiße Haare. Ein wenig wirkte er wie ein Schneemann.

»Was für ein hübsches Paar Sie doch sind!«, sagte die Frau entzückt, nachdem sie uns einen Moment lang betrachtet hatte. »Sind Sie auf Hochzeitsreise?« Offenbar wollte sie ein Gespräch anfangen.

Ich hielt erschrocken die Luft an.

Auch Evans blickte verwundert auf. »Wie bitte?«

Meine Wangen wurden noch röter.

»Wir ... wir sind nicht verheiratet«, sagte ich schnell. Im nächsten Augenblick bemerkte ich, dass das die falsche Antwort war, denn das Gesicht der Frau nahm einen konsternierten Ausdruck an. Hilfesuchend sah ich zu Evans, der die beiden immer noch musterte.

»Die junge Dame hat recht«, pflichtete er mir bei, ohne meinen Blick zu erwidern. »Wir sind kein Paar. Ich begleite sie lediglich und passe auf sie auf.«

Der Ausdruck auf dem Gesicht der Frau blieb. Wahrscheinlich fragte sie sich, ob er schwindelte. Doch Evans schien dies egal zu sein. Er richtete seine Aufmerksamkeit wieder auf die Zeitung. An einem Gespräch war er nicht interessiert. Und auch ich sah wieder aus dem Fenster. Auf dem Bahnsteig standen jetzt zahlreiche Leute, die wohl ihre Angehörigen verabschieden wollten. Sie schwenkten Taschentücher, einige Frauen tupften sich Tränen vom Gesicht.

Schließlich ertönte ein schriller Pfiff. Es ging los!

Wieder kribbelte es in meinem Bauch, aber nun wusste ich, dass es Aufregung war. Der Zug ruckte an und nahm dann langsam Fahrt auf.

Die Gesichter der Daheimbleibenden verschwanden – doch plötzlich meinte ich, in der Menge den Mann im braunen Mantel zu sehen. Er stand neben einem Kofferkuli und starrte mich mit einem seltsamen Lächeln an. Bildete ich mir das nur ein? Ich kniff die Augen zu, und als ich sie wieder öffnete, war er verschwunden.

12. KAPITEL

Irgendwann am Montagmorgen erwachte ich aus meinem Schlaf und spürte, dass etwas auf mir lag. Ich blinzelte meine Augen frei, tastete über den Stoff und merkte, dass es Evans' Mantel war. Er war ungemein schwer, kaum zu glauben, dass er von der Last nicht niedergedrückt wurde. Als ich den Kopf hob, sah ich, dass heller Sonnenschein auf die schneebedeckte Landschaft schien.

»*Good morning, my dear!*«, sagte er.

»Bitte reden Sie kein Englisch mit mir, ich verstehe es doch nicht«, sagte ich murrend und erhob mich. In meinem Kopf hämmerte ein dumpfer Schmerz, der sich so anfühlte wie das Rattern des Waggons auf den Schienen.

Erst jetzt sah ich, dass Evans es sich auf dem gegenüberliegenden Sitz bequem gemacht hatte. Die Passagiere dort mussten irgendwann ausgestiegen sein, ohne dass ich es mitbekommen hatte.

»Ich sagte guten Morgen, meine Liebe«, entgegnete er mit einem feinen Lächeln. »Ich hoffe, Sie haben wohl geruht?«

»Es geht schon«, sagte ich und griff mir an die Stirn.

»So sieht es aber nicht aus.« Ehe ich ihn davon abhalten konnte, setzte er sich neben mich, drehte mich ein Stück herum und griff nach meinen Schultern.

»Was soll das?«, fragte ich und rückte ein Stück von

ihm ab. Nicht weit genug allerdings, dass seine Hände mich nicht mehr erreichen konnten.

»Bleiben Sie sitzen«, knurrte er mich an. Dann begann er, wie wild auf meinen Schultern herumzudrücken.

»Aua!«, protestierte ich und löste mich von ihm. »Was machen Sie da?«

»Ich möchte Sie nur ein wenig massieren. So verdreht, wie Sie dagelegen haben, kann ich mir denken, woher Ihre Kopfschmerzen stammen.«

Ich starrte ihn an. »Kopfschmerzen?«

»Sie sehen so aus, als hätten Sie welche. Glauben Sie mir, ich kenne mich damit aus.«

»Sind Sie Arzt?«, fragte ich.

»Nein, aber ich habe selbst oft Kopfschmerzen.«

»Aha, dann haben Sie ein hartes Bett?«, fragte ich.

Evans seufzte. »Nein, aber oftmals sehr viel zu tun. Und jetzt kommen Sie und stellen Sie sich nicht so an. Ich verlange nichts Unmoralisches von Ihnen. Ich möchte Ihnen nur helfen.«

Ich wandte ihm wieder den Rücken zu, doch irgendwie war mir nicht wohl dabei, denn das Gefühl, dass uns sämtliche Leute anstarrten, überkam mich.

Ich schloss die Augen und biss die Zähne zusammen. Evans knetete an meinen Schultern herum, als wären sie aus Wachs und enthielten keine Knochen. Es schmerzte höllisch, aber er hatte recht: Die Kopfschmerzen legten sich allmählich.

»Wir sollten in Kürze Köln erreichen«, erklärte er. »Dort werden wir einen Moment Zeit haben, uns zu erholen, bevor es nach Paris weitergeht.«

Paris. In meiner Schule hatten ein paar Mädchen von Paris geschwärmt. Bei der Erwähnung des sündigen Lebens dort hatten sie in ihre Hände gekichert und anschließend von einem Grafen geträumt, der sie dorthin entführen würde. Wenn mich damals jemand gefragt hätte, ob ich es für möglich hielte, nach Paris zu fahren, hätte ich den Kopf geschüttelt. Mein Vater berichtete zwar von den wunderbaren Glaswaren der französischen Könige, doch es stand nie zur Debatte, dass wir sie uns auch anschauen würden.

»Wir werden Paris übermorgen erreichen und dann umsteigen in Richtung Calais«, fuhr Evans fort.

»Haben wir vielleicht noch etwas Zeit für den Louvre?«, fragte ich.

Evans hielt inne. »Den Louvre?«

»Den kann man doch besichtigen, nicht?«

»Natürlich kann man das. Aber woher wissen Sie davon?«

Seine Hände fuhren nun etwas vorsichtiger fort.

»Mein Vater hat davon erzählt. Er meinte, es würde dort wunderschöne Bilder geben. Und Glassachen, wie ich sie nie zuvor gesehen hätte.«

»Darf ich fragen, woran er gestorben ist?«, fragte Evans.

Ich nickte traurig. »An einem Herzinfarkt. Das sagte jedenfalls der Doktor. Und danach …«

»Danach ging es mit Ihrer Familie bergab, nicht wahr?«

Ich nickte abermals. »Ja. Meine Mutter wurde krank, und ich versuchte monatelang, eine Anstellung zu finden. Nur meiner Arbeit in der Glashütte meines Vaters habe ich es zu verdanken, dass Meister Philipps mich angenommen hat.« Mein Herz wurde schwer. Ich musste wieder daran denken, dass ich mich weder von Wenzel noch von Meister Philipps verabschiedet hatte.

»Deshalb wollten Sie nicht weg von dort.«

»So ist es. Man verlässt keine Anstellung für das Ungewisse.«

Evans' Hände ließen meine Schultern los. Als ich mich umwandte, sah ich, dass er nachdenklich auf seine Schuhspitzen schaute.

»Bereuen Sie es, dass Sie mir doch nachgegeben haben?«, fragte er dann.

»Die Arbeit bei Meister Philipps hat uns einigermaßen versorgt, aber wer weiß, wie lange es bei ihm noch geht. Die Glaswaren aus Holland und aus Thüringen sind begehrter als unsere. Es ist ein Wunder, dass sie sich noch verkaufen. Aber in Wirtshäusern braucht man Gläser, nicht wahr?«

Evans nahm meine Hand und sah mich an.

»Ich verspreche Ihnen, ich werde alles in meiner Macht Stehende tun, damit diese Reise nicht vergebens ist.«

Ich starrte auf seine Hand. Das Gefühl, das mich durchzog, konnte ich nicht in Worte fassen. Einerseits wollte ich ihm meine Hand sofort entziehen, andererseits wollte ich sie für immer dort liegen lassen. Doch ich wusste, dass das nicht sein durfte. Außerdem fand er mich bestimmt ziemlich kindisch. Er war mindestens zehn Jahre älter als ich und hatte als Diener eines Lords schon viel mehr von der Welt gesehen.

Und warum dachte ich überhaupt an so etwas? Ich wollte ja nicht einmal die Frau von Wenzel werden!

»Danke«, sagte ich verwirrt, worauf er mich wieder losließ.

Ich schaute einen Moment lang auf meine Hand, dann blickte ich wieder auf. Evans erhob sich und nahm unsere Taschen von der Ablage. Erst im nächsten Moment bemerkte ich, dass der Zug nun an Häusern vorbeifuhr.

»Ist das Köln?«, fragte ich.

»Ja, das ist es. Wenn Sie wollen, können wir gern den Dom besichtigen. Er ist noch imposanter als alles, was Sie hier an der Strecke sehen.«

Das wollte ich sehr gern, allein schon wegen der hohen Kirchenfenster. Mein Vater hatte selbst auch eines gestaltet, für eine kleine Dorfkirche. Welche Schätze mochte der Dom bieten?

Als der Zug in den Bahnhof einfuhr, verschwand für einen Augenblick wieder alles im Wasserdampf. Doch der hatte sich bereits verzogen, als wir ausstiegen. Evans wartete noch auf seinen Koffer. Als dieser auf den Kofferkuli geladen war und der Bedienstete seine Anweisungen erhalten hatte, verließen wir das Bahnhofsgebäude. Der Zug nach Paris würde erst am späten Nachmittag fahren. Somit hatten wir Zeit, uns etwas umzuschauen.

Evans hatte recht. Der Kölner Dom, der sich in der Nähe des Bahnhofs erhob, war wirklich imposant – innen wie außen. Ich staunte über die beiden riesigen Turmspitzen, an denen in luftiger Höhe Kräne befestigt waren. Schnee bedeckte die zahlreichen Figuren und Ornamente, mit denen das Bauwerk geschmückt war.

»Es gibt eine Legende über den Dom«, sagte Evans, während er mich zum Hauptportal führte, durch das ein paar Leute gingen. »Haben Sie die Kräne gesehen?«

Ich nickte.

»Der Dom wird schon seit vielen hundert Jahren gebaut. Es heißt, wenn er eines Tages vollendet ist, geht die Welt unter.«

Ich zog die Augenbrauen hoch. »Das ist doch Unsinn!« Mein Vater hatte mir den Aberglauben frühzeitig ausgetrieben. Er meinte, dass das Kinderkram sei.

»Vielleicht ist es das. Doch der Dombaumeister scheint daran zu glauben. Deshalb wird noch immer daran gebaut. Und wahrscheinlich geht das auch noch die nächsten Jahrhunderte so weiter.«

»Wenn dem so ist, werden sie ihn bald wieder reparieren müssen. Gilt das dann auch als Bauen?« Ich schüttelte den Kopf.

»Das weiß ich nicht. Vermutlich schon. Und unter uns, ich bin sicher, dass die Welt nicht untergeht, wenn der Dom fertig ist. Warum sollte das auch der Fall sein, wo die Wissenschaft gerade belegt hat, dass an Aberglauben überhaupt nichts dran ist?«

Ich dachte an den kleinen Glasengel in meiner Tasche. War es Aberglaube, ihn als Glücksbringer mitzunehmen?

»Hier«, schreckte mich Evans aus meinem Gedanken. Er zog etwas aus der Innentasche seines Mantels, das sich als Bleistift und kleines, aber dickes Schreibbüchlein entpuppte.

»Was soll ich damit?«, fragte ich.

»Zeichnen. Das können Sie doch?«

»Ja, aber …«

»Ich dachte mir, Sie möchten die Fenster vielleicht festhalten. Glauben Sie mir, die sind wirklich eindrucksvoll.«

Ich starrte ihn an, und fast war es, als würden mir die Tränen kommen. Es war schon lange her, dass mir jemand einfach so etwas geschenkt hatte. Und darauf achtete, was mich interessierte.

»Danke, das ist sehr freundlich von Ihnen«, sagte ich, während ich die beiden Dinge annahm. Das Buch fühlte sich angenehm schwer in meiner Hand an. Wenn ich eine neue Gussform für meine Engel plante, zeichnete ich sie vorher immer erst auf Papier. Wenn in dem Büchlein noch ein paar Seiten frei blieben, konnte ich sie von nun an hier reinzeichnen – und auch ein paar Dinge für Elisabeth notieren. Ich würde mir unmöglich alles merken können, was mir unterwegs begegnete. Eine Niederschrift könnte mir beim Erinnern helfen, notfalls könnte Elisabeth es auch selbst lesen.

»Wenn Sie möchten, können wir nachher ein Schreibwarengeschäft aufsuchen, dort gibt es sicher auch Buntstifte. Ich bin sicher, dass Sie die Farben in Ihren Zeichnungen nicht missen wollen.«

Ich war sprachlos. Die Tränen würgten mich. Ich schaffte es, sie hinunterzuschlucken, doch vor lauter Rührung fühlte ich mich ganz zittrig.

»Wollen wir?«, fragte Evans und bot mir dann seinen Arm an.

Ich nickte und hakte mich bei ihm ein.

Im Dom selbst war es zunächst ziemlich dunkel, doch dann, als wir das Kirchenschiff betraten, explodierte ein Meer aus Farben vor meinen Augen. Die Sonne fiel durch die hohen Fenster, von denen jedes etwas anders gestaltet war. Ich entdeckte fein gearbeitete Heiligenfiguren, Wappen, Blüten und Ranken, wie ich sie noch nie in einem Kirchenfenster gesehen hatte. Auch war das Ausmaß der Fenster gewaltig, um ein Vielfaches größer als der Spiegel des Fürsten oder der, den mein Vater hergestellt hatte.

»Beeindruckend, nicht wahr?«, fragte Evans. Erst jetzt bemerkte ich, dass er mich schon seit einer Weile beobachtete.

»Ja, wirklich«, pflichtete ich ihm bei. »Es muss Jahre gedauert haben, solche Fenster herzustellen.«

»Nun, was das angeht, sind Sie die Expertin«, entgegnete er.

»Mein Vater hat mir mal erzählt, wie diese Fenster gemacht werden. Es kostet schon einiges an Zeit, wenn man ein einfaches Mosaik herstellen möchte. Doch ganze Landschaften und Szenen ... Dazu benötigt man Jahre!«

»Nun, dann können Sie wohl von Glück reden, dass Ihre Engel nicht so viel Zeit in Anspruch nehmen.«

»Meine Engel sind nichts im Vergleich zu diesen Fenstern.« Auf einmal kam ich mir furchtbar klein vor. Mein Vater meinte immer, dass aus mir eine Meisterin des Glashandwerks werden könnte. Doch mittlerweile bezweifelte ich das.

Ich schwelgte noch einen Moment in der Betrachtung der Fenster, als ich plötzlich eine Bewegung aus dem Augenwinkel heraus wahrnahm. Ich konnte nicht einmal sagen, warum ich mich umwandte. Vielleicht, weil es mir vorkam, als würde mich ein Blick streifen.

Vor einem Marienaltar an der Seite, der mit zahlreichen brennenden Kerzen geschmückt war, kniete ein Mann. Er blickte auf das Gemälde vor sich, doch aus irgendeinem Grund hatte ich das Gefühl, dass mit ihm etwas nicht stimmte.

Seltsam, aber irgendwie erinnerte er mich an den Kerl, der mich am Bahnhof von Heilbronn angesprochen hatte.

Evans bemerkte meine Anspannung.

»Was ist?«, fragte er.

»Dieser Mann dort ...«, sagte ich und kniff die Augen zusammen. »Er kommt mir bekannt vor.«

Evans wandte sich um. Der Fremde, der dem Mann im braunen Mantel aus Heilbronn so ähnlich sah, tat so, als würde er ein Gebet sprechen. Aber ich hätte schwören können, dass er uns beobachtet hatte!

»Und wo wollen Sie ihn schon einmal gesehen haben?«, fragte er, nachdem er den Fremden einen Moment lang gemustert hatte. Offensichtlich war nichts Verdächtiges an ihm – bis auf die Tatsache, dass seine Blicke uns folgten, seitdem ich ihn zwischen den Säulen entdeckt hatte.

»Ich weiß nicht … Er ähnelt dem Mann, der mich am Bahnhof in Heilbronn angesprochen hat. Andererseits sieht er auch anders aus. Er hat keinen Bart mehr und die Kleider sind andere. Aber die Augen …«

»Dann sollten wir besser gehen«, sagte Evans und bot mir seinen Arm an. »Bei der Kälte sollten wir uns einen Kaffee oder eine heiße Schokolade gönnen, nicht wahr? Für unsere geistige Erbauung haben wir nun weiß Gott genug getan.«

13. KAPITEL

Nach einem kurzen Abstecher in den Schreibwarenladen fanden wir ein kleines Café in der Nähe des Doms, aus dem uns der Duft von warmem Zuckergebäck entgegenströmte und uns wie ein wärmender Mantel einhüllte. Erst jetzt wurde mir bewusst, dass ich seit dem Frühstück nichts mehr gegessen hatte.

Von hier aus hatte man einen guten Blick auf den Rhein, in dem sich der blaue Himmel spiegelte. Der Tag war sehr sonnig, und es tat mir leid, dass wir wegen des seltsamen Beobachters nicht alle Fenster gesehen hatten.

Doch der Anblick derjenigen, die wir in Augenschein nehmen konnten, hatte sich in meinen Verstand eingebrannt. Dank der unglaublich gut nach Holz duftenden Stifte, die Mr Evans mir geschenkt hatte, würde ich Elisabeth und auch meiner Mutter später zeigen können, was ich gesehen hatte.

»Ich glaube, wir sollten den Aufenthalt in Paris so kurz wie möglich halten«, erklärte Evans überraschend, nachdem er es sich auf der Sitzbank bequem gemacht hatte. Ich saß ihm gegenüber, genauso angespannt wie schon im Zug. Die Blicke der anderen Gäste schienen uns zu verfolgen. Ich war es nicht gewohnt, so viel Aufmerksamkeit auf mich zu ziehen. Wahrscheinlich fragten sich die Leute, was ein Mädchen in solch einem ärmlichen Aufzug hier zu suchen hatte. Und dann noch in Begleitung solch eines Mannes.

Gut, Evans sah im Vergleich zu seinem Herrn recht schlicht aus, aber er war doch besser angezogen als jeder Mann, den ich kannte.

»Also kein Besuch im Louvre.« Meine Stimme klang ein wenig enttäuscht.

»Denken Sie daran, dass Ihr Hauptziel London ist. Je eher wir dort sind, desto eher wird die Königin Sie empfangen. Sie wollen doch sicher zu Weihnachten wieder zu Hause sein, nicht wahr, Miss Härtel?«

»Ja, das möchte ich«, entgegnete ich. Doch ein wenig hatte ich darauf gehofft, dass wir uns zumindest kurz den Louvre anschauen konnten.

»Nun, dann wäre dieses Arrangement in Ihrem Sinne. Wir werden sehen, dass wir in Paris gleich in den nächsten Zug kommen. Dann sind wir spätestens in drei Tagen auf englischem Boden.«

Ein Kellner erschien und fragte uns in einem seltsamen Dialekt, was wir haben wollten. Evans orderte für sich einen Kaffee und für mich heiße Schokolade und ein wenig Gebäck.

Allein schon bei dem Gedanken daran lief mir das Wasser im Mund zusammen. Damals, als es unserer Familie noch gut ging, hatte es hin und wieder heiße Schokolade gegeben. Doch mittlerweile fehlten uns die Mittel für irgendwelche Genüsse. Es wurde gekauft, was satt machte und nicht so viel kostete.

»Wie lange wird es dauern, bis die Königin mich empfängt?«, fragte ich, um meine Vorfreude auf die Schokolade ein wenig zu zügeln.

»Nun, das kommt ganz darauf an, wie beschäftigt sie ist. Manchmal kann es ein paar Tage dauern, aber für den Fall haben wir vorgesorgt. Sie haben doch sicher nichts dagegen, sich in London etwas anzuschauen?«

»Gibt es dort auch Ausstellungen wie im Louvre?«

»Aber ja, so viele Sie wollen. Ich werde Ihnen eine Liste erstellen und dafür sorgen, dass man Ihnen alles zeigt, was Sie interessiert.«

»Waren Sie schon mal mit Ihrem Herrn in diesen Ausstellungen?«

Evans sah mich einen Moment lang abwesend an, dann nickte er. »Ja, natürlich! Es ist sehr erbaulich.«

»Und gib es auch Ausstellungen über Glas?«

»Nun, das weiß ich nicht, aber in den meisten Ausstellungen werden auch Glaswaren gezeigt.«

Der Kellner erschien und brachte unsere Bestellung. Der Duft der Schokolade erfüllte meine Sinne und ließ meine Umgebung für einen Moment verschwinden. Was für ein Zaubertrank!

Evans nahm einen Schluck Kaffee und nickte anerkennend.

»Aber kommen wir zu Ihrem Auftritt vor der Königin.«

»Auftritt?«, fragte ich. »Soll ich etwas vorspielen?«

»Nein, aber es gibt bei Hof gewisse Regeln.« Bei dem Lächeln, das Evans aufsetzte, dachte ich zunächst daran, dass er mich auf den Arm nehmen wollte. Doch seine folgenden Worte machten deutlich, dass er es ernst meinte. »Es gehört einfach zum Zeremoniell dazu. Wenn wir da sind, wird mein Herr es Ihnen erklären.«

»Und wie sehen solche Auftritte aus?«

»Zum Beispiel verbeugen sich Männer, die zum Ritter geschlagen werden, und gehen dann auf die Knie.«

»Aber ich werde doch sicher kein Ritter!«

»Das kommt ganz darauf an, wie der Königin die Engel gefallen. Aber wenn, werden Sie kein Ritter, sondern eine Lady.« Evans lachte auf. Gut, jetzt nahm er mich wirklich auf den Arm. Glasengel herzustellen war nun kein so großes Verdienst.

»Wissen Sie, ich will eigentlich keine Lady werden«, sagte ich und musste zugeben, dass er, wenn er lächelte, noch attraktiver war als ohnehin schon. Mein Herz stolperte, und ich konnte wiederum nicht verhindern, dass ich errötete.

»Sondern?«, fragte er.

»Glasmacherin. Eine richtige Glasmacherin mit eigener Werkstatt. So, wie ich es geworden wäre, wenn mein Vater noch lebte. Doch nach seinem Tod war es auch mit meinem Traum vorbei. Die Werkstatt wurde verkauft, ich kam bei Meister Philipps in Jux unter und bin dann dort gelandet, wo Sie mich vorgefunden haben.«

»Auf dem Marktplatz«, entgegnete Evans. »Sie haben aber sicher schon vorher Glasengel angefertigt, nehme ich an?«

»Ja, schon unter meinem Vater. Er wollte, dass ich das Gießen von Glas lernte. Er zeigte mir, welche Mineralien man der Glasmischung hinzugeben muss, damit man bestimmte Farben erhält. Leider konnte er mir das Glasblasen nicht mehr richtig beibringen.«

Evans überlegte einen Moment lang. »Wenn man Ihnen die Möglichkeit geben würde, eine eigene Werkstatt zu betreiben, würden Sie diese ergreifen? Auch wenn es hieße, dass Sie Ihre Mutter und Ihre Schwester zurücklassen müssten?«

»Nein«, antwortete ich. »Glas ist meine Leidenschaft, aber die Liebe zu meiner Mutter und Elisabeth ist größer. Ich würde sie nie im Stich lassen.«

Evans nickte bedächtig, dann hob er seine Tasse wieder an die Lippen.

In dieser Nacht konnte ich nicht schlafen, und das, obwohl wir diesmal sogar in einem Schlafwagenabteil reisten. Das Rattern des Waggons erschien mir in der Stille überlaut. Immer dann, wenn ich ein wenig wegnickte, riss mich die Zugpfeife aus dem Schlaf, und dann kam mir wieder der Mann in den Sinn, von dem ich mich beobachtet gefühlt hatte. Aber warum? Wer konnte etwas an einer Glasmacherin finden? Und an Evans, der nichts weiter als der Diener eines englischen Lords war? Bildete ich es mir etwa nur ein? Hatte ich nur Angst vor der Fremde?

In der Dunkelheit tastete ich nach dem kleinen Engel in meiner Rocktasche. Überzeugt davon, dass es unschicklich war, sich vor einem fremden Mann zu entblößen, hatte ich beschlossen, in meinen Kleidern zu schlafen. Evans hatte es mir gleichgetan. Er schlief tief und fest.

Ich hob den Engel vor mein Gesicht, konnte ihn aber nur schemenhaft sehen. Licht machen wollte ich nicht, und draußen versteckte sich der Mond hinter dichten Wolken, die eine neue Ladung Schnee verhießen.

Also betastete ich das kleine Figürchen. Ich spürte deutlich, wo Luftblasen waren, wo der Fuß fehlte und wo an den Flügeln eine kleine Scharte entstanden war. Dieser Engel war wirklich alles andere als perfekt. Doch ich war damals glücklich gewesen. Welche Zwölfjährige brachte schon so eine Figur zustande? Glas war mein Leben, dachte ich damals. Es war schon ironisch, dass ich damit recht behalten hatte, denn wie Glas war auch mein früheres Leben zerbrochen.

Ich seufzte tief.

»Können Sie auch nicht schlafen, Miss Härtel?«, fragte Evans von der anderen Seite der Kabine.

Ich zuckte zusammen und verlor dabei beinahe meinen Engel. Schnell ließ ich ihn wieder in meiner Tasche verschwinden, denn ich wollte nicht, dass ihm ein Flügel abbrach.

»Ich dachte, Sie schlafen schon«, sagte ich und schwang meine Beine über die Bettkante. Meine Füße waren eiskalt, also ließ ich sie in meinen Stiefeletten verschwinden.

»Ich habe bestenfalls gedöst. Das Rattern der Räder macht mich wahnsinnig.«

»Mich auch!«, gestand ich.

»Gestern schien das nicht der Fall zu sein.«

»Gestern war ich schon von der Reise zum Bahnhof todmüde«, gestand ich.

»Gut, dann machen wir wohl besser Licht.«

Wenig später glomm die Gasleuchte auf und tauchte das Abteil in ein schummriges gelbes Licht.

»Nun, womit wollen wir jetzt die Zeit totschlagen?«

»Sie könnten mir ein bisschen von sich erzählen«, antwortete ich. »Das haben Sie bisher versäumt.«

»Vielleicht, weil es da nicht viel zu erzählen gibt.«

»Nun, wo kommen Sie her? Wann sind Sie in den Dienst des Lords getreten, und waren Sie schon einmal am Königshof?«

Ich blickte ihn abwartend an. Dabei bemerkte ich genau, wie er sich innerlich wand. Offenbar wollte er wirklich nichts von sich preisgeben. Aber jetzt waren wir zusammen in diesem Abteil und er konnte den Waggon nicht verlassen.

»Ich war bereits am Königshof, ja«, antwortete er schließlich. Natürlich! Die anderen Fragen waren ihm offenbar viel zu intim.

»Und wie ist es dort?«

»Langweilig, wenn man nicht gerade den Willen hat, Politik zu machen.«

»Hat Ihr Lord das denn nicht?«

»Seine Ambitionen liegen eher bei den Künsten und beim Reisen. Was aber nicht heißt, dass er sich nicht gern ins Tagesgeschehen einmischt. Allerdings obliegt die wahre Politik dem Parlament. Und momentan sind einige Kräfte auch sehr damit beschäftigt, sich dem neuen König anzudienen.«

»Ein neuer König? Aber sitzt die Königin nicht für Lebzeiten auf dem Thron?«

»Natürlich. Doch die Queen ist schon im, sagen wir, fortgeschrittenen Alter. Ihr Sohn wird ihr auf den Thron folgen. Da manche hoffen, die Königin würde bald schon ihren Schöpfer treffen, setzen sie auf den neuen König. Natürlich lassen sie es sich nicht anmerken, doch wenn man die Ohren ein wenig offenhält, fällt es einem auf.«

»Es ist schlimm, dass sie auf den Tod der Königin hoffen«, sagte ich.

»Ja, aber auch das ist Politik. Auf einen verlöschenden Stern folgt ein junger, strahlender.«

Das leuchtete mir ein, denn kein Mensch lebte für immer. Doch es war auch grausam, nicht abwarten zu können, dass jemand die Welt verließ.

»Wie hat Ihr Lord eigentlich die Aufmerksamkeit der Königin auf meine Engel gelenkt?«, fragte ich, um von der Politik, die ich wahrscheinlich nie verstehen würde, wegzukommen. »Bloße Schwärmerei wird es wohl nicht gewesen sein, nicht wahr?«

»Nein, das ganz gewiss nicht.« Er musterte mich eindringlich. »Er hat Ihrer Majestät einen Engel gezeigt und von der jungen Frau berichtet, die diese Kunstwerke allein herstellt. Der Blick der Königin wurde ganz verträumt. Offenbar fand sie die Vorstellung, dass ein junges Mädchen mit gläsernen Engeln auf einem Marktplatz in der Provinz steht, sehr romantisch.«

Ich zog die Augenbrauen hoch. Sich stundenlang die Beine in den Bauch zu stehen und steife Hände vom Frost zu bekommen konnte auch nur eine Königin romantisch finden.

»Wirklich?«, fragte ich. »Was ist daran romantisch? Sie haben doch den Markt gesehen, es war ziemlich kalt und Ihr Herr brauchte einen dicken Mantel, um nicht zu frieren.«

»Dennoch müssen Sie zugeben, dass sich das Motiv eines verschneiten Marktes mit einem armen Mädchen und Glasengeln sehr gut für eine Postkarte eignen würde.«

Ich schüttelte den Kopf. Diese Reichen! Es war kaum zu glauben, wie wenig sie vom echten Leben wussten.

»Wie dem auch sei, die Königin verlangte sofort, dass wir ihr die kleine Glasmacherin und ihre Engel bringen! Nicht mal vierundzwanzig Stunden später war ich mit der Einladung unterwegs.«

»Und der Mann, der Sie begleitet hat? Sie waren doch der Reiter, der zu mir hochgeschaut hat, nicht?«

»Ja, der war ich. Und der Mann war ein Führer, der mir den Weg durch den Schnee zeigen sollte. Landkarten waren bei dem Wetter nicht besonders aussagekräftig.«

Ich kicherte. Konnte es sein, dass der Engländer sich bei uns verirrt hätte? In so einer verwunschenen Gegend lag Spiegelberg nun wirklich nicht.

»Dann hoffe ich mal, dass Sie sich in Ihrer Heimat auch bei Schnee auskennen«, gab ich zurück.

»Keine Sorge«, entgegnete er mit einem wissenden Ausdruck auf dem Gesicht. »Den Weg nach London würde ich blind finden!«

14. KAPITEL

Calais lag bei unserer Ankunft am Hafen in dichtem Nebel. Das Meer wirkte bei dem diesigen Wetter irgendwie erdrückend und trist. Ich hätte es mir ganz anders vorgestellt. Sah es bei anderem Wetter hier freundlicher aus? Wenn es immer so war wie jetzt, würde es kein Wunder sein, wenn es den Menschen aufs Gemüt schlug.

Die etwas weiter entfernten Schiffe schienen im Nebel zu schweben. Direkt vor uns schwappte graugrünes Wasser gegen die Kaimauern. Welches der gewaltigen

Schiffe wohl unsere Fähre sein würde? Die Schornsteine einiger Stahlungetüme rauchten bereits, und einen Moment lang fragte ich mich, ob der Nebel nicht von dort kam.

Die Angst, seekrank zu werden, überfiel mich plötzlich. Ich hatte mal einen Kaufmann belauscht, der mit meinem Vater verhandelt und darüber geklagt hatte, wie übel ihm bei der ganzen Schaukelei auf See geworden war.

Um mich ein wenig abzulenken, wandte ich den Blick vom Wasser ab.

Die unterschiedlichsten Sprachfetzen schwirrten um mich herum. Die Matrosen auf den Decks riefen sich etwas zu, das ich nicht verstand, und auch die Passagiere schienen nicht nur aus England und Frankreich zu kommen. Viele Sprachen hörten sich nicht einmal an wie das, was mir auf dieser Reise bisher zu Ohren gekommen war.

Fasziniert beobachtete ich die Menschen, die mit uns warteten. Einige von ihnen waren einfache Leute, so wie wir, andere trugen teure Kleidung und ließen sich von Dienern Taschen und Vogelkäfige hinterhertragen.

»Halten Sie sich in meiner Nähe und unternehmen Sie ja keine Spaziergänge«, mahnte mich Evans.

»Ich werde wohl kaum herumlaufen mit meinem Gepäck«, entgegnete ich. Warum musste er immer wieder so ein Holzkopf sein? Es war doch klar, dass ich ihm nicht von der Seite weichen würde. Wohin sollte ich auch?

Allein durch die Straßen dieser Stadt zu wandern, ohne ein Wort von dem, was die Leute sagten, zu verstehen, war selbst mir, die sich nachts durch den Wald wagte, zu abenteuerlich.

»Soll ich Ihnen etwas abnehmen?«, fragte Evans und blickte auf meine Taschen.

»Nicht nötig. Sonst renne ich Ihnen womöglich noch weg«, gab ich zurück, biestiger, als ich es eigentlich wollte.

Evans' Gesicht verschloss sich sofort. Seine Lippen wurden zu einem harten Strich.

»Nun, wenn ich es recht bedenke ...«, sagte ich leise, »könnten Sie mir vielleicht doch eine Tasche abnehmen. Es wäre sogar sehr nett. Ich ... ich bin nur ein wenig angespannt.«

Jetzt trat ein leichtes Lächeln auf seine Züge. Er griff nach der Tasche, die meine Kleider enthielt. Die mit den Engeln drückte ich an die Brust.

Es dauerte eine Weile, bis wir das Schiff betreten durften. Aus dem Augenwinkel heraus sah ich, wie Evans' Schrankkoffer davongeschoben wurde. Weitere sperrige Gepäckstücke folgten.

»Gibt es denn keine Möglichkeit, mit kleinerem Gepäck zu verreisen?«, fragte ich, während ich die Männer beobachtete, die die schweren Koffer und Truhen an Bord des Dampfschiffs, das den Namen *Fortune* trug, schleppten.

»Die gäbe es wohl. Aber wie wir gesehen haben, dauert es manchmal eben länger, bis man einen Auftrag erledigt hat. Ich konnte ja nicht ahnen, dass Sie doch relativ schnell einwilligen würden, mit mir zu kommen.«

Evans lächelte mich ein wenig hintergründig an. »Ich mag vielleicht erst siebenundzwanzig Jahre alt sein, aber ich habe schon einiges erlebt und bin während einer Reise lieber auf alle Eventualitäten gefasst.«

Nachdem wir unsere Bordkarten vorgezeigt hatten, wies man uns den Weg zu unserer Kabine. Im Gang gab es ein wenig Gedränge, doch kaum hatte sich die Kabinentür hinter uns geschlossen, hatten wir unsere Ruhe und ich brauchte auch nicht zu befürchten, dass den Glasengeln etwas passierte.

Vorsichtig stellte ich die Tasche auf einen der Sessel. Der Raum war recht eng, doch er war mit allem eingerichtet, was man für eine Überfahrt mit Übernachtung brauchte. Neben zwei samtbezogenen Sesseln gab es ein Etagenbett, einen Schreibtisch und eine kleine Truhe. Durch das große runde Fenster konnte man aufs Wasser schauen.

Evans verriegelte hinter uns die Tür, streckte sich und ließ sich dann auf den anderen Sessel sinken.

»Sie glauben gar nicht, wie froh ich sein werde, wieder in England zu sein«, sagte er, während er den Kopf in den Nacken legte und die Arme schlaff an den Seiten herunterbaumeln ließ. »So eine Reise geht einem ziemlich in die Knochen.«

»So alt sind Sie doch noch nicht«, gab ich zurück und nahm auf einer kleinen Bank unter dem Kabinenfenster Platz. Während ich beobachtete, wie sich das Festland immer weiter entfernte, fühlte ich mich irgendwie seltsam, und das kam nicht nur von dem Schaukeln des Schiffes. Noch nie zuvor war ich so weit weg gewesen von zu Hause. Jetzt verließ ich gar unseren Kontinent! Das hätte ich mir noch vor einigen Wochen nicht träumen lassen.

Ich zog meinen Glasengel aus der Manteltasche und wickelte ihn aus Elisabeths Taschentuch. In meinen warmen Händen beschlug das Glas ein wenig. Ich wischte die feinen Wassertropfen von seinen Flügeln.

»Was haben Sie da?«, fragte Evans, dem offenbar nichts entging.

»Einen meiner Engel«, antwortete ich, denn es hätte keinen Sinn gehabt, es zu leugnen. Die Kabine war nicht groß, er hatte ihn sicher gesehen.

»Er ist nichts Besonderes«, setzte ich hinzu, schob ihn wieder ins Tuch und ließ ihn zurück in meine Manteltasche purzeln.

»Zeigen Sie doch mal. Ist es einer von denen, die der Königin vorgeführt werden?«

Ich schüttelte den Kopf. »Nein, es ist der erste, den ich je angefertigt habe. Er ist unvollkommen.«

»So unvollkommen, dass Sie sich schämen würden, ihn mir zu zeigen?« Evans legte den Kopf ein wenig zur Seite und sah mich prüfend an.

Außer meinem Vater hatte den Engel noch niemand gesehen. Der verstümmelte Fuß war das Geheimnis zwischen mir und ihm gewesen. Doch ich schämte mich nicht für den kleinen Burschen.

Dennoch holte ich ihn nur sehr widerstrebend aus der Tasche.

»Hier«, sagte ich und wickelte ihn aus dem Taschentuch.

Evans erhob sich und kam näher. Der Engel war nicht besonders groß, und von weitem sah man ihm seinen Mangel gar nicht an.

»Ein hübsches Stück«, sagte er.

Bevor ich es verhindern konnte, nahm er ihn mir aus der Hand. Die Berührung seiner Finger ließ mich erstarren. Noch nie zuvor hatte ich einen derartigen Wärmeschauer bei einer Berührung verspürt. Bei Wenzel war es vielleicht auch so gewesen, aber wesentlich schwächer. Was war nur mit mir los? Evans war ein attraktiver Mann, doch er war auch ein bisschen hochnäsig und Engländer. Nicht im Traum hätte ich daran gedacht, dass er mehr sein könnte als mein Bewacher auf dem Weg zur Königin. Bildete sich mein dummes Herz vielleicht etwas anderes ein?

»Wirklich, ein schöner Engel.«

Seine Worte rissen mich aus meinen Gedanken.

»Ihm fehlt ein Fuß«, sagte ich ehrlich. »Schauen Sie genauer hin.«

Evans kam meiner Aufforderung nach. »Ah, da. Stimmt, der Fuß fehlt. Ist er Ihnen heruntergefallen?«

»Nein, das Glas hat die Form nicht vollständig ausgefüllt. Es war schließlich mein erstes Stück. Bis auf den Fehler mit dem Fuß ist er eigentlich schon recht gut geworden.«

»Er ist bezaubernd«, stimmte Evans mit einem entrückten Lächeln zu. »Ich wette, die nächsten in dieser Form sind gelungen.«

»Nein«, gab ich zurück und nahm ihm den Engel wieder aus der Hand. Johns Wärme an dem Glas zu spüren irritierte mich ein wenig. »Jede Form gibt es nur einmal. Zumindest habe ich das damals noch so gemacht.«

»Sie meinen, Sie haben die Form zerstört?«

»Ich musste sie zerstören«, entgegnete ich. »So funktioniert es.« Ich erklärte ihm, was es mit Wachsrohling und Schamott auf sich hatte. »Mittlerweile habe ich Holzformen, mit denen ich die Wachsrohlinge schneller nachbilden kann. Aber zerstört werden die Schamottformen dabei immer noch.«

»Wie bei einer Glocke«, sagte Evans, während er mich ein wenig abwesend anstarrte.

»Könnte man sagen, ja. Nur dass wir die Formen dazu

nicht vergraben müssen.« Ich lachte auf. Das schien Evans wieder zur Besinnung zu bringen.

Er lächelte mir zu und kehrte zu seinem Sessel zurück.

»Vielleicht sollten Sie sich ein wenig ausruhen«, sagte er. Sein Interesse an meinem verstümmelten Engel schien erloschen zu sein. Ich ließ den Kleinen samt Taschentuch wieder in meine Manteltasche gleiten.

»Ja, das ist eine gute Idee«, sagte ich und lehnte mich gegen das Fenster. Das Festland war jetzt nur noch ein schmaler Streifen am Horizont. Dazwischen lag die See, die immer grauer wurde, je weiter wir uns entfernten. Es war unvorstellbar, wie weit ich nun von zu Hause weg war. Wie mochte es Mutter und Elisabeth gehen? Waren sie gesund? Dachte meine Schwester daran, das Ofenfeuer beständig nachzulegen? Hatte Mutter auch keine Schmerzen? Wie hatten sie wohl den ersten Advent ohne mich verbracht?

Ich dachte gern zurück an die Adventssonntage, die wir noch in unserem alten Haus gefeiert hatten, mit Pfeffernüssen und heißem Punsch und einem schönen Essen nach dem Kirchgang.

So war es danach nie wieder geworden, aber da sich Elisabeth gut mit Frau Niedermayer verstand, konnte sie vielleicht etwas Kuchen für sich und Mutter ergattern.

Sehnsucht überkam mich und brachte mich beinahe zum Weinen. Doch dann griff ich wieder nach dem Engel in meiner Tasche. Es sind nur ein paar Tage, sagte ich mir. Umkehren war ausgeschlossen. Ich musste und wollte meine Engel zur Königin bringen, und vielleicht konnten wir dann schöneren Weihnachtsfesten entgegensehen.

15. KAPITEL

»Miss Härtel, stehen Sie auf!« Evans rüttelte mich an der Schulter. Ich schreckte hoch. Gerade hatte ich davon geträumt, wie ich mit Wenzel über einen vereisten Fluss lief, der bedrohlich unter meinen Füßen knackte.

Jetzt stellte ich fest, dass ich stattdessen in der Kabine des Schiffes war und offenbar einen Großteil des Tages verschlafen hatte.

Wie viel Zeit war inzwischen vergangen?

»Wir werden bald anlegen«, sagte er und ging zur Tür. »Kommen Sie, Sie sollten es sich nicht entgehen lassen, die Küste im Abendlicht zu betrachten. Die weißen Klippen von Dover müssen Sie gesehen haben!«

Ich rappelte mich auf und strich mein Kleid glatt, dann folgte ich Evans nach oben.

Zahlreiche andere Passagiere schienen ebenfalls die Absicht zu haben, die Küstenlinie Englands bei Sonnenuntergang zu betrachten. Einige der Damen mit den feinen Kleidern und Pelzmänteln, die mir schon am Landesteg aufgefallen waren, schlenderten an uns vorbei. Manche bedachten Mr Evans mit einem betörenden Lächeln, das mir irgendwie einen Stich versetzte. Evans tat allerdings, als würde er sie nicht bemerken. Aus dem gleichen rätselhaften Grund, aus dem ich mich seltsam fühlte, freute mich das.

Wir brauchten eine Weile, um einen freien Platz an

der Reling zu finden. Alle wollten offenbar sehen, wie England in Sicht kam. Über uns kreisten die Möwen, einige Passagiere warfen Brotkrumen ins Wasser, auf die sich die Vögel gierig stürzten.

Während ich mich noch fragte, was denn wohl das Zauberhafte an einem Stück Festland sein würde, sah ich es wenig später. Im Schein der Abendsonne waren die weißen Klippen nicht weiß, vielmehr wirkten sie wie ein glühender Edelstein – oder Rubinglas. Der Hafen mit seinen vielen ankernden Schiffen und den hohen Kontorgebäuden kam in Sicht. Hinter ihnen erhob sich eine Burg, die schon von weitem sichtbar gewesen war.

Selbst in Calais hatte ich nicht so viele Schiffe auf einmal gesehen. Über allem lag die salzige Meeresluft, und die Schreie der Möwen hallten von den Wänden der Fähre wider.

Der Anblick schien einigen Damen dermaßen nahezugehen, dass sie in Tränen ausbrachen.

Wie gern hätte ich Elisabeth das hier gezeigt! Sie hatte einen Hang zu romantischen Landschaften, und die Küste sah wunderbar aus! Ich würde den Zauber wohl kaum in meinem Notizbuch wiedergeben können.

Als die Hafenanlagen schon ganz nahe waren, forderte die Schiffsbesatzung die Passagiere auf, wieder nach unten zu gehen und das Handgepäck zu holen.

Evans zog mich mit sich.

»Na, wie fanden Sie es?«

»Ganz nett«, antwortete ich und untertrieb damit gewaltig. Der Anblick Englands, jener Insel, von der ich nie geglaubt hatte, dass ich sie je betreten würde, hatte sich mir in die Seele gebrannt.

»Ganz nett?«, fragte Evans entrüstet. »Ist das alles?

Nun, es ist vielleicht nicht die Ergriffenheit des in seine Heimat zurückkehrenden Reisenden, aber etwas mehr müssen Sie doch gespürt haben!«

»Ich habe etwas gespürt«, versicherte ich ihm. »Ganz nett trifft es nicht wirklich. Es ... es war großartig. Und es tat mir ein wenig leid, dass ich es nicht meiner Schwester zeigen kann.«

»Warum denn nicht? Möglicherweise reisen Sie irgendwann gemeinsam nach England.«

Ich schüttelte den Kopf. »Nein, das glaube ich nicht. Diese Reise hier wird eine einmalige Sache sein. Der Verkauf der Engel wird mich nicht schlagartig zu einer reichen Frau machen. Von dem Erlös kann ich uns vielleicht einen angenehmen Winter bereiten, vielleicht noch einen schönen Frühling, aber mehr wohl nicht. Ich werde mich nach einer neuen Anstellung umsehen müssen. Wir leben nicht im Märchen, Mr Evans. Eine Reise nach England wird für mich und Elisabeth nicht in Frage kommen. Und selbst wenn, wer sollte sich dann um unsere Mutter kümmern?«

»Diese Frage kann ich Ihnen leider nicht beantworten«, sagte Evans ein wenig betrübt. »Aber glauben Sie mir, Miss Härtel, die Großzügigkeit der Königin wird sich mehr als einen Winter und einen Frühling lang lohnen. Sie werden es sehen.«

Ich seufzte. »Mir bleibt wohl nichts anderes übrig, als Ihnen zu glauben, nicht wahr?«

Wir kehrten in die Kabine zurück und holten unsere Taschen. England! Möglicherweise dauerte es nun auch nicht mehr so lange, bis ich die Königin sah! Das hellte mein Gemüt wieder etwas auf.

Ich nahm mir vor, eine Postkarte nach Hause zu schicken, sobald wir in unserem Hotel angekommen waren.

Meine Mutter und Elisabeth würden sich bestimmt fragen, wie es mir erging.

Beim Aussteigen herrschte dasselbe Gedränge wie schon bei der Abfahrt. Es dauerte eine Weile, bis Evans seinen Schrankkoffer hatte. Ich beobachtete, wie er einen Lastenkutscher bezahlte und dann mit einer kleineren Tasche zu mir zurückkehrte.

»Ich schicke den Koffer vor, lange werden wir nicht mehr brauchen«, sagte er.

»Wo geht es hin?«, fragte ich. »Fahren wir gleich nach London?«

Evans zog eine Taschenuhr aus der Jacke und klappte den Deckel auf. Nach einem kurzen Blick darauf ließ er sie wieder verschwinden.

»Nein, wir werden in einem Inn am Stadtrand übernachten. Ein sehr gutes Haus, in dem wir uns ausruhen können. Am nächsten Morgen werden wir dann mit dem Zug nach London reisen.«

Ich nickte. Ein Inn in Dover, und dann ging es nach London! Und Weihnachten war noch mehr als zwei Wochen entfernt! Möglicherweise würde ich es bis zu den Feiertagen nach Hause schaffen.

»Wollen wir?«, fragte Evans, griff nach meiner Kleidertasche und bot mir dann seinen Arm an.

Ich hakte mich bei ihm unter, und gemeinsam gingen wir zum Kutschenstand. Dort warteten bereits andere Passagiere auf eine Droschke. Hektisches Treiben herrschte auf der Straße. Hufschlag klapperte über das Pflaster, Radfahrer versuchten, sich klingelnd einen Weg zu bahnen, und hin und wieder waren Passanten lebensmüde genug, kurz vor den Gefährten über die Fahrbahn zu rennen. An einer Ecke entdeckte ich einen Zeitungsjungen, der lauthals die Schlagzeile des Tages verkündete – und die ich wie alle um mich herumfliegenden Gesprächsfetzen nicht verstand.

Schließlich waren wir an der Reihe. Der Kutscher unterhielt sich breit grinsend mit Evans, als wir die Taschen aufluden, dann stiegen wir ein.

»Was hat er gesagt?«, fragte ich. Dass meine Tasche auf dem Gepäckträger stand, war mir irgendwie unangenehm. Wenn sie nun unbemerkt herunterfiel? Wenn sie sich öffnete und die Engel verlorengingen? Dann war das alles hier umsonst.

»Er meinte, dass ich Glück hätte, mit solch einer hübschen Begleiterin gesegnet zu sein.«

»Sie nehmen mich auf den Arm!« Feuer schoss mir in die Wangen. Das konnte er unmöglich ernst gemeint haben! In meinen einfachen Kleidern und ohne einen Hauch künstlicher Farbe auf dem Gesicht, wie sie die reichen Damen trugen, sah ich ziemlich gewöhnlich aus.

»Nein, er sagte es«, gab Evans zurück. »Und ich habe ihm zugestimmt.«

Aus Höflichkeit, ganz sicher. Oder weil er über den Kutscher spotten wollte.

Ich betrachtete den grobschlächtigen Mann, der nun die Pferde antrieb, und fragte mich, ob ich ihm gefallen wollen würde. Die Antwort war klar: Nein!

Wie auf glühenden Kohlen hockte ich auf meinem Sitz, während die Kutsche über das Kopfsteinpflaster in die Innenstadt holperte. Wir kamen an Kirchen und Gasthöfen vorbei und sahen erneut die Burg. Evans erklärte mir, dass sie zu Zeiten von Königin Elizabeth I. aufgrund der drohenden Angriffe Spaniens verstärkt worden war. Während des Bürgerkrieges im 17. Jahrhundert ließ sich die königstreue Stadt kampflos vom

Parlamentsheer einnehmen, und als mehr als hundert Jahre später Napoleon drohte, dort einzumarschieren, wurde Dover zu einer Garnisonsstadt. John beschrieb die Geschichte der Stadt so farbig, dass ich für einen Moment vergaß, mich um meine Tasche zu sorgen.

Schließlich erreichten wir das Sherman's Inn, das vom Wasser weit entfernt auf der gegenüberliegenden Seite der Stadt lag. Es wirkte, als wäre es früher ein Treffpunkt für irgendwelche Räuberbanden gewesen. Mein Magen kribbelte vor Aufregung darüber, welche Geschichten Evans wohl zu erzählen hatte.

Wir stiegen aus der Kutsche, dann reichte uns der Fahrer das Gepäck. Ich war erleichtert, das wohltuende Gewicht meiner Tasche wieder in meiner Hand zu spüren.

16. KAPITEL

Der Abend senkte sich mit rotem Feuer auf Dover und breitete schließlich den schwarzen Mantel der Nacht über der Stadt aus. Die Sterne am Himmel funkelten wie Kristalle an einem Ballkleid. Elisabeth hätte sich sicher nicht sattsehen können an dieser Pracht.

Mein Herz war allerdings schwer, denn ich fragte mich, wie es jetzt wohl in der Heimat war. Ging es Mutter gut? Würde Wenzel bei ihnen auftauchen? Vielleicht sollte ich ihm einen Brief schreiben und mich entschuldigen – auch bei Meister Philipps.

Nach einer Weile löste ich mich vom Fenster. Das Zimmer war einfach, aber dennoch besser als die Wohnung, die ich mir mit Mutter und Elisabeth teilte. Evans hatte ein eigenes Zimmer am anderen Ende des Ganges.

In meinem Raum, dessen Wände mit rotbraunem Holz getäfelt waren, gab es ein Bett, einen Schrank und einen kleinen Schreibtisch, an dem ich meine Notizen für Elisabeth verfassen konnte.

Der lederbezogene Stuhl ächzte leicht, als ich mich darauf niederließ. Ich faltete die Hände auf der Tischplatte und schloss die Augen. Wie lange war ich nicht mehr für mich allein gewesen!

Sicher, auf dem Hinweg zur Arbeit und auf dem Heimweg war ich sehr oft allein, doch da war ich entweder zu müde oder zu erschöpft, um noch irgendwelche Gedanken zu haben. Damals, in unserem alten Haus, in unserem alten Zimmer, hatte ich Gelegenheit, zu lesen und einfach für mich zu sein. In der neuen Wohnung ging das nicht. Mutter und Elisabeth waren immer da. Ich hatte meine Pflichten zu erledigen und keine Zeit für Gedanken oder Bücher.

Ich öffnete meine Augen wieder, erhob mich und holte das Notizbuch. Während der Reise nach Calais hatte ich an den Fenstern des Kölner Doms weitergezeichnet und mir einige Notizen gemacht. Nun versuchte ich mich an den weißen Klippen von Dover, merkte aber bald, dass es viel schwieriger war, die Natur nachzuahmen, als ein Fenster abzuzeichnen.

Als es an der Tür klopfte, hielt ich inne.

»Herein!«

Auf meinen Ruf hin öffnete sich die Tür, und Evans trat ein. Er hatte seine Reisekleider gegen einen etwas eleganteren Anzug mit Gehrock getauscht, wodurch er fast wie ein Kaufmann aussah. Sein Herr musste ihn wirklich gut bezahlen, wenn er sich solch eine Garderobe leisten konnte.

Bei seinem Anblick fiel mir ein, dass auch ich mich hätte umziehen sollen. Das Kleid hier trug ich schon seit meiner Abreise aus Spiegelberg. Dabei hatte ich zwei ungetragene in der Tasche! Aber ich war es nicht mehr gewohnt, mich zu irgendwelchen Anlässen umzuziehen. Das Kleid, das ich morgens zur Arbeit anzog, legte ich erst zum Schlafengehen wieder ab.

»Ist alles zu Ihrer Zufriedenheit, Miss Härtel?«, fragte Evans, während er sich umsah.

»Ja, es ist recht nett hier.«

»Nett? Also so nett wie die Klippen oder in anderer Weise?« Als er lächelte, funkelten seine Augen wie Kristalle.

»In anderer Weise natürlich«, gab ich zurück. »Die Klippen waren großartig, dieses Zimmer hier ist praktisch, sauber und warm.«

»Es ist eines der besten Häuser in dieser Preisklasse. Natürlich sieht es im Grand Hotel ganz anders aus.«

»Das Grand Hotel wäre sicher nichts für mich«, entgegnete ich. »Schauen Sie mich doch an! Ich habe keine schönen Kleider, die ich zum Abendessen vorführen könnte.«

»Nun, wenn Sie die Engel an die Königin verkauft haben, werden Sie sich mindestens eines dieser Kleider leisten können.«

Ich lachte auf. »Ein glitzerndes Kleid, was soll mir das bringen? Einen Prinzen vielleicht? In Spiegelberg?« Ich schüttelte den Kopf. »Nein, es wird Besseres und Wichtigeres geben, was ich mit dem Geld anfangen werde. Und noch habe ich es nicht, vergessen Sie das nicht.«

»Aber wäre es nicht schön, sich ein kleines Vergnügen zu gönnen?«, fragte Evans. »Wenn Ihr Vater noch leben würde, würde es dann nicht auch das eine oder andere Vergnügen für Sie geben? Einen Ballabend vielleicht oder Reisen?«

»Mein Vater lebt nicht mehr«, gab ich zurück. »Ich habe es mir abgewöhnt, von solchen Dingen zu träumen.«

Das stimmte nicht so ganz. Natürlich träumte ich immer noch davon, auf einem Ball zu tanzen, mit einem gutaussehenden Mann, der sich um mein Herz bemühte. Aber eine einfache Glasmacherin wie ich, in einem kleinen Ort und demnächst ohne Anstellung, würde so etwas nie erleben.

Evans blickte mich ein wenig zweifelnd an. »Wirklich?«

Ich presste die Lippen zusammen und nickte, doch er schien mir an den Augen ablesen zu können, dass mein Herz etwas ganz anderes wollte.

»Nun, das ist schade. Sie sind noch so jung. Eigentlich sollten Sie zumindest träumen.«

»Und was bringen Träume?«, fragte ich. »Sie ernähren niemanden und verschaffen einem auch kein Dach über dem Kopf.«

»Nun, sie erfüllen sich manchmal. Glauben Sie doch bitte daran, dass es auch für Sie ein wenig Glück gibt, Anna. Vielleicht zeigt es sich noch nicht, aber ich bin sicher, das wird sich ändern.«

Ich wollte schon erwidern, dass dies nicht der Fall sein würde, doch dann wurde mir klar, dass ich nicht mehr in Spiegelberg war, sondern in Dover, und dass ich schon bald die Königin treffen würde. Davon hatte ich zwar nie geträumt, aber vielleicht war dies tatsächlich der Anfang des Glücks.

»Was halten Sie davon, wenn wir uns einen kleinen Happen genehmigen?«, riss Evans mich aus meinen Gedanken. »Wenn Sie mich fragen, ich habe Hunger wie ein Bär.«

»Ich auch«, entgegnete ich und erhob mich von dem Schreibtischstuhl. »Hätten Sie etwas dagegen, wenn ich mich rasch umkleide?«

»Keineswegs!«, entgegnete Evans und zog sich dann zurück.

Mit meinem sauberen blauen Kleid kam ich mir immer noch ein wenig ungenügend vor, doch glücklicherweise sah man in der Schankstube des Inns nicht einen funkelnden Diamanten. Die anderen Gäste betrachteten uns einen Moment lang neugierig, doch dann wandten sie sich wieder ihren Gesprächen zu. Was gab es bei uns auch schon zu sehen? Ein Diener und eine arme Glasmacherin waren nichts, was Aufsehen erregt hätte.

Wir setzten uns in eine Nische an der Wand, über der eine kleine Gaslaterne glomm. Von hier aus hatte ich einen guten Blick über den Raum. Auch hier hatte man eine rotbraune Vertäfelung angebracht, die Polster der Stühle bestanden aus grünem Leder und an den Seiten gab es hölzerne Bänke mit rustikalen Schnitzereien. Auf den Tischdecken lagen grobe, grün-weiß karierte Tücher, die flachen Kerzenhalter schimmerten messingfarben im Licht. Zarte Girlanden aus Stechpalmenzweigen und Efeu hingen von den Deckenbalken.

Viele der Gäste schienen einfache Arbeiter zu sein. Einige Frauen trugen Hüte mit Seidenblumen, ihre Kleider waren jedoch genauso schlicht wie mein eigenes. Einige Männer waren grobschlächtig, andere recht zart. Die meisten von ihnen tranken Bier aus großen Krügen.

Es war nicht viel anders als bei uns, doch in Spiegelberg ging ich nicht in den Gasthof.

Ich war so versunken in meine Betrachtung, dass ich gar nicht bemerkte, dass ein Kellner an unserem Tisch erschien. Er fragte John etwas auf Englisch, und John gab wohl eine Bestellung auf, von der ich ebenfalls kein Wort verstand.

»Was haben Sie uns bringen lassen?«, fragte ich, als der Kellner wieder gegangen war.

»Eine Spezialität unseres Landes. Damit Sie gleich mal einen guten Eindruck von unserer Küche bekommen.«

Ich war gespannt. Aß man hier wie bei uns? Oder ganz anders? Der Geruch, der mir in die Nase stieg, erinnerte mich jedenfalls sehr stark an das Wirtshaus in Spiegelberg. Auch wenn ich in letzter Zeit nur an den Fenstern vorbeigegangen war.

Der Kellner brachte uns ein Gemisch aus Kartoffelbrei, Hackfleisch, Pilzen und Erbsen, alles miteinander vermengt auf einem Teller.

»Shepherd's Pie«, kommentierte Evans. »Dieses Gericht habe ich als Kind geliebt. Ständig habe ich meiner Granny in den Ohren gelegen, dass ich es essen wollte.« Seine Augen leuchteten auf, als er von seiner Großmutter sprach.

Das war das erste Mal, dass er etwas Persönliches von sich preisgab.

»Und, hat sie Ihnen Ihren Wunsch erfüllt?«, fragte ich.

»Manchmal. Nicht immer.«

»Sicher, weil Fleisch zu teuer war.«

Evans zog kurz die Augenbrauen hoch, dann nickte er. »Ja, das wird es wohl gewesen sein. Aber dennoch, ich liebe Shepherd's Pie noch immer. Sobald ich die Gelegenheit dazu habe, gönne ich mir eine Portion.«

»Im Haushalt Ihres Lords wird es also nicht so oft gegessen?«

»Leider nicht«, antwortete er, während er seine Gabel mit dem Gericht belud. »Seine Lordschaft legt Wert auf andere Dinge. Hummer, Muscheln, Austern und Roastbeef. Einfache Gerichte mochte er noch nie.«

Er verstummte. Missfielen ihm die Hummer und Muscheln und Austern seines Herrn? Selbstverständlich würde die Dienerschaft essen müssen, was übrig blieb, und auf die Dauer war das sicher ein wenig eintönig.

»Essen Sie«, sagte Evans, als würde er aus einem Gedanken erwachen. »Ich hoffe, es schmeckt Ihnen. Wenn Sie wollen, kann ich den Koch nach dem Rezept fragen, dann haben Sie etwas Handfestes, wenn Sie nach Hause zurückkehren.«

»Das wäre sehr nett«, antwortete ich und probierte. Und tatsächlich, es schmeckte! Besser sogar, als ich es erwartet hatte. Vielleicht würde der Verkauf der Engel genug Geld einbringen, damit ich meiner Mutter und Elisabeth solch ein Festmahl zaubern konnte. Vielleicht einmal im Monat sogar.

»Gehen Sie öfter in Gasthäuser?«, fragte ich, als mein erster Hunger etwas gestillt war.

»Nein, nicht oft. Meine Arbeit lässt mir meist keine Zeit dazu. Außerdem befindet sich das Anwesen Seiner Lordschaft auf dem Land, etwas abgelegen von den Dörfern. Dort gibt es zwar Pubs, aber das ist nicht dasselbe wie die Gasthäuser in der Stadt.«

»Und wenn Sie freihaben, können Sie sich nicht einmal ein wenig amüsieren.«

Evans lächelte. »Die Dienerschaft eines Lords hat selten frei, bestenfalls am Sonntag nach dem Kirchgang. Und hin und wieder gibt es im Dorf einen Jahrmarkt, oder der Zirkus kommt vorbei. Es ist nicht ganz so langweilig, wie man denken möchte.«

»Aber es gibt keinen Shepherd's Pie für Sie.«

»Genau.« Wieder lächelte er mich an, diesmal so breit und strahlend, dass ich einfach nicht anders konnte, als es zu erwidern.

Zwei Stunden später lag ich auf meinem Bett. Die Stiefeletten hatte ich ausgezogen, doch meine Kleider trug ich noch. Ich hatte auch ein Nachthemd im Gepäck, fühlte mich aber wohler, wenn ich in meinen Kleidern schlief. Man konnte die Tür des Zimmers zwar abschließen, ich hatte dennoch das Gefühl, dass jederzeit jemand hereinkommen könnte, also blieb ich so, wie ich war.

Doch schlafen konnte ich nicht, obwohl ich mich satt und warm fühlte. Überall waren Geräusche: über mir, unter mir und auf dem Gang. Einmal hörte es sich so an, als würden Mäuse über den Boden huschen. Irgendwo hustete jemand ganz fürchterlich. Dann ging jemand mit schweren Schritten zu seiner Tür und schien eine Tasche auf den Boden plumpsen zu lassen. Obwohl diese Geräusche schnell wieder verschwanden, blieb in mir doch ein Gefühl der Unruhe.

Diese wurde schließlich so groß, dass ich mich aufsetzte und nach einer Weile zu meiner Tasche ging. Vielleicht würden mir die Engel ein wenig Beruhigung schenken.

Versonnen strich ich über die Tasche, dann öffnete ich sie. Keine Ahnung, warum, aber ich wollte die Engel noch einmal sehen, bevor wir nach London weiterfuhren.

Ich zog die Schachtel hervor, öffnete sie – und erstarrte! Auf der Rohwolle lagen nicht, wie ich erwartet hatte, die Engel in ihren Streichholzschachteln, sondern Steine. Gewöhnliche Kieselsteine!

Erschrocken wich ich zurück und schüttelte den Kopf. Das konnte nicht wahr sein! Meine Engel! Verschwunden! Augenblicklich begann mein Herz zu rasen. Ich wusste nicht, was ich tun sollte. Meine Engel waren fort! Jemand hatte sie gestohlen!

Panisch beugte ich mich wieder über die Tasche, doch das Ergebnis blieb dasselbe. Die Engel waren durch Kieselsteine ersetzt worden.

»Mr Evans!«, rief ich aus Gewohnheit, doch dann wurde mir klar, dass er in einem anderen Zimmer schlief.

Ich wirbelte herum und rannte aus der Tür.

Auf dem Gang war es mucksmäuschenstill. Nicht einmal das Schnarchen anderer Gäste war zu vernehmen. Meine Schritte kamen mir wie das Trampeln eines Elefanten vor. An Evans' Tür angekommen, klopfte ich vorsichtig gegen das Holz. Ich wollte niemanden wecken. Gleichzeitig hatte ich allerdings das Gefühl, dass jeden Augenblick meine Brust zerspringen würde wie Glas, das auf den Boden fiel.

»Mr Evans!«, wisperte ich, aber natürlich hörte er mich nicht. Ich klopfte lauter.

»Mr Evans!« Meine Stimme hallte laut über den Gang. Wie lange würde es dauern, bis eine Tür aufflog und jemand verlangte, dass ich still sein sollte?

Doch mein Begleiter rührte sich immer noch nicht. Da nahm ich all meinen Mut zusammen und hämmerte laut gegen die Tür. »Mr Evans!«, rief ich erneut. Nun würden wohl alle mitbekommen, was hier geschah.

Immerhin schien ich den Mann endlich aus dem Schlaf gerissen zu haben. Etwas rumpelte hinter der Tür,

Evans stieß einen leisen Fluch aus, dann näherten sich Schritte. Klack – der Riegel wurde zurückgeschoben. Wenig später blickte ich in Evans' müdes Gesicht. Er trug einen etwas zerknittert wirkenden grauen Morgenmantel, seine Füße steckten in schwarzen Pantoffeln. Einen Mann so zu sehen gehörte sich eigentlich nicht, aber ich war viel zu aufgeregt, um mir darüber Gedanken zu machen.

»Was ist passiert?«, fragte er. »Hatten Sie einen Albtraum?«

»Meine Engel sind weg!«, platzte ich heraus. Am liebsten hätte ich ihn sofort mit mir gezerrt. »Verschwunden! Jemand muss sie gestohlen haben.«

Evans blickte mich ein wenig zweifelnd an, dann sagte er: »Einen Moment, ich bin gleich bei Ihnen.«

Er verschwand wieder hinter der Tür. Ich begann, unruhig auf der Stelle zu treten. Mein Herz raste noch immer und in meinem Magen zwickte die Angst. Wie lange konnte es in dieser Situation dauern, sich etwas überzuwerfen?

Da erschien mein Begleiter endlich.

»Schnell«, sagte ich und ging voran zu meinem Zimmer. Dort deutete ich zu der Schachtel auf dem Boden. »Da!«

Evans trat langsam und bedächtig ein. Die Kieselsteine in der Schachtel waren nicht zu übersehen.

»Das ist nicht möglich«, murmelte er.

»Wie Sie sehen, ist es möglich«, entgegnete ich. »Oder glauben Sie, die Engel haben sich von allein in Kieselsteine verwandelt?«

»Nein, das sicher nicht.«

Ich schloss die Zimmertür und beobachtete, wie Evans sich vor die Schachtel hockte und sie dann anhob.

Meine Brust zog sich zusammen. Die Engel waren verloren! Jetzt hatte ich nichts, was ich der Königin zeigen konnte!

Ein scharfer Schmerz schoss durch meine Kehle, dann kamen mir die Tränen. Während ich den Blick nicht von Evans ließ, kauerte ich mich neben der Tür zusammen und begann zu weinen.

Evans betrachtete die Kiste genau, schaute dann auch noch in der Tasche nach, doch auch er fand nichts darin.

»Ist das wirklich Ihre Tasche?«, fragte er dann und kam zu mir.

»Natürlich ist das meine Tasche! Und es ist auch mein Kasten mit Rohwolle, sehen Sie das nicht?«

»Ich sehe es«, sagte er und wirkte dabei ein wenig ratlos. »Doch ich kann mir nicht erklären, wann die Engel abhandengekommen sein sollen.«

»Vielleicht hat sie auf der Kutsche jemand ausgetauscht. Oder im Zug?«

»Ich halte es für unmöglich, dass der Dieb die Tasche auf dem Wagen durchsucht hat. Und im Zug war ich ständig bei Ihnen!«

»Aber irgendwann muss er sie doch genommen haben! Und er hatte offenbar genug Zeit, um die Engel durch Steine zu ersetzen!«

Ich presste meine eiskalte Hand gegen meine glühende Stirn. Die Panik wühlte in meinem Innern wie ein Sturm in einem Blätterhaufen. Der seltsame Kerl am Bahnhof fiel mir plötzlich wieder ein. Hatte er es auf die Engel abgesehen gehabt? Es sah alles nach einer zufälligen Begegnung aus, doch warum hatte er mich dann angesprochen?

Aber wie hätte er an die Tasche kommen sollen? Das

letzte Mal, dass ich ihn gesehen hatte, war im Kölner Dom …

»Was soll ich denn nun tun?«, fragte ich schluchzend. »Ich kann der Königin doch keine Kieselsteine zeigen!«

Evans überlegte einen Moment lang. »Was ist mit Ihrem anderen Engel?«, fragte er dann.

»Den kann ich der Königin nicht anbieten!«, heulte ich.

»Das sollen Sie auch nicht«, sagte Evans. »Ich will nur wissen, ob er noch da ist.«

Während ich mir die Tränen aus den Augen zu wischen versuchte, griff ich in meine Manteltasche. Ja, da war er, in Elisabeths Taschentuch eingewickelt und kalt und fest wie immer. Ich zog ihn hervor und reichte ihn Evans.

»Hier ist er!«

Der kleine Engel leuchtete kurz im Lichtschein auf. Evans betrachtete ihn und gab ihn mir zurück.

»Er war in Ihrer Manteltasche?«

»Ja, die ganze Zeit! Ich habe ihn fast ausschließlich am Körper getragen!«

»Und die anderen Engel waren in der Tasche.«

»Ja, das wissen Sie doch!«

Evans atmete tief durch und sah mich ernst an. »Ich muss Ihnen jetzt eine Frage stellen und bitte Sie, vollkommen ehrlich zu mir zu sein.«

Ich nickte. Was meinte er bloß? Und warum schaute er so misstrauisch drein?

»Ich verspreche Ihnen, egal, wie Ihre Antwort ausfällt, Ihnen wird nichts geschehen. So oder so werde ich dafür sorgen, dass Sie sicher nach Hause kommen.«

Ich schüttelte unverständig den Kopf. Was meinte er?

»Nun stellen Sie mir schon Ihre Frage«, sagte ich und

spürte, wie die Beunruhigung noch größer wurde als meine Furcht und meine Wut auf den Dieb.

»Haben Sie wirklich Engel in Ihrer Tasche gehabt, Miss Härtel?«

Ich meinte, mich verhört zu haben. »Wie bitte?«, fragte ich und schüttelte den Kopf, als könnte ich so die ungeheuerliche Anschuldigung loswerden, die sich hinter seinen Worten verbarg.

»Verzeihen Sie, aber ich muss das fragen. Haben Sie Deutschland ohne die Engel verlassen? Haben Sie mir vorgespielt, die Engel zu besitzen?«

Ich hatte schon beim ersten Mal verstanden, worauf er hinauswollte, trotzdem trafen mich seine Worte wie ein Schlag. Tränen schossen in meine Augen. Diesmal Tränen des Zorns auf Evans. Wie konnte er nur so etwas sagen? Wie konnte er mich der Lüge bezichtigen?

Ich wusste nicht, was ich darauf entgegnen sollte. Würde er mir denn überhaupt glauben?

»Da waren Engel in meiner Tasche«, sagte ich schluchzend. »Ich habe alle mitgenommen, die ich besaß. Glauben Sie wirklich, ich würde den Diebstahl vortäuschen? Glauben Sie, ich wäre so unehrlich, Steine mitzunehmen anstatt der Engel? Schauen Sie doch genau hin! Meine Engel waren in Streichholzschachteln verpackt. Jetzt liegen da Steine. Die Schachteln sind mitsamt dem Inhalt weg.«

Dass Evans mir das nicht glaubte, zerriss mich innerlich. Noch nie zuvor hatte mir jemand solch ein Misstrauen entgegengebracht. Evans kannte mich doch mittlerweile, warum glaubte er, dass ich so etwas tun würde?

Weinend krümmte ich mich zusammen. Das Blut pulsierte so heftig in meinen Ohren, dass alle anderen

Geräusche ringsherum verschwanden. Meine Kehle und meine Lungen brannten und Rotz floss mir aus der Nase.

Evans schaute sich das einen Moment lang an, dann berührte er mich an der Schulter. Doch jetzt war es keine Wärme, die mich erfüllte. Zorn und Hass explodierten förmlich in mir.

»Nehmen Sie Ihre Hände weg!«

Meine Stimme überschlug sich. Evans machte einen erschrockenen Schritt nach hinten. Aber das reichte mir noch nicht. Ich wollte ihm am liebsten das Gesicht zerkratzen und die Haare ausreißen!

»Sie haben mich des Betruges beschuldigt, und ich kann Ihnen nicht einmal das Gegenteil beweisen, weil ich meine Engel unter Verschluss gehalten habe!«, brach es aus mir heraus. Noch nie zuvor hatte ich solch eine Verzweiflung gefühlt. »Wer sagt mir denn, dass Sie sie nicht gestohlen haben, während ich schlief? Und warum zum Teufel sollte ich den Versuch unternehmen, die Königin zu betrügen? Es würde doch rauskommen, denken Sie nicht? Glauben Sie etwa, ich wollte mir eine schöne Reise erschleichen? Sie waren doch derjenige, der darauf gedrängt hat, dass ich die Einladung annehme! Wäre ich Ihnen nicht gefolgt, hätte ich meine Engel noch. So habe ich nichts! Nichts als den Vorwurf, eine Betrügerin zu sein!«

Ich fiel auf die Knie und barg mein Gesicht in den Händen. Heiß liefen die Tränen durch meine Finger. Ich war keine Betrügerin! Glaubte Evans etwa, dass ich so dumm sei? Warum glaubte er das?

»Miss Härtel, ich …«

»Verschwinden Sie!«, fuhr ich ihn an. »Gehen Sie aus meinem Zimmer, aus meinem Leben! Gehen Sie und lassen Sie mich allein, wenn Sie mir schon nicht helfen wollen.«

Anklagend sah ich den Mann an. Ein klein wenig hoffte ich darauf, dass er noch einmal versuchen würde, sich zu entschuldigen. Doch Evans wandte sich ab und ging zur Tür.

17. KAPITEL

Ich hatte keine Ahnung, wie ich es ins Bett schaffte. Und ich wusste auch nicht, wie lange ich weinte.

Aus verquollenen Augen starrte ich auf die Tasche, die immer noch in der Mitte des Raumes stand. Neben ihr schwebte der Schatten des Vorwurfs, den John Evans geäußert hatte. Allein schon der Gedanke daran trieb neue Tränen über meine Wangen. Wie konnte er so etwas Furchtbares nur glauben? Ich hatte nicht gelogen! Und war es ihm entfallen, dass da jemand hinter uns hergeschlichen war, im Dom und am Bahnsteig in Heilbronn? Vielleicht hatte dieser seltsame Fremde wirklich etwas mit dem Diebstahl zu tun. Wie auch immer er an die Tasche gelangt war.

Am liebsten wäre ich aufgestanden und noch einmal zu Evans gegangen, um ihm das mitzuteilen. Doch wahrscheinlich glaubte er weiterhin, dass ich eine Schwindlerin sei. Und noch wahrscheinlicher war es, dass er meine Abreise vorbereitete. Das hatte er mir ja immerhin versprochen.

Irgendwann wurden meine Lider zu schwer und ich versank in einen tiefen Schlaf. Im Traum war ich wieder auf dem Schiff, nur war Evans diesmal auf dem Festland. Er stand auf der Hafenmauer und winkte mir mit einer schwarzen Fahne zu. Dabei fühlte ich so ein großes Unwohlsein, dass ich mit einem lauten Keuchen aufschreckte.

Mittlerweile war es draußen hell. Als sich meine noch immer etwas brennenden Augen ein wenig erholt hatten, sah ich jemanden im Sessel sitzen. Diesen hatte er dem Fenster zugedreht, so dass ich nur seinen Hinterkopf sehen konnte. Ich war allerdings sicher, dass es sich um Evans handelte. Sofort ließ ich mich wieder auf das Bett sinken, das feucht war von Tränen, die ich sogar noch im Schlaf geweint haben musste.

»Ich weiß, dass Sie wach sind, Anna«, sagte er, dann erhob er sich langsam.

»Was suchen Sie hier?«, fragte ich und zog mir die Decke über den Kopf. Ich wollte nicht, dass er hier war und mich ansah. Ich wollte nicht, dass er mich so verheult sah.

»Ich wollte mich entschuldigen«, sagte er, und unter der Decke hörte ich, wie er sich neben das Bett hockte. »Es tut mir leid, dass ich Sie verdächtigt habe. Es wäre nicht das erste Mal gewesen, dass jemand zur Königin kommt und am Hof behauptet, eine Wertsache, die nicht existiert, sei gestohlen worden. Solche Leute fordern dann horrende Abfindungen. Ich musste diese Frage stellen.«

»Glauben Sie mir jetzt?«, fragte ich, ohne unter der Decke hervorzuschauen. Das war vielleicht kindisch, aber ich brachte es einfach nicht über mich, ihn anzusehen. Ich wäre vor Wut wahrscheinlich geplatzt. »Ich kann es immer noch nicht beweisen. Alles, was ich habe, ist mein Engel mit dem fehlenden Fuß. Den ich Ihnen auch nicht gerade unter die Nase gerieben habe. Ich hätte ihn nie jemandem gezeigt, wenn Sie nicht darum gebeten hätten.«

»Und deshalb glaube ich Ihnen«, sagte er so sanft, dass die Worte, die ich als Entgegnung bereitgelegt hatte, augenblicklich verpufften. »Bitte kommen Sie doch unter der Decke hervor. Es ist so ein schöner Morgen.«

»Es ist ein schrecklicher Morgen«, entgegnete ich, wagte dann aber doch einen Blick nach draußen.

Evans sah mich zerknirscht an. »Da sind Sie ja! Wie ich schon sagte, es tut mir leid. Ich hätte mich etwas geschickter anstellen sollen.«

»Geschickter?«, fragte ich und schlang die Decke um meinen Körper. Ich trug zwar immer noch meine Kleider, aber die Daunen kamen mir wie ein Schutzwall vor, den ich unbedingt gegen Evans brauchte. »Wie kann man solch einen Vorwurf geschickter vorbringen? Es wäre so oder so eine Unverschämtheit!«

»Nicht, wenn der Vorwurf gerechtfertigt ist«, entgegnete er. »Aber wahrscheinlich hätten Sie dann anders reagiert.«

»Und wie?«, wollte ich wissen.

»Ertappt. Möglicherweise hätten Sie mir auch ein Messer an die Kehle gehalten.« Meinte er das ernst? Ein spöttisches Lächeln umspielte seine Lippen.

Wusste ich es doch! Er wollte mich auf den Arm nehmen.

»Die meisten, die man bei solch einer Tat erwischt, reagieren nicht mit Verzweiflung. Sie wollen fliehen, spielen die Empörten oder bedrohen einen. Doch nicht Sie.«

»Und Sie vergessen, dass es wohl etwas früh wäre, um Schadensersatz vom Königshaus zu fordern, denn wir sind noch lange nicht da.«

»Das stimmt. Also, vertragen wir uns wieder?« Evans reichte mir die Hand.

»Unter einer Bedingung«, sagte ich. »Zweifeln Sie nie wieder daran, dass ich die Engel bei mir hatte! Mein Vater war ein ehrbarer Mann, und so hat er mich auch erzogen! Ich mag ja nicht viel besitzen, aber immerhin habe ich noch den Anstand, den er mir beigebracht hat.«

»Und das ist sehr viel!«

Ich griff nun nach seiner Hand. Sie umschloss meine Finger warm, ja geradezu fürsorglich. Und auf einmal war wieder diese seltsame Verwirrung da. Schnell zog ich meine Hand zurück.

»Gut. Ich danke Ihnen«, sagte Evans und lächelte mich ein wenig schüchtern an. Das passte irgendwie gar nicht zu ihm, aber wahrscheinlich wollte er damit ausdrücken, dass er immer noch zerknirscht war. »Dann lassen Sie uns doch mal überlegen, wie der Diebstahl vonstattengegangen sein könnte.«

»Nun ja, wie Sie schon sagten, haben wir das Gepäck fast nie aus den Augen gelassen«, entgegnete ich. »Und Sie haben ja gesehen, dass ich das Zimmer hinter mir abgeschlossen hatte, als wir unten zum Essen waren.«

»Und auch sonst war immer wenigstens einer von uns zugegen …«

Evans überlegte eine Weile, dann sagte er: »Ich war gestern Nacht beim Hafen und habe jemanden vom Fundbüro aus dem Schlaf geholt. Ich fragte, ob nicht doch jemand eine Tasche abgegeben hat, die verwechselt wurde.«

»Und Sie hatten keinen Erfolg, nicht wahr?«

»Nein«, gab Evans zähneknirschend zurück.

»Das da ist wirklich meine Tasche«, sagte ich. Erst im

145

nächsten Augenblick wurde mir klar, dass er mir bereits gestern Abend geglaubt haben musste. Warum hätte er sich sonst die Mühe machen sollen, zum Hafen zu gehen? »Keine der feinen Damen an Bord würde sich mit solch einer blicken lassen. Außerdem ist auch der Kasten meiner. Bis auf den Inhalt. Den muss jemand rausgenommen haben, als wir ...«

Ich stockte. Natürlich! Es gab eine Gelegenheit, bei der wir das Gepäck unbeaufsichtigt gelassen hatten.

»Wir waren doch gemeinsam an Deck! Dabei muss es passiert sein!«

Auf einmal hatte ich wieder diesen seltsamen Mann vor Augen, der mich am Bahnhof angesprochen hatte. Und den ich im Dom wiedergesehen hatte.

»Erinnern Sie sich an unseren Verfolger?«, fragte ich weiter. »Dieser seltsame Kerl, der uns im Dom beobachtet hat?«

»Den hätte ich beinahe vergessen«, gab Evans zu. »Aber Sie haben recht, da war jemand. Allerdings habe ich ihn seit Köln nicht mehr gesehen.«

»Das muss doch nichts heißen! Vielleicht ist er uns trotzdem gefolgt, nur war er vorsichtiger.«

»Gut möglich.« Ärger flammte in Evans' Augen auf, doch nicht über mich, sondern über sich selbst, wie es schien. »Verdammt!«, rief er im nächsten Augenblick, schlug sich mit der rechten Faust in die linke Handfläche und sprang auf. Unruhig tigerte er von einer Seite des Raumes zur anderen.

»Ich hätte aufmerksamer sein sollen. Ich hätte etwas bemerken müssen. Es war doch klar, dass uns seit Heilbronn jemand auf den Fersen ist, wenn man ihn zweimal kurz hintereinander sieht.«

»Dreimal«, korrigierte ich. »Ich habe diesen Mann

146

auch auf dem Bahnsteig gesehen. Allerdings fuhr unser Zug da gerade los.«

»Dann kann er unmöglich mit uns gereist sein.« Evans grübelte einen Augenblick.

»Wäre es ihm denn möglich gewesen, den Zug zu überholen?«, fragte ich. Bei der Geschwindigkeit, mit der wir unterwegs waren, konnte ich kaum glauben, dass das möglich war.

»Eigentlich nicht. Aber vielleicht ist er auf den hinteren Waggon draufgesprungen. Eine andere Möglichkeit wäre es natürlich, wenn er einen Doppelgänger hätte.«

»Meinen Sie, dass das der Fall war?« Ich griff mir an die Stirn. Sie glühte ebenso wie meine Wangen. »Wer sollte sich so viel Mühe machen wegen ein paar Glasengeln? Es ist doch nicht so, als hätte ich Edelsteine in der Tasche gehabt.«

»Auf ihre Art kostbar sind die Engel allerdings schon.« Evans blickte mich an. »Wäre es Ihnen möglich, das Gesicht des Mannes zu zeichnen?«

»Ich weiß nicht«, antwortete ich. Es war kein Problem, das Gesicht eines Engels zu zeichnen und zu formen – dieser entsprang ja meiner Phantasie. Ein wirkliches Gesicht hatte ich noch nie abgebildet.

»Sie zeichnen doch auch Engel. Mit menschlichen Proportionen müssten Sie sich eigentlich auskennen.«

»Ja, aber ...«

»Versuchen Sie es!«, sagte Evans. »Diesen Mann zu finden ist unsere einzige Chance! Und wir müssen schnell handeln, denn er kann bereits in ein paar Stunden wieder auf der Fähre nach Frankreich sein!«

»Wenn er nicht schon woandershin unterwegs ist.«

»Ja, das könnte natürlich auch sein. Wir haben zwei Möglichkeiten. Ich sehe es so: Entweder war es ein Gelegenheitsdieb auf der Fähre, oder der Fremde, dem Sie zweimal begegnet sind, hat irgendwie von Ihren Engeln und der Reise zur Königin erfahren. Vielleicht hat Ihr Hauswirt etwas verlauten lassen, als er im Gasthaus war oder jemand anderes, dem Sie davon erzählt haben.«

Außer dem Professor, Wenzel und Herrn Niedermayer hatte niemand davon gewusst. Es war gut möglich, dass einer von ihnen es irgendwo herausposaunt hatte. Vielleicht Wenzel, als er am Samstag nach unserem Streit in die Schänke gelaufen war.

»Er wird die Engel irgendwo hinschaffen, wo wir sie nicht aufspüren können. Vielleicht will er sie auch verkaufen.«

»Verkaufen? Er wird sich doch wohl nicht auf den Markt stellen.«

»Nein, aber er könnte sie irgendwelchen gut zahlenden Leuten anbieten. Man mag es den Engländern von außen nicht so recht ansehen, aber wir haben ein großes Herz für Weihnachten, und Ihre Engel würden nicht nur einer Königin gefallen. Hier bei uns gäbe es sicher Interessenten, ebenso in Frankreich oder Deutschland. Also? Zeichnen Sie nun?«

Ich nickte und holte meine Buntstifte. In meinem Innern zitterte alles. Wenn ich jetzt versagte, wären meine Engel für immer verloren.

Ich kniff die Augen zusammen und versuchte, mich an das Gesicht zu erinnern. Es fiel mir zunächst schwer, denn der Zorn und die Verzweiflung kamen in Wellen über mich und trübten mein inneres Auge.

Doch schließlich sah ich ihn wieder, so wie in dem Augenblick, als er mich vor dem Bahnhof in Heilbronn angesprochen hatte.

Meine Hand bewegte sich hastig über das Papier.

Ich beeilte mich, denn die Züge des Mannes verblassten schnell, sobald ich die Augen wieder geöffnet hatte. Evans trat ebenso wie das Hotelzimmer in den Hintergrund. Beinahe konnte ich wieder die Luft der winterlichen Stadt riechen. Den Rauch der einfahrenden Lokomotive. Das Zuckerzeug, das im Bahnhof angeboten wurde.

Schließlich ließ ich die Hand sinken. Erst jetzt betrachtete ich das Bild genau. Hatte der Mann wirklich so schurkisch ausgesehen? Ich war mir nicht mehr sicher. Seine Anwesenheit war mir unangenehm gewesen und das Wiedersehen im Dom hatte mich durchaus ein wenig in Panik versetzt. Doch sah er wirklich aus wie jemand, der in einer Groschennovelle mitspielte?

»Nun, immerhin ist es ein Hinweis, dem wir nachgehen können«, sagte Evans, nachdem er die Zeichnung kurz betrachtet hatte. »Holen Sie Ihren Mantel, wir brechen sofort auf.«

»Wohin?«, fragte ich.

»Zum Hafen!« Evans schob das Blatt in seine Jackentasche und verschwand aus der Tür. Ich starrte ihm hinterher, dann erhob ich mich ebenfalls und verließ wenig später das Zimmer.

18. KAPITEL

Wie Diebe auf der Flucht hasteten wir den Gehweg entlang. Mir entging nicht, dass einige Leute uns verwundert anblickten. Möglicherweise sahen wir für sie tatsächlich wie Zechpreller aus, die so schnell wie möglich aus dem Inn verschwinden wollten. Doch das war mir egal. Ich wollte in diesem Augenblick nur meine Engel zurück.

Am Hafen angekommen, liefen wir zunächst zu der Fähre, die als Nächstes nach Calais auslaufen sollte.

»Wäre es nicht besser, die Polizei zu benachrichtigen?«, fragte ich mit Blick auf einen der Männer in den schwarzen Uniformen.

»Sie kann uns nicht weiterhelfen, jedenfalls jetzt noch nicht. Ehe sich Männer zusammengefunden haben, die nach den Engeln suchen, kann der Dieb mit der Fähre schon auf und davon sein!«

Evans fasste mich bei der Hand und zerrte mich zur Landebrücke, über die die Passagiere langsam in das Schiff strömten.

»Warten Sie hier und rühren Sie sich nicht vom Fleck!«, sagte er, dann trat er seitlich an die Brücke heran. Einige Passagiere äußerten ihren Unmut, wahrscheinlich glaubten sie, dass er sich vordrängeln wollte. Doch Evans kümmerte es nicht. Er sprach kurz mit einem der Männer, die die Tickets überprüften, dann zeigte er ihnen die Zeichnung. Der Uniformierte betrachtete sie einen Moment lang, dann schüttelte er den Kopf.

Evans redete erneut auf ihn ein. An dem Blick seines Gegenübers konnte ich erkennen, wie sehr ihn diese Unterredung nervte. Der Passagierstrom kam deswegen zum Stocken, und das schien ihm nicht zu passen.

Da zog Evans plötzlich etwas aus der Jackentasche. Ein Geldschein! Dieser wanderte mit einem anderen in die Tasche des einen Kartenabreißers, dann folgten zwei Scheine für den anderen.

Dieser wirkte daraufhin gleich weniger unfreundlich. Die beiden redeten noch einmal miteinander, dann kehrte er zu mir zurück.

»Und, wissen sie etwas?«

»Nein, bisher ist ihnen kein Mann mit diesem Aussehen untergekommen. Aber sie haben versprochen, nach ihm Ausschau zu halten und ihn festzusetzen, falls er ihnen in die Finger gerät.«

»Glauben Sie wirklich, dass sie das tun werden?«

»Ein Pfund für jeden ist schon ein Anreiz. Ich habe ihnen beiden jeweils drei versprochen, wenn sie den Kerl schnappen.«

Ich hatte keine Ahnung, welchen Wert englisches Geld hatte, doch ein Pfund musste eine Menge wert sein. Jedenfalls wirkten die beiden Kartenabreißer gleich etwas aufmerksamer.

»Wollen wir denn hier stehen bleiben und warten, bis alle Passagiere drinnen sind?«

»Genau das werden wir tun«, antwortete Evans. »Und die Umgebung im Auge behalten.«

»Aber wenn er uns sieht, wird er das Weite suchen!«

»Das wäre nur gut so, dann könnten wir dafür sorgen, dass die Polizei sämtliche Ecken der Stadt durchkämmt.«

Eine kurze Pause entstand, dann fragte ich: »Woher haben Sie eigentlich so viel Geld, um die beiden Schiffsleute zu bezahlen?«

»Mein Herr hat mich mit einem großzügigen Betrag ausgestattet, damit ich Sie wohlbehalten nach London bringe.«

»Hat er denn mit solchen ... Zwischenfällen gerechnet?« Mein Kopf schwirrte. Vor ein paar Tagen noch war ich eine kleine Glasmacherin aus Spiegelberg – und jetzt machte ich mich in Dover zusammen mit Evans auf die Suche nach einem Dieb. Ich hatte meine Engel verloren und keine Ahnung, wie es weitergehen würde. Und die englische Königin erwartete mich!

»Nein, natürlich nicht. Eigentlich sollte das Geld für andere Zwecke verwendet werden. Aber ohne Engel hat sich der Besuch bei der Queen wohl erledigt, wenn Sie sich nicht völlig blamieren wollen. Deshalb werde ich das Geld für unsere Suche einsetzen.«

Ich hatte keine Ahnung, wie viele Menschen an mir vorübergingen. Nach einer Weile sah ich nichts mehr als lange Mäntel, Umhänge und Gehröcke in verschiedenen Farben. Die Gesichter wanderten einfach vorbei, ohne einen Eindruck zu hinterlassen. Ich war mir sicher, dass sich irgendetwas in mir regen würde, wenn ich das Gesicht des Fremden wiedersah. Doch nun wurde ich immer müder, je mehr Leute die Landebrücke erklommen.

Schließlich verebbte der Strom. Bis auf einzelne Nachzügler schien die große Welle der Reisenden mittlerweile auf der Fähre zu sein.

»Wie lange wollen wir noch warten?«, fragte ich.

Evans, der offenbar in Gedanken war, zuckte zusammen. »So lange, bis die Fähre ablegt. Nur dann können wir sicher sein, dass er nicht auf dem Schiff ist.«

»Wer sagt Ihnen, dass er nicht vielleicht doch schon dort ist und die Männer Sie nicht belogen haben?«

»Ich versuche, immer an das Gute im Menschen zu glauben.«

Weitere Minuten vergingen. Die Kälte, die der raue Seewind mit sich brachte, kroch schließlich gänzlich unter meinen Mantel. Schlotternd schlang ich die Arme um meine Schultern.

Als endlich die Landebrücke eingeholt wurde, schien auch Evans einzusehen, dass unser Verfolger nicht an uns vorbeigekommen war. Er murmelte etwas auf Englisch, das sich sehr nach einem Fluch anhörte.

»Das war's dann wohl«, sagte ich traurig und stieß einen kleinen Stein vor meinen Stiefeletten weg. Er sprang über das Pflaster und verlor sich irgendwo auf dem Weg. »Ich werde meine Engel nicht wiedererlangen. Am besten, Sie verwenden das Geld darauf, mich auf die nächste Fähre zu bringen.«

»So schnell wollen Sie schon aufgeben?«, fragte Evans entrüstet. »Ich dachte, Sie hätten ein wenig mehr Kampfgeist.«

»Aber was wollen Sie tun? Der Kerl könnte überall sein! Vielleicht sogar schon in Calais. Und wie Sie selbst sagten ...«

Evans schnitt mir mit einer unwirschen Handbewegung das Wort ab. »Wir haben wohl Besseres zu tun, als zu jammern. Kommen Sie, ein paar Möglichkeiten haben wir noch.«

Ich hatte keine Ahnung, was das für Möglichkeiten sein sollten. Evans packte mich jedoch am Arm und zerrte mich mit sich.

»Wir werden uns umhören, ob jemand den Mann gesehen hat. Wenn er in der Stadt war und vielleicht noch ist, muss er sich irgendwo eingemietet haben. Und er muss etwas zu sich genommen haben. Möglicherweise werden wir in den Pubs und Inns der Stadt fündig.«

Am Abend fühlte ich mich wie gerädert. Ich hatte nicht mitgezählt, in wie viele Hotels und Gaststuben wir hineingeschaut hatten. Das Ergebnis war jedes Mal dasselbe: Niemand hatte den Fremden gesehen. Niemandem waren Glasengel aufgefallen, die irgendwer angeboten hätte.

Zwischendurch waren wir noch bei der Polizei, doch Evans blieb bei seiner Einschätzung, dass das wenig aussichtsreich sein würde. Ich jedoch fühlte mich ein wenig beruhigter. Vielleicht wurde der Kerl ja noch wegen etwas anderem geschnappt, und man fand durch Zufall meine Engel. Dann wussten die Gendarmen wenigstens, dass sie mir gehörten.

Evans war dennoch zuversichtlich, den Dieb selbst ausfindig machen zu können. Momentan war er allein in der Stadt unterwegs. Gern hätte ich ihn begleitet, doch er meinte, dass die Pubs, in die er jetzt gehen wollte, nichts für junge Damen seien. Meinen Hinweis, dass ich durchaus schon in solchen Kneipen gewesen sei, ließ er nicht gelten und schickte mich hoch auf mein Zimmer. Als wäre ich ein kleines Mädchen.

Darüber war ich zunächst wütend, doch dann wurde mir klar, dass es wirklich besser war, wenn man mich nicht dort sah. Evans hatte der Mann am Bahnhof nicht richtig gesehen, mich allerdings lange genug angestarrt, um sich mein Gesicht einzuprägen. Wenn er mich sah, würde er gewiss Lunte riechen.

Das Herumsitzen gefiel mir jedoch gar nicht. Wieder und wieder kam mir in den Sinn, was alles mit meinen Engeln passiert sein könnte. Sorge nagte an mir. Wie würde das alles enden?

Ich ging zu meinem Mantel und zog das Taschentuch mit dem Engel hervor. Elisabeths Geschenk mit Tränen zu beflecken wäre mir im Traum nicht eingefallen. Ich drückte es gegen meine Wange und hielt in der anderen Hand den Engel, in der Hoffnung, dass sie mir ein wenig Trost schenken würden. Noch lieber wäre es mir gewesen, wenn Elisabeth bei mir gewesen wäre. Aber ich wusste auch, dass sie sich schreckliche Sorgen machen würde, wenn sie wüsste, dass ich bestohlen worden war.

Schließlich kam mir eine Idee. Mit Taschentuch und Engel setzte ich mich an den Schreibtisch und verfasste einen Brief an meine Schwester.

Ich schrieb ihr nicht, dass die Engel verschwunden waren, doch ich berichtete ihr von den Fenstern des Kölner Doms, dem Weg durch Frankreich und der Überfahrt nach Dover. Ich beschrieb ihr die leuchtenden Klippen, so gut es ging, und endete dann. Dass ich keine Hoffnung mehr hatte, die Königin jemals zu sehen, ließ ich aus. Das konnte ich ihr auch später noch mitteilen, wenn ich wieder in Richtung Festland abreiste.

Plötzlich wurde meine Zimmertür aufgerissen. Evans stürmte herein.

»Was ist passiert?«, fragte ich, denn eigentlich klopfte er immer an. Es musste einen Grund für seine Eile geben.

Seine silbernen Augen leuchteten beinahe schon wild, als er die Hand in die Tasche seines Gehrocks schob.

Wenig später zog er etwas hervor.

»Erkennen Sie das wieder?«, fragte er.

»Das ist eine Streichholzschachtel«, gab ich zurück. Dann durchzuckte es mich wie ein Blitz. »Eine der Streichholzschachteln, in denen meine Engel verpackt waren!«, präzisierte ich.

Hoffnung flammte in mir auf. Er hatte sie gefunden!

»Öffnen Sie sie«, sagte Evans nur.

Ich tat ihm den Gefallen und erstarrte. Von der Rohwolle waren nur noch wenige Fäden darin. Enttäuscht ließ ich die Hand sinken.

»Er ist weg.«

»Ja, leider. Sind Sie sich ganz sicher, dass es eine Ihrer Schachteln war?«

»In England wird man wohl kaum mit deutschen Streichholzschachteln herumlaufen, nicht wahr?«

»Wenn man nicht gerade in Deutschland zu Besuch war …«, gab Evans zurück.

»Hier ist Rohwolle drin gewesen. Es ist also meine Schachtel. Wo haben Sie sie gefunden?«

»Ein Junge hat sie mir gegeben. Er arbeitet im Seaside Inn. Ein Mann namens Jim Miller hatte die Schachtel in seinem Zimmer liegen gelassen.«

»Jim Miller?«

»Wir können wohl davon ausgehen, dass das ein falscher Name war.«

»Aber warum hat der Junge die Schachtel aufgehoben?«

»Tja, wie es aussieht, hat unser junger Freund eine Vorliebe für fremdländische Schachteln. Er glaubte, sie wäre etwas wert und hat sie behalten. Es war Zufall, dass ich an ihn geraten bin. Er erkannte das Gesicht auf der Zeichnung wieder. Als ich nachfragte, ob ihm etwas aufgefallen sei, zog er die Schachtel hervor. Ich sah sofort, dass es eine deutsche Streichholzschachtel war. Gegen einen kleinen Obolus überließ der Junge sie mir. Somit hat sie ihm doppelt Glück gebracht.«

»Von den Engeln hat er aber nichts gesagt? Oder sonst etwas über diesen Miller?«

Mein Hoffnungsschimmer war ohnehin nicht groß, und er verlosch völlig, als Evans antwortete: »Nein, leider nicht. Ich habe ihn gefragt, ob er noch etwas von dem Mann erfahren hat, etwa, wohin er reist und wie er reist, doch nichts. Der Bursche hat nicht darauf geachtet und sich gleich dem nächsten Gast zugewandt.«

»Dann haben wir die Engel endgültig verloren.« Traurig drehte ich die Schachtel in meinen Händen.

»Vielleicht gibt es doch noch einen Weg, herauszufinden, wo sie sind. Lassen Sie uns morgen noch einmal in die Stadt gehen. Ich bezweifle, dass der Dieb die Engel zerstört hat. Warum sollte er das tun, wenn er doch die Gelegenheit hätte, sich etwas Geld zu verdienen?«

»Und was haben Sie vor?«, fragte ich traurig. »Wir waren doch schon überall.«

»Nicht überall. Es gibt Orte, an denen wir uns noch nicht umgesehen haben. Ich kenne noch ein paar Leute, die vielleicht etwas gehört haben könnten. Legen Sie sich am besten hin und versuchen Sie zu schlafen. Am morgigen Tag sind wir möglicherweise klüger.«

Ich nickte, woraufhin Evans sich verabschiedete. Ich starrte auf die Tür, durch die er verschwunden war. Meine Engel waren den Schachteln entnommen worden, und der Mann, der uns verfolgt hatte, war abgereist. Jim Miller. Dieser Name klang so nichtssagend. Wahrscheinlich hießen hier viele Leute so.

Meine Gedanken kreisten und dabei wurden meine Lider immer schwerer. Schließlich konnte ich mich nicht mehr wach halten. Ich rollte mich auf dem Bett zusammen und überließ mich der Dunkelheit.

19. KAPITEL

Am nächsten Morgen verließen wir das Inn schon sehr früh und gingen in Richtung Hafen. Evans erklärte mir nicht, was das zu bedeuten hatte. Er zerrte mich geradezu an seinem Arm mit sich.

Erst, als wir vor einem etwas windschiefen Gebäude angekommen waren, blieben wir stehen.

»Ist das das Inn, in dem der Dieb das Schächtelchen zurückgelassen hat?«, fragte ich. Doch ich suchte vergeblich nach dem Schriftzug »Seaside« und sah schließlich ein, dass dies nicht das Inn sein konnte, in dem der Dieb übernachtet hatte.

»Wer wohnt hier?«, fragte ich.

Evans trat vor und betätigte den Türklopfer.

»Ein alter Freund. Ich möchte ihn fragen, ob er irgendwas gesehen oder gehört hat.«

»Meinen Sie denn, dass er uns helfen kann?«

»Pete wird auch das Ohr von Dover genannt. Er hört wirklich alles.«

»Aber sieht er es denn auch?«

Evans lachte auf. »Sie haben Humor, Anna, das gefällt mir!«

»Was ist denn daran lustig? Wenn er alles sehen würde, würde man ihn doch sicher das Auge nennen, nicht wahr?«

»Mag sein. Bei Pete sind beide Sinne gut entwickelt,

ich würde sogar sagen, alle sieben, denn er hat Fähigkeiten, die über die normaler Menschen hinausgehen.«

»Meinen Sie, er ist so etwas wie ein Spitzel?«

Evans zog erstaunt die Augenbrauen hoch. »Du meine Güte, wie kommen Sie denn auf so etwas?«

»Ich habe nur geraten. Schließlich suchen wir etwas, und Ihr Freund hat so einen komischen Beinamen. Spitzel nennt man bei uns hin und wieder auch ›Ohren‹.«

»Nun, das ist eine naheliegende Annahme. Pete ist vielleicht ein Spitzel, aber vor allem ist er Händler.«

»Händler?«, fragte ich. »Das hier sieht nicht wie ein Laden aus.«

»Auf der Vorderseite nicht, aber warten Sie, bis Sie erst einmal den Hinterhof sehen.«

Kaum hatte er das gesagt, wurde ein Riegel zurückgeschoben. Die Tür öffnete sich, und ein alter Mann mit Halbglatze steckte den Kopf heraus.

Er schien Evans zu erkennen. Dieser redete sofort auf ihn ein, dann reichte er ihm die Hand. Der andere erwiderte etwas, dann bedeutete Evans mir, einzutreten.

Ein muffiger Geruch schlug mir entgegen. Das Haus wirkte auf den ersten Blick recht unordentlich und finster – ein Geschäft würde man hier sicher nicht vermuten. Aber wahrscheinlich war das so gewollt. Der Mann führte uns durch einen langen Gang in den hinteren Teil des Gebäudes. Hier lagerten viele Kisten und Schachteln. Zwei hohe Regale verschwanden beinahe unter dem Zeug, das dort hineingestopft war.

»Das ist Petes Reich«, erklärte mir Evans, dem der Raum nicht unbekannt zu sein schien. »Haben Sie keine Sorge, das sieht nur auf den ersten Blick nach einem unüberschaubaren Chaos aus. Pete weiß, wo etwas liegt, egal, wie lange es schon bei ihm ist.«

Ich staunte über all die alten Möbel, Puppen, Blumentöpfe, Vasen, Gießkannen, Spiegel und Holzspielzeuge, die er offenbar nicht wirklich loszuwerden schien. Davon wollte der Mann leben?

Pete sprach Evans nun an, dem Tonfall nach zu urteilen, fragte er ihn etwas.

Wenig später waren beide Männer ins Gespräch vertieft, ohne darauf Rücksicht zu nehmen, dass ich ihre Sprache nicht verstand.

»Was sagt er?«, platzte ich dazwischen und zerrte Evans am Ärmel. »Es wäre schön, wenn Sie es mir übersetzen könnten, damit ich nicht so dumm dastehe.«

Pete sah mich verwundert an, Evans lächelte.

»In Ordnung, ich werde übersetzen«, sagte er und wandte sich daraufhin auf Englisch an seinen Bekannten. Dieser nickte.

»Gab es in letzter Zeit irgendwelche Neuigkeiten?«, fragte Evans, gefolgt von der englischen Übersetzung.

»Kommt ganz drauf an, was du mit Neuigkeiten meinst«, gab der andere zurück, jedenfalls nach Evans' Übersetzung.

»Nun, Nachrichten vom Königshaus. Vom Drumherum. Du hast doch sicher auch gehört, dass wieder eine Weihnachtstanne zu Ehren ihres verstorbenen Gemahls aufgestellt werden soll.«

»Natürlich habe ich das!«, gab Pete zurück. »Aber was du darüber wissen willst, kannst du auch jedem Käseblatt entnehmen. Weshalb bist du wirklich hier, mit einer jungen Frau, für die du übersetzen musst?«

»Sie hat etwas Wertvolles verloren. Du kennst dich doch mit Hehlerware aus. Sind vor kurzem vielleicht irgendwo Engel aus Glas aufgetaucht? Hat sie dir vielleicht jemand angeboten?«

Pete überlegte. »Mir wird viel angeboten, das weißt du. Aber nein, gläserne Engel habe ich nicht angeboten bekommen. Sie hätten doch sicher auch keinen wirklichen Wert.«

»Es kommt ganz darauf an.« Evans blickte zu mir. »Manche Dinge scheinen auf den ersten Blick keinen Wert zu haben, entpuppen sich dann aber als überaus wertvoll.«

»Ich kann dir nicht folgen, mein Freund«, gab Pete verwundert zurück, dann blickte er mich an.

»Was ist das eigentlich für eine junge Dame?«, fragte er. »In welcher Sprache redest du mit ihr?«

»Das ist Deutsch, Pete. Sie kommt aus Deutschland. Und wir vermissen seit dem Aufenthalt auf der Fähre ihre Glasengel.«

Der Mann zog ein skeptisches Gesicht. »Deutsch, hm?« Er musterte mich von Kopf bis Fuß. »Wie der selige Gemahl unserer Königin?«

»So ist es.«

Pete nickte in sich hinein, dann schob er die Daumen in die Taschen seiner Weste. »Nun, wenn du willst, halte ich für dich Ausschau nach den Engeln.«

»Und vielleicht auch nach anderen Dingen. Alles, was mit Kunst und Glas zu tun hat, wäre für uns interessant.«

Wie schon bei den Männern auf der Fähre zog Evans auch hier einen Geldschein aus der Tasche und sagte etwas zu Pete, das er mir nicht übersetzte. Wiederum redeten die beiden miteinander, zwischendurch nickte Pete. Als sie fertig waren, wandte sich Evans an mich.

»Sagen Sie *goodbye* zu Pete!«, sagte er.

»Meinen Sie das ehrlich?«

»Goodbye heißt bei uns auf Wiedersehen.«

»Gut-bei«, sagte ich und kam mir dabei ziemlich blöd vor.

Pete schien es jedenfalls verstanden zu haben. Er erwiderte den Abschiedsgruß und winkte dann. Evans führte mich durch den dunklen Gang nach draußen.

»Ich habe nicht das Gefühl, dass uns der Besuch hier viel gebracht hat«, sagte ich, als wir das Haus ein Stück hinter uns gelassen hatten.

»Auf den ersten Blick nicht, da stimme ich Ihnen zu. Aber es wäre möglich, dass sich noch etwas ergibt. Pete weiß nun, wonach er zu suchen hat. Vielleicht treibt er irgendwelche interessanten Neuigkeiten auf.«

»Meinen Sie wirklich?« Ich war skeptisch. Ein Gemischtwarenhändler mochte vielleicht vieles hören, aber dieser Miller hatte sicher nicht rumerzählt, dass er einer jungen Frau Glasengel aus der Tasche gestohlen hatte.

Die Gegend, in die wir uns nun begaben, unterschied sich von der restlichen Stadt wie die Nacht vom Tag.

Die Behausungen wirkten elend. Der Putz blätterte von den Wänden ab, einige Fensterläden hingen schief und auf einer Leine fror vergraute Wäsche fest.

Die Hauswände waren mit Ruß bedeckt, einige Fenster sahen aus, als hätten vor kurzem Flammen aus ihnen herausgelodert.

»Sie halten sich dicht bei mir, laufen nicht weg und sagen auch nichts, verstanden?«, sagte Evans, während er seine Blicke aufmerksam durch die Straße und die angrenzenden Gassen schweifen ließ.

»Verstanden«, antwortete ich. »Aber warum?«

»Dies hier ist die Kehrseite der Medaille. Der dunkle Teil der strahlenden Hafenstadt.«

»Hier wohnen die armen Leute.«

»Und nicht nur die. Auch welche, die versuchen, ihren Lebensunterhalt durch Stehlen zu verdienen.«

»Meinen Sie, dass sie es auf uns abgesehen hätten?« Ich blickte an mir herunter. In diesem Kleid konnte man unmöglich eine Frau vermuten, die Reichtümer bei sich trug.

»Hier kann man nie wissen. Manchmal stehlen die Armen sogar von den Armen.«

»Und die Königin tut nichts dagegen?«, fragte ich verwundert.

»Vermag es euer Kaiser, die Not aller seiner Untertanen zu lindern?«, fragte Evans zurück.

Ich kniff betreten die Lippen zusammen. Der Kaiser hatte sich in unserer Gegend noch nie blicken lassen. Und auch der Landesfürst hatte nichts unternommen, als die Spiegelhütte geschlossen werden musste.

»Könige können noch so gut sein, ich fürchte, keinem von ihnen wird es je gelingen, die Not aller Menschen zu lindern oder sie gar zu vertreiben.«

Plötzlich wurde eine Tür aufgerissen, und eine Frau mit wirren Haaren trat heraus. Zu ihren Füßen erschien eine Katze, die sogleich das Weite suchte.

Die Stimme der Frau war laut und kratzig und der Ton, den sie gegenüber Evans anschlug, war ziemlich unfreundlich. Evans hob beschwichtigend die Hände und entgegnete etwas. Zu gern hätte ich gewusst, worüber sie sich unterhielten. Als der Name »Jim Miller« fiel, wusste ich, dass er sich nach unserem unheimlichen Verfolger erkundigte. Er zeigte ihr auch meine Zeichnung, doch viel hatte die Frau dazu nicht zu sagen. Sie zuckte mit den Schultern, schüttelte den Kopf und deutete dann die Straße hinunter. Dann verschwand sie wieder hinter ihrer Tür.

Die Katze hatte sich derweil unter der Treppe des Hauses verkrochen. Ihre grünen Augen funkelten mich an.

»Weiß sie, wo Jim Miller ist?«, fragte ich im Flüsterton, als wir weitergingen.

»Nein, aber sie meinte, ich sollte mal da unten fragen.«

»Und was ist da unten?« Ich reckte den Hals, konnte aber nichts anderes als weitere verfallene Häuser entdecken.

»Früher war das mal ein Pub. Da es in dieser Straße nicht mehr sicher ist, kommen kaum noch Leute her. Aber der Besitzer hört und sieht noch immer alles. Das meinte jedenfalls die Lady in dem Haus.«

»Ist das genau so ein Mensch wie dieser Pete aus dem Kramladen?«

»Schlimmer, würde ich vermuten. Aber wir wollen keine voreiligen Schlüsse ziehen, nicht wahr?«

Je weiter wir die Straße entlanggingen, desto dunkler schien sie zu werden. Ängstlich blickte ich zu den Häusern, von deren Fensterrahmen die Farbe in großen Fetzen abblätterte. Hin und wieder tauchte ein Gesicht auf, um sich schnell wieder zurückzuziehen. Es waren meist ältere Menschen, die nach Passanten Ausschau hielten. Hinter einem der Fenster starrte uns ein Mann mit weit aufgerissenen Augen an, die dennoch nichts zu sehen schienen. Ein Schauder lief mir über den Rücken. Am liebsten hätte ich mich noch fester an Evans gekrallt.

Als wir endlich das Pub erreichten, wurde mir klar, dass Evans nicht übertrieben hatte. Es sah wirklich nicht sehr einladend aus. Auch hier hatte der Anstrich gelitten und die Gardinen vor den Fenstern wirkten vergilbt.

»Vielleicht hätte ich besser allein hierherkommen sollen«, murmelte Evans.

»Was soll uns da drinnen schon passieren?«

»Nun, jemand könnte uns beobachten. Jemand könnte den Wirt dafür bezahlen, die Augen offen zu halten. Mit Ihnen an meiner Seite falle ich auf.«

Das war mir irgendwie alles zu hoch. Wenn es so gefährlich war, ihn zu fragen, wenn der Wirt mit diesem aufdringlichen Kerl zusammenarbeitete, warum gingen wir dann hierher?

»Ich könnte draußen bleiben«, bot ich an.

»Auf gar keinen Fall! Ich will nicht, dass man Sie womöglich ausraubt. Wir riskieren es und Sie kommen mit.«

Glücklicherweise war die Tür des Pubs nicht verschlossen. Der Gestank nach abgestandenem Rauch schlug uns entgegen. Die Stühle waren auf die Tische gestellt worden und weit und breit war nichts von einem Wirt zu sehen.

Das Licht, das durch die vergilbten Gardinen und schmutzigen Fenster fiel, erreichte kaum den Tresen.

»*Hello?*«, fragte Evans und blickte sich um. »*Is anybody here?*«

Wahrscheinlich fragte er, ob jemand da sei.

Lange Zeit ertönte keine Antwort, dann donnerte ein Ruf durch den Raum, der keineswegs erfreut oder freundlich klang.

Der Mann, der kurze Zeit später im Schankraum auftauchte, war mittelgroß und kräftig. Sein blondes Haar hatte er zur Seite gescheitelt. Offenbar war er gerade damit beschäftigt gewesen, irgendetwas abzuwaschen, jedenfalls trocknete er seine Hände an einem fleckigen Tuch ab.

Evans machte sich nicht die Mühe, mir zu erklären,

was er fragen wollte. Er zog einen Geldschein hervor und legte ihn auf den Tresen. Der Wirt betrachtete ihn skeptisch, nahm die Banknote dann aber an sich, und zwischen beiden entspann sich ein Gespräch. Aus den Gesten des Wirts konnte ich nicht erkennen, ob er bereit oder in der Lage war, Evans etwas zu verraten oder nicht. Mein Begleiter blieb ganz ruhig, selbst als der Wirt lauter wurde, hob er nicht die Stimme.

Nicht nur einmal bemerkte ich, dass der Wirt zu mir rüberschaute, und das auf eine Art, die mir ein wenig Angst machte. Es schien, als wollte er sich mein Gesicht einprägen. Schnell wandte ich mich ab und blickte zur Tür. Erst jetzt sah ich, dass ein ausgestopftes Krokodil darüber hing. Hatte ihm dies vielleicht ein Seemann vermacht, der seine Rechnung nicht bezahlen konnte?

Als er das Gespräch beendet hatte, kam Evans zu mir, fasste mich beim Arm und zog mich nach draußen. Die Tür fiel laut hinter uns ins Schloss.

»Und, was hat er gesagt?«, fragte ich. Dass ich von den Worten der Leute hier nichts verstand, wurmte mich ziemlich.

»Der Kerl war hier.«

»Im Pub?«

»Ja. Er hat sich gestern Abend hier mit jemandem getroffen. Leider kannte der Mann ihn nicht. Er meinte, das sei irgendein ›feiner Pinkel‹ gewesen.«

»Hat er denn die Glasengel gesehen? Oder gehört, was die beiden beredet haben?«

»Die Engel hat er nicht gesehen und das Gespräch war auch sehr vage gehalten. Sie hätten sich über die Bezahlung für Millers Dienste unterhalten. Ein Umschlag hat den Besitzer gewechselt, dann sei der feine Herr gegangen. Anschließend verschwand auch Miller.

Er hat dem Wirt ein großzügiges Trinkgeld hinterlassen. Wahrscheinlich hat er sich nur deshalb an ihn erinnert.«

»Das bedeutet, dass er für seine Arbeit bezahlt wurde und Dover verlassen konnte.«

»Ja, das bedeutet es wohl.«

»Dann wäre es vielleicht doch besser gewesen, noch einmal zum Hafen zu gehen.«

Evans seufzte. »Das ist ja das Problem: Wir können nicht überall sein. Die Information, dass Miller von einem Mann in feinen Kleidern an solch einem düsteren Ort bezahlt wurde, dazu noch zu Nachtzeiten, ist ein deutlicher Hinweis darauf, dass wir ihm auf der Spur sind. Allerdings wäre es hilfreich gewesen, den Mann, von dem Miller das Geld erhielt, zu kennen.«

»Hat der Wirt Ihnen denn keine Beschreibung geben können?«

»Doch, das hat er. Der ›feine Pinkel‹ habe einen sandfarbenen Gehrock getragen, dunkle Hosen, ein weißes Hemd mit gestärktem Kragen und eine Krawatte mit Krawattennadel.«

»Hat der Wirt auch erkannt, aus was für einem Material die Nadel bestand oder wie sie verziert war? War es Gold, Silber oder irgendein Edelstein?«

»Nein. Oder besser gesagt, ich habe ihn nicht danach gefragt.«

»Vielleicht sollten Sie das tun? Es könnte wichtig sein.«

Evans blickte mich zweifelnd an. »Ich werde es im Hinterkopf behalten, wenn ich noch einmal herkomme«, sagte er dann. »Aber erst einmal sollten wir von hier weg. Ich spüre die Blicke hinter den Gardinen wie Juckpulver in meinem Kragen.«

Damit bot er mir wieder den Arm an, und irgendwie hatte ich nun das Gefühl, dass er mich fester an sich zog als zuvor.

Schweigend gingen wir die Straße entlang. Das graue Licht in der Gasse drückte mich nieder und gab mir das Gefühl, die Kälte noch mehr zu spüren als ohnehin schon.

Meine Beklommenheit ließ erst ein wenig nach, als die Häuser begannen, wieder etwas ordentlicher auszusehen.

»Sie sind so still, Anna«, bemerkte Evans.

»Ich bin nur nachdenklich, das ist alles«, antwortete ich. Warum glaubte er, ich sei stiller als sonst? Meine Engel waren noch immer nicht aufgetaucht, alles was wir hatten, war der Anhaltspunkt, dass dieser Miller sich in der Spelunke aufgehalten hatte. Er konnte dennoch bereits über alle Berge sein. Und wir hatten eine Beschreibung, die auf jeden besser situierten Mann gepasst hätte.

Plötzlich ertönte Hufgetrappel neben uns, begleitet von einem lauten Rasseln. Eigentlich dachte ich mir nichts dabei. Auch hier fuhren Pferdewagen Waren zu den Läden.

Doch Evans rief: »Vorsicht!«, und zerrte mich zur Seite.

Ich schrie auf, stolperte und fand mich wenig später in seinen Armen gegen die Wand gedrückt wieder. Unsere Gesichter waren einander so nahe und ich spürte so deutlich seine Wärme, dass ich für einen Moment nicht realisierte, was soeben geschah.

Im nächsten Augenblick erfasste mich der Luftzug der viel zu dicht an uns vorbeifahrenden Kutsche. Ein Wagenrad traf meinen Rock und schleuderte ihn zur Seite.

Als sie an uns vorbei war, fing sich die Kutsche wieder und setzte ihren Weg weiter in der Straßenmitte fort.

»Was war denn das?«, fragte ich, während mir das Herz bis zum Halse schlug. Wie schnell hätten wir unter die Räder geraten können! »Der Kutscher hätte uns doch sehen müssen!«

»Wahrscheinlich hat er geträumt. Oder ...« Evans stockte und sah mich an. Im nächsten Augenblick wurde mir klar, dass nicht nur unsere Gesichter, sondern auch unsere Lippen nur wenige Zentimeter voneinander entfernt waren.

Evans schien das ebenfalls zu bemerken, denn er wich zurück und räusperte sich ein wenig verlegen.

»Was meinen Sie mit ›oder‹?«, fragte ich.

»Wir sollten so schnell wie möglich zu unserer Unterkunft zurückgehen«, antwortete er ausweichend. »Ich glaube, das wäre besser so.«

»Aber warum? Wir müssen doch die Engel finden!«

Evans blickte sich nach allen Seiten um, dann zog er mich in einen Hauseingang.

»Hören Sie mir zu, Anna«, sagte Evans und griff nach meinen Händen. Ich starrte ihn erschrocken an. »Seit gestern werde ich das Gefühl nicht los, dass es besser wäre, wenn ich allein nach den Engeln suche. Schon in der Gasse war ich irgendwie unruhig.«

»Warum das? Habe ich etwas falsch gemacht?«

»Nein, aber es kann sein, dass der Dieb oder sein Auftraggeber uns weiterhin beobachtet. Und der Wirt verkauft seine Informationen in alle Richtungen.«

»Und Sie meinen, diese Kutsche hatte etwas damit zu tun, dass wir bei ihm waren?«, fragte ich. »Das ist doch verrückt!«

»Mag sein, dass es verrückt ist. Aber es wird dennoch

besser sein, wenn ich Sie nicht bei mir habe. Wie Sie gesehen haben, kann hier draußen zu viel passieren. Indem ich mich bereiterklärt habe, Sie aus Deutschland hierher zu bringen, habe ich die Verantwortung für Sie übernommen. Das beinhaltet auch, dass Sie heil zu Ihrer Familie zurückkehren. Doch die Garantie, dass Sie unversehrt bleiben, kann ich nicht übernehmen, wenn ich Sie weiterhin an zwielichtige Orte schleppe.«

Irgendwie hatte ich das Gefühl, dass er mir etwas verheimlichte. Wir hatten einer Kutsche ausweichen müssen, was sollte daran besonders sein? In der zwielichtigen Gasse selbst hatte uns niemand angegriffen. Und auch das Ausscheren der Kutsche konnte ein dummer Zufall gewesen sein. Warum reagierte Evans so übertrieben? Hatte ihm der Wirt noch etwas gesagt? Ihn auf eine Spur gebracht?

»Vielleicht sollte ich Sie zu alten Bekannten in der Nähe von Grayson bringen«, sagte er unvermittelt. »Das Dorf gehört zum Besitz meines Herrn. Die Leute dort könnten sich um Sie kümmern, solange die Suche nach den Engeln andauert.«

»Aber ich möchte bei Ihnen bleiben!«, gab ich verwirrt zurück. Warum wollte er mich loswerden? War ich ihm vielleicht im Weg?

»Das wäre zu gefährlich, Anna!«, erwiderte er. »Sie haben doch gesehen, was passiert ist. Die Kutsche, die auf uns zugerast ist, war möglicherweise kein Zufall.«

»Was meinen Sie damit?«, fragte ich. »Dass mich jemand umbringen will? Warum sollte das jemand tun?«

»Sie sind von der Königin eingeladen worden. Ich halte es für möglich, dass das Neider angezogen hat. Mächtige Neider.«

»Neider? Wer sollte neidisch auf mich und meine

Glasengel sein?« Ich schüttelte den Kopf. Das konnte doch nicht sein!

»Nun, das weiß ich noch nicht, aber es gäbe da einige Möglichkeiten. Der Weihnachtsbaum der Königin wird von mehreren Lieferanten geschmückt. Es wäre denkbar, dass ein Glasmacher in Ihnen eine Konkurrenz sieht – und dann noch aus einem fremden Land. Derjenige würde dann sicher alles tun, um Sie aus dem Rennen zu werfen.«

»Wenn dem so ist, hat er meine Engel ja schon! Ich habe ohnehin keine Ware mehr, die ich anbieten könnte.«

»Aber Sie sind immer noch hier, und wir suchen nach Ihren Engeln! Möglicherweise fürchtet er, entdeckt zu werden. Wenn ich in seiner Lage wäre, würde ich mit allen Mitteln versuchen, den Bestohlenen zur Abreise zu bringen. Wer weiß, was sie sich noch alles ausdenken.«

Das erschien mir plausibel. Dennoch sträubte sich alles in mir, allein in diesem Dorf zu sitzen. Hinter den Mauern des Inns war ich sicher. Und außerdem sollte es doch sowieso nach London gehen!

»Was soll denn aus dem Hotelzimmer werden, das Sie in London für mich gebucht haben?«, fragte ich. »Sie werden doch sicher Ärger bekommen, wenn ich dort nicht auftauche.«

»Lassen Sie das nur meine Sorge sein. Mein Herr kennt den Besitzer. Er wird ein gutes Wort für uns einlegen, wenn ich ihm sage, mit welchen Schwierigkeiten wir es hier zu tun bekommen haben.«

Damit war mein letztes Argument, mit ihm zu gehen, vom Tisch. Erschöpft ließ ich die Schultern sinken.

»In Ordnung, reisen wir zu Ihrem Bekannten.«

Evans nickte und wirkte dabei überaus erleichtert.

»Gut. Dann lassen Sie uns gehen.«

Auf dem Weg zum Inn verfinsterte sich der Himmel. Die Art der Wolken, die sich wie eine Daunendecke auf Dover legten, war mir nur zu gut bekannt: Schneewolken. Mit schwerer Fracht beladen, wanderten sie übers Meer. Es dauerte nicht lange, bis erste Schneeflocken in mein Gesicht wehten. Ich hatte keine Ahnung, wie die Winter in England waren, doch ich hielt den Schneefall für kein gutes Omen.

»Ich werde mich um alles kümmern«, versprach Evans mir, während er mich zu meiner Zimmertür begleitete – als müsste er sicherstellen, dass ich dort auch ankam.

»Wie wollen Sie denn Ihren Bekannten so schnell erreichen?«

»Ich schaffe das schon. Jetzt ruhen Sie sich aus. Ich melde mich, wenn ich wieder zurück bin.«

Als er sich umwenden wollte, griff ich nach seinem Arm.

»Wo wollen Sie hin?«

»An Orte, an denen es besser ist, dass Sie nicht dabei sind. Packen Sie Ihre Taschen, wenn wir Glück haben, können wir noch vor Einbruch der Dunkelheit losfahren.«

»Mit dem Zug?«

»Nein, mit einer Kutsche. Das Dorf ist etwas abgelegen. Außerdem möchte ich nicht, dass uns jemand folgen kann.«

Die Vorstellung, dass uns der unheimliche Beobachter aus Heilbronn und dem Kölner Dom folgen könnte, schnürte mir die Kehle zu.

»Werden wir dann mit einer Postkutsche reisen?«, fragte ich beklommen.

»Nein, mit einer privaten. Beginnen Sie am besten

schon mal, die Tasche zu packen, ich werde alles Notwendige organisieren.«

Als ich darauf nicht reagierte, nahm er meine Hand und drückte sie sanft. »Es wird alles gut werden. Mein Bekannter wird gut für Sie sorgen, und Sie können sich bei ihm ein bisschen erholen. Ich habe nicht aufgepasst, so dass Ihnen die Engel gestohlen werden konnten. Also werde ich es wieder geradebiegen.«

Mit diesen Worten wandte er sich um.

Seufzend schloss ich die Tür auf und trat ein. In meinem Zimmer war es kaum heller als in dem Pub mit dem Krokodil. Mein Blick schweifte aus den Fenstern. Die Wolkendecke wurde immer dichter. Schneeflocken tanzten schwerelos in der Luft. Viele waren es noch nicht, aber ich war sicher, dass der Schneefall stärker werden würde, je mehr Wolken über die Stadt gezogen waren.

Ich fühlte mich erschöpft und traurig. Es hätte alles so schön werden können! Aber das Schicksal schien nicht zu wollen, dass ich je wieder glücklich wurde.

Ich ging ein paar Schritte durch den Raum und ließ mich schließlich schwer auf das Bett fallen. Den Blick immer noch auf das Fenster gerichtet, dachte ich nach.

Wer sollte mir hier etwas Böses wollen? Der Gedanke, dass jemand, den ich nicht einmal kannte, versucht hatte, mich zu verletzen oder sogar umzubringen, war einfach furchtbar! Und nicht nur mir wollte er Schaden zufügen, sondern auch meiner Familie. Wenn die Glasengel nicht wieder auftauchten, war unsere Zukunft dahin!

Aber wenn sie glaubten, dass ich aufgeben würde, lagen sie falsch.

Zugegeben, die Begegnung am Heilbronner Bahnhof war wirklich seltsam. Genauso wie das Auftauchen desselben Mannes im Kölner Dom. War er uns vielleicht auch durch Frankreich gefolgt? Hatte er sich unbemerkt hinter uns aufs Schiff geschlichen?

Warum hatte ich nichts bemerkt? Warum hatte Evans nichts bemerkt?

Der Mann schien jedenfalls ein Meisterdieb zu sein, wenn er so sorgfältig vorgegangen war, dass mir das Fehlen der Engel erst am Abend aufgefallen war.

Steckte da wirklich ein Glasmacher dahinter, der sich übergangen fühlte? Aber wie hätte er es in Erfahrung bringen sollen, dass ich von der Königin von England eingeladen worden war?

Mein Blick wanderte zu meiner Tasche mit den Kleidern. Dort hatte ich auch das Notizbuch verstaut. Ob ich noch einen Brief an meine Schwester verfassen sollte?

Doch was sollte ich ihr schreiben? Dass jemand versucht hatte, mich wegen der Glasengel umzubringen? Das würde sie nur unnötig beunruhigen.

Schließlich setzte ich mich vors Fenster. Evans ließ sich noch nicht blicken, offenbar hatten wir noch ein wenig Zeit.

Eigentlich sah die Stadt mit einer leichten Schneedecke sehr hübsch aus. Jetzt, wo es allmählich dunkelte, flammten Lichter hinter den Scheiben auf. Einige Leute stellten brennende Kerzen in die Fenster.

Bei ihrem Anblick spürte ich ein trauriges Ziehen in meiner Brust. So würde es in Spiegelberg sicher auch aussehen. Nicht mehr lange und die Türen würden mit Tannengrün geschmückt werden und aus den Häusern würde der wunderbare Duft der Weihnachtsvorbereitungen strömen. Auch wir hatten immer etwas Tannengrün in unserer Wohnung stehen, geschmückt mit

Strohsternen, die Elisabeth angefertigt hatte. Manchmal hatte ich auch einige meiner Engel an das Grün gehängt. Doch in diesem Jahr war mir nur noch mein Engel mit dem einem Füßchen geblieben.

Als ich ihn zur Hand nahm, tropften ein paar Tränen auf das Taschentuch.

Wie viel Zeit verging, wusste ich nicht. Der Himmel hörte irgendwann auf, sich weiter zu verfinstern. Dafür rieselte weiterhin der Schnee.

Plötzlich klopfte es an meine Zimmertür.

»Sind Sie mit dem Packen fertig, Anna?«, fragte Evans, trat aber nicht ein.

»Ja, ich komme!« Was hätte ich auch zu packen gehabt? Die Hälfte meines Gepäcks war weg. Für einen Moment hatte ich sogar mit dem Gedanken gespielt, die leere Tasche samt der leeren Schachtel einfach hier stehen zu lassen. Doch dann stopfte ich kurzerhand das Kleid, das ich auf der Reise getragen hatte, hinein.

Seufzend hob ich die beiden Taschen vom Boden und verließ dann das Zimmer. Evans stand auf dem Gang. Seine Miene wirkte angespannt.

»Meinen Sie wirklich, dass es gut wäre, jetzt zu fahren?«, fragte ich. »Schneewolken sind über der Stadt. Schon bald könnten die Straßen vollkommen verschneit sein.«

»Wir müssen es versuchen. Hier sind Sie nicht mehr sicher.«

»Und das alles wegen einer Kutsche, die ein wenig vom Weg abgekommen ist?« In meiner Erinnerung war die Situation gar nicht mehr so gefährlich.

»Nicht nur wegen der Kutsche. Jemand verfolgte uns, dann waren die Engel weg, und jetzt, wo wir auf der Suche sind, werden wir beinahe über den Haufen gefahren. Außerdem habe ich noch einmal mit diesem Wirt und mit Pete gesprochen.«

»Und was ist dabei herausgekommen?«

»Der Wirt sagte, dass die Nadel einen Stein gehabt habe, der wie ein Rubin geleuchtet, aber nicht wie ein Edelstein ausgesehen hätte.«

»Glas«, platzte ich heraus.

»Möglich wäre es. Und dann ist da noch das, was Pete erfahren hat. Einige Leute sollen in ungewöhnliche Bewegung geraten sein.«

»Was heißt das?«

»Das heißt, dass jemand mitbekommen hat, dass wir suchen. Das macht es noch wahrscheinlicher, dass die Sache mit der Kutsche kein Zufall war. Es war eine Warnung.«

Ich verstand die Welt nicht mehr. Hatten diese Männer wirklich Angst vor einem Mädchen wie mir? Oder steckte noch etwas anderes dahinter?

»In den kommenden Tagen werde ich versuchen zu klären, was es damit auf sich hat. Die Glasnadel ist jedenfalls schon ein sehr guter Hinweis. Solche Nadeln tragen nicht viele Menschen.«

»Es sei denn, er ist ein Glasmacher«, sagte ich wie betäubt. Erst jetzt fiel mir wieder ein, dass auch mein Vater eine ähnliche Krawattennadel besessen hatte. Wir hatten sie ihm mit ins Grab gegeben, denn meine Mutter hatte es nicht übers Herz gebracht, ihn in einem einfachen Leichenhemd zu bestatten. Stattdessen war er in seinem besten Anzug zur Ruhe gebettet worden, und dazu gehörte auch die Krawattennadel mit dem gläsernen Kleeblatt.

»Ja, angesichts der Umstände ist das nicht auszuschließen«, sagte Evans. »Aber wir sollten jetzt besser aufbrechen, ehe uns das Wetter einen Strich durch die Rechnung macht.«

Er nahm mir die Taschen ab und trug sie nach unten.

20. KAPITEL

Der Sturm zerrte heftig an der Kutsche, und Schneeflocken trommelten gegen die Scheiben. Es schien fast, als wäre uns der Schnee aus meiner Heimat gefolgt. Nachdenklich schaute ich in die blaue Landschaft hinaus, die immer finsterer zu werden schien. Die Bäume standen wie dunkle Wächter am Wegrand, und nicht mehr lange, dann würden sich die Büsche zu großen weißen Kugeln verwandelt haben. Ein Schauer durchlief meinen Körper, und die Sehnsucht nach einem warmen Ofen überkam mich. Zu gern hätte ich mich ein wenig an Evans gelehnt, denn seine Wärme strahlte mir immer wie ein Lagerfeuer entgegen. Doch er saß mir gegenüber und starrte gedankenverloren an mir vorbei. Ich hätte gern gewusst, was in seinem Kopf vor sich ging, aber seine Gedanken konnte ich ebenso wenig ergründen, wie den Mut dazu finden, mich neben ihn zu setzen.

Schließlich versank die Welt rings um uns herum in einem tiefen Dunkelblau. Die Positionslampen der Kutsche schickten einen fahlen Schein auf die Schneemassen, die immer mehr zu werden schienen. Auf einmal hatte ich das Gefühl, dass die Kutsche auf dem Untergrund schlingerte.

Mein kurzer Aufschrei riss Evans aus seinen Gedanken.

»Keine Sorge, der Kutscher weiß, was er tut«, sagte er beruhigend.

»Wirklich?«, fragte ich, während ich mich an der Lehne und der Kutschenwand festkrallte. »Was, wenn die Kutsche umfällt? Oder wenn die Pferde im Schnee versinken?«

»Dann wird er eine Lösung finden.«

Nach einer Weile ging plötzlich ein harter Ruck durch die Kutsche. Evans blickte sich verwundert um und öffnete dann die Luke des Kutschenschlags. Er rief etwas hinaus, was ich nicht verstand, der Kutscher antwortete wenig später. Es schien, als müsse er mit aller Macht gegen den Sturm anschreien.

»Was sagt er?«, fragte ich.

»Dass wir nicht mehr weiterkönnen«, übersetzte Evans, dann rief er dem Kutscher wieder etwas zu.

»Vielleicht sollten Sie mir ein bisschen von Ihrer Sprache beibringen«, sagte ich. »Ich weiß sonst nicht, wie ich mich Ihrem Bekannten verständlich machen soll, wenn Sie nicht da sind.«

Evans überhörte meinen Einwurf und unterhielt sich weiter mit dem Kutscher. Ich blickte aus dem Fenster. Die Weidenbäume am Wegrand trotzten wacker den widrigen Wetterverhältnissen. Schnee wehte vorbei. Ein eisiger Windhauch streifte mein Gesicht. Der Gedanke, bei diesem Wetter in der Kutsche gefangen zu sein, erfüllte mich mit Grauen.

»Nun gut, dann müssen wir wohl laufen.«

»Laufen? In der Nacht und in diesem Schneetreiben?« Wenn mich etwas noch mehr schreckte, als in der Kutsche gefangen zu sein, dann, in der Finsternis durch den Schnee zu irren und zu erfrieren.

»Fällt Ihnen etwas Besseres ein?«, fragte Evans etwas ungehalten zurück.

»Wir könnten doch in der Kutsche warten, bis es hell ist!«, entgegnete ich.

»Das ist keine gute Idee. Wir würden im Handumdrehen erfrieren, denn wir können hier kein Feuer machen.«

»Da draußen wird es uns auch nicht gelingen, ein Feuer zu entfachen«, gab ich zurück. Ich war wütend. Was, wenn wir später gefahren wären? Was, wenn ich in Dover geblieben wäre? Die Spur des Diebes würde eindeutig dort zu finden sein! Ich hätte genauso gut auch im Inn hocken können.

Vielleicht wäre es wirklich besser gewesen, wenn ich nach Deutschland zurückgefahren oder gleich zu Hause geblieben wäre.

»Draußen nicht, da haben Sie recht, aber unweit von hier sollte es eine Scheune geben«, riss mich Evans aus meinem Selbstmitleid. »In der können wir erst einmal Unterschlupf suchen.«

»Eine Scheune? Sind Sie sicher?«

»Ganz sicher. Ich bin in der Nähe aufgewachsen. Als Kind bin ich mit meinen Freunden oftmals zu der Scheune gelaufen. Wir haben uns dort einen ganzen Tag und manchmal auch über Nacht versteckt. Unsere Eltern waren außer sich vor Sorge!« Evans' Augen leuchteten vergnüglicher, als man es in dieser Situation hätte vermuten können.

»Aber wie sollen wir dorthin finden? Wir werden uns sicher verlaufen!« Ich hatte keine Lust, erfroren an einem englischen Straßenrand zu liegen.

»Ich werde eine der Laternen mitnehmen.«

»Und was ist mit dem Kutscher?«

»Der kommt natürlich mit. Und die Pferde auch. Da hier sowieso niemand hindurch kann, wird sich auch niemand an der Kutsche stören. Alan wird versuchen, sie noch ein wenig näher an den Wegrand zu bugsieren.«

Damit wandte er sich an den Mann. Wenig später half Evans mir aus der Kutsche.

Der eisige, schneedurchzogene Wind zerrte an meinen Kleidern, als wollte er sie mir herunterreißen. Ich schrie auf, als ich spürte, dass der Schnee meine nackten Waden berührte. Innerhalb weniger Augenblicke waren meine Stiefeletten durchnässt.

»Halten Sie durch, gleich bekommen wir die Pferde.«

Am liebsten hätte ich es gehabt, wenn er mich auf seine Arme gehoben hätte, doch diesen Wunsch wagte ich nicht zu äußern.

Ich wusste nicht, was mich mehr störte: die Schneeflocken, die sich wie Nadeln anfühlten, der Schnee unter meinem Rock oder das Gefühl, dass der Wind mich am liebsten wie altes Laub hin und her geschleudert hätte. Ich umschlang meine Oberarme, doch das nützte nicht viel. Meine Zähne begannen, unbarmherzig zu klappern.

Auch zu Hause musste ich manchmal durch den Schnee zur Werkstatt, aber bei solch einem Schneetreiben wagte sich niemand aus dem Haus.

Über all diese Empfindungen bekam ich nur beiläufig mit, dass es dem Kutscher tatsächlich gelang, die Kutsche ein Stück zur Seite zu bugsieren. Hin und wieder weigerte sich eines der Pferde, zu tun, was es sollte. Doch schließlich stand das Gefährt am Straßenrand, und der Kutscher begann, die Tiere nacheinander auszuschirren.

»Einen Sattel werden wir nicht haben, aber ich bin schon Pferde ohne Sattel geritten«, erklärte Evans, als könnte er damit dazu beitragen, mir die Situation erträglicher zu machen.

»Ich aber nicht!«, gab ich zu bedenken. »Sie wissen doch noch, wie ich auf dem Pferd gehangen habe, als wir nach Heilbronn geritten sind.«

»Sie kommen zu mir«, gab Evans zurück.

»Zu Ihnen?«

»Ja, was sonst? Sie halten sich an der Mähne des Pferdes fest und ich übernehme die Zügel.«

Die Klatschbasen in unserer Stadt hätten sich gewiss das Maul darüber zerrissen, wenn sie mich so gesehen hätten. Aber auch wenn mich die Vorstellung, ihm ganz nahe zu sein, ein wenig irritierte, war ich froh, nicht allein auf dem Pferd sitzen zu müssen.

Während sich der Kutscher auf ein Pferd schwang, streckte mir Evans die Hand entgegen und half mir aufs andere. Eigentlich wollte ich auf der Kruppe Platz nehmen, doch Evans bestand darauf, dass ich mich vor ihn setzte.

»Wie eine Prinzessin, die von ihrem Prinzen in sein Schloss gebracht wird«, bemerkte er scherzhaft.

Ich wurde rot. »Lassen Sie das«, sagte ich, obwohl mir die Vorstellung, von ihm in ein Schloss gebracht zu werden, gefiel.

»Warum?«, fragte Evans, offenbar nicht gewillt, meiner Aufforderung nachzukommen.

»Weil Sie kein Prinz sind. Und ich bin keine Prinzessin.«

»Das ist ein Argument. Na, dann wollen wir mal.« Seine Brust drückte sich fest gegen meinen Rücken. Augenblicklich spürte ich seine Wärme. Sie umfing mich wie ein schützender Mantel und ließ mein Herz schneller schlagen. Das Kribbeln in meinem Magen fühlte sich im ersten Moment wie Angst an, doch dann fiel mir auf, dass es überhaupt nicht unangenehm war. Im Gegenteil: Es fühlte sich richtig an. So, als gehörte diese Brust an meinen Rücken. So, als gehörte John zu mir.

Eine scharfe Windböe, die Eiskristalle gegen meine Wange schleuderte, brachte mich auf den Boden der Tatsachen zurück. John gehörte nicht zu mir. Er war Engländer. Er war der Diener eines Lords. Ich wusste nicht viel über ihn, nicht einmal, ob er ein Mädchen oder gar eine Ehefrau hatte. Einen Ring trug er jedenfalls nicht. Während der ganzen Fahrt hatte ich ihn nicht dazu bringen können, irgendetwas von sich preiszugeben. Warum sollte er Interesse an einer kleinen Glasmacherin aus Deutschland haben? Unsere Wege hatten sich lediglich durch Zufall gekreuzt, weil sein Herr es sich in den Kopf gesetzt hatte, Glasengel zu kaufen.

Doch all meine Zweifel konnten mein dummes Herz nicht davon abhalten, wie verrückt weiterzupochen, während Evans das Pferd antrieb.

Erst, als es ringsum stockfinster wurde und ich fürchtete, dass John sich verirrt haben könnte, kehrte ich zum Hier und Jetzt zurück. Der Wind heulte nach wie vor kräftig, und es grenzte an ein Wunder, dass wir mit den Pferden nicht vollends im Schnee versanken. Tapfer mühten sich die Tiere voran.

Ich fragte mich, wie lange es noch dauern würde. Auch wenn Evans mich wärmte, alles andere außer dem Rücken kühlte immer mehr ab. Mein Gesicht fühlte sich wie aus Stein gemeißelt an und meine Nase spürte ich schon seit einer Weile nicht mehr.

»Wir sind gleich da, Anna«, verkündete Evans durch

das Raunen und Heulen des Schneesturms, das mich irgendwie an die alten Geschichten von der Wilden Jagd erinnerte. Darin fanden sich die Geister der Toten zusammen und ritten in der Weihnachtszeit durch die Nacht. Wer ihnen begegnete, war dem Untergang geweiht. Aus diesem Grund wurden auch keine Wäschestücke auf den Leinen gelassen: Wenn die Wilde Jagd sie ergriff, musste der Besitzer ihr im nächsten Jahr folgen.

Als ich zur Seite blickte, sah ich, dass der Kutscher nicht mehr mit uns auf einer Höhe ritt. War er hinter uns? Oder hatte er einen anderen Weg eingeschlagen?

Zu gern hätte ich geschaut, wo er abgeblieben war, doch ich hatte Angst, vom Pferd zu fallen.

Schließlich riss der Himmel ein wenig auf, und kurz tauchte etwas Dunkles vor uns auf. Doch schnell wurde es ebenso wie der Mond wieder von der Finsternis verschluckt.

»Das ist sie!«, verkündete Evans und trieb das Pferd noch ein bisschen mehr an. Damit meinte er wohl die Scheune. Auf den ersten Blick hatte das Gebilde vor uns wie ein unförmiger Klumpen ausgesehen, aber er kannte sich hier ja besser aus als ich.

Tatsächlich machten wir wenig später vor einem Gebäude halt. Es war mir ein Rätsel, wie Evans die Scheune so treffsicher hatte finden können. Er musste Adleraugen haben!

Evans drückte mir die Zügel des Pferdes in die Hand und machte sich dann daran, das Tor aufzuziehen.

Da der Schnee auch hier mehr als kniehoch lag, fiel es ihm ziemlich schwer. Vom Kutscher war weit und breit nichts zu sehen. Der Gedanke, dass ich zum ersten Mal völlig allein eine Nacht mit ihm verbringen würde, schoss mir siedend heiß durch die Glieder. Jetzt merkte ich mein Gesicht plötzlich wieder, denn es begann unter dem Blut, das in die Wangen schoss, zu kribbeln, als würden Ameisen darüber laufen.

Doch ich rief mich zur Ordnung. Evans war ein Ehrenmann! Und wir hatten auch schon Zeit allein miteinander verbracht. In den Zügen und auf dem Schiff …

Aber da waren immer andere Leute gewesen, wenigstens in einer Nachbarkabine oder im Nachbarabteil des Zuges. Wenn der Kutscher nicht noch auftauchte, würde ich mutterseelenallein mit ihm sein!

Der Gedanke verschwand, als Evans wieder zu mir trat. Er schnaufte und wischte sich den Schweiß von der Stirn.

»Ich kriege das Tor allein nicht auf. Wir müssen das Pferd zu Hilfe nehmen.«

»Haben wir den Kutscher unterwegs verloren?«, fragte ich und reckte den Hals.

»Nein, ich habe ihm gesagt, dass er einen anderen Weg einschlagen soll. Ins Dorf. Er braucht einen Stellmacher, der ihm hilft, die Kutsche wieder in Gang zu bringen.«

»Und warum reiten wir nicht ins Dorf?« Ich nahm an, dass er dieses Grayson meinte, zu dem er mich bringen wollte.

»Weil, wie ich schon sagte, der Weg viel länger wäre. Dem Kutscher ist es egal, aber wir sollten wirklich in dieser Scheune übernachten.«

Ich seufzte und reichte ihm die Zügel. Evans knotete sie am Scheunentor fest und fasste das Tier am Halfter. Zunächst fand es mit den Hufen keinen Halt im Schnee, doch dann schaffte es Evans, mit seiner Hilfe das Tor zu öffnen.

»Na also!«, sagte er und trat ein. Wenig später flammte ein Licht auf. Es reichte nicht, um das gesamte Innere zu beleuchten, doch ich erkannte zahlreiche Strohballen und eine sauber gefegte Tenne.

»Kommen Sie rein, oder wollen Sie draußen übernachten?«, fragte er, dann holte er ein paar Strohballen zusammen.

»Was ist mit dem Pferd?«, fragte ich.

»Oh, ja, natürlich.« Evans stürmte nach draußen, band das Pferd los und führte es hinein. Ich zog hinter ihm das Tor zu. Ob wir am Morgen noch hinauskommen würden?

Zögerlich trat ich auf das Licht zu, das einer der Laternen entströmte, die er von der Kutsche mitgenommen hatte. Das Innere der Scheune wirkte ordentlich. Das Stroh und die Gerätschaften, die von einem der massiven Balken hingen, mussten einem Bauern gehören. Nachdem Evans das Pferd angebunden hatte, befasste er sich wieder mit den Strohballen. Als ich versuchte, ebenfalls einen von ihnen anzuheben, verlor ich das Gleichgewicht und fiel um.

»Na, na, das sollten Sie besser mir überlassen«, sagte Evans, als er mir die Hand reichte, um mir wieder auf die Beine zu helfen. »Ich werde uns ein kleines Lager bauen, da haben wir es die Nacht über gemütlich.«

Ich verdrängte den Gedanken daran, dass ich mit ihm dieses Lager teilen würde, und fragte: »Hat denn der Bauer nichts dagegen, wenn Sie seine Strohballen zerfetzen?«

»Doch, sicher wird er etwas dagegen haben. Deshalb öffne ich nur ein oder zwei Bünde und stapele die anderen rings um uns auf, damit uns die kalte Luft nicht so schlimm erwischt. Wie Sie vielleicht gemerkt haben, sind die Scheunenwände alles andere als dicht.«

Und ob ich das bemerkt hatte!

»Außerdem ist der Bauer erstens nicht hier, und zweitens wird Seine Lordschaft gern für den Schaden aufkommen, zumal dieser nun wirklich gering ist, weil wir das Stroh ja nicht beschmutzen.«

»Seine Lordschaft?«, fragte ich.

»Ja, diese Scheune befindet sich auf dem Grund und Boden Seiner Lordschaft. Meines Herrn. Ich bin sicher, dass der Bauer um die beiden Strohballen nicht lamentieren wird, wenn Seine Lordschaft sie ihm bezahlt.«

Ein Lächeln huschte über Evans' Gesicht, dann fügte er hinzu: »Mein Vater war wütend, dass ich mich immer wieder in die Scheune geschlichen habe. Aber ich konnte nicht anders. An diesem Ort konnte ich sein, was ich wollte. Ritter oder König, was auch immer! Ich konnte in ferne Länder reisen und Berge besteigen – und wenn es die Strohballen waren! Es war eine sehr schöne Zeit.«

»Nun, einer Ihrer Träume ist in Erfüllung gegangen. Sie können reisen. Sicher haben Sie Ihren Herrn schon in viele Länder begleitet, nicht wahr?«

»Ja, das habe ich.« Er blickte mich an. »Aber manchmal gibt es Wünsche, die nicht zu erfüllen sind.«

»Macht Sie das traurig?«

»Ja, zuweilen schon. Doch jetzt sollten wir uns erst einmal darum kümmern, warm zu werden.«

Ich nickte, aber in meiner Brust brannte die Enttäuschung. Er hätte mir erzählen können, wohin er gereist war. Und was der Wunsch war, von dem er glaubte, dass er nicht in Erfüllung gehen würde.

Doch wie immer, wenn er kurz davor stand, sich ein wenig zu öffnen, verschloss er die Tür zu seiner Seele sofort wieder. Ich fragte mich, warum.

»Meinen Sie wirklich, dass wir bei all dem Stroh hier

drinnen ein Feuer entzünden sollten?«, fragte ich. »Es könnte in Flammen aufgehen.«

»Wenn wir ganz vorsichtig sind, können wir das. Es soll ja kein großes Feuer werden, nur ein kleines, an dem wir uns ein wenig aufwärmen können. Setzen Sie sich am besten auf einen der Strohballen und schauen Sie zu!«

Ich tat wie geheißen. Sonderlich warm war es hier nicht, aber doch immerhin wärmer, als würden wir mitten im Schneesturm stehen.

Nachdem Evans das Stroh verstreut hatte, stapelte er einige Strohballen auf. Auf einer sauber gefegten Stelle häufte er etwas Stroh und ein paar Holzstücke auf, die er Gott weiß woher hatte. Wenig später loderte dort ein kleines Feuer auf.

»Kommen Sie, Anna, lange wird es nicht halten. Es dient nur dazu, in die klammen Hände wieder etwas Leben zu bringen.«

Als ich bei ihm war, ergriff er kurzerhand meine Hände, hielt sie in seinen und näherte sich den kleinen Flammen. Er hatte recht, viel Wärme verströmten sie nicht, und das Stroh und die kleinen Holzstückchen würden schon bald verzehrt sein. Doch es war schön, wenigstens etwas Erwärmung zu spüren – sei es durch das Feuer oder seine Hände, die merkwürdigerweise warm waren, als hätte er dicke Handschuhe getragen.

»Na, ist es schon etwas besser?«, fragte er.

Ich nickte.

Wir blieben eine Weile so, dann ließ mich Evans wieder los und ging zum Pferd, an dem seine wie auch meine Tasche mehr schlecht als recht befestigt waren. Offenbar hatte er etwas in der Tasche, das uns nützlich sein würde.

Schließlich kehrte er mit einer kleinen roten Dose zurück.

»Hier drinnen ist noch etwas Wegzehrung, die ich mit nach Deutschland genommen habe. Unsere Köchin hatte darauf bestanden.«

»Das war sehr nett von ihr.«

»In der Tat.«

Als er die Dose öffnete, kam Gebäck zum Vorschein, fingerlange, dicke Stangen, in die Nüsse eingebacken waren.

»Bei uns nennt man so etwas Shortbread«, erklärte er mir und reichte mir eine von den Stangen. »Unsere Köchin ist immer sehr besorgt um jeden, der eine lange Reise machen muss. Sie befürchtet, dass wir im Ausland verhungern könnten, weil es dort nichts gäbe, was ihren Kochkünsten gleichkommt.«

»Sie ähnelt der Frau unseres Gastwirts. Die lässt ihren Mann auch nirgendwo hin, ohne ihm etwas zu essen mitzugeben, weil sie Angst hat, er könnte vom Fleisch fallen.«

»Das könnte genau unsere Köchin sein. Aber sie ist eine liebe Seele, ohne die der Haushalt nicht funktionieren würde.«

Eine Weile knabberten wir schweigend an dem Shortbread, das süß und buttrig schmeckte, ganz anders als die Kekse, die Frau Niedermayer buk. Das Feuer verlosch allmählich, bald rauchte es nur noch vor sich hin. Doch die Kälte in meinem Innern schwand immer mehr, und meine Gedanken wurden frei und schweiften herum. Ich dachte an Elisabeth und fragte mich, wie es Mutter wohl ging. Ich dachte auch an Wenzel und seinen Vater. Hatten sie mittlerweile einen anderen Hilfsarbeiter angestellt? Und meine Engel? Lagen die auf dem Grund des Meeres oder wurde mit ihnen gerade ein Baum geschmückt? Vielleicht von jemandem, der sie im Rinnstein gefunden hatte? Oder fegte jemand in diesem Moment die Scherben weg?

Als ich spürte, wie meine Gedanken immer düsterer wurden, wandte ich mich an Evans, der ebenfalls ein wenig nachdenklich wirkte.

»Sie sagten, dass Sie schon ein wenig gereist seien«, begann ich. Vielleicht würde er mir nach der Geschichte um die Köchin noch ein wenig mehr erzählen. »Würden Sie mir von einer dieser Reisen berichten? Was war das fernste Land, das Sie jemals besucht haben?«

Evans überlegte eine Weile, und ich rechnete schon damit, dass er wieder ausweichen würde, doch dann antwortete er: »Indien.«

»Sie waren in Indien?« Ich konnte es nicht glauben. Genaugenommen wusste ich nur, dass dieses Land am anderen Ende der Welt lag. Es war hin und wieder in den Geschichten meines Vaters aufgetaucht, aber ebenfalls nur kurz und meist dann, wenn ein Kunde etwas Exotisches wie einen Glaselefanten haben wollte.

»Ja, ich war dort. Im Gefolge der Königin. Sie ist gleichzeitig auch Kaiserin von Indien, also war es fast wie ein Besuch zu Hause. Aber Sie können sich gar nicht vorstellen, was für Wunder es dort gibt! Und vor allem, wie warm es dort ist.«

»Warm«, echote ich. »Etwa so warm wie in einer Glashütte?« Ich hatte keinerlei Vorstellungen von Indien. Wenn etwas als besonders warm beschrieben wurde, kam mir immer gleich die Wärme der Glashütte in den Sinn.

»Ja, das kann man so sagen. Nur, dass es sich nicht auf Gebäude beschränkt. Man ist von dieser Wärme umgeben, beinahe das ganze Jahr über. Und nicht nur das.

Überall sind Farben. Natürlich gibt es auch dort Armut, doch wenn man auf einem Marktplatz steht und all die prachtvollen Stoffe und leuchtenden Gewürze sieht, ist man geneigt, es zu vergessen.«

»Gibt es in Indien auch Glaswaren?«, fragte ich, während ich mir das, was Evans sagte, vorzustellen versuchte.

»Ja, die gibt es, aber sie sind ganz anders als bei uns. Besonders auf dem Gebiet der Glasmalerei haben die Handwerker viel zu bieten. Die Gläser erinnern ein wenig an das Glas aus Persien, es gibt auch einige muslimische Glaskünstler dort. Seine Lordschaft hat ein paar wunderschöne Stücke erworben.«

»Dann nehmen Sie also aus jedem Land ein paar Stücke mit?«, fragte ich, während ich mir ausmalte, wie diese muslimische Glaskunst aussehen würde. Sicher waren die Glaselefanten, die wir in Vaters Werkstatt gefertigt hatten, lächerlich dagegen.

»Ja, die schönsten, wenn man so will«, antwortete Evans. »Oder jene, an die wir herankommen. Nicht alles ist verkäuflich.«

»Und warum sind Sie dann bei mir gelandet? Warum haben Sie nicht die thüringischen Glashütten besucht?«

»O doch, das haben wir. Und wir haben dort auch einiges gekauft. Aber Seine Lordschaft hatte auch von dem Waldglas und den berühmten Spiegeln Ihrer Region gehört. Deshalb sind wir nach Spiegelberg gekommen.«

Er bedachte mich mit einem feinen Lächeln und schaute mich eine ganze Weile an. Ich schaffte es nicht, seinem Blick standzuhalten, der so unterschiedliche, verwirrende Gefühle in mir auslöste.

»Hätten Sie Interesse daran, mal ein paar fremde Techniken zu lernen?«, fragte er schließlich.

»Natürlich!«, sagte ich, dann spürte ich einen leichten Stich in der Brust. Die Enttäuschung folgte meinem Enthusiasmus auf dem Fuße. »Aber ich werde niemals dort hinkommen. Wie sollte ich auch? Es ist sicher eine kostspielige Reise. Ich stehe leider nicht in den Diensten eines Herrn, der sich dieses leisten könnte.«

»Verzeihen Sie, Anna, ich vergaß«, gab Evans etwas betreten zurück und senkte den Kopf.

»Nun, wir sollten uns etwas ausruhen, und Sie sollten vor allem Schlaf bekommen«, sagte er dann und erhob sich. »Decken haben wir leider nicht, aber eine Jacke aus meinem Gepäck als Unterlage müsste es auch tun. Zudecken können wir uns mit unseren Mänteln.«

»Ich könnte eines meiner Kleider als Unterlage nehmen«, schlug ich vor. Das Kleid, das ich während der Reise getragen hatte, konnte ich ohnehin nicht mehr anziehen, denn man sah ihm an, welche Strecke es an meinem Körper zurückgelegt hatte.

»Sehr gut. Dann errichten wir unser Lager!«

Evans holte seine Jacke und breitete sie auf einer Seite des kleinen Strohballenkreises aus, ich richtete mich auf der anderen ein.

»Vielleicht sollten Sie Ihren Mantel anbehalten und mit unter meinen schlüpfen. Wenn wir ein bisschen zusammenrücken, sollte der Platz reichen und Sie haben doppelten Schutz.«

»Nein, es wird schon gehen«, sagte ich, doch Evans brachte mich zum Schweigen.

»Ihr Kleid ist viel zu dünn. Es ist nicht mal aus Tweed oder etwas Ähnlichem. Behalten Sie den Mantel an, und ich werde meinen Mantel mit über Sie decken. Bei ei-

nem Wetter wie diesem kann niemand etwas daran finden. Und ich versichere Ihnen, dass ich niemand bin,
der solch eine Situation ausnutzt.«

Mein Gesicht begann auf einmal zu brennen und ich
bekam rote Ohren.

Der Gedanke, mit einem Mann unter einer Decke zu
liegen – auch wenn diese nur ein Mantel war –, verwirrte mich und ließ meine Bauchdecke kribbeln. Was wohl
Mutter dazu sagen würde?

Doch sie war nicht hier, ebenso wenig wie die Spie-
gelberger Frauen, die sicher empört gewesen wären.

»In Ordnung«, sagte ich schließlich und zog das
Kleid näher an seinen Platz heran.

»Sie werden sehen, es macht einen großen Unterschied, ob man sich allein wärmen muss oder ob noch
jemand da ist«, sagte Evans, als fürchte er, dass ich es
mir noch einmal überlegen könnte.

Evans löschte die Lampe. Kurze Zeit später hörte ich,
wie sein Atem gleichmäßig wurde. Es war ihm tatsächlich gelungen einzuschlafen. Kein Wunder, wenn ihm
dieser Ort so vertraut war!

Ich hingegen lauschte dem Wind und blickte hinauf
zum Scheunendach. Würde es gegen die dicke Schneedecke, die auf ihm lastete, bestehen können? Was, wenn
es einbrach und uns unter der Schneedecke begrub? Es
war schon schlimm genug, dass wir überhaupt gezwungen waren, hier zu übernachten.

Doch nach einer Weile durchdrang mich die Wärme,
die vom Mantel und auch von Evans ausging, und meine
Augenlider wurden schwer.

Wenig später befand ich mich in einer verwirrend
bunten Welt. Der Traum ließ mich glauben, in Indien zu

sein, wo ich mitten durch einen dichten Urwald ging. Die Bäume ähnelten denen des Waldes in Spiegelberg, doch einige von ihnen waren seltsam verdreht. Vogelrufe tönten über mir, und als ich nach oben sah, erblickte ich Vögel mit langen bunten Schwanzfedern, deren Körper seltsamerweise aus Glas bestanden. Dennoch erhoben sie sich mühelos in die Lüfte und schwirrten durch die Bäume. Ich war verzaubert und fragte mich, welcher Glasmacher wohl die Kunstfertigkeit besaß, Glas zum Leben zu erwecken. Auf einmal wurde mir klar, dass ich auf der Suche nach genau diesem Glasmacher war.

Ich schob ein paar dicht belaubte Äste beiseite, und nach einer Weile entdeckte ich einen alten Mann, der auf einem Stein saß. Hinter ihm loderte ein warmer Ofen, aus dem er ein Stück glühendes Glas zog, das er sogleich in Form zu blasen begann. Der kleine Vogel entstand in Windeseile, dann wuchsen ihm sogar Federn! Kurz darauf begann er zu atmen und die Flügel auszustrecken.

Als der Glasbläser fertig war, schnitt er den Vogel von der Pfeife ab und hielt ihn noch eine Weile in der Hand, bevor er ihn gen Himmel schickte. Der Vogel flatterte auf und verschwand wenig später über dem Blätterdach. Nun bemerkte mich der Mann und schaute mich an.

»Wie machen Sie das?«, fragte ich voller Staunen. »Können Sie mir beibringen, wie man den Vögeln Leben einhaucht?«

Der Mann lächelte mich seltsam an.

Doch bevor er mir das Geheimnis verraten konnte, klopfte jemand an das Scheunentor. Evans schreckte hoch, wodurch ich ebenfalls erwachte. Ich konnte kaum glauben, dass ich tatsächlich von Indien geträumt hatte, bei all dem Raunen und Knarzen über uns. Irgendwann musste Evans noch einen Schal über mich gelegt haben. Dessen Fransen kitzelten mich an der Nase.

»Wer ist das?«, fragte ich. Eigentlich kamen nur zwei Personen in Frage. Eine davon war der Bauer, der vielleicht mitbekommen hatte, dass sich jemand in seiner Scheune eingenistet hatte.

Als Evans sich erhob, strömte kalte Luft unter den Mantel, der uns als Bettdecke diente. Frierend zog ich den Mantel enger um mich. Dann blickte ich zum Tor. Das Mondlicht, das durch die Ritzen der Scheunenwände schien, deutete darauf hin, dass der Wind einen Großteil der Schneewolken vertrieben hatte.

Evans stieß das Tor auf. Eine dunkle Gestalt erhob sich davor. Als sie etwas sagte, erkannte ich sie.

Der Kutscher! Offenbar hatte er es doch nicht bis zum Dorf geschafft. Gemeinsam zogen die beiden Männer das Tor noch weiter auf, sodass sein Pferd ebenfalls hindurchpasste. Noch immer blies der Wind kräftig und wehte Schneeflocken herein, die im Mondlicht wie Feenstaub wirkten.

Evans unterhielt sich kurz mit dem Kutscher, dann kehrte er zu mir zurück.

»Hat er es nicht geschafft?«, fragte ich.

Evans schüttelte den Kopf. »Leider nicht. Der Schnee ist zu hoch. Er muss bis zum Morgen warten. Aber das Wetter beruhigt sich gerade ein wenig. Wenn es so weitergeht, können wir morgen nicht nur zum Haus aufbrechen, wir werden sicher auch einen schönen Sonnenaufgang bekommen.«

Als ob das etwas nützt, wäre es beinahe aus mir herausgeplatzt. Doch ich besann mich. Ich war hier, daran ließ sich nichts ändern. Und ich sollte dankbar dafür sein, dass sich Evans solche Mühe mit mir gab. Er hätte mich genauso gut auch nach Hause schicken können. Dass er mich zu seinem Bekannten brachte, würde uns Zeit schenken. Zeit, um die Engel zu finden.

Der Mann in dem Wald aus meinem Traum kam mir wieder in den Sinn. Er machte Glasvögel lebendig! Etwas, das vollkommen unmöglich war! Vielleicht sollte ich doch ein wenig mehr Hoffnung daran setzen, die Engel wiederfinden zu können.

Der Kutscher suchte sich einen Schlafplatz etwas abseits von uns. Ich hörte ihn rascheln, dann husten, und schließlich schien er sich irgendwo ins Stroh zu legen. Meine Unsicherheit kehrte zurück.

»Ich habe von Indien geträumt«, sagte ich, als Evans sich wieder in seinen Mantel einkuschelte.

»Wirklich?«, fragte Evans.

»Ja, jedenfalls war es ein Indien, wie ich es mir vorstelle. Ich habe dort einen Mann gesehen, der es geschafft hat, Glasvögeln Leben einzuhauchen.« Ich schmunzelte in mich hinein. Vielleicht war es kindisch, aber irgendwie gefiel mir dieses Bild sehr.

»Das ist ein sehr schönes Bild«, antwortete er.

»Wenn ich etwas lernen wollte, dann das«, sagte ich. »Aber so etwas wird es wohl auch nicht in Indien geben, oder?«

»Wer weiß?«, gab Evans zurück. »Vielleicht kommen Sie doch einmal nach Indien. Dann können Sie nach solch einem Glasmacher suchen.«

»Das werde ich«, entgegnete ich, und ehe ich es mich versah, versank ich schon wieder in tiefen Schlaf.

21. KAPITEL

Da die Pferde dem Kutscher gehörten, mussten wir ihn wohl oder übel damit zu seiner Kutsche zurückkehren lassen und zu Fuß zum Haus von Evans' Bekannten gehen. Immerhin sollte es laut Evans nicht weit von hier entfernt sein.

Den versprochenen wunderbaren Sonnenaufgang bekamen wir. Er leuchtete in Tausenden Rot- und Orangetönen, sogar etwas Violett war dabei. Aber die Schneemassen waren in der Nacht noch weiter angewachsen.

Evans versuchte so gut wie möglich, eine Schneise durch den hohen Schnee zu schlagen. Doch das verhinderte nicht, dass meine Strümpfe rasch erneut durchnässten. Nach einer Weile spürte ich meine Füße in den Stiefeletten nicht mehr. Es war, als würde ich auf zwei riesigen Eisklumpen laufen.

Vor lauter Ärger über meine kalten Füße hätte ich beinahe die Schönheit des Morgens übersehen. Das erste Sonnenlicht warf einen rosa Schein auf die verschneiten Flächen und die Wolken, von denen nur noch ein paar leichtere Exemplare übrig waren. Innerhalb weniger Augenblicke begann der Himmel zu glühen, als hätte dort jemand ein Feuer entzündet. Die Wolken leuchteten nun in Schattierungen von Orange, Rot und Rosa.

Ich konnte nicht anders, als stehen zu bleiben.

Evans bekam das zunächst nicht mit, doch schließlich hielt auch er an und sah sich nach mir um.

»Wunderschön, nicht wahr?«, vernahm ich seine Stimme durch das leise Singen des Windes. »Nie gibt es einen dramatischeren Himmel als im Winter. Jedenfalls in diesem Teil der Erde.«

»Nein, das gibt es nicht«, antwortete ich gedankenverloren, denn plötzlich hatte ich wieder vor mir, wie ich mit meinem Vater stets an Neujahr auf das Feld gegangen war. Sehr oft hatten wir schlechtes Wetter und einen verhangenen Himmel, doch manchmal auch einen Himmel wie diesen. Dann wurde mein Vater immer ganz andächtig. Und er träumte laut davon, irgendwann einmal ein Glas herzustellen, das all die Farben des morgendlichen Winterhimmels in sich vereinte. Gelungen war es ihm allerdings nie …

»Wir sollten weitergehen«, riss mich Evans aus meinen Gedanken. »Es ist nicht mehr sehr weit, und nach dieser kalten Nacht im Stroh sollten Sie sich etwas aufwärmen.«

Ich nickte, schicke Vater noch einen stillen Gruß in Gedanken und schloss mich Evans wieder an.

»Nicht mehr sehr weit« war bei Evans wohl ein dehnbarer Begriff, denn erst am späten Vormittag kam ein kleines Gehöft in Sicht. Das Haus war nicht besonders groß, hatte aber einen gewissen Zauber an sich. Der Rauch, der kerzengerade aus dem Schornstein quoll, verriet, dass jemand anwesend war.

»Ist das das Haus Ihrer Bekannten?«, fragte ich.

»Ja, das ist es. Und wie ich sehe, haben wir Glück.« Er beschleunigte seinen Schritt und stürmte schließlich auf die Pforte des Gartenzauns zu, der das Anwesen umgab. Ich beeilte mich, ihm auf meinen vereisten Füßen zu folgen.

Das Haus war ein hübscher Fachwerkbau mit efeubewachsenem Spitzgiebel und umliegendem Garten. Der hintere Teil war von der Straße aus nicht einsehbar, lediglich eine hohe Baumkrone ragte neben dem Hausdach auf, in dem die kleinen halbrunden Fenster wie Augen wirkten.

»Glück?«, fragte ich ein wenig begriffsstutzig. Mittlerweile fühlte ich mich, als wäre sogar mein Gehirn eingefroren.

»Ja, sie scheinen da zu sein.«

»Wo sollten sie denn sonst sein, bei diesem Wetter?« Ich klopfte mir den Schnee vom Rock, der bis zur Hüfte vollkommen durchgeweicht war. Meine Beine spürte ich kaum noch.

»Vielleicht auf Reisen. Mein alter Freund war früher oft unterwegs.«

Nachdem Evans seine Kleidung ebenfalls ein wenig vom Schnee gesäubert hatte, ging er zur Haustür und klopfte.

Ein Rumpeln ertönte, gefolgt von einem leisen Fluch. Offenbar hatte sein Freund nicht mit Besuch gerechnet. Wenig später wurde die Tür geöffnet. Das Erste, was ich sah, war ein weißer Haarschopf.

»*You?*« Ein überraschter Ausdruck erschien auf seinem Gesicht. Das Leben hatte zahlreiche Furchen auf seinen Zügen hinterlassen, und ich schätzte ihn auf etwa siebzig Lebensjahre. Er trug grobe Hosen und ein viel zu weites Hemd, das von den Hosenträgern immerhin ein wenig zusammengehalten wurde. Die Ärmel hatte er hochgeschlagen, als wäre ihm zu warm.

Evans redete auf ihn ein, wie er es auch schon mit

Pete getan hatte, dann wandte er sich an mich. »Entschuldigen Sie mich bitte einen Augenblick. Ich muss erst einmal etwas klären.«

Das klang nicht so, als wäre der Alte von unserem Auftauchen begeistert.

Ich blieb draußen vor der Tür stehen und betrachtete den Garten des Hauses, von dem kaum noch etwas richtig zu sehen war. Die hohen, verschneiten Fichten wirkten wie riesige Zuckerhüte. Über dem Horizont schwebte ein goldener Schein, der es jedoch nicht schaffte, die Wolken zurückzudrängen. Ich war sicher, dass weiterer Schnee fallen würde. An den Wänden des Hauses schlängelten sich Rosenranken empor. Die meisten von ihnen waren kahl, nur an einer Ranke hingen ein paar Rosenköpfe, die vom Herbst übrig geblieben waren. Sie waren unter einer Eisschicht erstarrt, aber ihre zartrosa Farbe konnte man noch gut erkennen. Als ich näher trat, stellte ich fest, dass sie beinahe wie Glas aussahen. Rosenknospen aus Glas hätten meinem Vater gefallen.

Nach einer Weile öffnete sich die Tür hinter mir.

»Bitte verzeihen Sie, dass Sie warten mussten«, sagte Evans und schloss den Türflügel hinter sich.

»Und, was meint er?«, fragte ich und hoffte ein wenig, dass der Alte abgelehnt hätte. Dann würde Evans nichts weiter übrig bleiben, als mich doch wieder in die Stadt zurückzubringen.

»Er freut sich, Sie bei sich aufzunehmen.«

Mir entging nicht, dass Evans ein wenig angespannt wirkte. Hatte er den Hausbesitzer lange überreden müssen?

Er wandte sich um, klopfte kurz und öffnete die Tür dann wieder. Erneut sagte er etwas zu dem Mann, das mit einem Brummen beantwortet wurde. Und wir traten ein.

Der Raum, den wir betraten, schien die Küche des Hauses zu sein. Über einem großen Eisenherd hingen blank gescheuerte Töpfe, ein großer Eichentisch stand in der Mitte. Das Feuer in der Esse erwärmte den Raum leider nicht spürbar. Auch merkte man hier nicht im Geringsten, dass Weihnachten vor der Tür stand. Die Räume wirkten kahl und abweisend.

Aber immerhin erreichte uns der frostige Wind hier nicht mehr.

»Mr DeVries, darf ich vorstellen? Anna Härtel aus Spiegelberg«, sagte John auf Deutsch. »Anna, das ist Mr DeVries.«

Der Mann wandte sich um und kam mit düsterer Miene auf mich zu. Seine wasserblauen Augen musterten mich eindringlich.

»Schön, Sie kennenzulernen«, sagte ich ein wenig zaghaft.

»Sie sind also aus Deutschland, hm?«, erwiderte er.

Der Mann sprach tatsächlich Deutsch. Ein wenig seltsam klang es schon, aber ich verstand ihn.

Allerdings schien er nicht die beste Laune zu haben. Freute er sich wirklich, mich aufzunehmen? Alles, was mir in diesem Augenblick entgegenschlug, war Kälte.

»Ja«, antwortete ich unbehaglich. Das Haus mochte ja recht nett sein, sein Bewohner war es offenbar nicht.

»Verzeihen Sie meine Aussprache, ich habe Deutsch als junger Mann gelernt, und so lange ich zu Hause war, hatte ich auch die Gelegenheit, es zu sprechen«, erklärte er. »Doch mittlerweile sind viele Jahre vergangen, und ich fürchte, ich bin ein wenig eingerostet.«

»Sie ... Sie sprechen sehr gut«, entgegnete ich unsicher.

Der Mann winkte ab, als wollte er das Kompliment wie eine lästige Fliege verscheuchen. »Der gute John erzählte mir, dass Sie Engel aus Glas anfertigen?«

»Ja, das ist richtig.« Ich blickte zu Evans. Dieser schaute an mir vorbei auf den Alten. Sein Blick wirkte beinahe warnend.

»Hm, so ein langer Weg für ein paar Glasengel.«

»Ich ... ich hätte ihn nicht auf mich genommen, wenn ich ...«

Der düstere Blick des Alten brachte mich zum Schweigen. Evans wollte mich wirklich hierlassen? In einem Märchenhaus mit einem grummeligen Alten?

»Sie können in der Kammer meiner Tochter wohnen. Die ist vor ein paar Jahren mit so einem Hallodri davongelaufen, aber meine Frau hatte darauf bestanden, dass ich diesen Raum für sie bereithalte, falls sie es sich anders überlegt.«

»Wo ist denn Ihre Frau?«, fragte ich zaghaft und blickte mich um.

»Sie ist vor drei Monaten gestorben.« Der Alte warf einen zornigen Blick auf Evans. Was hatte der damit zu tun? Offenbar hatte er es nicht einmal gewusst.

»Das tut mir sehr leid«, entgegnete ich. Vielleicht war es besser, wenn ich nichts mehr sagte.

Der Mann nickte. »Kommen Sie mit.«

Ich sah unsicher zu Evans. Am liebsten hätte ich gesagt, dass er mich nicht hierlassen konnte, doch der alte Mann verstand jedes Wort und würde es sicher als unhöflich empfinden, wenn ich John beiseite bat, um etwas mit ihm zu besprechen.

Während Evans zurückblieb, stapfte ich hinter dem alten Mann die Treppe hinauf. Das Zimmer lag unter dem Dachgiebel. DeVries durchquerte den Gang und öffnete die Tür. Ich trat langsam zu ihm. In meinem Magen wühlte die Angst. Wäre der Empfang anders ausgefallen, wäre ich vielleicht nicht so beunruhigt gewesen. Doch nun fühlte ich mich, als würde Evans mich in die Obhut eines alten Zauberers geben.

Das Zimmer jedoch war freundlicher eingerichtet, als ich es erwartet hätte. Durch das hohe Fenster fiel genug Licht, um den Raum zu erhellen. Das Himmelbett war offenbar schon lange nicht mehr benutzt worden, denn in seinem Rahmen lag nur eine etwas schiefe und fleckige Matratze. Der Spiegel auf der hölzernen Kommode war an den Rändern angelaufen und blind. Davor standen zwei Flakons, deren Inhalt schon längst ausgetrocknet war, und das Porträt einer jungen Frau, das von einem prachtvollen Rahmen umgeben wurde. Ein kleines Sträußchen getrocknete Wiesenblumen welkte daneben vor sich hin.

»Meine Tochter. Emily«, erklärte DeVries. »Wenn das Bild Sie stört, nehme ich es mit hinunter.«

»Es stört mich nicht«, erklärte ich rasch. »Vielen Dank, dass ich eine Weile bei Ihnen bleiben darf.«

Der alte Mann brummte etwas und wandte sich Evans zu, der inzwischen hinter ihm aufgetaucht war.

»Und wie lange soll das gehen?«

»Nur ein paar Tage«, erklärte er. »Es ist besser, wenn ich mich allein auf die Suche nach den Engeln mache.«

Und was, wenn diese Suche ergebnislos war? Diese Frage stellte ich allerdings nicht laut, sondern trat an das Fenster. Von hier aus konnte man den gesamten vorderen Hof bis zur Gartenpforte überblicken.

»Nun gut«, sagte DeVries. »In spätestens einer Woche seid ihr wieder weg, verstanden?«

»Verstanden«, sagte Evans und blickte dann zu mir.

Ich wusste nicht, wie ich das finden sollte. Eine Woche konnte mit diesem alten Mann sicher zur Ewigkeit werden. Außerdem wusste Evans doch überhaupt nicht, wie die Engel aussahen. Einziger Anhaltspunkt war der beschädigte, den ich ihm gezeigt hatte.

»Hätten Sie etwas dagegen, wenn ich kurz mit Miss Härtel allein spräche?«

»Keineswegs«, sagte DeVries, dann blickte er zu mir. »Richten Sie sich ein, so gut Sie möchten.«

Ich bedankte mich und wartete ebenso wie Evans darauf, dass der Mann verschwunden war. Natürlich würde er trotzdem hören, was wir besprachen. Das Haus war nicht besonders groß, und Holz verschluckte keinen Ton vollends. Wenn sich meine Eltern mal stritten, hatten wir es selbst in unserem schönen Haus mitbekommen.

Aber welche Geheimnisse, die er nicht hören durfte, hätten sich denn während der letzten Stunden, in denen wir ständig zusammen waren, auch ergeben sollen?

Dennoch pochte mein Herz wie verrückt, als Evans mich ansah.

»Ich kann nicht versprechen, wie schnell es gehen wird, Anna«, sagte er und griff nach meiner Hand. Normalerweise hätte ich sie zurückgezogen, aber in diesem Augenblick war ich viel zu schwach dazu. Und ich musste zugeben, dass ich es genoss. Seine Wärme. Seine Nähe. Das Gefühl, vor ihm zu stehen und ihn zu berühren. »Es könnte vielleicht ein paar Tage dauern.«

»Wird die Zeit reichen bis zur Audienz bei der Königin?«

»Das weiß ich nicht. Aber unter diesen Umständen wird sich der Haushofmeister sicher erweichen lassen, eine neue Audienz zu vereinbaren. Die Königin ist ohnehin eine sehr freundliche Person. Sie wird Verständnis haben.«

»Und wenn Sie die Engel nicht finden?«

»Ich werde nichts unversucht lassen, das verspreche ich Ihnen.«

»Aber …«

»Schsch«, machte Evans und hielt seinen Finger vor meinen Mund.

Er berührte mich dabei nicht, doch ich konnte die Wärme seiner Hand an meinem Gesicht spüren. Ich hatte keine Ahnung, was plötzlich mit mir los war, aber ich hatte das Gefühl, dass mir die Knie weich wurden. Hatte ich mir vom Aufenthalt im Schnee ein Fieber eingefangen?

»Wir wollen doch nicht so negativ denken, nicht wahr? Noch habe ich nicht alle Möglichkeiten ausgeschöpft. Wenn dem so ist, werden wir uns etwas anderes einfallen lassen.«

Und was?, hätte ich am liebsten gefragt, aber ich hielt mich zurück.

»Vertrauen Sie mir. Ich werde dafür sorgen, dass alles gut wird.«

»Ich vertraue Ihnen«, sagte ich, und für einen Moment wirkte er, als wollte er mich in den Arm nehmen. Doch dann räusperte er sich und zog sich mit einer kleinen Verbeugung zurück, bevor ich ihm sagen konnte, dass er auf sich achtgeben sollte.

22. KAPITEL

Als Evans fort war, konnte ich sein Fehlen fast körperlich spüren. In der verschneiten Hütte war die Atmosphäre nicht so kühl gewesen wie in diesem Haus, und das, obwohl es hier nicht zog und die Kälte einem nicht unter die Kleider wanderte.

Aber alles war so still. Das einzige Geräusch, das hin und wieder ertönte, war ein leises Knacken der Fenster, wenn der Wind darüber strich.

Ich beeilte mich, aus dem klammen Kleid herauszukommen. Da das grüne Kleid zu schmutzig war, um es noch einmal zu tragen, entschied ich mich für das alte Seidenkleid. Als ich fertig angezogen war, hängte ich das andere Kleid über die Stuhllehne zum Trocknen und setzte mich dann aufs Bett.

Ich war erschöpft und durchgefroren und hatte das Gefühl, dass mir nie wieder warm werden würde. Wie sehnte ich mich nach der Hitze der Glashütte!

Doch irgendwie kam ich auch nicht zur Ruhe. Zu Hause hatte ich kaum einen Moment zum Ausruhen gehabt. Immer war etwas zu tun. Wenn ich nicht in der Glashütte arbeitete oder im Haushalt, saß ich über meinen Engeln. Ich schnitzte neue Formen, dachte mir neue Verzierungen aus. In diesen Augenblicken fühlte ich mich immer sehr wohl.

Auch während der Reise hatte es eigentlich kaum

Momente gegeben, in denen ich mich nutzlos gefühlt hatte. Sicher, ich hatte nachgedacht, aber meist auch in das Buch für meine Schwester geschrieben. Und John war da gewesen. Doch jetzt waren nicht nur meine Engel fort und meine Reise damit bedeutungslos geworden – auch er war weg und hatte mich allein gelassen mit einem alten Mann, der sichtlich nicht begeistert war, einen Gast zu haben.

Ich blickte mich in dem Zimmer um. Viel war von der früheren Bewohnerin nicht mehr zu spüren. Wie lange mochte sie schon fort sein? Das Kleid, das sie auf dem Bild trug, wirkte ein wenig altmodisch. Doch darauf war sie noch sehr jung. War das Foto zu ihrer Konfirmation entstanden? Meine Eltern hatten zu diesem Anlass auch eines von mir machen lassen, auf dem ich noch ziemlich kindlich wirkte.

Bei der Fotoplatte hier war ich mir nicht sicher. War das Mädchen darauf vierzehn oder sechzehn?

Ich erhob mich und ging zur Kommode. Der Silberrahmen um das Bild war an einigen Stellen angelaufen. Vorsichtig fuhr ich mit dem Finger um die kleinen Blätter. Von nahem erkannte ich, dass das Mädchen ungefähr sechzehn Jahre alt war. Das Bild musste schon älter sein. Seine Frau war wahrscheinlich in einem ähnlichen Alter wie DeVries gewesen, und selbst wenn die Tochter später geboren worden war, musste sie mittlerweile in den Dreißigern sein. Hatte sie vielleicht selbst schon Familie? Kannte DeVries seine Enkel, oder war der Kontakt zwischen ihnen vollkommen abgebrochen?

»Wollen Sie was zu essen?«, fragte eine Stimme hinter mir. Ich zuckte zusammen und wirbelte herum. Ohne, dass ich es bemerkt hätte, war der alte Mann hinter mir aufgetaucht.

Irgendwie wirkte er, als würde es ihm Schmerzen bereiten, den Raum zu betreten. Wahrscheinlich tat die Erinnerung an die Entscheidung seiner Tochter immer noch weh. Möglicherweise würde er es nie verwinden.

Beinahe hätte ich abgelehnt, weil ich dem Mann nicht noch mehr Unbehagen bereiten wollte. Doch er war mein Gastgeber und ich wollte nicht unhöflich sein.

»Wenn es Ihnen nichts ausmacht, gern«, entgegnete ich.

»Es macht mir nichts aus, sonst hätte ich es Ihnen nicht angeboten. Kommen Sie, eine kleine Stärkung tut Ihnen sicher gut nach der Nacht in der Scheune.«

Evans hatte ihm also auch davon erzählt.

Ich folgte DeVries die Treppe hinunter in die Küche. Dort loderte jetzt ein helles Feuer im großen Ofen, und eine angenehme Wärme hatte sich ausgebreitet. Der Mann hatte den Tisch mit einfachen Tellern und Besteck gedeckt. Auf der Herdstelle stand ein großer Wassertopf, dessen Deckel zu scheppern begann.

»Es tut mir leid, dass ich nicht besser auf Besuch eingestellt bin«, entschuldigte sich DeVries, während er Teeblätter in eine kleine Kanne streute. »Und wegen des Wetters kann ich auch nicht ins Dorf fahren und einkaufen. Wir müssen also mit dem auskommen, was wir haben.«

»Ich bin nicht wählerisch«, entgegnete ich. »Danke, dass Sie mich aufgenommen haben.«

»Nun, ich war Ihrem Begleiter noch etwas schuldig. Wie mögen Sie Ihren Tee? Mit Sahne oder ohne?«

»Ehrlich gesagt, habe ich noch nie richtigen Tee getrunken«, gab ich zurück. »Kräutertee, ja, auch welchen aus getrockneten Hagebutten oder Holunderblüten. Aber noch nie richtigen.«

»Sie kommen nicht aus dem nördlichen Deutschland, wie?«

»Nein, aus dem Süden. Spiegelberg liegt im Badischen. Das sagt Ihnen sicher nichts.«

»Doch, ich kenne den Namen. Früher gab es dort eine große Spiegelhütte, nicht wahr?«

Ich starrte ihn überrascht an. Ein Engländer kannte Spiegelberg?

»Ja, die gab es, aber sie wurde vor langer Zeit schon geschlossen.«

Der Mann nickte, ging zu einem Schrank und holte ein Körbchen, in dem etwas lag, das wie Wecken aussah. Nur waren sie etwas kleiner und runder.

»Hier, greifen Sie zu. Man nennt sie Scones und bestreicht sie mit eingedickter Sahne und Marmelade. Eigentlich isst man sie am Nachmittag, aber etwas anderes habe ich nicht, was einem deutschen Frühstück gleichkäme.«

»Waren Sie denn schon mal in Deutschland?«, fragte ich, während ich den ersten Scone aufschnitt. Sie waren sehr weich und ein wenig klebrig, aber nach dem morgendlichen Marsch lief mir sofort das Wasser im Mund zusammen.

»Ja, das war ich«, antwortete er. »Ich war mit meiner Frau früher öfter auf Reisen, meist im Sommer. Wir Holländer sehen eben gern neue Dinge und sind gern unterwegs.«

»Holländer?«, fragte ich verwundert.

»Ja, oder dachten Sie, DeVries sei ein englischer Name?«, gab er zurück und goss etwas Tee ein. Dann stellte er ein kleines Sahnekännchen vor mich hin. »Versuchen Sie es mit Sahne. Wenn es Ihnen nicht behagt, tauschen wir die Tassen.«

Ich probierte und stellte überrascht fest, dass es eigentlich recht gut war. Allerdings verbrannte ich mir sofort den Mund.

»Was ist?«, fragte DeVries, als ich die Tasse rasch absetzte und dabei auch ein wenig Tee auf die Untertasse kleckerte.

»Heiß. Es ist heiß«, gab ich zurück.

»Mit dem Tee braucht man eben Geduld, das ist wie mit den Menschen.«

Schweigen folgte seinen Worten.

Während ich darauf wartete, dass der Tee eine trinkbare Temperatur annahm, fragte ich mich, ob er diese Geduld gerade auch für mich aufbringen musste. Ich war ein Eindringling. Evans hatte zwar gemeint, dass ich ihm willkommen sei, doch wahrscheinlich hatte er den alten Mann ziemlich überreden müssen, mich aufzunehmen. Und nun war Evans fort, und ich kam mir wie ein Fremdkörper vor.

Glücklicherweise endete das späte Frühstück rasch, und ich konnte wieder nach oben gehen.

Den restlichen Vormittag und fast den gesamten Nachmittag verbrachte ich damit, meine Eindrücke der letzten Tage in das Büchlein zu schreiben. Mittlerweile hatte ich schon einige Seiten zusammen, die meine Schwester sicher regelrecht verschlingen würde. Immer wieder nahm ich zwischendurch ihr Taschentuch zur Hand, damit ich mich ihr ein bisschen näher fühlen konnte.

Heute war Sonntag, der zweite Advent. Der Samstagsmarkt gestern war sicher richtig voll gewesen, und überall würde es nach Punsch und Gebäck duften. Elisabeth würde wahrscheinlich heimlich an einem Weihnachtsgeschenk für mich und meine Mutter arbeiten. Das tat sie immer, und ich hatte meist ein schlechtes

Gewissen, weil mir Handarbeiten nicht so lagen und ich ihr nur ein Glasfigürchen schenken konnte.

Der Gedanke an meine Schwester war einerseits tröstlich, doch andererseits machte er mein Herz ein wenig schwer. Ich sorgte mich darum, wie es ihr und auch Mutter ging. War der Brief, den ich ihr geschrieben hatte, inzwischen angekommen?

Vielleicht sollte ich ihr noch einmal schreiben. Gab es hier überhaupt ein Postamt?

Als ich die Karten, die ich in Dover gekauft hatte, aus meinem Gepäck holte, überkamen mich die Zweifel. Sicher, DeVries würde mir sagen können, wo ich meine Post loswurde. Aber was sollte ich schreiben? Dass ich irgendwo in einer englischen Schneewüste festsaß? Dass ich nicht wusste, wie es weitergehen sollte?

Andererseits würde das Ausbleiben von Post sie vielleicht irritieren …

Als es schließlich dunkelte, hatte ich nicht eine Zeile zu Papier gebracht. Frustriert ließ ich den Stift sinken. Ich brauchte eine nützliche Beschäftigung. Etwas, bei dem die Zeit schneller herumging. Vielleicht benötigte der Hausherr ja bei irgendetwas Hilfe? Es widerstrebte mir, ein nutzloser Esser zu sein.

In der Küche fand ich DeVries lesend auf einem Stuhl neben dem Ofen. Auf der Nase trug er nun eine kleine Nickelbrille. Das Buch hatte einen braunen Ledereinband und wirkte ziemlich dick.

Es erinnerte mich an die Bücher, die nach der Pfändung von Vaters persönlichen Dingen aus dem Haus geschafft wurden. Mein Vater hatte etliche Bände von uralten Autoren: Ovid, Sokrates, Plato … Aus der *Ilias* hatte mein Vater mir manchmal vorgelesen. Ich war jedes Mal eingeschlafen.

Gerade, als die Erinnerung mich zum Lächeln brachte, blickte DeVries auf.

»Was gibt es?«, fragte er mürrisch, als täte es ihm leid, von der Lektüre aufsehen zu müssen.

»Nichts«, sagte ich schnell und hatte auf einmal das Gefühl, dass es vielleicht besser gewesen wäre, oben zu bleiben. An Gesellschaft war der alte Mann sicher nicht interessiert. Jetzt starrte er mich an, als wollte er mich allein mit seinem Blick vertreiben.

»Es ist nur …«, fuhr ich zögerlich fort. »Das Buch, das Sie da in den Händen halten … es ähnelt einem, das mein Vater früher besessen hat.«

»Ihr Vater hat sich für die Pflanzenwelt Sumatras interessiert?«

»Wie bitte?«, fragte ich verdutzt.

»Das Buch hier ist über die Pflanzenwelt Sumatras. Ein Bekannter hat es mir geschickt. Er ist der Verwalter einer kleinen Zuckerplantage.«

»Nein, mein Vater hatte solch ein Buch nicht.« Schließlich hatten wir auch keine Bekannten in Sumatra – wo auch immer das lag. »Seine Bücher waren griechische Klassiker.«

»Mhmm, das wäre nichts für mich«, sagte DeVries und wandte sich dann wieder seiner Lektüre zu.

Ich wusste nicht, was ich tun sollte.

»Ich bin eigentlich heruntergekommen, weil ich fragen wollte, ob Sie Hilfe benötigen. Ich könnte etwas im Haushalt tun.«

»Danke, aber das ist nicht nötig«, sagte er, ohne aufzusehen. »Wenn Ihnen langweilig ist, holen Sie sich ein Buch aus der Stube. Erste Tür links.«

Langweilig war mir tatsächlich. Aber irgendwie hatte ich keine Lust, etwas zu lesen. Und in DeVries' Haus herumgeistern wollte ich auch nicht. Also ging ich wieder nach oben und setzte mich vor das Fenster. Wo Evans wohl gerade war? Hatte er es zurück nach Dover geschafft? Konnte ich mir irgendeine Hoffnung machen, dass er mit meinen Engeln zurückkehrte?

Sorge erwachte in mir. Was, wenn dieselben Leute, die mir gefährlich werden konnten, nun ihn angriffen? Wenn er beim nächsten Mal nicht so einfach einer Kutsche ausweichen konnte?

Was wurde dann aus mir? Würde ich jemals wieder zurückkehren können oder für immer bei diesem alten Mann stranden? Geld für die Rückfahrt hatte ich nicht. Und ich hatte auch keine Ware mehr, die ich verkaufen konnte.

Schließlich wurde es Zeit für das Abendessen. Auch hier lehnte DeVries jegliche Hilfe von mir ab, obwohl ich ihm erklärte, dass ich ihm beim Kochen des Eintopfs sehr gut behilflich sein könnte. Am Ende blieb mir nichts anderes übrig, als mich an den Tisch zu setzen.

DeVries tat die ganze Zeit über, als wäre ich nicht da, und ich hatte nicht den Mut, ein Gespräch mit ihm anzufangen.

Als die Dunkelheit vollends über das Haus hereingebrochen war, füllte er meinen Teller mit einer dickflüssigen, sehr gut duftenden Suppe und setzte sich dann zu mir an den Tisch.

Schweigend aßen wir; ich hatte bereits gemerkt, dass er Konversation beim Essen nicht mochte. Überhaupt kam mir das Haus sehr still vor. War es damals, als seine Frau noch lebte und seine Tochter noch da war, anders gewesen? Mich bedrückte die Stille jedenfalls, gab sie meinen Ängsten doch die Gelegenheit, weiter anzuwachsen.

»Wie sind Sie eigentlich an diesen Burschen gekommen?«, fragte DeVries, nachdem wir das Mahl beendet hatten.

»Er hat mich aufgesucht. Mit einem Brief von Königin Victoria. Ich wurde eingeladen, ihr meine Engel zu zeigen.«

»Es müssen ganz besondere Engel sein.«

»Leider habe ich sie nicht mehr. Sie müssen mir auf dem Schiff gestohlen worden sein. Das habe ich aber erst bemerkt, als wir in Dover waren.«

»Nun, dann sind diese Engel wohl wirklich einzigartig. Die Königin ist sehr wählerisch und würde nie etwas an die königliche Tanne kommen lassen, das ihr nicht hundertprozentig gefällt.«

»Das sagte Mr Evans auch schon. Allerdings hatte die Königin bis dahin wohl nur die Exemplare gesehen, die ich Seiner Lordschaft verkauft hatte.«

»Seine Lordschaft war also in Deutschland?«

»Ja. Ich wundere mich noch immer darüber, dass er in unsere kleine Gemeinde gekommen ist. Spiegelberg und der Nachbarort Jux werden bestimmt nicht in irgendwelchen Reiseführern erwähnt.«

DeVries nickte in sich hinein. »Nun, ich bin müde. Es wäre besser, wenn wir zu Bett gingen.«

Damit nahm er die Laterne vom Tisch und verließ, ohne sich noch einmal umzusehen, die Küche.

Ich blieb noch eine Weile am Tisch sitzen und schaute zum Fenster hinaus. Das Mondlicht ließ den Schnee leuchten und glitzern, so dass es auch in der Küche nicht besonders dunkel war. Ich hörte DeVries im hinteren Teil des Hauses rumoren.

Ich grübelte noch eine Weile und beschloss dann, nach oben zu gehen. Nachdenken konnte ich auch unter dem Dach.

Oben angekommen, betrachtete ich erneut das Bild von DeVries' Tochter. Wann hatte sie wohl das Haus verlassen? War der Mann, dem sie gefolgt war, ihre große Liebe gewesen?

Sie musste ihn sehr geliebt haben, wenn sie darüber ihre Eltern im Stich gelassen hatte. Würde ich dazu fähig sein? Meine Mutter und meine Schwester verlassen, um mit einem Mann zu gehen?

Ich schüttelte den Kopf. Nein, das würde ich niemals übers Herz bringen.

23. KAPITEL

Ich drehte mich unruhig im Bett hin und her. Evans wollte mir einfach nicht aus dem Kopf gehen. Immer wieder dachte ich daran, wie wir in der vergangenen Nacht im Stroh gelegen hatten, und heimlich wünschte ich mir, dass ich bei ihm sein und wieder neben ihm schlafen könnte.

Das war natürlich nicht möglich, aber die Sehnsucht überkam mich so stark, dass ich mich fragte, was mit mir los war. Es fühlte sich ganz anders an als meine Schwärmerei für Wenzel. Wenn John mich fragen würde, ob ich seine Frau werden wollte, würde ich dann ebenso zögern wie bei Wenzel?

Moment, war ich im Begriff, mich zu verlieben? Hatte ich es vielleicht schon getan?

Es hätte sicher keinen Sinn …

Und doch gefiel es mir sehr, mir auszumalen, wie eine Zukunft mit ihm aussehen könnte. Ein warmes Gefühl durchflutete mich dabei und brachte mich zum Lächeln.

Als der Schlaf mich schließlich übermannte, war er so tief, dass ich erst wach wurde, als die Sonne schon hoch am Himmel stand. Die Decke kam mir für einen Moment furchtbar schwer vor, aber als ich mich aufdeckte, bekam ich die Kälte zu spüren, die durch die Fensterritzen strömte. Das Feuer im Ofen war schon längst verloschen, und das Haus wirkte merkwürdig still.

Ich erhob mich, kleidete mich nach einer kurzen Katzenwäsche an und machte mich dann auf die Suche nach Streichhölzern, mit denen ich das Feuer des Kachelofens wieder entfachen konnte.

Da ich in den Schubladen der Kommode nichts anderes fand als ein paar Bänder und eine verstaubte Seidenblüte, die wohl DeVries' Tochter gehört haben musste, ging ich nach unten.

Ich hoffte, in der Küche auf den Hausherrn zu treffen, doch niemand war da. Der Küchentisch wirkte unbenutzt, auch das Herdfeuer war schon heruntergebrannt.

»Mr DeVries?«, fragte ich, aber ich erhielt keine Antwort. Meine Stimme hallte merkwürdig durch die Stille.

Ich hatte bisher keinen Grund gesehen, durch das Haus meines Gastgebers zu wandern. Doch jetzt überkam mich ein wenig Sorge. Was, wenn es ihm schlechtging? Er war immerhin schon etwas älter, und manchmal passierte es sogar, dass Leute im Schlaf starben.

Nachdem ich eine Weile mit mir gerungen hatte, machte ich mich auf die Suche. Mein erstes Ziel war die Stube, doch auch dort war es kühl und niemand da. Ich schaute auf die anderen beiden Türen, die den Gang säumten. Hinter einer verbarg sich wahrscheinlich sein Schlafzimmer. Konnte ich dort einfach so hineingehen? Selbst in das Schlafzimmer meiner Eltern war ich nur sehr selten gegangen. Es gehörte sich einfach nicht.

Aber was, wenn er krank war? Wenn ihm etwas geschehen war? Bis Evans zurückkehrte, konnte noch einige Zeit vergehen.

Ich fasste mir ein Herz und klopfte an die erste der Türen. Wenn DeVries dort war, würde er sich bestimmt melden – wenn er es denn konnte.

Doch auch hier erhielt ich keine Antwort. Vorsichtig drückte ich die Klinke herunter. Das Zimmer war vollkommen leer. Schatten an den Wänden verrieten, dass an gewissen Stellen Möbel gestanden und Bilder gehangen hatten. Aber alles war fortgeschafft worden. Nicht mal ein Teppich lag mehr auf den Bodendielen.

Ich zog mich wieder zurück und versuchte es an der anderen Tür.

Auch dort antwortete niemand auf mein Klopfen. Als ich die Tür vorsichtig aufzog und sogleich das Fußende eines Bettes sah, klopfte mein Herz wie verrückt in meiner Brust. Doch wie ich wenig später feststellte, war das Bett unberührt.

Erleichtert atmete ich aus. Wahrscheinlich hatte er es nach dem Aufstehen gleich gemacht und war dann gegangen.

Ich verließ das Schlafzimmer wieder und schaute dann aus den Stubenfenstern, durch die man den hinteren Hof betrachten konnte. Dort sah ich allerhand Spuren im Schnee und auch einige rote Beeren, die wohl

Vögel im Flug verloren hatten. DeVries war auch hier nicht. Dafür fiel mein Blick auf ein kleines Gebäude, das auf den ersten Blick wie ein Stall aussah. Die kleinen Fenster waren zugehängt, die Tür mit einem Riegel verschlossen. An den Fenstersimsen fiel mir auf, dass die Steine rußig wirkten. Fast so, als wäre dort irgendwann einmal ein Feuer ausgebrochen. Hielt DeVries vielleicht Tiere darin?

Als mein Magen knurrte, suchte ich mir etwas zu essen und setzte mich an den Küchentisch. Meine Gedanken kreisten. Wohin mochte DeVries gegangen sein? War vielleicht etwas passiert? Hatte er eine Botschaft von seiner Tochter erhalten?

Warum hatte er nicht wenigstens eine Nachricht hinterlassen? Hatte er aus irgendeinem Grund vergessen, dass ich da war? Oder machte er nur einen kleinen Rundgang?

Die Stunden vergingen, ohne dass der Hausherr auftauchte. Nachdem ich meine Kleider gewaschen und aufgehängt hatte, fühlte ich mich vollkommen nutzlos. Zu Hause hätte ich in der Zeit einfach mit neuen Rohlingen für Engel begonnen. Aber hier hatte ich nichts zu tun. Vielleicht sollte ich mir wirklich ein Buch aus der Stube holen?

Dann endlich, als es schon fast wieder Abend war, hörte ich Hufschlag. Ich lief zum Fenster und sah eine Gestalt auf einem grauen Pferd. Die Person kam mir sehr vertraut vor. War das Evans? Warum war er schon wieder hier? Es war schließlich nur ein einziger Tag vergangen.

Ich verknotete meinen Schal vor der Brust und lief dann zur Tür. Ich hatte sie gerade geöffnet, da taumelte

mir John auch schon entgegen. Seine linke Gesichts-
hälfte war blutüberströmt.

Ich schrie erschrocken auf und versuchte, ihn fest-
zuhalten, doch meine Kräfte reichten dazu nicht aus.
Zusammen mit Evans stürzte ich zu Boden.

»Anna«, stöhnte er leise, dann verlor er das Bewusst-
sein.

»Mr DeVries!«, rief ich so laut ich konnte, während
ich versuchte, mich unter dem schweren Körper her-
vorzuwinden. Ich wusste, dass es zwecklos war, wenn er
nicht zu Hause war, aber aus Reflex rief ich noch einmal:
»Mr DeVries! Ich brauche Hilfe!«

Nichts rührte sich. Natürlich nicht, sonst hätte ich
ihn doch irgendwo im Haus gefunden!

»Mr DeVries!«, schrie ich erneut, diesmal so laut,
dass es in meinen Ohren summte. Dann versuchte ich,
mich von Evans zu befreien. Unter Aufbietung all meiner Kraft gelang es mir irgendwie, doch als ich die Platz-
wunde an seiner Augenbraue sah, drehte sich mir der
Magen um. Verletzungen hatte ich noch nie sehen können. Als sich Elisabeth mal das Knie aufgeschürft hatte,
hatte ich mich hinter einem Baum übergeben, ehe ich
ihr helfen konnte. Jetzt musste ich zu allem Überfluss
auch noch gegen mich selbst kämpfen, während mir
die Angst um John die Brust zusammenschnürte wie ein
Korsett.

»Mr Evans«, sagte ich und versuchte, ihn wachzurüt-
teln. Doch er schien mich nicht zu hören. »John«, wisperte ich. »Bitte wach auf. Bitte!«

In dem Augenblick polterten Schritte auf das Haus zu.

Ich blickte auf und sah DeVries. In den Händen hielt
er ein paar Zweige und eine kleine Säge. Offenbar war
er nicht weit entfernt gewesen.

»Was ist passiert?«, fragte er, erfasste dann aber sofort die Situation. Er trat neben uns, beugte sich über Evans und packte ihn unter den Armen.

»Sie müssen mir helfen«, sagte er. »Nehmen Sie die Beine.«

Ich tat wie geheißen, und gemeinsam schafften wir ihn in die Stube. DeVries bugsierte John zu einem alten Sofa, von dessen Lehne an einigen Stellen der Stoff in schmalen Fetzen herunterhing.

»Vorsicht«, sagte cr und legte John ein Kissen unter den Kopf. Noch immer regte er sich nicht.

Ich konnte die Angst um ihn fast schon nicht mehr ertragen. Immerhin lenkte sie mich von dem Anblick der scheußlichen Wunde ab.

»Seit wann ist er hier?«, fragte mich der alte Mann.

»Seit ein paar Minuten. Er taumelte ins Haus und fiel mir in die Arme.«

DeVries nickte, dann erhob er sich und verschwand in der Küche. Wenig später kehrte er mit einem kleinen Fläschchen zurück. Dieses hielt er Evans unter die Nase. Den beißenden Geruch konnte ich selbst in einiger Entfernung noch wahrnehmen.

Aber es half. Evans schlug die Augen auf.

Er schaute sich kurz um, dann runzelte er die Stirn und fragte etwas auf Englisch. DeVries antwortete ihm, und als John sich daraufhin erheben wollte, drückte er ihn sanft nieder.

»Was ist los?«, fragte ich.

»Er fragte, wo er sei. Ich habe ihm geantwortet, bei mir, aber das schien ihn aufzuregen.«

»Mr Evans?«, fragte ich ängstlich. »Verstehen Sie mich noch?« Konnte bei einem Sturz oder einem Schlag auf den Kopf eine Sprache verlorengehen?

Evans blickte mich an. »Anna. Warum sollte ich Sie nicht verstehen?«

»Weil Sie Englisch gesprochen haben, als Sie wach wurden.«

»Das … tut mir leid. Ich …«

Ich kam mir wieder furchtbar dumm vor. Natürlich sprach jemand, der aus einer Ohnmacht erwachte, in seiner Muttersprache.

»Verzeihen Sie, ich … ich habe mir Sorgen gemacht.«

Evans schloss kurz die Augen, und sein Adamsapfel wippte auf und ab.

»Kann ich etwas Wasser bekommen?«, fragte er.

»Natürlich.« DeVries tappte aus dem Raum.

Mich zerriss es fast vor Ungeduld.

»Was ist passiert?«, fragte ich und kniete mich neben das Sofa. Noch immer zwickte ein Rest Sorge in meinem Magen, doch ich war erst mal froh, dass John wieder wach war. Die Wunde an seinem Kopf sah schlimm aus.

»Ich bin vom Pferd gefallen«, antwortete er.

»Sie und vom Pferd fallen?«, fragte ich entrüstet. »Bitte erzählen Sie mir doch keine Märchen! Ich habe noch nie einen Menschen gesehen, der sicherer im Sattel sitzt! Haben Sie schon unseren Ritt durch den Schnee vergessen?«

Bei dem Gedanken an die Nacht in der Scheune bekam ich immer noch Gänsehaut.

Evans lächelte ertappt und schloss dann die Augen.

Bevor ich ihn dazu bringen konnte, mir die Wahrheit zu sagen, tauchte DeVries mit dem Wasser und Verbandszeug auf.

Evans öffnete die Augen wieder, als der alte Mann ihm hochhalf. John trank gierig, verschluckte sich prompt und hustete.

»Na, na, immer langsam«, sagte DeVries und stellte die Tasse auf den Boden. Dann begann er, die Wunde zu versorgen und ihm einen Verband anzulegen. Der Geruch von Jod stach mir in die Nase, als er eine kleine Flasche entkorkte. John zuckte zusammen, als der getränkte Lappen seine Verletzung berührte.

»Ist ja gleich gut«, sagte DeVries und machte ungerührt weiter.

Ich knetete aufgeregt meine Finger. Fast schien es mir, als könnte ich Evans' Schmerzen fühlen. Natürlich war das nur Einbildung, aber ich war froh, als DeVries mit dem Verband fertig war.

Evans kniff die Augen zusammen. »Etwas Schmerzpulver haben Sie nicht zufällig da?«

»Nein, leider nicht. Ich habe so gut wie nie Kopfschmerzen. Und wenn doch, halte ich meinen Kopf unter die Wasserpumpe. Das hilft, aber ich fürchte, Sie werden nicht stehen können. Und wir wollen den Verband auch nicht gleich wieder ruinieren, oder?«

»Nein, das lieber nicht.« Er blickte wieder zu mir. Eine leichte Traurigkeit flammte in seinen Augen auf.

Was war John bloß zugestoßen? Hatte es vielleicht jemand auf ihn abgesehen gehabt? Meinetwegen? Oder war er ein Opfer von Räubern geworden?

Ich begann, unbewusst auf meiner Lippe herumzukauen.

»Wir sollten Sie besser nach Hause bringen«, sagte DeVries schließlich, worauf John nach seinem Arm griff.

»Nein. Lassen Sie mich bitte hier. Es wird schon gehen, in ein paar Tagen bin ich wieder wohlauf.«

Der alte Mann blickte ihn skeptisch an. »Sind Sie sicher? Sie wissen, dass hierher nur schwerlich ein Arzt durchkommt. Erst recht bei dieser Witterung.«

»Es ist nur ein Kratzer«, sagte er und verzog das Gesicht. Offenbar war es nicht nur ein »Kratzer«. Aber Evans blieb stur.

»Ein Kratzer, der mich teuer zu stehen kommen wird, wenn der Lord davon erfährt.«

Evans warf ihm einen Blick zu. »Sagen Sie dem Lord nichts. Ich muss Gelegenheit haben, die Sache wieder zu richten.«

»Welche Sache?«, fragte ich. »Hat man Sie wegen meiner Engel überfallen?«

»Nein. Es war ein Unfall. Ich bin in eine Schneewehe geritten, unter der sich ein Graben verbarg. Das Pferd strauchelte und warf mich ab. Ich prallte gegen einen Baum und blieb erst einmal liegen ... Ich fürchte, jetzt werden wir die Engel erst recht nicht mehr wiederbekommen.«

Auf einmal hatte ich das Gefühl, dass mir der Boden unter den Füßen weggezogen wurde. Wenn nicht mal John daran glaubte, dass wir sie finden konnten ...

Tränen schossen mir in die Augen. Ich wusste allerdings nicht, was ich mehr bedauerte: den Umstand, dass mir jemand meine Arbeit geraubt hatte, oder dass ich unverrichteter Dinge zurückkehren musste. Und John nie wiedersehen würde.

»Anna?«, riss mich seine Stimme aus meinen wirren Gedanken.

Ich starrte ihn an, dann wischte ich die Tränen fort. Im nächsten Augenblick griff er sanft nach meiner Hand. Ich erstarrte.

»Bitte verzeihen Sie mir. Ich habe es total verdorben.«

»Schsch«, machte ich. »Das ist jetzt nicht so wichtig.«

»Doch, es ist wichtig. Hätte ich das Pferd nicht so getrieben … Ich war eine ganze Weile bewusstlos und …«

Ich bemerkte, dass seine Hautfarbe blasser wurde und Schweißtropfen auf seine Stirn traten.

»Ruhen Sie sich erst einmal aus«, sagte ich sanft und versuchte, mir nicht anmerken zu lassen, dass es mich innerlich beinahe zerriss. Er nickte schwach und schloss die Augen.

24. KAPITEL

Die Nacht verging, ohne dass Evans wieder zu sich kam. Wieder und wieder schaute ich nach ihm, doch er schlief noch immer tief und fest. Hatte ihn der Unfall vielleicht doch schlimmer verletzt, als ich dachte?

DeVries war sehr schweigsam. Er wirkte, als würde er innerlich mit sich selbst ringen. Immer wieder ertappte ich ihn dabei, dass er mit sich selbst sprach – Worte, die mir unverständlich waren.

Schließlich ging ich wieder nach oben und setzte mich auf die Bank vor dem Fenster. Ich war müde, aber gleichzeitig auch viel zu aufgekratzt, um mich hinzulegen. Während ich der Sonne beim Aufgehen zuschaute, begann ich einen stummen Monolog mit mir. Die Fragen, die ich mir stellte, konnte ich allerdings nicht beantworten. Nur eine Sache war mir klar: Dass ich jetzt, wo die Engel endgültig verloren waren, wieder nach Hause musste und damit noch schlimmer dran war als vorher.

Hätte ich doch bloß auf Wenzel gehört und wäre in Spiegelberg geblieben!

Als die Sonne sich anschickte, sich über den Horizont zu erheben, klopfte es an die Tür meiner Kammer.

»Ja bitte?«, fragte ich.

Wenig später trat DeVries ein. »Kommen Sie mit«, sagte er nur.

»Wohin?«, fragte ich und erhob mich von der Fensterbank.

»Das werden Sie sehen.« Der alte Mann stapfte aus dem Zimmer. Mir blieb nichts anderes übrig, als ihm zu folgen.

An der Hintertür des Hauses erkannte ich seine Absicht. Er wollte mich zu diesem kleinen Backsteingebäude bringen. Sollte ich ihm helfen, von dort etwas zu holen?

DeVries schnappte sich eine große Schaufel und schob den Weg dorthin ein wenig frei. Am Tor des Gebäudes nahm ich einen schwachen Brandgeruch wahr, der mir seltsam vertraut erschien. Der Alte kramte umständlich in seiner Hosentasche, dann zog er einen Schlüssel hervor, mit dem er das Vorhängeschloss öffnete.

Das Morgenlicht glitt durch die Tür und legte sich sacht auf die dort aufbewahrten Gegenstände. Für einen Moment war es mir, als wäre ich in der Zeit zurückversetzt worden. Ich sah Tiegel, Zangen, einen Brenner, eine Drehbank und Glasschneider und Blasschläuche. Nach einer Weile erkannte ich, was das Gebäude noch beinhaltete. Eine dicke Staubschicht bedeckte einen Brennofen, wie ihn auch mein Vater gehabt hatte.

»Sie sind ein Glasbläser«, sagte ich.

Der alte Mann nickte. »Ja, das bin ich. Das war ich.

Es ist allerdings schon lange her, dass ich meine Arbeit niedergelegt habe.«

So sah der Ofen auch aus. Er war nach seinem letzten Feuer sorgfältig gereinigt worden, aber den Geruch nach Kohle und Ruß hatten weder die Zeit noch DeVries aus den Mauern vertreiben können.

»Es ist kein Zufall, dass John Sie zu mir gebracht hat«, erklärte DeVries, während er weiter in den Raum trat. »Er wusste, dass ich einen Ofen habe. Und er wusste auch, dass ich geschworen hatte, ihn nie wieder in Gang zu setzen.«

»Warum haben Sie das geschworen?«, fragte ich vorsichtig. DeVries' Laune konnte jederzeit umschlagen.

Der alte Mann strich gedankenverloren über die langen Zangen, mit denen die glühenden Behälter voll flüssigem Glas aus dem Ofen geholt wurden.

»Sie müssen wissen, dass ich nicht nur ein Kind hatte. Meine Tochter hatte noch einen älteren Bruder.« Er machte eine kurze Pause, und von der Seite meinte ich, Schmerz in seiner Miene zu erkennen. »Er war ein Glasmacher wie ich. Ich habe ihm alles beigebracht. Dennoch hatte er beschlossen, sein Glück in einer großen Glashütte zu suchen. Ich habe ihn schweren Herzens ziehen lassen – ein Fehler, wie die Zeit gezeigt hat.«

»Was ist passiert?«, fragte ich, denn ich spürte, dass der bloße Auszug seines Sohnes kein Grund war, das Geschäft aufzugeben.

»Wie Sie sicher selbst wissen, ist eine Glashütte ein Ort, an dem mit dem Feuer gespielt wird. Eines Tages brach in der Hütte, in der mein Sohn arbeitete, ein verheerender Brand aus. Jack wollte einen Kameraden retten, doch das Dach stürzte über ihnen ein. Beide starben.« DeVries hielt kurz inne, senkte den Kopf und schluckte. Seine Stimme zitterte, als er weitersprach. »Als ich davon erfuhr, machte ich mir große Vorwürfe. Ich hätte es ihm nicht erlauben dürfen, meine Werkstatt zu verlassen! Ich hätte versuchen müssen, ihn zu halten. Aber es war zu spät. Ich bekam ihn nicht einmal zu sehen, er war einfach zu stark verbrannt.«

»Woher wusste man dann, dass es Ihr Sohn ist?«

»Den anderen Burschen erkannte man noch. Außer den beiden war niemand mehr in der Glashütte.«

Als er sich zu mir umblickte, glitzerten Tränen in seinen Augen.

»An dem Tag, als ich ihn zu Grabe getragen habe, schwor ich mir, kein einziges Stück Glas mehr herzustellen. Glas, so dachte ich, sei das Übel meiner Familie. Ich wollte es nicht mehr sehen. Anfangs wollte ich sogar meine kleine Hütte niederreißen, und wenn nicht die, dann wenigstens den Ofen. Aber jetzt dämmert es mir, dass es eine gute Entscheidung war, zu zögern. Ich brachte es einfach nicht über mich. Und nun bin ich zu alt, um es zu tun.«

Er wandte sich mir zu. Eine Ahnung überkam mich, doch ich verbot mir, überhaupt daran zu denken.

»Als John mir erzählte, dass seine Begleiterin eine Glasmacherin sei, hat es mich wie ein Blitzschlag getroffen. Ich wollte nie wieder etwas mit Glas zu tun haben, und dann schaffte er mir ein Mädchen heran, das sich aufs Glasmachen verstand! Ich hätte ihn am liebsten rausgeworfen, aber ich bin ... sagen wir mal ... seiner Familie etwas schuldig. Also habe ich Sie hier aufgenommen.«

»Und dafür bin ich Ihnen auch sehr dankbar.«

»John erzählte mir alles über Ihre Engel. Wie wunderbar sie waren und dass Sie es nicht verdient hätten, eine

Niederlage wie diese einzustecken. Ich kann verstehen, dass John nicht aufgeben wollte, sie zu finden, doch letztlich ... Was würden Sie tun, wenn Sie die Konkurrenz eines anderen Glasmachers fürchteten? Ich meine, wenn Sie nicht der nette Mensch wären, der Sie sind.«

»Ich würde sie vermutlich zerschlagen. Oder im Wasser versenken.«

»Richtig. Und deshalb denke ich, dass es nichts bringt, wenn man nach etwas sucht, das man so leicht loswerden kann.«

»Aber ich habe diesen Leuten doch nichts getan.«

»Das ist ihnen egal. Männer wie diese wollen nicht, dass eine Ausländerin den königlichen Weihnachtsbaum schmückt. Und wie man sieht, sind sie gewillt, mit falschen Karten zu spielen.«

»Hat John Ihnen das erzählt?«

»Nein, mein gesunder Menschenverstand«, gab er zurück. »Ich kenne mich aus. Als ich vor Jahren nach England kam, war ich nur der Neue, der Fremde. Niemand wollte mir Aufträge geben. Fast habe ich es bereut, dass ich der Liebe wegen mein Land verlassen habe, in dem ich genug zu tun hatte. Ich sah mich vielen Anfeindungen ausgesetzt. Als sie merkten, dass das nichts brachte, versuchten einige Konkurrenten, meine Lieferungen zu sabotieren.«

»Und wie haben Sie es letztlich geschafft?«

»Ich habe einfach weitergemacht. Stur und beharrlich. Zerschlug jemand meine Waren, fertigte ich neue an. Boykottierte mich jemand auf einem Markt, suchte ich mir einen anderen. Etwa zehn Jahre nach meiner Ankunft hier begann sich das Geschäft auszuzahlen. Lord Sandhurst wurde mein größter Förderer. Ihm habe ich alles zu verdanken.«

Lord Sandhurst? Er schien wirklich ein Förderer der Glaskunst zu sein, denn auch mich hatte er bei der Königin ins Gespräch gebracht.

»Was ist mit Ihnen?«, fragte der alte Mann schließlich. »Wie kommt eine junge Frau zur Glasmacherei? Durch Ihren Vater?«

Ich nickte. »Er hat mich ausgebildet und wollte, dass ich die Glashütte weiterführe. Wir fertigten Spiegel an, ganz wie damals, als es die große Spiegelhütte noch gab. Durch die Anschaffung neuer Apparaturen verschuldete er sich aber leider. Außerdem liefen die Geschäfte nicht gut. Niemand wollte mehr großflächige Spiegel haben – jedenfalls nicht von uns. Wir versuchten, uns mit Gebrauchsglas und ein bisschen Kunsthandwerk am Leben zu halten, aber es gelang nicht. Mein Vater hat vor Kummer darüber einen Herzanfall bekommen.«

»Bedauerlich«, sagte DeVries. »Ich habe zwar noch keine Ihrer Arbeiten gesehen, doch wenn die englische Königin eine Bestellung bei Ihnen aufgegeben hat, müssen Sie wirklich gut sein.« Der Mann sah mich nachdenklich an und fuhr dann fort: »Wie wäre es, wenn Sie es so hielten wie ich?«

»Wie meinen Sie das?«

»Stur sein. Weitermachen.«

»Aber ich kann nicht …«

»Sie können nicht?« DeVries runzelte die Stirn und deutete auf den Glasofen. »Was brauchen Sie denn mehr als das?«

»Sie meinen, ich soll mit Ihrem Ofen arbeiten?«

»Warum denn nicht? Er ist eingestaubt, das gebe ich zu. Aber wir können ihn wieder anheizen. Und Sie können sich an die Arbeit machen. Das ist jedenfalls besser, als weiterhin Johns Gesundheit bei der Suche nach der Nadel im Heuhaufen zu riskieren.«

Ich konnte nicht fassen, was er mir da anbot. Ich suchte nach Worten der Freude und des Dankes, doch ich fand keine.

»Irgendwo habe ich noch genug Rohstoffe, um eine geringe Menge Glas herzustellen. Wie viele Engel hat man Ihnen gestohlen?«

»Etwa fünfzig«, sagte ich. »Die Arbeit von mehreren Jahren.«

»Gut, fünfzig Engel sollten möglich sein. Haben Sie das Glas geblasen oder gegossen?«

»Gegossen.«

Der Alte nickte. »Hm, in Ordnung, dann brauchen Sie auch Material für die Formen. Schamott und Gips und vor allem Wachs für die Rohlinge.«

»Und Holz«, fügte ich hinzu. »Ich habe Formen für die Rohlinge geschnitzt, damit ich sie nicht immer einzeln neu anfertigen musste.«

Ein kurzes Lächeln huschte über das Gesicht des Mannes.

»Holz ist das kleinste unserer Probleme.« Er blickte hinüber zu dem Stapel Feuerholz, das unter einem kleinen Dach aufgetürmt war. »Ich schlage vor, Sie machen sich noch heute an die Arbeit. Wachs habe ich, Gips und Schamott kann ich in den nächsten Tagen beschaffen. Dann ist der Bursche da drin wieder auf den Beinen und kann mir helfen.«

»Ich weiß nicht, was ich sagen soll«, presste ich fassungslos hervor.

»Sie müssen nichts sagen. Sie müssen nur diesen eingebildeten Kerlen zeigen, dass sie ein junges Mädchen nicht so einfach düpieren können. Zeigen Sie, was Sie können, Fräulein Härtel. Zeigen Sie denen, dass Gewalt nicht gewinnen kann!«

Ich starrte noch eine Weile auf den Ofen. DeVries' Stimme hatte sich verändert. Beinahe klang sie wie die meines Vaters. Als er seine Ansprache beendet hatte, blickte ich zur Seite, um mich zu vergewissern, dass es der alte Holländer war und nicht mein Papa. Ich sah ihm direkt in die Augen und fragte dann: »Haben Sie ein Schnitzmesser?«

DeVries lächelte. »Ich bin sicher, dass ich da etwas Passendes finden werde. Gehen wir zurück ins Haus, bevor wir uns hier draußen den Tod holen.«

Bei unserer Rückkehr schlief John noch immer. Etwas Blut durchnässte den provisorischen Verband, den DeVries ihm angelegt hatte. Offenbar war die Wunde doch tiefer, als wir gedacht hatten.

»Na, da werden wir ihn mal neu verbinden«, sagte er, gefolgt von Worten, die ich nicht verstand. Sprach er Niederländisch oder Englisch? Ich vermochte es nicht zu unterscheiden.

Ich holte mir einen Stuhl und setzte mich neben das Sofa. Am liebsten hätte ich Johns Hand gehalten, aber ich wollte nicht, dass DeVries falsche Schlüsse zog. Während ich ihn ansah, wurden meine Augenlider auf einmal bleischwer. Eigentlich hätte mich meine Aufregung über die Glaswerkstatt weiter wach halten müssen, doch meine Müdigkeit wurde stärker und übermannte mich schließlich.

25. KAPITEL

Span um Span segelte lautlos auf den Boden. Der Block in meiner Hand besaß, obwohl ich schon einiges an Material abgetragen hatte, noch immer keine richtige Form. Er sah nicht wie ein Engel aus, nicht einmal wie ein Tannenbaum. Es war eher ein etwas unförmiges Ei.

Doch darunter schlummerte er, da war ich mir sicher. Er sehnte sich danach, die Flügel zu strecken, sein Gewand im Wind wehen zu lassen. Seinen Käufer anzulächeln. Ich wusste aus Erfahrung, welche Holzstücke geeignet waren.

Aber es gab ein Problem. Mir war nicht klar, welches Gesicht ich ihm geben sollte. Ich hatte immer bestimmte Gesichter vor Augen, wenn ich die Rohlinge zu den Engeln schnitzte. Viele meiner ersten Engel hatten das Gesicht meiner Schwester getragen. Später war ich dazu übergegangen, ihnen Gesichter aus meiner Phantasie zu geben. Diese versagte nun bei mir.

Mein Blick fiel auf das Bild von DeVries' Tochter. Sie war sehr hübsch und auf dem Bild noch in einem Alter, das zu meinen Engeln gepasst hätte.

Allerdings wusste ich nicht, wie er darauf reagieren würde, wenn er feststellte, dass ich mich an ihr orientiert hatte.

Möglicherweise wurde er böse und zog sein großzügiges Angebot zurück.

Nein, das Gesicht von DeVries' Tochter kam nicht in Frage.

Sollte ich mein eigenes nehmen? Nein, das wäre zu eitel.

Und Elisabeth? Nein, das wollte ich nicht. Ich hatte ohnehin schon genug Heimweh, und an Elisabeths Gesicht zu denken hätte alles nur noch schlimmer gemacht …

Meine Phantasie musste wieder in die Gänge kommen. Doch wie?

Ich setzte ab und blickte aus dem Fenster. Wolken zogen am Mond vorbei. Hin und wieder verdeckten sie ihn ganz, dann ließen sie ihn schlagartig wieder frei, so dass sein Licht über die verschneiten Felder gleiten konnte.

Eigentlich hätte ich schon längst im Bett liegen und schlafen müssen, aber der Ehrgeiz, gleich mit der Arbeit zu beginnen, hatte mich gepackt. Außerdem hatte ich bis weit in den Nachmittag hinein geschlafen. Irgendwann hatte DeVries mich von dem Sessel gehoben und nach oben getragen.

Aber offenbar hatten die Stunden nicht gereicht, meinen Geist mit guten Einfällen zu füllen.

Seufzend ließ ich das Messer sinken und legte das Holzstück auf den Tisch. Sollte ich mich vielleicht doch besser schlafen legen?

Aber ich war sicher, dass ich kein Auge zutun würde. Der Ehrgeiz brannte in mir. Ich wollte wenigstens fünf verschiedene Modelle erstellen, davon dann jeweils sechs Engel gießen.

Dazu musste mir etwas einfallen …

Nach einer Weile, als die Stille des Hauses zu schwer auf meine Seele drückte, ging ich nach unten. Evans schlief dort auf dem Sofa, auf das der Hausherr ihn gebettet hatte. Wahrscheinlich bekam er nicht mit, dass ich hier war, aber so war ich wenigstens nicht ganz allein.

DeVries war augenscheinlich schon zu Bett gegangen. Jedenfalls hörte ich ihn nicht mehr rumoren.

Nach dem Abendessen, als John kurz erwachte, hatte er erneut zu bedenken gegeben, dass man besser den Lord benachrichtigen sollte. Abermals hatte Evans abgelehnt und ihn gebeten, zu warten, bis er wieder auf den Beinen war und sie eine Lösung gefunden hätten.

Die beiden Männer gerieten darüber beinahe in Streit, so dass ich gar nicht gewagt hatte, John von dem Glasofen und DeVries' freundlichem Angebot zu erzählen. Evans wusste, dass DeVries ein Glasbläser war, doch rechnete er wirklich damit, dass er mir seine Werkstatt zur Verfügung stellte? Das glaubte ich nicht, sonst hätte er den Glasmacher gleich darum gebeten.

So leise wie möglich schlich ich durch den Raum, holte mir einen Stuhl und setzte ich mich neben Evans. Dabei fiel mir sofort die Wärme auf, die von ihm ausging. Irgendwie wärmte mich seine Nähe immer, doch diesmal war da noch etwas anderes. Diese Wärme war mir leider allzu vertraut. Auch Elisabeth und manchmal Mutter strahlten sie ab, wenn sie krank waren. Und ich erinnerte mich nur zu gut an das Feuer, das in mir wütete, wenn ich krank war.

Mein Herz begann vor Sorge zu rasen, als ich meine Hand auf seine Stirn legte. Ich hatte recht, er glühte!

Ich schaute auf die Standuhr, deren Pendel mit einem leisen Ticken hin und her schwang. Mittlerweile war es beinahe Mitternacht. DeVries schlief sicher schon und hatte keine Ahnung, was hier geschah.

Angst wühlte in meinem Bauch. Was, wenn John

innere Verletzungen hatte? Wenn er eine Lungenentzündung bekam? Er hatte gesagt, dass er eine Weile bewusstlos war.

Und er hatte sich allein wegen mir und der Glasengel in Gefahr gebracht!

Ich wirbelte herum. Egal, was DeVries von mir dachte, ich musste ihn wecken und ihm sagen, dass wir den Arzt brauchten. Mit langen Schritten eilte ich zur Tür des Schlafzimmers und hämmerte dagegen.

»Mr DeVries!«, rief ich. »Bitte, wachen Sie auf!«

Eine ganze Weile tat sich nichts, doch dann polterten Schritte zur Tür.

»Was gibt es?«, fragte DeVries verschlafen. Der Morgenmantel hing ein wenig schief von seinem Körper.

»John. Ich meine, Mr Evans. Er hat Fieber! Ich glaube, wir müssen den Arzt rufen.«

DeVries brummte etwas, das ich nicht verstand, und eilte an mir vorbei zu dem Sofa. Kurz legte er John die Hand auf die Stirn, dann murmelte er: »Du meine Güte!«

Auch von seiner Berührung wurde Evans nicht wach, was mich nur noch mehr besorgte.

»Ich habe recht, nicht wahr?«, fragte ich, als DeVries in die Küche eilte.

»Ja, das haben Sie. Er glüht wie ein Glasofen! Dr. Garland wohnt zwar einige Meilen von hier entfernt, aber mit dem Pferd sollte ich es irgendwie schaffen.«

»Kann ich denn inzwischen irgendwas tun?«

»Ja, er muss Wadenwickel bekommen. Wenn das Fieber zu hoch steigt, wird sein Blut verklumpen. Das darf auf keinen Fall geschehen! Ziehen Sie sich etwas über und holen Sie ein paar Eimer Schnee. Ich werde den Jungen derweil aus seinen Kleidern schälen und so lagern, dass Sie seine Waden kühlen können.«

Ich rannte die Treppe hinauf, holte meinen Mantel und legte meinen Schal um. Mit zwei großen Holzeimern verließ ich das Haus und begann, Schnee aus einer besonders hohen Wehe einzusammeln. Der Frost biss in meine Nase, und es dauerte nicht lange, bis meine Handschuhe durchnässt und die Finger taub waren.

Bei meiner Rückkehr stand eine Schüssel auf dem Küchentisch. DeVries war noch damit beschäftigt, John auszuziehen. Als ich den Behälter mit Schnee füllte, stellte ich aber schnell fest, dass es nicht reichen würde. Also holte ich noch zwei Eimer, nahm dann die Schüssel und trug sie in die Stube.

John trug nun ein langes Nachthemd und war zur Hälfte aufgedeckt. Sein Kopf glühte hochrot. Ab und zu gab er ein leises Seufzen von sich. Sein schwarzes Haar klebte ihm an der Stirn.

»Sie wissen, wie man Wadenwickel anbringt?«, fragte DeVries, als er mit ein paar frischen Tüchern hereinkam. Inzwischen hatte auch er seine Kleider getauscht und stand nun in Cordhosen und einem Wollpullover vor mir.

»Ja, ich habe das auch schon bei meiner Schwester gemacht.«

»Gut. Ich versuche, den Arzt zu erreichen. Bitte haben Sie keine Angst, wenn es etwas länger dauert, die Wege sind nicht alle geräumt und es ist möglich, dass ich nicht durchkomme.«

Ich wünschte mir, dass ich ihm diese Bürde abnehmen könnte, doch ich kannte mich hier nicht aus, hielt mich nur schwerlich im Sattel und würde wahrscheinlich eher im Schnee erfrieren, als den Arzt zu finden.

»Geben Sie auf sich acht, Mr DeVries«, sagte ich, worauf er abwinkte.

»Keine Sorge, das ist nicht das erste Mal, dass ich in der Nacht den Arzt hole. Ich komme schon zurecht. Sehen Sie nur zu, dass das Fieber nicht höher steigt, das ist Ihre einzige Aufgabe.«

Mit diesen Worten drehte er sich zur Tür und verschwand in der Dunkelheit.

Ich wandte mich John zu. Er schien jetzt wieder fester zu schlafen, doch an seiner Gesichtsfarbe hatte sich nichts geändert. Nachdem ich mich aus dem Mantel geschält hatte, krempelte ich die Ärmel hoch und tauchte die Tücher ins Wasser.

Bei meiner Schwester hatte ich kein Problem gehabt, ihre Beine zu berühren. Als sie damals unter einer eitrigen Halsentzündung gelitten hatte, war es sogar lebenswichtig gewesen, die Temperatur zu senken.

Doch Evans war ein Mann – zudem einer, der seltsame Empfindungen in mir weckte. Allerdings war auch sein Leben in Gefahr, wenn das Fieber weiter stieg.

Ich legte ihm also das erste Tuch um die Waden, worauf er heftig zusammenzuckte und etwas auf Englisch rief, das ich nicht verstand.

»John«, sagte ich. »Ich bin's, Anna. Ich mache Ihnen nur Wadenwickel. Sie haben hohes Fieber.«

Doch er schien mich nicht zu verstehen und brabbelte unverständliches Zeug. Ich machte also weiter, wickelte die mit nassen Tüchern bedeckten Beine in trockene Handtücher und wartete.

Die Minuten dehnten sich endlos und wurden nur zögerlich zu Stunden. Nach einer Weile wurde Evans' Gesicht wieder etwas blasser und ich beschloss, die Wickel erst einmal sein zu lassen.

Sorge brannte in mir. Was konnte er nur haben, dass

er so plötzlich fieberte? Hatte er von dem langen Liegen im Schnee eine Lungenentzündung bekommen?

Ungeduldig schaute ich immer wieder zum Fenster, lauschte, ging dann in die Küche. Doch nichts, was ich tat, ließ Mr DeVries mit dem Arzt auftauchen. Wie weit mochte dessen Praxis entfernt sein? Wie unsicher waren die Wege?

Zwei Stunden später wurde meine Unruhe zu einer bleiernen Müdigkeit. Um mich davon abzuhalten, einzuschlafen, legte ich John noch einmal Wadenwickel an und wartete ab, bis sie sich erwärmt hatten.

Diesmal ließ er es einfach so über sich ergehen, ohne sich zu rühren. War das ein gutes oder schlechtes Zeichen? Ich prüfte seinen Atem. Er ging schnell, aber er war hörbar. Vielleicht hatte ich es geschafft, das Fieber etwas niederzudrücken?

Schließlich dämmerte der Morgen herauf. Noch immer war von DeVries nichts zu sehen. Doch wenigstens würde er jetzt den Weg leichter finden.

Ich konnte allerdings nicht mehr länger Wache halten, mein Körper war zu schwach dazu. Ich nickte auf dem Stuhl ein und erwachte erst, als jemand in den Raum polterte.

Ich schreckte hoch. Der Mann, der neben Evans stand, war mir vollkommen unbekannt, doch DeVries folgte dicht hinter ihm.

»Ah, guten Morgen, Fräulein Härtel. Wie ich sehe, haben Sie gut auf unseren Patienten achtgegeben. Das ist Dr. Jason Garland.« Er deutete auf den Mann, der sich mir zuwandte.

»*Nice to meet you!*«, sagte er zu mir und reichte mir die Hand.

Ich ging davon aus, dass er mich grüßte, also nahm

ich seine Hand und drückte sie. Was ich erwidern sollte, wusste ich allerdings nicht. Aber DeVries schien ihn aufgeklärt zu haben, dass ich seine Sprache nicht beherrschte, denn er wandte sich sofort wieder John zu. Ich zog mich in die Küche zurück. Meine Glieder fühlten sich furchtbar schwer an, und sofort war wieder die Sorge um John da.

Nach einer Weile trat DeVries zu mir.

»Es tut mir leid, dass es so lange gedauert hat. Jetzt ist es wohl an der Zeit für einen starken Kaffee.«

Er stellte Wasser auf den Herd und holte eine Dose aus dem Schrank. Der belebende Duft, den sie verströmte, ließ meine Müdigkeit immerhin ein kleines Stück verschwinden.

»Es ist wirklich schrecklich da draußen«, erklärte DeVries und gab einige Löffel Kaffeepulver in eine Kanne, deren Henkel ein wenig abgeschlagen war. »So viel Schnee habe ich mein Lebtag noch nicht gesehen! Und Sie können mir glauben, ich habe schon einige Winter erlebt.«

»Ich bin froh, dass Sie heil angekommen sind und den Doktor erreichen konnten«, sagte ich. Nicht auszudenken, wenn ihm etwas geschehen wäre!

»Ja, darüber bin ich auch froh. Wenn einer unseren Jungen da drinnen wieder zusammenflickt, dann Dr. Garland.«

»Was, meinen Sie, könnte es sein?«

»Kommt ganz darauf an, wie lange man im Schnee gelegen hat.«

In dem Augenblick trat der Arzt durch die Tür.

DeVries ging zu ihm und begann ein Gespräch. Da ich die Worte nicht verstand, versuchte ich, aus der Miene des Arztes etwas zu deuten. Er sah ernst aus, aber ich konnte nicht erkennen, ob es Besorgnis war oder einfach nur Seriosität.

Auch DeVries' Gesicht war ernst. Aber das war es ja meist, einen großen Unterschied zu sonst konnte ich nicht feststellen. Ihm sah man höchstens die Erschöpfung des Ritts an.

Die beiden Männer reichten sich schließlich die Hände und der Arzt verabschiedete sich mit einem Nicken von mir.

»Was hat er gesagt?«, platzte ich heraus, kaum dass er die Tür hinter sich geschlossen hatte.

»Es ist nach seinem Dafürhalten eine starke fiebrige Erkältung. Er soll im Bett bleiben, und wir müssen abwarten, wie es sich entwickelt.«

»Also ist es keine Lungenentzündung?«

»Nein, aber wir sollten achtgeben, dass es keine wird. Doch was das angeht, ist mein Auge geschult. Meine Frau starb an einer Lungenentzündung.«

Ich senkte den Kopf. »Das tut mir leid.«

»Das muss es nicht. Außer mir trägt niemand die Schuld daran.«

Mit diesen Worten wandte er sich um und ging ins Wohnzimmer.

26. KAPITEL

Am nächsten Morgen wusste ich, welches Gesicht der Engel haben sollte. Die Sorge um Evans hatte sich offenbar positiv auf mein Nachdenken ausgewirkt. Da er immer noch schlief und der Arzt meinte, dass wir nichts weiter tun sollten, als abwarten und ein Auge auf ihn haben, setzte ich mich neben das Sofa auf einen Stuhl und begann, einige Bücher durchzusehen. Inzwischen trug ich wieder mein Reisekleid, es war besser geeignet, um darin zu arbeiten, denn ich brauchte mir keine Sorge um den Stoff zu machen. Allerdings ging ich auch jetzt noch nicht in die Werkstatt, denn ich musste erst einmal entscheiden, wie die Engel aussehen sollten.

Mir war eingefallen, dass Königin Victoria wahrscheinlich die Frau in diesem Land war, von der es die meisten Bildnisse gab. Nach kurzer Suche fand ich tatsächlich in DeVries' Buchregal ein Werk über das englische Königshaus, in dem auch Bilder der Könige und ihrer Familien abgedruckt waren. Das Buch war nicht mehr ganz neu, dennoch fand ich ein Kinderbild Ihrer Majestät. Erst jetzt wurde mir klar, wie lange sie schon auf dem Thron saß.

Ihr Kinderbildnis war vielleicht ein bisschen zu stilisiert, doch es passte zu der Vorstellung, die man von einem Engelsgesicht hatte. Wenn ich der Königin auch nicht meine ursprünglichen Engel bieten konnte, so würde sie sich in den Gesichtern der neuen Figuren vielleicht doch wiedererkennen.

Mit dem Bild vor Augen machte ich mich an die Arbeit und begann, die Form für die Wachsrohlinge zu schnitzen. Das erforderte hohe Konzentration, denn ich musste mir das Negativ des Gesichts vorstellen und es in das Holz übertragen. Wenn es mir gelang, die beiden Halbformen zu fertigen, würden die Wachsrohlinge, die man für die Schamottformen brauchte, kein Problem mehr sein.

Ich schnitzte beinahe den ganzen Tag und hatte am Abend schließlich das Gefühl, dass die Form perfekt wäre. John kam gelegentlich zu sich, um etwas zu trinken, meist war DeVries zur Stelle und stützte ihm den Kopf. Dabei blickte er auch auf den Fortschritt meiner Arbeit.

»Nun, geht es voran?«, fragte er, und ich nickte. Dann schnitzte ich weiter.

»Sie sollten schlafen gehen, Anna.«

Ich sah auf. Es war nicht DeVries, der gesprochen hatte. John sah mich aus glasigen Augen an.

»Sie sind wach!« Rasch legte ich das Messer und die Form beiseite und wandte mich ihm zu. »Geht es Ihnen gut?«

»Ich fühle mich … schwach.«

»Das ist nach dem, was passiert ist, verständlich«, gab ich zurück. »Sie haben Fieber bekommen. Der Arzt war hier und meinte, dass Sie sich eine starke Erkältung zugezogen haben. Er hat Ihnen Bettruhe verordnet.«

»An den Arzt kann ich mich gar nicht erinnern«, gab Evans zurück und lächelte mich an. »Es ist schön, Sie zu sehen.«

»Das finde ich auch. Wir haben uns große Sorgen um Sie gemacht.«

»Um mich? Das ist doch nur ein Kratzer.« Evans lachte in sich hinein, kniff dann aber die Augen zu. Der Kopfschmerz schien ihm ziemlich zuzusetzen.

»Das ist mehr als ein Kratzer. Sie hätten sterben können.«

»Aber wie Sie sehen, lebe ich noch. Auch dank Ihnen.«

Ein Lächeln huschte über Johns Gesicht.

Ich schlug verlegen den Blick nieder. »Mr DeVries hat mir angeboten, seine Werkstatt zu nutzen«, wechselte ich schnell das Thema. »Während Sie im Fieber lagen, habe ich mich darangemacht, die Form für die ersten Engel vorzubereiten.«

»Dann haben Sie also nicht die ganze Zeit über an meinem Bett gesessen?« Ein kurzer Hustenanfall brachte ihn zum Schweigen.

Ich lächelte in mich hinein. Natürlich hatte ich das getan. Nur mit dem Schnitzmesser in der Hand. »Haben Sie das etwa erwartet?«

»Ein klein wenig schon.« Er lachte auf, stöhnte aber sogleich wieder und kniff die Augen zusammen.

»Das tut mir sehr leid«, sagte ich. »Ich wünschte, es wäre anders gekommen. Vielleicht wäre es sogar besser gewesen, Sie wären nie mit dem Lord nach Spiegelberg gereist. Dann wäre Ihnen der ganze Ärger erspart geblieben.«

»Wer sagt denn, dass ich mir den Ärger ersparen wollte?«, erwiderte Evans. »Bis jetzt ist da nichts, was ich bereuen müsste. Jedenfalls, was Sie angeht.«

Die Art, wie er mir in die Augen sah, gab mir das Gefühl, zu schmelzen wie Glasrohlinge im Feuer.

Er schob seine Hand unter der Decke hervor und tastete nach meiner. Als er sie berührte, meinte ich, dass vor lauter Aufregung mein Herz durch meine Brust brechen würde, so heftig schlug es.

Evans öffnete den Mund, um etwas zu sagen, doch im selben Augenblick trat Mr DeVries ein. Enttäuscht registrierte ich, dass John seine Hand wieder zurückzog.

»Ah, wie ich sehe, sind Sie wieder wach. Wie geht es Ihnen?«

»Besser«, gab Evans zurück, obwohl er immer noch elend aussah. »Anna erzählte mir gerade, dass der Arzt hier gewesen sei. War es Dr. Garland?«

»Ja, er war es.«

»Gut. Wenn er sagt, dass ich es überstehen werde, ist es wohl auch so.«

»Sie sollen liegen bleiben«, sagte DeVries. »Das ist alles. Ich werde mich um den Verband kümmern. In ein paar Tagen sollten Sie wieder auf den Beinen sein.«

»Seine Lordschaft wird ungehalten sein, wenn er es erfährt«, sagte Evans und blickte dann zu mir. »Ich fürchte, wir werden den ursprünglichen Termin bei der Königin wirklich nicht halten können.«

»Dessen bin ich mir bewusst«, antwortete ich. »Aber Glasengel kann man nicht an einem Tag anfertigen. Und Sie werden eine Weile brauchen, um zu gesunden. Sie sagten doch, dass sich der Haushofmeister erweichen lassen wird, einen neuen Termin zu finden.«

»So ist es.« Evans lächelte. Das schien ihm im Gegensatz zum Lachen keine Schmerzen zu bereiten.

»Mr DeVries, ich danke Ihnen, dass Sie Anna die Werkstatt zur Verfügung stellen.«

»Geben Sie es zu«, brummte der Alte daraufhin. »Genau das haben Sie doch bezweckt.«

»Ja, das habe ich«, entgegnete er müde und schloss die Augen wieder.

27. KAPITEL

Drei Tage vergingen. Der dritte Advent war gekommen, und noch immer machte DeVries keine Anstalten, das Haus etwas weihnachtlicher zu schmücken. Es hatte den Anschein, als würde ihm das Fest vollkommen egal sein, was ich jedoch verstehen konnte. Er hatte seinen

Sohn und seine Frau verloren, seine Tochter hatte den Kontakt abgebrochen. Wahrscheinlich würde es ihn nur schmerzen, Weihnachten zu feiern. Ähnlich war es uns an dem ersten Weihnachtsfest ohne Vater ergangen. Wegen Elisabeth und mir hatte Mutter auf die Feier bestanden, aber Freude hatte keine von uns empfunden.

Der Gedanke, dass meine Mutter und Elisabeth Weihnachten wohl ohne mich feiern mussten, lag schwer auf meiner Seele. Doch die Arbeit gab mir die Kraft, die finsteren Gedanken beiseitezudrängen. Ich wachte meist neben Evans' Bett und schnitzte dabei die Formen für meine Engel. Zwischendurch brachte ich ihm etwas Suppe und fühlte nach seinem Puls und seiner Stirn. Abends schlief ich hundemüde ein und begann am nächsten Morgen von vorn.

Am vierten Tag war es so weit. Nachdem DeVries den Ofen schon am Vortag angeheizt hatte, konnten wir an die Arbeit gehen. Die Aussicht, dass aus seinem Ofen wieder Glas fließen würde, schien dem alten Mann neues Leben einzuhauchen. Einmal erwischte ich ihn sogar dabei, wie er ein kleines Liedchen pfiff. Als er mich bemerkte, hörte er sofort damit auf und wirkte ein wenig peinlich berührt. Aber ich freute mich darüber, mal etwas anderes von ihm zu hören als ein Brummen.

Die Gluthitze des Ofens erfüllte den gesamten Raum. Beinahe konnte man vergessen, dass draußen tiefster Winter war. Mit hochgekrempelten Ärmeln stand ich vor dem Feuerloch und wartete auf den richtigen Moment, um das Gefäß mit dem flüssigen Glas aus dem Ofen zu heben und die Formen, die schon vorbereitet waren, damit zu füllen.

DeVries hatte mir angeboten, mich das Glasblasen zu lehren, doch was die Königin anging, wollte ich kein

Risiko eingehen und bei dem bleiben, was ich wirklich gut konnte.

Mineralien für Farbmischungen hatte ich leider nicht zur Hand, aber letztlich konnte auch ein klarer weißer Engel seinen Zauber haben.

Als ich mir sicher war, dass die Glasmischung die richtige Temperatur hatte, griff ich nach den Handschuhen. Ich nahm die Stange zur Hand, mit der man den Tiegel aus dem Feuer holte, und öffnete den Ofen. In dem Augenblick wehte mir ein eisiger Hauch in den Rücken.

»Die Tür zu!«, rief ich erbost, denn jegliche Abkühlung konnte zur Folge haben, dass das Glas zu schnell aushärtete.

Als ich mich umwandte, sah ich Evans. Rasch drückte er die Tür wieder zu.

Er hatte sich in einen dicken Mantel eingehüllt, und der Schal reichte ihm über den Mund. Eigentlich hatte der Doktor gemeint, dass er noch nicht aufstehen sollte, aber das schien ihm egal zu sein.

»Verzeihen Sie«, sagte er. »Ich wusste nicht, dass Sie gerade daran waren, das Glas aus dem Feuer zu holen.«

»Sie sollten im Bett sein«, sagte ich vorwurfsvoll und blickte dann auf den Tiegel. Ich konnte mich nicht auf ein langes Gespräch einlassen. Der richtige Moment musste abgepasst werden.

»Ich lege mich nachher wieder hin«, entgegnete er. »Hier ist es außerdem viel wärmer als im Haus.«

Das stimmte, doch der Kälteschock, wenn er das Gebäude verließ, würde alles andere als gesund sein.

Vorsichtig hob ich den Tiegel aus dem Ofen und trug ihn zu den bereitstehenden Formen.

Das Glas wirkte wie flüssiges Feuer. Vorsichtig ließ

ich es durch einen kleinen Trichter in die Form laufen. Dabei trat alles ringsherum in den Hintergrund. Nicht einmal die Hitze des Ofens nahm ich mehr wahr. Dieser Moment war entscheidend. Machte ich einen Fehler, würden sich Luftblasen bilden, die die Engel ruinierten. Oder möglicherweise fehlte ihnen wie dem Allerersten ein Fuß.

Erst, als ich die Gussform vollständig gefüllt hatte, entspannte ich mich wieder und stellte den Tiegel zurück ins Feuer.

»Das ist wirklich faszinierend«, sagte Evans. »Es sieht so einfach aus, aber eigentlich steckt sehr viel Geschicklichkeit dahinter.«

»Nun ja, man muss nur wissen, wann das Glas die richtige Temperatur hat. Und dann braucht man Geduld und eine ruhige Hand.«

»Die Sie offenbar haben.«

»Das hoffe ich. Wie ein Gussstück wird, weiß man immer erst, wenn die Form zerschlagen wird. Glas kann sehr leicht brechen, und größere Luftblasen wären eine Katastrophe.«

Evans stimmte mir mit einem kleinen Nicken zu.

»Ich habe Mr DeVries übrigens gebeten, ein Schreiben zu Lord Sandhurst zu bringen. Er wird bestimmt versuchen, einen neuen Termin für Sie zu erwirken.«

»Das wäre überaus nett von Ihrem Herrn«, sagte ich und wischte mir die Rußspuren von den Fingern.

»Sie haben es verdient«, sagte Evans mit einem Lächeln. »Ich habe gehofft, dass Sie nicht aufgeben werden.«

»Hätte ich gewusst, dass Sie einen Glasmacher kennen, der mir seine Werkstatt zur Verfügung stellt, hätte ich viel optimistischer in die Zukunft gesehen.«

»Nun, was das angeht, so war ich mir nicht sicher. Ich habe gehofft, dass er im Notfall einspringen würde, aber Mr DeVries ist ein eigensinniger Mann. Und besonders jetzt, da seine Frau gestorben ist, wusste ich nicht, was er tun würde.«

»Ja, möglicherweise mussten Sie erst einmal vom Pferd fallen, damit er mir das Angebot macht.«

Evans lachte. »Ja, vielleicht.« Er erhob sich, trat zu mir und strich mir eine Haarsträhne aus dem Gesicht.

»Es tut mir sehr leid, dass wir die Engel nicht mehr finden konnten, Anna. Ich wünschte, es wäre anders gekommen.«

»Wir können uns unser Schicksal nicht immer aussuchen, nicht wahr?«

»Das mag wohl stimmen. Aber manchmal wäre es gewissen Menschen zu wünschen, dass sie nach all dem, was geschehen ist, auch einmal Glück haben.«

»Meinen Sie mich damit?« Ich breitete die Arme aus. »Aber ich habe Glück! Dank Ihnen und Mr DeVries darf ich neue Engel herstellen. Ob die Köngin sie nun sehen will oder nicht ...«

John griff nach meiner Hand und brachte mich damit zum Schweigen. »Sie wird sie sehen. Warten Sie ab. Wir haben jetzt zwar eine Woche verloren, aber dennoch die Chance, dass Ihre Engel am königlichen Weihnachtsbaum hängen. Es sind noch ein paar Tage bis Weihnachten ...«

Ich nickte. »Ja, Sie haben recht. Wir haben noch etwas Zeit. Und wenn alles gutgeht, werden diese Engel noch besser als alles, was ich vorher gemacht habe.«

»Das freut mich zu hören.«

Wir sahen uns in die Augen und mir wurde bewusst, dass John meine Hand immer noch festhielt. Kleine

Funken des Glücks sprangen durch meine Brust. Wenn es nach mir gegangen wäre, hätte dieser Moment ewig andauern können.

Doch dann senkte er den Blick, beinahe peinlich berührt, und ließ mich los.

»Ich sollte jetzt wohl lieber wieder ins Bett und Sie nicht mehr länger stören.«

Hatte ich etwas getan, mit dem ich signalisiert hatte, dass ich ihn loswerden wollte?

»Ja … wenn Sie meinen«, gab ich zurück. Ein Kloß hing mir im Hals. Wenn ich ehrlich war, hätte ich ihn gern noch eine Weile um mich gehabt.

»Ich freue mich schon, das Ergebnis zu sehen«, sagte er, rückte seinen Schal zurecht und verließ dann die Werkstatt.

28. KAPITEL

Weitere zwei Tage vergingen. Evans erholte sich zusehends. Die befürchtete Lungenentzündung blieb aus. Hin und wieder besuchte er mich in der Werkstatt. In diesen Augenblicken musste ich immer sehr auf meine Hände achten, denn aus irgendeinem Grund zitterten sie dann leicht. So als hätte ich Angst davor, etwas falsch zu machen und mich vor ihm zu blamieren.

Das Weihnachtsfest rückte immer näher, wie ich unweigerlich daran erkannte, dass Mr DeVries begann, das Haus mit Stechpalmenzweigen und Lorbeer zu schmücken.

Ich verwehrte mir allerdings, an das Weihnachtsfest

auch nur zu denken, denn vorher musste ich meine Arbeit erledigt haben.

Tag für Tag füllte ich mehrere Gussformen mit flüssigem Glas und fertigte dann neue an. Es tat gut, wieder zu arbeiten und etwas Sinnvolles zu tun. Jeden Morgen verließ ich in aller Frühe das Haus, um nach meinen Engeln zu sehen. So auch heute, wo die letzten Formen gebrochen werden mussten.

Dieser Moment war immer der spannendste.

Wenn ich die Engel am Vorabend in der Werkstatt von Meister Philipps gefertigt hatte, ging ich morgens mit Herzklopfen zur Arbeit. Die ganze Zeit fragte ich mich, wie sie wohl geworden wären. Bei Glas konnte man nie wissen. Nur ein Moment der Ungeduld, nur ein kleiner Fehler konnte dazu führen, dass zahlreiche Luftblasen im Glas waren und das Gussstück ruinierten.

Auch jetzt spürte ich diese Ungeduld – vielleicht noch etwas stärker als sonst, denn dies war meine einzige Chance, der Königin meine Engel vorzuführen.

Als ich die Tür der Werkstatt öffnete, strömte mir noch ein Rest warme Luft entgegen. Der Ofen hatte sich abgekühlt, seine Glut allerdings noch nicht ganz verloren. Ich öffnete die Fensterläden und trat dann an den Tisch, auf dem die Formen standen. Diese mussten vorsichtig aufgeschlagen werden, um den Inhalt nicht zu beschädigen.

Damit es gelang, holte ich meinen kleinen Engel ohne Fuß aus der Tasche, küsste ihn und bat um gutes Gelingen. Dann verstaute ich ihn wieder und machte mich an die Arbeit. Mit einem kleinen Hämmerchen befreite ich Engel um Engel aus der Gussform. Jedes Mal atmete ich erleichtert auf, wenn ich feststellte, dass dem Kleinen nichts fehlte und er auch keinen Riss davongetragen hatte. Auch diesmal gelang es mir, sie aus den Formen herauszubekommen, ohne etwas zu beschädigen.

Als ich die Engel betrachtete, fühlte ich blanken Stolz in meiner Brust. Nicht eine Luftblase hatte sich eingeschlichen. Sie waren so klar und rein wie Eis. Außerdem war ich der Meinung, dass dies die hübschesten Engel waren, die je durch meine Hände gegangen waren.

Nun mussten sie nur noch poliert werden, und dann waren sie fertig für die Reise. Ich hatte jetzt fünf verschiedene Arten von Engeln, alle zwar weiß, aber unterschiedlich geformt. Ich war gespannt, wie sie der Königin gefallen würden.

Natürlich war die Vielfalt der Engel, die mir gestohlen worden waren, noch ein wenig größer gewesen. Um die bunten tat es mir besonders leid. Aber wenn meine Feinde gemeint hatten, dass sie mich damit kleinkriegen würden, hatten sie sich geirrt.

Freudig legte ich die Engel in eine Schachtel und wollte damit gerade die Werkstatt verlassen, als ein Schlitten vorfuhr. Ich achtete nicht auf die Personen darauf, sondern sah nur zu, dass ich durch die Hintertür ins Haus kam. Möglicherweise war es Lord Sandhurst, der wegen der Audienz bei der Königin bereits Bescheid erhalten hatte.

Ich erreichte gerade die Treppe, als eine Frauenstimme plötzlich »John!« rief.

Wenig später polterte eine Gestalt durch die Tür, die ihren rosafarbenen Mantel einfach in der Küche von den Schultern warf und dann ohne mich zu beachten an mir vorbei in die Stube lief. Erst einen Moment später sah ich die kastanienbraunen Locken und das feine Gesicht.

Evans saß dort auf dem Sofa und erhob sich, als er die Frau sah.

Diese stürmte auf ihn zu, fiel ihm um den Hals und küsste ihn.

»Elaine«, sagte er überrascht, gefolgt von Worten, die ich wiederum nicht verstand. Auf jeden Fall schien er sie zu kennen und wehrte sich nicht, als sie ihn erneut küsste.

Wer um alles in der Welt war sie?

Im nächsten Augenblick trat DeVries hinter mich. Als ich mich zu ihm umsah, bemerkte ich, dass er von dem Auftauchen der jungen Frau ebenso überrascht war wie ich.

Doch im Gegensatz zu mir schien er sie zu kennen. Bevor ich fragen konnte, wer das war, ging er zu ihr und reichte ihr die Hand. Auch er sprach nun Englisch, und die Frau lachte und schleuderte ihre Locken umher. Sie schien die Aufmerksamkeit der beiden Männer sichtlich zu genießen.

Mich schienen sie vergessen zu haben, aber das war mir in diesem Augenblick auch ganz recht. Mein Kleid war schmutzig vom Aufschlagen der Formen und vom Polieren der Engel. Und mein Herz klopfte klamm in meiner Brust.

Wer war diese Frau, dass sie Evans so einfach küssen konnte? Was suchte sie hier? Und warum hatte er sie nie erwähnt? So, wie sie tat, war sie wohl so etwas wie seine Verlobte – oder sogar seine Frau?

Der feine Aufzug passte jedoch nicht zur Ehefrau eines Dieners.

Wie dem auch sein mochte, die Küsse, die sie ihm gegeben hatte, waren wie Nadelstiche in meine Seele. Auf einmal meinte ich zu ersticken. Rasch wirbelte ich herum und lief nach draußen.

Die Winterluft konnte das schmerzhafte Bohren in

meinem Innern allerdings nicht lindern. Es konnte mir eigentlich egal sein, welche Frau sich Evans an den Hals warf – aber irgendwie war das nicht der Fall. Der Gedanke, dass er sein Herz bereits einer Frau geschenkt hatte, zerriss mich innerlich.

Natürlich war ich aus Deutschland und natürlich gehörte John hierher. Doch ein Teil von mir wünschte sich, dass es anders wäre. Ein Teil von mir wünschte sich sehnlichst einen Kuss von ihm, einen Moment in seinen Armen.

Beides würde mir nicht vergönnt sein.

Tränen schossen mir in die Augen. Ich brauchte jetzt dringend einen Ort, an den ich mich verkriechen konnte.

Ich wandte mich zur Seite und beschloss, dass die Glaswerkstatt der ideale Ort dazu war. Ich lief durch den Schnee, riss wütend die Tür auf und schloss sie gleich wieder hinter mir. Ich zitterte am ganzen Leib, und das nicht nur, weil es in der Werkstatt kühl geworden war. Warum hatte er mir nichts von ihr erzählt? Warum hatte er zugelassen, dass ich mich in ihn verliebte?

Ja, ich war mir sicher, ich hatte mich in ihn verliebt. Und jetzt war da diese Frau in dem feinen Kleid und küsste ihn!

Ich starrte durch das Fenster auf die Schneeberge, die vor meinen Augen verschwammen. In meiner Brust brannte es. Am liebsten hätte ich mich zusammengerollt und geschlafen, in der Hoffnung, dass, wenn ich aufwachte, alles wieder so sein würde wie früher.

Da klopfte es an die Tür.

Am liebsten hätte ich »Gehen Sie weg!« gerufen, denn ich wollte jetzt weder DeVries noch Evans gegenübertreten. Aber meine Stimme versagte, und der Störenfried trat ein.

Ich blickte nicht auf, wischte mir aber hektisch mit einem Lappen übers Gesicht. Wer auch immer da kam, sollte nicht sehen, dass ich geweint hatte.

Plötzlich packte mich die Wut. Wie dumm ich doch war! Es war doch selbstverständlich, dass Evans nichts an mir fand. Ich war nur eine kleine Glasmacherin, auf die er aufpassen sollte. All die Mühe mit mir hatte er sich doch nur gegeben, weil er wollte, dass die Königin ihre Engel bekam und sein Herr nicht das Gesicht verlor.

»Anna?«, fragte Evans' Stimme nach einer Weile.

Ich antwortete nicht. Am liebsten wäre ich so durchsichtig wie Glas geworden, damit er mich nicht sah. Aber das war nicht möglich.

»Anna, was ist denn los, warum sind Sie weggelaufen?«, fragte er und trat neben mich.

Ich presste die Lippen zusammen, damit ich ihm nicht um die Ohren schleuderte, dass er mich hintergangen hätte. Das hatte er nicht, denn ob es in seinem Leben eine Frau gab, war nie ein Thema zwischen uns gewesen. Genaugenommen hatte er kaum etwas von sich erzählt. Ich kannte eine Geschichte von seiner Köchin, wusste, in welcher Scheune er als Kind gespielt hatte. Ansonsten war John Evans immer noch ein großes Rätsel für mich.

»Ist die Frau Ihre Verlobte?«, fragte ich, während sich mein Innerstes schmerzhaft zusammenzog. Noch nie hatte ich bei einem Mann so empfunden!

»Ja, das ist sie«, antwortete Evans ruhig. Was sich dabei auf seinem Gesicht zutrug, sah ich nicht – und ich brachte es auch noch immer nicht über mich, ihn anzusehen.

»Wie lange schon?«

»Seit etwa zwei Jahren.«

»Dann wollen Sie sicher bald heiraten«, fuhr ich fort.

Eigentlich sollte ich mich nicht selbst quälen, aber irgendwie hatte ich das Gefühl, dass ich mich für meine Dummheit bestrafen sollte.

»Anna, ich …«

»Sie sollten es ihr sagen, John«, sagte DeVries, der in der Tür stand wie ein Wächter, der sicherstellen wollte, dass keiner von uns beiden das Weite suchte. »Bevor Sie nach London aufbrechen, muss sie die Wahrheit erfahren, ehe sie es von jemand anderem hört.«

Welche Wahrheit? Dass er eine Verlobte hatte, wusste ich nun. Was sollte denn jetzt noch kommen? Etwa dass er dafür gesorgt hatte, dass meine Engel verschwanden?!

Evans seufzte tief und zog sich dann einen Schemel heran. Ich spürte, dass er mich ansah, doch ich schämte mich viel zu sehr, als dass ich seinen Blick hätte erwidern können.

»Hören Sie, es … es war nicht meine Absicht, Sie zu täuschen. Ich wollte die ganze Sache einfach nur reibungslos über die Bühne bringen. Und wenn alles so gelaufen wäre, wie ich es geplant hatte, dann wären Sie wahrscheinlich schon wieder auf dem Rückweg zu Ihrer Familie.«

Er machte eine kurze Pause, und aus dem Augenwinkel heraus sah ich, dass er zu DeVries blickte.

»Aber dann wurden die Engel gestohlen und ich habe mich verantwortlich gefühlt. Ich wollte Ihnen wirklich helfen, denn damals, als ich in Deutschland war, haben Sie mich irgendwie angerührt …«

Jetzt blickte ich doch auf. Meine brennenden Augen bohrten sich in sein Gesicht, auf dem tiefes Bedauern lag.

»Sagen Sie es geradeheraus«, sagte ich. »Sie müssen

mich nicht schonen. Wenn alles gutgeht, sind Sie mich in ein paar Tagen los, denn die Engel sind fertig.«

Evans senkte den Kopf. »Nun gut … Ich … ich bin nicht John Evans, der Diener von Lord Sandhurst. Ich bin Jonathan Sandhurst, sein Sohn.«

Sein Sohn? Der Sohn eines Lords?

Vor lauter Verwirrung und Überraschung brachte ich kein Wort hervor.

»Ich … Es tut mir leid, aber ich hatte meinen Vater damals nach Deutschland begleitet. Dort trafen wir Sie mit Ihren Engeln. Seit dem Rückweg konnte ich an nichts anderes denken als daran, dass die Königin diese wunderschönen Engel sehen müsste. Ich überzeugte meinen Vater, bei ihr vorzusprechen und ihr die Engel zu zeigen, die wir bei Ihnen erworben hatten. Die Königin war begeistert, und ich erhielt den Auftrag, Sie abzuholen. Es war ein spontaner Entschluss, mich als Diener meines Vaters auszugeben.«

»Warum?«, platzte es aus mir heraus. Ich begriff nur langsam, was das alles zu bedeuten hatte. Evans hatte mich absichtlich getäuscht.

»Ich weiß auch nicht«, gab er schuldbewusst zurück. »Es war irgendwie schön, nicht als der Sohn eines Lords angesehen zu werden. Es hat sich angefühlt, als wäre ich frei. Und ich hatte auch das Gefühl, dass wir gerade deshalb gut miteinander ausgekommen sind. Dass ich ein Adeliger bin, hätte Sie sicher abgeschreckt. So bin ich dabeigeblieben, in der Hoffnung, nach der Vorstellung bei der Königin einfach verschwinden zu können.«

Ich schaute ihn an und fühlte mich, als würde ein schwerer Stein auf mir liegen. Die ganze Zeit über hatte Evans mich hintergangen, indem er vorgaukelte, ein Diener zu sein. Genaugenommen war er ja auch gar nicht Evans, sondern Mr Sandhurst. Ich glaube kaum, dass ich anders mit ihm umgegangen wäre, wenn er sich als Sohn des Lords vorgestellt hätte. Doch die Tatsache, dass er mir etwas vorgemacht hatte, schmerzte fürchterlich.

»Bitte vergeben Sie mir, Anna«, sagte er sanft. »Ich wollte Ihnen nicht weh tun. Ich wollte Sie eigentlich nur schützen. Leider ist mir das nicht so gelungen, wie ich es mir vorgestellt habe.«

Ich blickte an ihm vorbei auf den Ofen und versuchte so, mich ein wenig abzulenken von dem Schmerz, der in meiner Brust brannte. Er war der Sohn eines Lords und er war verlobt! Deshalb hatte er mir nichts von sich erzählen wollen.

Aber ich hatte immerhin ein paar Engel, die ich der Königin zeigen konnte! Auf einmal hielt ich es nicht mehr aus. Ich sprang auf, rannte an DeVries vorbei durch den Schnee zum Haus. Die Frau in dem rosafarbenen Mantel war inzwischen wieder verschwunden. Doch selbst, wenn sie noch da gewesen wäre, hätte ich sie ignoriert. Ich erklomm die Treppe und lief nach oben.

Weinend warf ich mich aufs Bett. Mein Herz schmerzte in meiner Brust und ich hasste mich dafür, dass ich Gefühle für einen Menschen entwickelt hatte, der offenbar nicht dasselbe verspürte. Der sich bewusst zurückgehalten hatte, um mir keinen Anlass für eine dumme Schwärmerei zu geben.

Wie hatte ich mir nur einbilden können, dass er mich mochte?

Wellen von Schluchzen und Klagen zogen durch meinen Körper. Meine Wangen brannten, meine Kehle fühlte sich wund an, aber ich konnte nicht aufhören. Die Tränen wollten einfach nicht versiegen.

So lag ich eine ganze Weile auf dem Bett, bis sich die Morgensonne hinter die Wolken zurückzog. Während der Himmel zusehends dunkler wurde, übermannte mich eine bleierne Müdigkeit. Ich wollte mich nicht dagegen wehren, ich wollte nur, dass der Schmerz aufhörte. Und schließlich umfing mich der Schlaf mit seinen tröstenden Armen.

29. KAPITEL

Eine Berührung an der Schulter weckte mich. Verwirrt blickte ich hoch. Einen Moment lang glaubte ich, zu Hause zu sein. Auch Elisabeth hatte mich auf diese Weise öfter geweckt.

Doch es war die Dachstube des Glasmachers, und ich blickte in das Gesicht des Hausherrn.

»He, Mädchen«, sagte er sanft. »Ich wollte nach Ihnen schauen. Wie geht es Ihnen?«

Ich rappelte mich auf und strich ein paar Strähnen aus dem Gesicht.

»Recht gut, denke ich.« Meine Augen fühlten sich verquollen an und meine Wangen brannten, als hätte ich Fieber. Doch das quälende Brennen in meiner Brust spürte ich nicht mehr. Offenbar hatten es meine Tränen gelöscht.

»Ich kann verstehen, was in Ihnen vorgeht«, sagte DeVries, während er sich einen Stuhl heranzog und darauf niederließ. »Es fällt nicht leicht, zu erkennen, dass der Mensch, an dem unser Herz hängt, ein anderer ist, als er vorgegeben hat.«

Ich war mir sicher, dass mein Kummer nicht davon kam, dass er mir gegenüber vorgegeben hatte, ein anderer zu sein. Das hätte ich vielleicht noch nachvollziehen können, obwohl es doch ein ziemlicher Vertrauensbruch war.

Was mich wirklich schmerzte, war die Tatsache, dass er verlobt war. Und dass ich mich selbst in etwas verrannt hatte.

Doch DeVries wusste das nicht. In der Annahme, dass es mir um Johns Identität ging, fuhr er fort: »John hat Sie zu mir gebracht, weil er ahnte, dass Sie die Engel nicht wiederbekommen würden. Als er verletzt auf dem Sofa lag und gestand, dass die Engel verloren seien, wusste ich, was ich zu tun hatte. Mag ich auch nicht einverstanden sein mit seinem Versteckspiel, so muss man ihm doch anrechnen, dass er das Richtige unternommen hat, damit Sie an Ihr Ziel kommen.«

Ich nickte. DeVries hatte recht. Dennoch riefen seine Worte wieder den Schmerz hervor, den ich zuvor gespürt hatte. Nicht mehr ganz so stark, aber doch spürbar.

»Also, sehen Sie es ihm nach. Er wird zu seinem Wort stehen und Sie zur Königin bringen. Und danach reisen Sie zurück zu Ihrer Familie. Mehr hatten Sie doch von dieser Reise nicht erwartet, oder doch?«

Nein, das hatte ich nicht. Aber in den vergangenen Tagen hatte sich etwas in mir geändert. John hatte mich geändert!

Ein Teil von mir hatte gehofft, dass etwas von ihm in meinem Leben bleiben würde. Doch dem würde nicht so sein. Wenn die Engel an die Königin verkauft waren, würde er in sein Leben zurückkehren, seine Verlobte heiraten und irgendwann sein Erbe antreten.

Und was mich am schlimmsten schmerzte: Er würde mich vergessen.

»Na gut, das sollte auch nur meine Meinung sein.« DeVries tätschelte meine Hand. »Kommen Sie, Mädchen, Sie müssen etwas essen. Und keine Angst, er ist nicht mehr hier. Er hat sich vorhin zum Anwesen seiner Familie begeben, um einen Wagen für die Rückkehr nach London zu holen. Und wahrscheinlich auch, um seine Familie zu beruhigen. Seine Verlobte hat wohl den gesamten Haushalt scheu gemacht.«

»Woher wusste sie eigentlich, dass Evans ... ich meine Mr Sandhurst hier war?« Im nächsten Augenblick fiel es mir ein. In der ganzen Aufregung hatte ich vergessen, dass John den Lord, der offenbar sein Vater war, benachrichtigen wollte, dass er sich um eine neue Audienz für mich kümmern sollte.

»Ich war der Schuldige«, gab DeVries zu. »John hatte mich gebeten, einen Brief zu seinem Vater zu bringen. Da die junge Miss gerade dort zu Gast war, hat sie sich herfahren lassen. Verständlich, nicht wahr?«

Die Erwähnung von Johns Verlobter stach mich erneut wie ein Rosendorn in die Seele.

»Ja, ich hätte auch nach meinem Verlobten sehen wollen. Besonders, wenn er im Ausland war.«

»Wäre sie nicht aufgetaucht, hätten Sie es nie erfahren«, sagte DeVries. »Das Schicksal wollte wohl, dass es herauskommt. So ist es immer bei solchen Dingen. Man kann die Leute bitten, nichts zu sagen, aber Gott wird Mittel und Wege finden, um die Wahrheit ans Licht zu bringen.«

Und möglicherweise wollte Gott mich auch davon abhalten, dass ich mich in ihn verliebe. Nur war es dafür schon zu spät.

Der alte Mann erhob sich und wandte sich der Treppe zu.

»Kommen Sie, und seien Sie ihm nicht böse. Er wollte immer nur das Beste für Sie. Und ich will das auch. Dazu gehört, dass Sie sich stärken, denn Sie haben noch viel vor sich.«

Am liebsten hätte ich mich jetzt verkrochen, doch das war nicht möglich. Ich hatte keinen Hunger, aber da Mr DeVries versucht hatte, mich zu trösten, und da ich ihm sehr viel zu verdanken hatte, folgte ich ihm nach unten.

Nach einer Nacht, in der ich an die Decke gestarrt und größtenteils vergeblich auf den Schlaf gewartet hatte, erhob ich mich, noch bevor das erste Sonnenlicht am Horizont sichtbar wurde. Heute würden wir nach London reisen – vorausgesetzt, John kam mit dem Wagen durch.

Während der gesamten Nacht war mir immer wieder durch den Sinn gegangen, was ich alles mit ihm erlebt hatte.

Ich stimmte DeVries zu: Ich verdankte ihm viel. Seine Entscheidung, hierherzufahren in dem Wissen, dass der alte Glasmacher mir vielleicht helfen würde, neue Engel anzufertigen, war die beste, die ein Mensch hätte treffen können.

Und meine Verliebtheit? Als die Stunden vorangeschritten waren, war mir klargeworden, dass es töricht war. Und dass es besser sein würde, wenn ich mich wieder auf das Glas konzentrierte. Mein Vater wäre ungemein stolz auf mich, wenn meine Engel den Weihnachtsbaum der englischen Königin zierten. Und mit dem Verdienst konnte ich meiner Mutter vielleicht für eine Weile die

Krankheit erleichtern. In Spiegelberg würde es natürlich nicht einfach werden. Meister Philipps würde mich gewiss nicht mehr einstellen, und auch Wenzel sollte ich wohl besser nicht mehr über den Weg laufen. Aber ich hatte ein Abenteuer erlebt, das Mädchen meines Alters und Standes für gewöhnlich nicht vergönnt war.

Darauf wollte ich mich konzentrieren und mir John aus dem Kopf schlagen, bevor es noch richtig peinlich wurde.

Ich wusch mich rasch mit dem ziemlich kalten Wasser und schlüpfte dann in mein Kleid.

Leise schlich ich die Treppe hinunter. Ich wollte DeVries an meinem letzten Tag hier wenigstens ein bisschen Frühstück machen.

Doch der Lichtschein, der auf den Fuß der Treppe fiel, belehrte mich eines Besseren. DeVries war bereits auf den Beinen. Der Geruch nach Milch und Zucker hing in der Luft, dazu das Aroma von Kaffee.

Als ich die Küche betrat, saß er am Tisch – vor der Schachtel mit meinen Engeln. Einen von ihnen hielt er gerade zwischen den Fingern und drehte ihn vor dem Licht der Kerzen, die in der Mitte des Tisches standen.

»Guten Morgen«, sagte ich zaghaft.

»Guten Morgen«, erwiderte er. »Ich frage mich, wie Sie die Engel absolut blasenfrei gegossen haben. Ich habe es mal mit dem Gießen von Glas versucht, aber ich hatte stets Luftblasen, die das Ergebnis ruiniert haben.«

Mit solch einer Frage hatte ich nicht gerechnet. Und auch nicht damit, dass DeVries sie noch einmal genau unter die Lupe nehmen würde.

»Und dann dieser Detailreichtum. Ich habe schon an den Wachsrohlingen gesehen, dass Sie ein großes Talent haben, aber das ist wirklich bemerkenswert.«

»Danke, das ist sehr freundlich von Ihnen«, sagte ich und begab mich zu meinem Platz, vor dem bereits eine Schüssel und eine Tasse standen.

»Wie Sie vielleicht mittlerweile wissen, Fräulein Härtel, kommt es mir nicht darauf an, freundlich zu sein. Wenn es um Glas geht, treffe ich sehr sachliche Feststellungen. Und diese Engel sind perfekt. Waren die anderen, die Ihnen gestohlen wurden, ebenso?«

»Nein, aber ähnlich«, antwortete ich und spürte, wie das Blut in meine Wangen schoss. »Möglicherweise sind diese hier noch etwas besser.«

»Nun, Ihre Konkurrenten scheinen deutlich erkannt zu haben, welches Talent Sie haben. Wenn ich ehrlich bin, wäre ich vielleicht auch versucht gewesen, sie Ihnen zu stehlen.«

»Sie hätten wirklich einer armen Glasmacherin geschadet?«, fragte ich mit einem Lächeln, denn ich wusste, dass seine Worte als großes Kompliment gemeint waren.

»Nein, das nicht. Aber diese Engel sind es wert, gestohlen zu werden.«

»Ich frage mich nur, woher der Auftraggeber des Diebstahls wissen konnte, wie meine Engel aussehen.«

»Nun, denkbar wäre es, dass er Spione auf Ihren Markt geschickt hat. Aber die plausiblere Erklärung wäre wohl, dass er sie bei Lord Sandhurst gesehen und erkannt hat, welch große Konkurrenz sie wären.« DeVries betrachtete ihn noch einen Moment lang, dann legte er den Engel wieder in seine Schachtel zurück. »Ihre Majestät wird begeistert sein!«

»Danke«, sagte ich und breitete die Serviette auf meinem Schoß aus. Wahrscheinlich hätte ich mich noch viel mehr darüber gefreut, wenn ich nicht diese dummen Gefühle für John entwickelt hätte.

Dazu kam jetzt eine gewisse Wehmut. Wenn ich bei der Königin vorgesprochen hatte, würde es vorbei sein und ich wieder nach Hause müssen. Dann war mein Leben wieder wie vorher – oder nein, nicht einmal das, denn dann würde ich mir eine andere Anstellung suchen müssen.

DeVries deckte die Engel behutsam zu. Dann erhob er sich und füllte mir ein wenig von einem milchigen Brei in meine Schüssel. »Porridge«, erklärte er. »Sieht vielleicht ein wenig eklig aus, wenn man es nicht kennt, schmeckt aber hervorragend. Meine Frau hat ihn besser gekocht, als ich es vermag, aber ich denke, Sie werden es überleben.«

Eklig war das Porridge tatsächlich nicht, doch ich hatte kaum Hunger. Ich fürchtete mich vor Johns Auftauchen. Wahrscheinlich würde er wissen wollen, warum ich so überreagiert hatte. Das alles war mir furchtbar peinlich!

»Anna«, sagte DeVries schließlich, als wir fertig waren. Ein wehmütiges Lächeln huschte langsam über sein Gesicht.

»Ja?«, fragte ich verwundert, denn es war das erste Mal, dass er mich mit meinem Vornamen ansprach.

»Ich muss zugeben, dass es mir schwerfallen wird, Sie wieder gehen zu lassen«, sagte der Glasmacher. »In den vergangenen Tagen habe ich mich wieder lebendig gefühlt. So ist es mir seit dem Tod meines Sohnes schon lange nicht mehr ergangen. Ich wünschte, ich hätte eine Tochter wie Sie, jemanden, mit dem ich meine Leidenschaft für Glas teilen könnte. Meine Tochter hat sich dafür nie interessiert, und mittlerweile interessiert sie sich auch nicht mehr für ihren Vater, da kann ich so viele Bilder aufstellen, wie ich will. Aber Sie haben mir gezeigt, dass es sich lohnt, weiterhin etwas zu schaffen, das man in den Händen halten kann.«

»Dann werden Sie den Glasofen wieder in Betrieb nehmen?«

»Ja, das werde ich! Damit werde ich den Fabrikbesitzern zwar kein Kopfzerbrechen mehr bereiten können, aber möglicherweise kann ich den Leuten in der Gegend ein bisschen Freude schenken. Und sollten Sie jemals den Wunsch haben, sich in England niederzulassen, können Sie sehr gern zu mir kommen und in meiner Werkstatt arbeiten. Ich weiß, Sie haben Familienbande, aber vielleicht gibt es einmal eine Zeit, in der Sie einen Freund brauchen. Dann bin ich für Sie da.«

Dieses Angebot ließ eine Welle von Gefühlen in mir explodieren. Jemand bot mir Hilfe an. Seine Freundschaft. Und seine Glashütte. Ich wusste, dass ich dieses Angebot nicht annehmen konnte, aber es war schön zu wissen, dass es auf der Welt einen Menschen gab, zu dem ich gehen konnte.

Ich erhob mich, trat zu DeVries und umarmte ihn. »Vielen Dank, Mr DeVries. Für alles, was Sie für mich getan haben.«

Der Mann klopfte mir auf den Rücken, und ich gab ihn wieder frei.

»Nein, ich habe Ihnen zu danken. Dafür, dass Sie sich nicht von mir haben abschrecken lassen. Ich weiß, welch furchtbare Laune ich haben kann und in was für einen Wurzelpeter ich mich verwandelt habe. Sie sind freundlich geblieben, das rechne ich Ihnen hoch an.«

»Sie waren freundlicher als manch anderer in meinem bisherigen Leben«, entgegnete ich und spürte, wie mir die Tränen kamen. Es wäre zu schön, hier zu arbeiten, vielleicht Mutter und Elisabeth hierherzuholen.

»Nun, dann denken Sie daran, dass Sie mir jederzeit willkommen sind.«

»Das werde ich«, sagte ich und wischte mir über die Wangen. Ein paar Stunden bis zum Abschied hatte ich ja noch. Und wer weiß, vielleicht würde ich eines Tages hierher zurückkehren.

30. KAPITEL

Mein Herz fühlte sich schwer an, als ich begann, meine Sachen zusammenzupacken. Gegen Mittag würde John mit dem Wagen hier sein, dann ging die Reise weiter.

Nur, was für eine Reise sollte das werden? Wahrscheinlich saßen wir beide schweigend nebeneinander und würden froh sein, wenn wir es endlich hinter uns hatten.

Der Gedanke, dass er verlobt war, steckte mir immer noch in den Knochen. Hatte es die Momente, in denen ich gemeint hatte, dass er ähnlich fühlte wie ich, vielleicht nur in meiner Einbildung gegeben?

Gegen Mittag erschien keine Kutsche, sondern derselbe Schlitten, der auch Johns Verlobte zu uns gebracht hatte. Zunächst dachte ich, sie wollte DeVries erneut einen Besuch abstatten, doch dann erkannte ich, dass neben dem Kutscher zwei Männer darin saßen.

Der eine war John, der andere, wie ich wenig später erkannte, sein Vater. Er hatte denselben roten Mantel an wie damals vor meinem Marktstand, und seine Miene wirkte auch ähnlich starr.

»Ich glaube, Ihre Begleiter sind da!«, rief es von unten.

»Ich komme!«, antwortete ich, zog meinen Mantel über und ergriff dann meine Taschen.

Unten erwartete mich John. Er trug einen eleganten dunklen Mantel und eine Fellmütze, die ihn ein wenig lächerlich aussehen ließ. Hinter ihm stand sein Vater. Dieser unterbrach sein Gespräch mit DeVries, als ich zu ihnen trat.

»Anna«, sagte John, und ich meinte, Verlegenheit in seinem Blick zu erkennen. »Das ist mein Vater, Lord Sandhurst. Vater, du erinnerst dich vielleicht an Anna Härtel.«

»Ja, ich erinnere mich«, sagte der Mann und reichte mir seine Hand. »Freut mich, Sie wiederzusehen, Miss Härtel.«

Der Mann sprach Deutsch! Vor lauter Überraschung brachte ich beinahe keinen Ton heraus.

»Ich ... ich mich auch, Herr ... ich meine Lord ...«

»Titel sind in diesem Augenblick nicht wichtig«, winkte er ab. »Ich freue mich, dass Sie unser Land unbeschadet erreicht haben.«

»Ja, ich ...« Wenn ich doch bloß meine seltsame Verwirrung loswerden würde! Der Lord sprach Deutsch. Dass er an meinem Marktstand damals nicht geredet hatte, hatte wohl seine Gründe gehabt.

»Sie wundern sich vielleicht, dass ich Ihre Sprache spreche?«

»Ja ...«

»Johns Mutter kommt aus Deutschland. Sie ist die Tochter eines Herzogs im Norden. Sie hat es mir und ihrem Sohn beigebracht.«

»Das ... freut mich«, gab ich beklommen zurück. Mir wurde klar, dass ich John nie gefragt hatte, warum er Deutsch sprach. Und er selbst hatte es natürlich nicht für notwendig gehalten, mich einzuweihen. Aber in diesem Augenblick war ich nicht mal imstande, ihm einen bösen Blick zuzuwerfen.

»Und Sie fragen sich vielleicht, warum ich mich damals nicht mit Ihnen unterhalten habe, nicht wahr?«

»Ehrlich gesagt, schon«, gab ich zurück.

»Nun, ich war von einer seltsamen Heiserkeit befallen worden, die mir die Stimme ganz geraubt hatte«, erklärte Sandhurst. »Mein Sohn hatte sich daher angeboten, die Verhandlungen zu übernehmen. – Aber nun lassen Sie uns aufbrechen. Die Wege sollen katastrophal sein, deshalb habe ich mich für den Schlitten entschieden.«

Es war schon seltsam, dass es nun der alte Lord Sandhurst war, der redete, während sein Sohn schwieg.

Ich blickte verstohlen zu John und wandte meinen Blick sogleich wieder ab, als ich bemerkte, dass er mich ansah. Der kurze Moment hatte ausgereicht, um zu erkennen, dass seine Miene zerknirscht wirkte. Es tat ihm offensichtlich leid, mich an der Nase herumgeführt zu haben. Aber das hatte jetzt auch keine Bedeutung mehr. Bald schon würde er mich wieder los sein, und dann würde alles so sein wie früher. Warum sollten wir da noch Worte aneinander verschwenden?

Das Einzige, was ich noch tun würde, war, mich bei ihm zu bedanken, denn er hatte wirklich einiges auf sich genommen, um mich bis hierher zu bringen.

Lord Sandhurst bestieg den Schlitten und reichte mir die Hand, um mir hinaufzuhelfen. Ich landete weich in Fellen und Decken, die dazu gedacht waren, die Kälte von uns fernzuhalten.

John folgte mir etwas missmutig und setzte sich schließlich mir gegenüber neben seinen Vater, der im Gegensatz zu ihm bester Laune zu sein schien.

»Ich muss sagen, dass ich dankbar bin für dieses Wetter«, sagte er. »Der Schnee ist etwas unerfreulich, wenn er fällt, doch wenn er liegt und der Frost über ihn hinwegzieht, ist es ein einmaliges Erlebnis.«

Ich schaute ihn verdutzt an und wusste wiederum nicht, was ich sagen sollte. Dass Johns Vater so lebhaft war, hätte ich nicht erwartet.

Kurz streifte mein Blick Johns Gesicht, aber der war mittlerweile damit beschäftigt, seine Hände anzustarren.

Auf das Geheiß des Lords setzte sich der Schlitten in Bewegung. Ich winkte DeVries noch einmal zu, schlang dann eine weiche Decke um meine Schultern und bedauerte es ein wenig, keine Mütze mitgenommen zu haben. Doch die Schönheit der verschneiten Landschaft ließ mich die Kälte schnell vergessen.

Wir passierten die Scheune, in der wir übernachtet hatten, und kamen schließlich auch an die Stelle, an der die Kutsche liegengeblieben war. Das Gefährt war inzwischen abgeholt worden, aber ich erkannte den Ort an den Weidenbäumen, die jetzt halb im Schnee versanken.

Nach einer Weile erreichten wir einen Wald. An den Zweigen funkelten kleine Eiszapfen wie Diamanten. Hin und wieder begegneten wir ein paar Elstern, und einmal mühte sich sogar ein Fuchs durch den Schnee.

»Wie sieht es derzeit in Ihrer Heimat aus?«, fragte der Lord, als ihm die Stille zwischen uns dreien wohl zu langweilig wurde. »Hatten Sie bereits Schnee, als Sie aufgebrochen sind?«

»Ja, ein wenig. Es hatte gerade zu schneien begonnen. Mittlerweile liegt wohl schon viel mehr Schnee.«

»Also ist es ähnlich wie hier! Das freut mich, dann dürfte Ihr Heimweh vielleicht nicht ganz so groß sein.«

»Ja, es ist schön hier«, entgegnete ich. »Allerdings hängt mein Heimweh nicht so sehr von der Landschaft ab, sondern von den Menschen, die ich zurücklassen musste.«

»Ihre Mutter und Ihre Schwester«, sagte der Lord. »Ich verstehe. Mein Sohn hat mir davon erzählt.« Er blickte kurz zu John, doch der ließ keine Zustimmung erkennen. »Das Schicksal hat Sie wirklich geschlagen.«

»Nun, wir kommen einigermaßen zurecht.«

»Einigermaßen?«, fragte der Lord. »Ich bitte Sie! Eine junge Dame mit Ihren Talenten hätte etwas anderes verdient, als einigermaßen zurechtzukommen. Ich habe gehört, dass Sie die Engel vollkommen neu gegossen haben – innerhalb weniger Tage!«

»Ja, das habe ich«, entgegnete ich. »Ich hatte keine andere Wahl, denn wie Sie vielleicht ebenfalls wissen, sind mir meine anderen Engel abhandengekommen.«

»Gestohlen wurden sie!« Lord Sandhursts Hand schnellte unter den Fellen hervor. »Ich schwöre Ihnen, dass der Verantwortliche zur Rechenschaft gezogen wird. Ich ahne, wer dahintersteckt. Und aus diesem Grund habe ich auch darauf bestanden, Sie auf der Reise zu begleiten.«

Er machte mit dem Finger eine Drohgeste in der Luft und ließ seine Hand dann wieder unter der wärmenden Decke verschwinden.

»Und wer könnte es gewesen sein?«

»Nun, das teile ich Ihnen mit, wenn wir im Palast sind. Ich möchte Sie nicht jetzt schon beunruhigen, außerdem brauche ich noch einen stichhaltigeren Beweis.«

Stichhaltiger Beweis? Konnte es sein, dass es doch kein normaler Dieb war, der eine Gelegenheit wahrgenommen hatte? Das verursachte mir noch mehr Unbehagen.

»Aber wie dem auch sei, Sie sind eine tüchtige junge Frau, der es gebührt, für ihre Arbeit anerkannt zu werden. Ich wusste das schon damals in Deutschland. Und ich werde Ihnen helfen, Ihr Ziel zu erreichen.«

Als wir den Wald wieder verließen, neigte sich die Sonne dem Horizont zu. Das Licht veränderte sich, es wurde goldener, und bald würde ein rosa Schleier alles überziehen. Ich dachte plötzlich an heißen Hagebuttentee und Holundersaft, an Punsch mit Zimt und an Bratäpfel und Spekulatius. Auch wenn wir nicht viel Geld hatten, so legte ich doch jedes Jahr eine bescheidene Summe dafür zurück, dass wir uns diese weihnachtlichen Köstlichkeiten leisten konnten. Wie gern hätte ich jetzt etwas davon genascht!

Im feuerroten Schein des Winterhimmels erreichten wir schließlich ein kleines Dorf. Die Dächer der Fachwerkhäuser waren dick mit Schnee bedeckt, die Büsche in den Vorgärten trugen ebenfalls weiße Mützen. Hier und da sah ich einen Kranz aus Stechapfel, Efeu und roten Bändern an der Tür – das untrügliche Zeichen, dass Weihnachten direkt bevorstand.

Vor einem Gasthof machten wir halt.

»Hier werden wir die Nacht verbringen und dann morgen weiter nach London fahren«, erklärte der Lord, während er sich aus den Fellen schälte und sich dann an den Kutscher wandte. Alles, was ich verstand, war der Name »Bertie«, aber ich ging davon aus, dass er den Mann anwies, das Gepäck nach oben zu bringen.

Die Tasche mit meinen Engeln nahm ich jedoch selbst, denn ich wollte kein Risiko eingehen. Bis ich vor der Königin stand, würde ich sie nicht mehr aus den Augen lassen!

Der Gasthof war gemütlich und warm, und der Wirt schien sehr erfreut zu sein, Lord Sandhurst und seinen Sohn zu sehen.

Der alte Lord vertiefte sich nun in ein Gespräch mit dem Mann, während John und ich wie Salzsäulen nebeneinanderstanden. Meine schweißnassen Finger klammerten sich um den Griff der Tasche, während John auf seine Stiefelspitzen starrte.

Ich musste zugeben, dass er in seinem Mantel und mit dem gestärkten Kragen, der darunter hervorschaute, wirklich umwerfend aussah.

Doch rasch zwang ich mich, diesen Gedanken beiseitezuschieben und stattdessen die Einrichtung zu betrachten.

In diesem Gasthof schien man sich schon sehr auf das Weihnachtsfest zu freuen, jedenfalls wenn man nach den prächtigen Christrosen ging, die auf den Tischen standen, und den roten Bändern, die zusammen mit Mistel- und Stechpalmenzweigen sowie Lorbeerranken überall verteilt waren. Ich entdeckte auch kleine Sträuße von Misteln, die an den Deckenbalken hingen, und hier und da einen Wandbehang, auf dem ein Rotkehlchen inmitten eines Stechpalmenkranzes abgebildet war. Was hatte das Rotkehlchen bei dem Weihnachtsschmuck zu suchen?

Schließlich beendete Lord Sandhurst sein Gespräch mit dem Gastwirt. Der Kutscher trug das Gepäck an uns vorbei die Treppe hinauf.

»Darf ich Ihre Tasche nehmen?«, fragte John. Seine Stimme durchzog mich wie ein Blitz.

»Danke, es geht schon«, entgegnete ich, harscher,

als ich eigentlich wollte, denn sein Angebot war ja nett gemeint.

»Wie Sie wünschen«, sagte John und senkte enttäuscht den Kopf.

Das tat mir im nächsten Augenblick leid, doch ich kam nicht dazu, noch etwas zu sagen, denn Lord Sandhurst rief uns nun zu, dass wir ihn nach oben begleiten sollten.

Die Zimmer lagen sich im Gang gegenüber. Meins war kleiner als das in Dover, aber wesentlich gemütlicher. Es gab einen roten Sessel, den bestickte Kissen zierten. Sie trugen dasselbe Motiv wie die Wandbehänge unten, ein Rotkehlchen inmitten von Zweigen. Auf dem Schreibtisch standen ein paar Kerzen in einem hübschen Halter. Am Fenster war wie unten eine Girlande aus Efeu und Stechpalme angebracht. Süßer Lavendelduft entströmte dem Bett, als ich mich darauf fallen ließ.

Die Fahrt hatte mich müde gemacht. Je eher ich schlief, desto weniger musste ich über John nachgrübeln. Und desto schneller würden wir in London sein.

Ich erhob mich wieder und schälte mich aus meinem Mantel. Ich überlegte, ob ich das Abendessen ausfallen lassen sollte. Sicher würde es am Tisch ein wenig unangenehm werden. Doch mein Magen erinnerte mich daran, dass das Porridge am Morgen das Letzte war, was ich zu mir genommen hatte. Also gab ich mir einen Ruck und ging zur Waschschüssel, um mich fertigzumachen.

Das Abendessen verlief, wie ich es erwartet hatte, ein wenig eigenartig, was allerdings nicht an Lord Sandhurst lag. Er erzählte munter von seiner Reise durch Deutschland und wie viele entzückende Dinge ihm dort begegnet waren. Er schwärmte von den Schlössern und Burgen, den Städten und den Bergen im Süden.

Ich nickte dazu meist nur, und immer wieder wanderte mein Blick zu John. Dieser schien ganz in seine Mahlzeit vertieft zu sein. Das »Rumpsteak«, wie der Wirt es genannt hatte, war wirklich köstlich mit dem Wurzelgemüse, das dazu gereicht wurde. Allerdings fühlte ich mich nach einigen Bissen, als hätte ich einen Stein im Magen.

Doch das Essen verging, und schließlich verabschiedeten wir uns zur Nacht und suchten unsere Zimmer auf.

Gerade als ich in mein Nachthemd geschlüpft war und mein Haar gerichtet hatte, klopfte es.

Sofort begann mein Herz zu pochen. War es Lord Sandhurst? Oder John?

»Herein«, rief ich ein wenig zögerlich. Ich schaffte es gerade so, meinen Mantel überzuwerfen, bevor sich die Tür öffnete und meine Befürchtung eintrat.

»Anna, dürfte ich Sie vielleicht einen Moment sprechen?«, fragte John.

Mein Herz stolperte kurz. Das Letzte, was ich jetzt wollte, war mit ihm in einem Raum allein zu sein und mit ihm zu reden. Und jetzt stand er in meiner Tür, und ich hatte nicht die Kraft, ihn abzuweisen.

»Kommen Sie rein«, sagte ich und erhob mich von meinem Stuhl.

»Warum stehen Sie auf?«, fragte John, während er die Tür hinter sich ins Schloss zog.

Ja, warum tat ich das? Ich wusste es auch nicht. Meine Nervosität schoss in die Höhe, ich konnte angesichts dessen, was mich bei seinem Anblick überkam, einfach nicht ruhig sitzen bleiben.

»Ich habe ja schon im Schlitten die ganze Zeit über gesessen«, sagte ich und ärgerte mich im nächsten Augenblick, dass mir nichts Besseres einfiel.

»Nun, das stimmt.« John seufzte. »Na gut, kommen wir zur Sache. Ich wollte mich bei Ihnen entschuldigen, dass ich Sie getäuscht habe. Im Nachhinein finde ich es idiotisch von mir, dass ich Ihnen nicht meinen richtigen Namen gesagt habe und andere dazu gebracht habe, Ihnen gegenüber zu schweigen. Das war falsch, und ich hoffe, Sie vergeben mir.«

Ich nickte. Es war falsch. Und ich hatte es ihm eigentlich schon verziehen. Aber das war nicht der Grund, warum ich ihn am liebsten aus meinem Herzen verbannen würde.

»Mein Vater hat von diesem Verdacht gesprochen«, fuhr er ein wenig unbeholfen fort. »Ich kann Ihnen dazu auch nicht viel mehr sagen, aber es sieht tatsächlich so aus, als wäre der Diebstahl geplant gewesen.«

Er machte eine kurze Pause, räusperte sich und fing an, an der Manschette seines linken Arms zu zupfen.

»Ich kann nur ahnen, wie lange man uns schon beobachtet hat«, sagte er dann. »Es war für uns ein Leichtes, zu erfahren, wer das Mädchen mit den Glasengeln ist. Den anderen dürfte das auch nicht schwergefallen sein. Möglicherweise haben sie auch jemanden bezahlt, um bei Ihnen einzukaufen. Nachdem sie gesehen hatten, wie Sie die Engel verpacken und vor allem, nachdem sie sich von der Qualität der Stücke überzeugt hatten, haben sie wohl einen Plan geschmiedet, mit dem wir nicht gerechnet hatten.«

Wieder machte er eine Pause, und angesichts des Blicks, den er mir zuwarf, wünschte ich mir, doch sitzen geblieben zu sein, denn meine Knie wurden auf einmal butterweich.

Aber im nächsten Moment gelang es mir, die Fassung zurückzugewinnen.

»Ich wünschte, es wäre alles anders gekommen. Ich hätte Sie in den Palast eskortiert, Sie hätten sich dann nicht mehr um mich gekümmert und alles wäre gut gewesen. Leider habe ich mich getäuscht.«

Ja, besonders darin, dass ich mich nicht mehr um ihn gekümmert hätte. Wie sollte ich das tun? Auch wenn alles glattgegangen wäre, hätte ich ihn nicht so leicht aus meinem Gedächtnis oder gar Herzen streichen können …

Er senkte den Kopf und wirkte ehrlich betroffen. »Ich wollte nicht, dass Sie all das durchmachen müssen. Und ich wollte Ihnen wirklich keinen Kummer bereiten.« Er blickte auf, und wieder erweckte sein Blick ein sehnsuchtsvolles Ziehen in meiner Brust.

»Es ist schon gut, ich verzeihe Ihnen«, sagte ich, denn der wahre Grund für meine Traurigkeit lag woanders. Aber konnte ich es ihm übelnehmen, dass er sein Glück bereits gefunden hatte? Dass er sein Privatleben vor mir geheim halten wollte?

»Sind wir wieder Freunde?«, fragte er zögerlich.

Waren wir das denn zuvor?

»Ja«, hörte ich mich antworten, und ehe ich meinen Mund halten konnte, plapperte ich auch schon heraus: »Und es ist eigentlich nicht schlimm, dass Sie Ihren wahren Namen vor mir geheim gehalten haben. Es ist nur … Ich war überrascht, dass Sie eine Verlobte haben. Sie haben nie etwas erwähnt, und einen Ring habe ich an Ihrer Hand auch nicht gesehen.«

John sah mich an und legte den Kopf ein wenig schief. Minutenlang betrachtete er mich, dann trat so etwas wie Erkenntnis in seinen Blick.

»Oh, ich verstehe. Ich sehe ein, dass ich viel zu wenig von mir erzählt habe. Ich dachte, es wäre besser so.«

»Aber nun weiß ich es ja«, gab ich zurück und bemühte mich, tapfer zu wirken, doch in Wahrheit fühlte sich meine Seele wie von einem Stein beschwert an. Dennoch bekam ich irgendwie ein Lächeln hin. »Wann brechen wir denn morgen nach London auf?«

»Frühmorgens. Wenn es hell wird. Wir fahren bis zur nächsten größeren Straße, dort wird eine Kutsche auf uns warten. Die bringt uns dann nach London.«

Obwohl ich ihm vergeben hatte, wirkte er kein bisschen erleichtert. Seine Miene sah ebenso traurig aus, wie ich mich fühlte.

»Fahren wir sofort zur Königin?«, fragte ich weiter, worauf er nickte.

»Ja, der Termin zur Audienz ist morgen.«

»Und wann geht es für mich zurück?«

»Das hängt davon ab, wie lange die Königin Zeit für Sie hat. Aber einen Abend in London werden wir sicher noch haben.«

Einen Abend in London. Wir.

Es wäre schöner gewesen, nicht zu wissen, dass es da eine Dame seines Herzens gab. Abreisen hätte ich so oder so müssen, aber dann hätte ich davon träumen können, wie es wäre, wenn John seine Liebe für mich entdeckt hätte und mich irgendwann heiraten würde. Angesichts seiner Verlobten waren solche Träume für mich jedoch tabu.

»In Ordnung«, sagte ich, und mir gelang tatsächlich erneut ein Lächeln.

John erwiderte es ein wenig scheu und nickte.

»Dann wünsche ich eine gute Nacht. Sie brauchen keine Angst zu haben, dieser Gasthof ist frei von irgendwelchen Spitzeln.«

»Gut zu wissen. Gute Nacht, Mr Evans!« Jetzt grinste

ich ihn breit an. Einen Moment noch sahen wir uns in die Augen, dann wandte er sich der Tür zu.

Dort stockte er allerdings noch einmal und bemerkte: »Eigentlich sollten Sie doch vorsichtig in diesem Haus sein.« Plötzlich schien er wieder ganz der Alte zu sein, der Adelssohn, der sich als Diener ausgegeben hatte.

»Wieso?«, fragte ich verwundert. »Meine Engel werde ich heute mit ins Bett nehmen. Niemand wird die Gelegenheit haben, meine Tasche noch einmal unbemerkt auszuleeren.«

»Ich meine nicht die Engel«, gab er zurück. »Haben Sie die Mistelzweige überall gesehen?«

Natürlich hatte ich das!

»Was ist mit denen?«, fragte ich verwundert.

»Bei uns gibt es da einen Weihnachtsbrauch«, gab John zurück. »Wenn eine Dame unter einem Mistelzweig steht, darf ein Mann, der vorbeikommt, sie küssen.«

»Wirklich?«, fragte ich verdutzt. Wenn das stimmte, so würde ich bei den vielen Zweigen, die überall hingen, sehr auf der Hut sein müssen, denn ich wollte mich nicht von irgendwem abküssen lassen.

»Wir haben doch soeben beschlossen, uns nicht mehr anzuschwindeln, nicht wahr?«, gab er zurück. »Es ist die volle Wahrheit. Also nehmen Sie sich in Acht, worunter Sie stehen.«

Was für ein komischer Brauch! Angesichts seines Lächelns war ich mir nicht sicher, ob es ihn wirklich gab. Uns nicht mehr gegenseitig auf den Arm zu nehmen hatten wir uns jedenfalls nicht versprochen.

Aber mein Herz war in diesem Augenblick zu schwer, um mich über die Bemerkung zu amüsieren.

»Ich werde achtgeben, danke«, sagte ich. Dann fiel mir noch etwas anderes ein.

»Ach, John«, rief ich ihm nach, als er sich der Tür zuwandte. »Wo wir schon bei Weihnachtsbräuchen sind: Was hat es eigentlich mit den Rotkehlchen auf sich?« Ich deutete auf die Kissen, die den Sessel schmückten.

»Den Rotkehlchen?«

»Ja. Ich habe Stickereien auf einigen Kissen und Wandbildern unten gesehen. Hat das auch etwas mit Weihnachten zu tun?«

John lächelte breit. »Natürlich! Bei Ihnen nicht?«

»Nein. Ich weiß nur, dass dem Rotkehlchen nachgesagt wird, dass es Jesus beigestanden habe, als er am Kreuz starb. Beim Singen bekam es sein Blut auf die Brust und der Fleck blieb.«

»Ja, so ähnlich kennen wir die Geschichte auch«, sagte John. »Bei uns hat das Rotkehlchen aber noch eine andere Bedeutung. Die Postboten, die unsere Weihnachtskarten zu den Leuten bringen, tragen rote Uniformen. Wir nennen sie ›Robins‹, wie die Rotkehlchen. Ich bin mir nicht sicher, warum die Wirtsfrau diese Vögel stickt, ob wegen der Postboten oder wegen Jesus, aber der Vogel ist bei uns ein Weihnachtssymbol.«

»Ein sehr schönes Symbol. Danke für die Erklärung.«

»Gern geschehen.« Einen Moment noch sahen wir einander an, dann wünschten wir uns eine gute Nacht.

Diesmal war ich müde genug, um tief und fest zu schlafen. Die Geräusche des Gasthofs störten mich kaum. Ich versank in traumloser Dunkelheit und fühlte mich dabei seltsam geborgen.

Als die Hähne zu krähen begannen, schreckte ich hoch. Mittlerweile war es hell draußen.

Warum hatte mich niemand geweckt? Wir wollten doch nach London!

Ich sprang aus dem Bett, doch anstelle zur Waschschüssel zu eilen, schaute ich unter das Bett. So tief, wie ich geschlafen hatte, hätte sich jeder in mein Zimmer schleichen und alles Mögliche stehlen können.

Ich zog die Tasche hervor, öffnete die Schachtel und stieß einen erleichterten Seufzer aus, als ich die Engel an Ort und Stelle fand. Friedlich schlummerten sie auf ihrem Bett aus Rohwolle.

Ich strich mit den Fingern über ihre kleinen Gesichter, dann zog ich die Wolle wieder zurecht und schloss den Deckel. Vorsichtshalber verstaute ich die Engel aber wieder unter dem Bett, bevor ich mit der Morgentoilette begann.

Als ich angezogen war, klopfte es an meine Tür.

»Herein!«, rief ich. Kurz darauf erschien John in der Tür.

»Ich wollte nachsehen, ob Sie fertig sind fürs Frühstück. Die Wirtin ist bekannt für ihr Porridge mit brauner Butter.«

»Ja, das bin ich«, antwortete ich, und mir lief das Wasser im Mund zusammen. In Dover hatte ich wegen all der Aufregung das Frühstück gar nicht richtig würdigen können. »Viel habe ich ja ohnehin nicht mit.«

»Die Engel sind noch da?«

Er zog die Tür hinter sich zu. Hereingebeten hatte ich ihn zwar nicht, aber er schien anzunehmen, dass ich Hilfe mit meinem Gepäck benötigte.

Mir wurde etwas unwohl zumute. Das Gespräch gestern Abend hatte Klärung gebracht, aber ganz so wie früher war es nicht, was besonders an meinem dummen Herzen lag, das trotz allem, was geschehen war, immer noch wie wild pochte, wenn ich ihn sah.

»Ich hatte bisher noch keine Gelegenheit, Ihre neuen

Engel zu sehen«, erklärte er. »Würde es Ihnen etwas ausmachen, sie mir zu zeigen?«

Ich blickte ihn einen Moment lang verdutzt an, doch dann wurde mir klar, dass er die Wahrheit sagte. Durch das Auftauchen seiner Verlobten war ich nicht dazu gekommen, ihm die fertigen Engel vorzuführen. Ohnehin war er wohl gleich nach seiner Beichte verschwunden.

»Nein, keineswegs. Wenn wir denn noch Zeit haben …«

»So viel Zeit ist noch«, entgegnete er und trat neben mich. Sofort spannte sich mein ganzer Körper an, als wolle er sich gegen die Anziehung wehren, die ich gegenüber John verspürte.

Ich stellte die Tasche auf dem Bett ab und zog die Schachtel hervor.

Das Licht berührte sanft die Engel in der Rohwolle und brachte sie zum Leuchten.

»Sie sind wunderschön geworden«, sagte John und nahm einen von ihnen heraus. Er hielt ihn gegen das Sonnenlicht, das durch das Fenster fiel, worauf an der Wand kleine blaue Lichtpunkte erschienen. »Nicht so schön wie Ihr allererster Engel, aber dennoch eine Augenweide.«

»Sie vergessen, dass mein erster Engel fehlerhaft war.« Unwillkürlich griff ich in meine Manteltasche, wo der Kleine schlummerte.

»Das habe ich nicht vergessen. Aber finden Sie nicht, dass oft gerade die Menschen die schönsten sind, die einen kleinen Makel haben?«

»Ich glaube, das sieht jeder anders. Mir sind die Makel anderer Leute eigentlich nicht wichtig.«

John zog kurz die Augenbrauen hoch, dann legte er den Engel zurück in die Schachtel.

»Die Königin wird begeistert sein.«

»Das hoffe ich«, gab ich zurück. Dann schloss ich mich ihm an, um zum Frühstück zu gehen.

31. KAPITEL

Lautes Glockengeläut ertönte, als wir in die Londoner Innenstadt fuhren. Noch nie zuvor war ich in einer derart großen und imposanten Stadt gewesen. Sie war noch viel beeindruckender, als ich es mir ausgemalt hatte. Der Geruch von Rauch, der aus Tausenden Schornsteinen quoll, hing in der Luft, die Straßen waren breit und mit zahlreichen Droschken, Fahrradfahrern und Fußgängern gefüllt.

Auch hier gab es Schnee, allerdings wesentlich weniger als auf dem Land. Das meiste von den Schneemassen hatte man zur Seite geschoben, wo es sich in dicken grauen Brocken türmte. Aber hier und da hatte ein Engel, der eine Hausfassade zierte, eine kleine reinweiße Mütze auf, und Schnee lag auch auf den Balkonen.

Die meisten Häuser erschienen mir riesig, ich zählte drei oder vier Stockwerke. Der Rauch hatte einige der hellen Fassaden ein wenig geschwärzt, was ihrer Schönheit allerdings keinen Abbruch tat.

Als ein lautes Hupen ertönte, schrak ich zusammen. Ein Gefährt, das nicht von Pferden gezogen wurde, sondern aus eigener Kraft zu fahren schien, sauste an der Kutsche vorbei. Der Fahrer trug einen weißen Schal und eine seltsame, riesige Brille auf dem Gesicht.

»Ein Automobil«, bemerkte Lord Sandhurst, der meinen staunenden Blick bemerkt haben musste. »Ich habe schon überlegt, mir auch eines zuzulegen. Eines Tages werden sie sicher die Kutschen von den Straßen verdrängen.«

»Und womit fahren diese Automobile?«

»Mit einem Motor. Dieser wird mit Kraftstoff gefüttert und treibt den Wagen an. Wie Sie sehen, ist er schneller als jede Droschke.«

»Aber ist das nicht gefährlich?«

»Sicher!«, gab Sandhurst lachend zurück. »Doch was für ein Leben ist das, wenn man nicht einmal ein Risiko eingeht? Letztlich ist alles im Leben gefährlich, sogar das Leben selbst.«

Auf dem weiteren Weg begegneten uns keine Automobile mehr, was ich ein wenig schade fand, denn gern hätte ich mir sein Aussehen genauer eingeprägt, um Elisabeth davon zu berichten. Jetzt, da es so aussah, als würde sich alles wieder zum Besseren wenden, beschloss ich, ihr noch einen Brief zu schreiben. Möglicherweise kam er zu Hause an, bevor ich wieder da war.

Schließlich hatten wir unser Ziel erreicht. Die Kutsche hielt vor einem hohen Portal, das von zwei Soldaten in roten Uniformen und dicken Bärenfellmützen flankiert wurde. Ihre Mienen waren vollkommen starr, als wären es Wachsfiguren. Ein wenig erinnerten sie mich an die Nussknacker, die ein Händler zur Weihnachtszeit auf unserem Markt anbot.

»Buckingham Palace«, verkündete Lord Sandhurst ehrfurchtsvoll und stieg aus der Kutsche, um mit einem der Wächter zu reden.

Mit klopfendem Herzen schaute ich zu dem Palast, der sich hinter dem hohen Gitter erhob. Die Nachmittagssonne spiegelte sich in den Fenstern. Noch nie zu-

vor hatte ich solch einem imposanten Gebäude gegen-
übergestanden. Verlief sich die Königin denn nicht in all
den Gängen?

Obwohl ich endlich am Ziel meiner Reise angekommen war, überkam mich neben der Ehrfurcht, die ich gegenüber dem Schloss empfand, auch Angst. Angst, dass
die Königin nicht zufrieden sein würde mit den Engeln.
Angst, dass sie vielleicht doch Anstoß daran nahm, dass
ich ihr Kinderporträt als Vorlage für die Engelsgesichter
genommen hatte.

Schließlich kehrte Lord Sandhurst zur Kutsche zurück. Das Tor öffnete sich, und wir fuhren die Auffahrt
zum Palast hinauf. Auch hier waren Wächter postiert,
doch sie wirkten wesentlich lebendiger als ihre Kameraden zuvor.

Ein Mann kam auf Lord Sandhurst zu, und nachdem
die beiden kurz miteinander geredet hatten, bedeutete
er mir, dass ich ihm folgen sollte.

»Wir werden wahrscheinlich noch ein wenig im Vor-
raum warten müssen«, sagte John, der neben mir ging.
Es waren die ersten Worte, die er sprach, seit wir London erreicht hatten. »Ihre Majestät kann sich jederzeit
verspäten, wenn dringende Staatsgeschäfte anstehen.«

»Ich verstehe«, sagte ich und konzentrierte mich auf
die Tasche in meiner Hand. Der Griff schnitt in mein
Fleisch, und ich hatte das Gefühl, dass die Engel mir
schon bald zu schwer werden würden. Vielleicht hätte
ich sie John doch anvertrauen sollen.

Wir wurden durch einige prunkvoll ausgestaltete Gänge geführt, in denen mir die Augen übergingen. Seidentapeten, Stuckverzierungen und Gemälde wetteiferten
um meine Aufmerksamkeit. Darüber bekam ich beinahe
nicht mit, dass wir vor dem Audienzzimmer ankamen.

»Wenn Sie vor der Königin stehen, machen Sie einfach einen tiefen Knicks und warten, bis Sie angesprochen werden«, erklärte mir Lord Sandhurst. »Eigentlich ist ja ein Hofknicks angebracht, aber den hätten Sie üben müssen, und ich glaube, Sie hatten in den vergangenen Tagen anderes zu tun.« Er warf einen vorwurfsvollen Blick auf seinen Sohn.

Allerdings konnte man ihm keinen Vorwurf machen, denn es war ja lange Zeit ungewiss, ob ich überhaupt bei der Königin vorstellig werden konnte.

Ich ließ meinen Blick über all das Gold, das die prachtvollen Seidentapeten säumte, und die Gemälde schweifen. Ich konnte es immer noch nicht glauben, dass mein Traum wahr geworden war. Ich war in einem Königsschloss! Glücksgefühle durchfluteten mich und brachten mich dazu, leise vor mich hin zu lächeln.

Sandhurst verschwand nun hinter einer Tür.

»Er wird gleich wiederkommen«, erklärte John. »Keine Angst, Sie werden es schaffen!«

Ich atmete tief durch, um ein wenig gegen die Anspannung anzugehen, die in meinem Innern wütete. Ich war am Ziel! Und dennoch fühlte ich mich, als würde ich gleich in eine Löwengrube geworfen. Ich blickte ratlos zwischen den Fenstern und den Gemälden hin und her, dann fragte ich John: »Können Sie mir den Hofknicks beibringen?«

»Nun ja, das könnte ich. Aber ich glaube, es wird wirklich reichen, wenn Sie einen einfachen Knicks machen. Immerhin ist das kein formeller Anlass, eher eine private Audienz.«

Ich nickte, doch die Unruhe nagte dermaßen an mir, dass ich unbedingt etwas tun wollte. Ich schob die Hand in die Tasche und griff nach meinem verstümmelten Engel. Das Glas fühlte sich eiskalt an, und im Gegensatz zu früher verströmte es jetzt keine Zuversicht.

Immer wieder warf ich verstohlene Blicke zu John und ertappte ihn dabei, dass er mich ebenfalls musterte. Doch irgendwie wollte mir nicht einfallen, was ich mit ihm reden sollte.

Als sich die Tür wieder öffnete, zuckte ich zusammen. Lord Sandhurst trat heraus und wirkte ungehalten.

»Es tut mir sehr leid, aber wie es aussieht, werden wir nicht vorgelassen.«

»Warum?«, fragte John verwundert.

»Die Königin ist nicht hier«, gab sein Vater zurück. »Das ist überaus ärgerlich, aber da werden wir nichts machen können. Sie ist bereits seit einiger Zeit selten im Buckingham Palace. Eigentlich schon seit ihr Ehemann gestorben ist.«

Er bedeutete uns, ihm zu folgen. Seine Schritte hallten wütend durch den Gang.

An dessen Ende machten wir an einer Fensternische halt.

»Wie es aussieht, hat man uns an der Nase herumgeführt. Die Königin ist in Windsor Castle. Und offenbar weiß sie gar nichts davon, dass wir hier sind. Wahrscheinlich geht sie davon aus, dass Sie gar nicht erst in England angekommen sind.«

»Wie bitte?«, fragte John aufgebracht. »Wie kann Ihre Majestät das glauben? Ich habe ein Telegramm aufgegeben!«

Sandhurst hob die Hand und brachte ihn zum Schweigen. »Das hat gar nichts zu sagen, wenn dieses Telegramm nie eingetroffen ist. Wie es aussieht, haben wir es mit einer ziemlich handfesten Intrige zu tun.«

»Und das alles wegen ein paar Glasengeln?«, bemerkte ich niedergeschlagen.

»Es geht nicht nur um ein paar Glasengel. Es ist etwas anderes. Lord Bannister versucht, mich in Misskredit zu bringen. Aber nicht mit mir, alter Junge!«

Ich sah John fragend an. »Lord Bannister?«

»Einer der Berater der Königin«, erklärte er.

»Offenbar glaubt er, dass er mich damit düpieren kann. Aber so nicht!«

Lord Sandhurst setzte sich wieder in Bewegung. Ohne eine Ahnung zu haben, was das alles bedeutete, folgten wir ihm zur Kutsche.

Ich war verwirrt. Hieß das also, dass die Königin gar nicht mit meinem Kommen rechnete? Dass sie glaubte, ich hätte die Einladung ausgeschlagen? Hatte man mich deshalb durch den Diebstahl der Engel dazu bewegen wollen, nach Hause zurückzukehren?

»Wohin fahren wir, Vater?«, fragte John, als wir wieder in der Kutsche saßen.

»In unser Stadthaus. Vorerst. Ich werde mich bemühen, geradezurücken, was hier geschehen ist. Und zwar noch heute! Bannister kann was erleben!«

»Ist dieser Bannister vielleicht der Mann mit der seltsamen Krawattennadel?«, fragte ich. Ich erinnerte mich, dass der Wirt in Dover davon gesprochen hatte.

John sah mich verwundert an, dann blickte er kurz zu seinem Vater.

»Wovon sprechen Sie?«

»John ... ich meine, Ihr Sohn war mit mir in Dover in einem ziemlich schäbigen Pub, als wir nach den Engeln suchten, und der Wirt dort meinte, dass der Mann, der mit unserem Verfolger gesprochen hatte, eine außergewöhnliche Krawattennadel getragen habe.«

Lord Sandhurst sah mich verwundert an. »Schäbiger Pub? Verfolger? Davon hast du mir ja gar nichts erzählt!«

John wurde rot. Offenbar war er gegenüber seinem Vater ebenso schweigsam wie bei mir.

»Ich ... ich dachte, wir finden die Engel. Leider war das nicht der Fall.«

»Und da schleppst du eine junge Dame so einfach in einen schäbigen Pub? Wo sich ein Mann wie du selbst nicht einmal blicken lassen sollte?«

»Wir waren nicht zu den Geschäftszeiten dort«, verteidigte er sich. »Niemand hat uns gesehen, und es bestand auch keine Gefahr.«

Und was war mit der Kutsche? Gut, die hatte uns erst später beinahe über den Haufen gefahren, aber das konnte man nicht »keine Gefahr« nennen.

Zunächst amüsierte es mich ein wenig, dass John von seinem Vater in die Enge gedrängt wurde. Aber gleich darauf tat er mir leid.

»Dann sind die Schuldigen also doch keine Hoflieferanten?«, fragte ich und versuchte damit, den Lord etwas von seinem Sohn abzulenken.

»Wie man es nimmt«, sagte John. »Bannister hat Anteile an der größten Glashütte des Landes. Das und die Feindschaft mit meinem Vater sind klare Anhaltspunkte dafür, dass er etwas mit der Sache zu tun hat. Er könnte es sich sogar erlauben, einen Spitzel hinter uns herzuschicken.«

»Ich werde mit Archie sprechen, der schuldet mir noch etwas!«, sagte Sandhurst nun. »Ich verspreche Ihnen, Sie werden Ihre Audienz bekommen. Wenn nicht heute, dann aber ganz bestimmt morgen!«

Ich blickte zu John. Morgen. Das bedeutete einen Tag mehr mit ihm. Auch wenn der Gedanke, ihn danach endgültig zu verlieren, schmerzte, war ich irgendwie froh darüber. Denn dann konnte ich endlich wieder in mein Leben zurückkehren, und meine Schwärmerei für ihn würde nach und nach zu einer Erinnerung werden.

Die Kutsche brachte uns durch den dichten Londoner Verkehr zu einer wunderschönen weißen Stadtvilla, deren Eingangsportal von breiten Säulen gesäumt wurde.

Eine Schar Bediensteter nahm Aufstellung im Foyer: Diener in schwarzen Fracks, Dienstmädchen in dunklen Kleidern und weißen Schürzen, Laufburschen und Küchenmädchen.

Einer der Männer, die in ihren Fracks ein wenig wie Pinguine aussahen, trat vor und begrüßte den Lord.

»Das ist Charles Brady, unser Butler«, kommentierte John. »Mein Vater erklärt ihm gerade, dass Sie unser Gast sind.«

Ich blickte zur Seite und sah, dass ein paar jüngere Mädchen mich neugierig musterten.

»Was ist denn ein Butler?«, fragte ich.

»Er leitet das Personal an. Praktisch so etwas wie der oberste Diener. Und die Frau in dem dunkelblauen Kleid dort ist die Hausdame, Mrs Jeeves. Ihr unterstehen die Dienstmädchen.«

»Und all diese Leute arbeiten in diesem Haus, auch wenn Ihr Vater nicht da ist?«

»Ja. Mein Vater hat häufig in London zu tun, da ist es angebracht. Außerdem beherbergen wir hier des Öfteren Gäste.«

Ich blickte mich um. Das Foyer war nicht ganz so prachtvoll und überladen wie die Räume des Palastes, aber schön genug, dass ich ehrfürchtig zur Decke schaute, an der ein riesiger Kronleuchter hing. Die

Kristalle reflektierten das Licht und funkelten wie tausend Sterne.

»Miss Härtel?«, riss mich Lord Sandhurst aus meinem Staunen. Neben ihm stand jetzt eines der Dienstmädchen.

»Das ist Liza, sie wird Ihnen Ihr Zimmer zeigen, und an Sie können Sie sich wenden, wenn Sie einen Wunsch haben. Sie hat eine deutsche Großmutter, Sie können sich also mit ihr verständigen.«

»Danke, das ist sehr freundlich von Ihnen.« Ich war verwirrt und auch ein wenig verlegen. Ein Dienstmädchen hatte ich natürlich noch nie. Deshalb wusste ich gar nicht, welche Wünsche ich hätte äußern sollen.

Die junge Frau, die leuchtend rotes Haar und tausend Sommersprossen auf der Nase hatte, lächelte mir freundlich zu.

»Kommen Sie bitte, Miss, hier entlang. Ich werde Ihr Gepäck nehmen.« Ehe ich etwas dazu sagen konnte, nahm sie mir die Taschen aus der Hand.

Ich folgte ihr die Treppe hinauf, vorbei an Gemälden, die Strände und andere Landstriche zeigten. Im Flur blickten einige Menschen in altertümlicher Kleidung streng auf mich herab.

Vor einer Tür machten wir schließlich halt. »Das Rosenzimmer«, sagte das Dienstmädchen und öffnete dann die Flügeltür.

Im nächsten Augenblick wurde mir klar, warum es so hieß. Tapeten, über und über bedeckt mit Rosen, schmückten die Wände. Auch in den Baldachin und die Vorhänge des breiten Bettes waren Rosen eingewebt worden.

Gegenüber dem Bett befand sich ein Kamin, in dem

ein Feuer knisterte. Der Schreibtisch neben dem Fenster war weiß und wirkte, als wäre er schon mehr als hundert Jahre alt.

Liza platzierte die Taschen auf einer niedrigen Kommode, die offenbar als Kofferablage gedacht war. Etwas Ähnliches hatte es auch im Inn in Dover gegeben, nur war es dort ein wenig robuster gewesen. »Wenn Sie wollen, räume ich die Sachen für Sie aus.«

Ich schüttelte den Kopf. »Danke, das ist nicht nötig. Ich ... ich kann es selber machen, das bin ich so gewohnt.«

»Wie Sie wünschen. Ich hole Ihnen noch einen Morgenmantel.« Das Mädchen machte einen Knicks und wandte sich um.

»Ach, ähm, verzeihen Sie!«, rief ich ihr nach.

»Ja, Miss?«

»Gibt es etwas, das ich wissen muss? Ich war noch nie in einem Haushalt wie diesem. Sind hier bestimmte Regeln zu befolgen?«

Das Dienstmädchen sah mich zunächst ein wenig verwundert an, dann antwortete es: »Nun, Abendessen gibt es immer um acht, Frühstück morgens um sieben. Wenn Sie wünschen, bringe ich es Ihnen ans Bett.«

So war es also, wenn man reich war. Selbst als mein Vater noch lebte, war solch ein Luxus für uns unvorstellbar gewesen.

»Nein, das ist nicht notwendig. Ich komme gern zum Frühstücken nach unten. Aber danke für den Morgenmantel.«

Das Mädchen nickte und verließ dann das Zimmer.

Ich trat zögerlich ans Fenster. Von hier aus hatte man einen guten Blick auf einen verschneiten Park, der wie aus einem Märchen wirkte. Ein kleiner Pavillon erhob sich in der Mitte, etwas davon entfernt stand eine Rosenlaube, die zu dieser Jahreszeit natürlich kahl war. Aber im Sommer musste es hier traumhaft aussehen.

Eine Weile versank ich in dem Anblick, dann erschien Liza erneut und brachte mir einen Morgenmantel, der aussah, als wäre er aus reiner Seide.

»Wenn Sie ein Bad nehmen wollen oder sonst etwas benötigen, läuten Sie einfach nach mir«, sagte sie und deutete auf den Klingelzug neben dem Vorhang.

»Danke«, antwortete ich und atmete erleichtert auf, als sie wieder ging.

32. KAPITEL

Obwohl ich mir in dem weichen Bett wie eine Prinzessin vorkam, konnte ich kein Auge zutun. Immer wieder wanderten meine Gedanken zu dem, was ich heute erlebt hatte. Es war schon verrückt. Vor etwas mehr als einer Woche hatte ich geglaubt, dass alles vorbei sei. Und nun schlief ich in einem Bett, das eher für eine Prinzessin gedacht war – oder für eine Dame wie Johns Verlobte.

Schließlich wurde mir die Daunendecke zu schwer und das Bett zu warm. Ich schlug die Decke beiseite und stand auf.

Mittlerweile war das Feuer im Kamin heruntergebrannt, doch es lag immer noch eine leichte Wärme in der Luft.

Ich trat an den Schreibtisch, der neben dem Fenster stand, griff nach Elisabeths Taschentuch und strich mit der Hand über den Brief, den ich am vergangenen Abend verfasst hatte. Darin schilderte ich Elisabeth alles, was bisher geschehen war, und warum sie eine Weile auf Post von mir warten musste. Jetzt, wo ich in Sicherheit war und die Audienz der Königin hoffentlich bevorstand, würde es sie sicher nicht mehr so mitnehmen, von meiner Wanderung durch den Schnee zu erfahren.

Zu gern hätte ich ihr auch von John und dem überraschenden Auftauchen seiner Verlobten geschrieben, doch ich beschloss, es auszulassen. Ohnehin hatte ich ihn nur insofern erwähnt, dass er mich begleitete, mir etwas zeigte oder mir half, die Engel zu finden. Persönliche Empfindungen ließ ich weg, wahrscheinlich würde sie mich damit nur aufziehen, wenn ich wieder zu Hause war. Und ich wollte mich auch nicht von ihr daran erinnern lassen, dass ich mir insgeheim falsche Hoffnungen gemacht hatte.

Schließlich warf ich mir den blauen Morgenmantel über, der auf dem Bett bereitgelegen hatte. Während des Nachmittags und Abends waren stets Leute um mich herum gewesen, sodass ich nicht dazu gekommen war, mir das Haus ein wenig näher anzusehen.

Ich schlüpfte in die Pantoffeln, die mit kleinen silbernen Stickereien bedeckt waren, und verließ wenig später das Zimmer.

Obwohl bereits alle zu Bett waren, brannten in den Gängen immer noch die Lichter. Zwar ein wenig gedämpft, aber es reichte aus, um alles zu erkennen. Ich ging zur Treppe und betrachtete dort noch einmal die Gemälde. Waren das alles Orte, an denen Lord Sandhurst mit seinem Sohn gewesen war?

Kein Bild sah exotisch genug aus für Indien, aber vielleicht würde ich eines finden. Ich erinnerte mich noch gut an meinen Traum vom Glasmacher, der seine Vögel zum Leben erwecken konnte. War das ein Hinweis auf Mr DeVries gewesen? Zum Leben erweckt hatten wir die Glasengel nicht, aber ich hatte eine zweite Chance erhalten.

»Können Sie auch nicht schlafen?«, fragte da plötzlich eine Stimme hinter mir.

Ich erschrak und presste mir gerade noch rechtzeitig die Hände vor den Mund, bevor ich mit einem Schrei alle Hausbewohner weckte.

»John!«, rief ich aus. »Ich meine, Lord ... ähm, Mister.«

»Sagen Sie einfach John zu mir«, sagte er lächelnd. »Mr Evans bin ich ja nicht mehr.«

»Nein, das sind Sie nicht.« Wäre ich nicht schon hellwach gewesen, sein Auftauchen hätte die letzten Reste von Müdigkeit aus mir vertrieben.

»Warum sind Sie nicht in Ihrem Zimmer?«, fragte ich. Eine seltsame Frage, denn er hatte ja nun wirklich mehr Recht, hier zu sein, als ich.

»Ich wollte ein wenig nachdenken, das kann ich am besten, wenn ich herumlaufe. Hier ist es um diese Zeit so wunderbar still. Und Sie?«

»Mir geht es ähnlich«, antwortete ich. »Ich dachte, ich schaue mir ein wenig die Gemälde an. Ich war noch nie in einem so großen Haus.«

»Wäre da ein Rundgang bei helllichtem Tag nicht besser?« John hob belustigt eine Augenbraue.

»Vielleicht, aber dann sind so viele Leute hier.«

»Die Adligen sind es gewohnt, dass ständig jemand um sie herum ist.«

»Aber ich nicht ... Ich meine, es kommt mir irgendwie seltsam vor, bedient zu werden. Ständig gefragt zu werden, ob ich einen Wunsch habe.«

John lachte auf. »Ja, das Leben eines Adeligen kann schon ziemlich schwer sein. Aber manchmal ist es auch schön, einfach einen Wunsch zu äußern und ihn dann erfüllt zu bekommen.«

»Ich fürchte, meinen Wunsch könnte mir niemand einfach so erfüllen«, platzte es aus mir heraus, bevor ich mich zurückhalten konnte.

»Und welcher Wunsch wäre das?« John sah mir tief in die Augen. Ahnte er, was in mir vorging?

»Ich …« Mir blieben die Worte weg. Ich konnte ihm meinen Wunsch nicht nennen. Es fiel mir ja schon schwer, ihn mir selbst einzugestehen. Ich starrte ihn einfach nur an und hatte das Gefühl, den Boden unter mir zu verlieren.

Und dann …

Ich hatte keine Ahnung, was jetzt geschah. John erwiderte meinen Blick eine Weile, dann beugte er sich vor. Ich schloss die Augen, und nur einen Moment später spürte ich seine Lippen auf meinen. Sie waren weich und warm und erweckten ein Begehren in mir, das mich erschaudern ließ.

Als er spürte, dass ich mich nicht gegen ihn wehrte, legte er seine Arme um mich und zog mich an sich. Ich hatte das Gefühl, in einen Strudel gerissen zu werden, aus dem ich nie wieder auftauchen konnte. Schmetterlinge schienen in meinem Innern ihre Flügel zu recken. Es war, als würde ich in diesem Augenblick neu geboren.

Schließlich löste sich sein Mund von meinem. Zitternd öffnete ich die Augen und sah ihm ins Gesicht. Einen Ausdruck wie diesen hatte ich noch nie zuvor bei ihm gesehen.

»War das dein Wunsch?«, fragte er.

Ja!, schrie meine Seele. Ja, genau das!

Aber ich wusste, dass es nur ein Teil meines Wunsches war, der eigentlich viel tiefer ging und viel mehr ersehnte.

»Es hat nichts zu bedeuten, nicht wahr?«, wisperte ich. »Ich meine, ich werde ohnehin bald fort sein, und du wirst …«

Bevor ich den Satz beenden konnte, küsste mich John erneut. Wieder explodierten die Empfindungen in meinem Bauch, die Schmetterlinge schwirrten wild umher, ohne eine Chance zu entkommen.

Das verwirrte mich. Bedeutete es am Ende doch etwas? Empfand er etwa ähnlich wie ich?

Und wenn er nun seine Verlobte nicht mehr wollte? Wenn er stattdessen mich wählte?

»John, ich …«, begann ich, doch er schüttelte den Kopf.

»Sag jetzt nichts. Das hier ist unser Geheimnis. Es ist schön, dass ich mal eines mit jemandem wie dir teilen kann.«

Ein Geheimnis. Das war weniger, als ich gehofft hatte, aber mehr, als realistisch besehen möglich war.

Er hielt mich noch eine Weile, dann ergriff er meine Hand.

»Komm, ich zeige dir meine Vorfahren.«

Er zog mich mit sich durch einen langen Gang zu einem Raum, dessen Wände über und über mit Porträts gesäumt waren.

Ich wäre jetzt zu gern mit ihm woanders gewesen. In einer Rosenlaube vielleicht oder in einer lauschigen Grotte. Doch draußen war noch immer Winter. Das Einzige, was wir hatten, war das stille, schwach beleuchtete Haus.

John zeigte mir seine Ahnenreihe. Rechts befanden sich die Vorfahren seines Vaters: Frauen mit fein ondulierten Löckchen und streng dreinblickende Herren in steifen Krägen. Die Ahnenreihe seiner Mutter sah ähnlich aus. Die Frauen hatten sehr feine Gesichtszüge, die Männer wirkten ein wenig steif.

»Das hier ist Großtante Sophie«, verkündete er vor dem Bild einer Frau, die einen breiten Reifrock trug. »Sie hätte beinahe den König von Dänemark geheiratet. Und das ist mein Urgroßonkel Charles. Eigentlich wäre er als Erstgeborener der Erbe des Titels gewesen, doch er entschied sich, aus Liebe zu einer Bürgerlichen alles aufzugeben.«

»War das denn notwendig?«, fragte ich. Ich wusste, dass der Adel unter sich heiratete, aber hin und wieder sollte es vorgekommen sein, dass ein Lord eine Bürgerliche heiratete.

»Damals schon. Unsere Familie war immer sehr streng, was das angeht.«

»Ist das denn jetzt auch noch so?«

Bei dieser Frage glühten meine Ohren. Ich wehrte mich dagegen, mich an Johns Seite zu träumen, aber verhindern konnte ich es nicht, dass solche Bilder vor mir auftauchten.

John blickte mich an. Ein Lächeln spielte um seine Lippen. »Es kommt ganz darauf an«, antwortete er schließlich. »Immerhin war mein Vater auch bereits rebellisch, als er meine Mutter heiratete.«

»Obwohl sie eine Adelige ist?«

»Schon, aber sie stammt aus Deutschland. Es hätte weiß Gott andere Kandidatinnen gegeben. Doch er hat sich durchgesetzt. Ebenso, wie sich damals unsere Queen durchgesetzt hat, als sie Albert favorisierte. Mein

Großvater hätte einer englischen Heiratskandidatin den Vorzug gegeben.«

Und was ist mit deiner Verlobten?, ging es mir durch den Sinn, doch ich wagte nicht, diese Frage laut zu stellen. Obwohl es mich vor Neugierde zerriss, wehrte ich mich dagegen, etwas über sie zu erfahren. Wahrscheinlich würde sich nur herausstellen, dass sie viel besser war als ich.

»Gibt es hier irgendwo auch ein Gemälde von Indien?«, fragte ich, um nicht weiter über das Thema Heiraten nachdenken zu müssen.

John nickte. »Ja, natürlich gibt es das. In Vaters Exotensalon.«

Er führte mich zu einem Raum im Erdgeschoss, der vollgestellt war mit seltsamen Gewächsen. Eine Sitzgruppe aus Korbmöbeln stand in der Mitte, zwischen den Pflanzen erhoben sich hohe, mit weißen Tüchern abgedeckte Käfige.

»Was ist denn da drin?«, fragte ich im Flüsterton, denn ich hatte schon eine Ahnung.

»Papageien«, antwortete John leise. »Es sind ein paar wunderbare Exemplare.«

»Darf ich sie sehen?«, fragte ich, worauf er den Kopf schüttelte.

»Nicht jetzt. Wenn man die Tücher von den Käfigen nimmt, fangen sie sogleich zu krächzen an, so laut, dass wahrscheinlich Mr Brady auftauchen wird, um nach dem Rechten zu sehen.«

Das enttäuschte mich ein wenig, aber ich verstand. Vielleicht konnte ich bei Tag überprüfen, ob die Vögel aussahen wie die in meinem Traum vom Glasmacher.

»Du wolltest doch sicher das hier sehen«, sagte John, nahm mich bei der Hand und führte mich zu einem großen Gemälde, das ich noch nicht entdeckt hatte, weil es hinter uns an der Wand hing.

Darauf war ein dichter grüner Dschungel abgebildet, in dessen Vordergrund ein riesiger Elefant stand. Dieser hatte eine Art Korb mit Baldachin auf dem Rücken. Die Menschen, die in diesem Korb saßen, trugen Turbane und farbige Schleier.

Danach hatte ich mich immer gesehnt: ferne, fremdartige Länder zu sehen, neue Menschen kennenzulernen, andere Bräuche zu studieren. Mein Herz erfüllte sich plötzlich mit einer tiefen Sehnsucht. Wie gern wäre ich dort gewesen, auf dem Rücken des Elefanten, zusammen mit John.

Aber vielleicht konnte ich eines Tages diese Szene in Glas nachbilden – um dann meine Gedanken schweifen zu lassen und zu träumen, wenn ich das, was ich begehrte, schon nicht bekommen konnte.

»Ich muss zugeben, dass es ein wenig klischeebehaftet ist«, erklärte John, als rechne er damit, dass ich schon viele Abbildungen von Indien gesehen hätte.

»Wir sollten wieder nach oben gehen«, sagte er schließlich. »Morgen ist ein anstrengender Tag für dich. Wie ich meinen Vater kenne, wird er nicht lockerlassen, bis er einen Termin hat. Immerhin ist er ein Sandhurst.« Ein wissendes Lächeln huschte über Johns Gesicht.

»In Ordnung«, sagte ich, und wir gingen schweigend wieder nach oben.

In mir tobte die Verwirrung. Eben war er wie früher, als hätte es den Kuss zwischen uns nicht gegeben. Es musste wohl stimmen, dass es ihm nichts bedeutete. Und eigentlich sollte es auch mir nichts bedeuten. Doch ich wusste, dass ich meinem Herzen etwas vormachte.

298

An meiner Zimmertür küsste er mich erneut. Vollkommen unvermittelt und diesmal noch verlangender als zuvor, so dass mein Herz beinahe gewillt war, ihm noch mehr zu gewähren. Doch im nächsten Augenblick löste er sich von mir und ich bemerkte, dass etwas ihn zu verwirren schien.

»Ich ... ich muss gehen«, sagte er, als müsse er sich selbst davon überzeugen. Verwirrt senkte er den Kopf, und als er ihn wieder hob, meinte ich, Bedauern in seinem Blick zu sehen. Tat es ihm leid, dass er mich geküsst hatte? War es ihm peinlich?

Sicher, denn damit hatte er seine Verlobte hintergangen. Offenbar wurde ihm das jetzt klar.

Ich fühlte mich plötzlich schäbig. Tränen stiegen in mir auf. Ich hätte das nicht zulassen sollen. Ich hätte es mir nicht mal insgeheim wünschen sollen.

»Gute Nacht«, sagte ich, solange ich es noch konnte, dann ging ich in mein Zimmer. Dort lehnte ich mich gegen den Türrahmen und lauschte. John schien noch einen Moment lang davor stehen zu bleiben, dann entfernte er sich mit müden Schritten.

Ich stürmte zum Bett, warf mich darauf und vergrub mich in den Kissen. Eine seltsame Freude tobte in mir, gleichzeitig war mir aber auch zum Weinen zumute. Wie gern würde ich für immer bei John bleiben! Doch gleichzeitig konnte ich Elisabeth und meine Mutter nicht im Stich lassen. Er wiederum würde sicher nicht seinen Titel aufgeben und nach Deutschland kommen wollen. Und – wollte er mich überhaupt oder war es nur eine Laune gewesen?

Das bezweifelte ich. Was sollte ich nur tun? Durfte ich mir ein Leben mit ihm wünschen oder war das zu vermessen?

Ich blickte hinauf zur Zimmerdecke und ließ meine Gedanken schweifen – zuerst nach Indien und dann zu John. Beides erschien unerreichbar, aber wenigstens in meinen Träumen konnte ich mir meine Wünsche erfüllen.

33. KAPITEL

Am nächsten Morgen tauchte Liza mit einer Nachricht auf.

»Seine Lordschaft hat vorhin Bescheid aus Windsor Castle erhalten. Ihre Audienz findet heute Nachmittag im Privatbüro Ihrer Majestät statt. Näheres erfahren Sie, wenn Sie zum Frühstück kommen.«

Er hatte es also geschafft! Königin Victoria würde mich empfangen. Das erfüllte mein Herz mit Freude, brachte ihm aber auch wieder Kummer. Erst recht nach der vergangenen Nacht.

Ich hatte keine Ahnung, wie ich es geschafft hatte, mich richtig ins Bett zu legen, und ich konnte auch den Zeitpunkt nicht benennen, an dem ich eingeschlafen war. Ich hatte auch nichts Verwirrendes geträumt. Einzig die Tränen, die auf meinem Gesicht angetrocknet waren, bewiesen, was in der vergangenen Nacht geschehen war.

Ich meinte, noch immer Johns Küsse auf meinen Lippen zu spüren – die ersten, die ich jemals erhalten hatte! Und es würden wahrscheinlich auf lange Zeit auch die letzten sein, denn wie sollte ich jemals einen Mann finden, der so war wie er?

Ich konnte mir mittlerweile nicht einmal mehr ansatzweise vorstellen, von Wenzel geküsst zu werden.

»Danke, Liza«, sagte ich zu dem Dienstmädchen und lehnte seine Hilfe beim Ankleiden ab.

Als ich unten im Speisezimmer ankam, war Lord Sandhurst bereits anwesend, auch wenn er vollständig hinter seiner riesigen Morgenzeitung verschwand.

Erstaunt registrierte ich, dass nur zwei Gedecke auf dem Tisch standen. Da Liza wusste, dass ich das Frühstück nicht ans Bett haben wollte, war es sicher aus geschlossen, dass kein Gedeck für mich aufgelegt war. Wollte John etwa im Bett frühstücken?

»Ah, guten Morgen, Miss Härtel, setzen Sie sich.« Lord Sandhurst legte die Zeitung beiseite. »Ich hoffe, Sie haben wohl geruht.«

»Guten Morgen. Ja, die Nacht war recht gut, aber … wo ist denn Ihr Sohn?«

»John ist heute Morgen in aller Frühe abgereist.«

»Wie bitte?« Lag das an den Küssen? Hatte er Angst, dass ich etwas erzählen würde? Bereute er es vielleicht und war es ihm zu peinlich, mir noch einmal unter die Augen zu treten?

»Er sagte, er hätte etwas zu erledigen. Er ist zu unserem Landsitz geritten.«

»Gab es dazu irgendeinen Anlass? Ihre Frau wird doch nicht …«

»Nein, meiner Frau geht es gut. Keine Ahnung, was ihn getrieben hat. Mein Herr Sohn hatte schon immer eine etwas nebulöse Aura – wie Sie vielleicht selbst gemerkt haben, als er sich Ihnen gegenüber als Diener ausgegeben hat.«

Der Lord wusste also davon. Aber das änderte nichts daran, dass John nicht hier war. Wahrscheinlich schämte er sich wegen der Küsse so sehr, dass er nicht mehr wagte, mir unter die Augen zu treten.

Einen Moment lang schwieg ich enttäuscht. Ich dachte wieder an das, was ich mir gestern ausgemalt hatte, und fühlte mich auf einmal furchtbar kindisch. Wahrscheinlich war es besser so, wenn ich ihn nicht noch einmal sah. Wir hatten gestern Abend zwar darüber geredet, dass ein Großonkel von ihm eine Bürgerliche geheiratet hatte und sein Vater eine Deutsche, aber das hatte nichts zu sagen. Genauso wenig, wie seine Küsse eine Bedeutung hatten.

»Liza hat Ihnen vielleicht schon erzählt, dass ich gute Nachrichten habe«, riss mich Lord Sandhurst schließlich aus meinen Gedanken.

Ich räusperte mich. »Ja, das hat sie.«

»Es war nicht einfach. Bannister hat überall Sympathisanten. Es ist geradezu lächerlich, wie er sich ins Zeug legt. Als ob eine einzelne Glasmacherin ihm das gesamte Geschäft verderben würde!« Er lachte in sich hinein. »Aber so ist er eben, immer darauf bedacht, mir eins auszuwischen. Doch damit ist es vorbei. Wir haben den Termin zur Audienz heute Nachmittag, und dann wird sich hoffentlich alles klären.«

»Wird er denn auch zugegen sein?« Irgendwie wollte ich das Gesicht des Mannes sehen, der mir so viel Ärger gemacht hatte. Und er sollte mich sehen.

»Gott, ich hoffe nicht! Obwohl es ihm zuzutrauen wäre!«, gab Sandhurst zurück. »Allerdings hat die Königin Ihnen eine Privataudienz bewilligt. Da dürfte es ihm schwerfallen, einfach ins Arbeitszimmer Ihrer Majestät zu stürmen. Und sollte er tatsächlich diese Dreistigkeit besitzen, werde ich ihn persönlich mit meinem Spazierstock rausprügeln.«

Der Gedanke, dass Sandhurst hinter einem anderen Adeligen mit dem Stock herrannte, belustigte mich. Doch nur für einen Moment. Dann wurde mir wieder klar, was meine Anwesenheit hier bedeutete.

»Wie habe ich nur all diese Umstände verursachen können«, gab ich zurück und blickte traurig auf meine Kaffeetasse. »Vielleicht hätte ich besser ablehnen sollen, als der Brief kam.«

Sandhurst wusste ja nicht, dass nicht nur der Diebstahl der Engel an meiner Seele kratzte.

»Das hätten Sie nicht!«, gab der Lord zurück. »Ich hatte meinen Sohn extra angewiesen, notfalls auf Sie einzuwirken. Möglicherweise hatte er sich deshalb diese alberne Maskerade ausgedacht. Er dachte wohl, Sie hören eher auf Ihresgleichen und glauben daran, dass auch Sie eine Chance haben können.«

»Ich hätte an diese Chance auch geglaubt, wenn er sich mir mit richtigem Namen vorgestellt hätte.« Und möglicherweise hätte ich mich trotzdem in ihn verliebt.

»Sehen Sie! Jeder Mensch hat eine Chance verdient, so denke ich jedenfalls. Und es bringt auch nichts, dem Vergangenen nachzuhängen. Es hat mir sehr imponiert, als mein Sohn berichtete, dass Sie die Kraft gefunden hätten, neue Engel anzufertigen. Das zeigt Ihr großes Können.«

»Das Können hätte mir nicht viel genützt, wenn ich Mr DeVries' Ofen nicht gehabt hätte.«

»Nun, das war wirklich Glück. Doch wenn dem nicht so gewesen wäre, hätten Sie dann nicht versucht, auf anderem Wege zum Ziel zu kommen?«

»Vielleicht«, gab ich ein wenig unsicher zurück. »Aber ohne den Ofen wäre ich wohl trotzdem schon auf dem Weg nach Hause.«

»Doch Sie hatten den Ofen, nicht wahr? Nichts anderes zählt!« Damit hob Sandhurst seine Kaffeetasse und prostete mir zu.

In der folgenden Stunde schaffte ich es, mich komplett verrückt zu machen. Unruhig schritt ich im Zimmer auf und ab, überprüfte zwischendurch immer wieder, ob meine Engel noch da waren. Absurd, denn wer hätte sie mir vor meinen Augen stehlen sollen?

Meine Gedanken wanderten zurück. Was für ein Weg lag hinter mir! Innerhalb von nicht einmal einem Monat hatte ich Spiegelberg verlassen, vermutlich meine Anstellung bei Meister Philipps verloren und meine Schwärmerei für Wenzel hinter mir gelassen.

Ich war so viele Meilen gereist wie nie zuvor in meinem Leben, mit einem Mann, der sich als Sohn eines Lords entpuppt hatte. In diesen Mann hatte ich mich verliebt und diese Liebe hatte ich wohl auf immer wieder verloren.

Ich hatte meine Engel eingebüßt und neue hergestellt, ich hatte die Freundschaft eines verbitterten alten Glasmachers gewonnen und nun stand ich kurz davor, die englische Königin kennenzulernen. Die meisten Menschen in meinem Dorf erlebten während ihrer gesamten Lebensspanne nicht derart viel!

Ich war so furchtbar nervös, aber gleichzeitig euphorisch, mich durchzog es heiß und kalt vor Aufregung, und obwohl ich ein wenig Angst vor der Audienz hatte, sehnte ich den Augenblick herbei.

Schließlich schlüpfte ich in mein bestes Kleid und strich nervös die Falten des Rockes glatt. Der cremefarbene Stoff erschien mir plötzlich ein wenig dünn und furchtbar ungenügend, aber die anderen beiden Kleider waren noch schlichter und sahen von der Reise sehr mitgenommen aus. Und eigentlich wusste die Königin ja auch, dass ich eine arme Glasmacherin war.

Der Augenblick meiner Abreise war gekommen. In meinem alten Seidenkleid und mit der Tasche in der Hand ging ich nach unten.

Ein wenig hatte ich gehofft, dass John bis zu meiner Abreise wieder auftauchen würde. Dass er wirklich nur losgeritten war, um etwas zu erledigen. Doch mittlerweile war ich sicher, dass ich ihn nicht wiedersehen würde. Die ganze Zeit über war er an meiner Seite gewesen, und nun ließ er mich im wichtigsten Moment allein.

Allerdings konnte ich es ihm nicht übelnehmen. Nach dem, was gestern geschehen war, hätte ich mich vielleicht auch geschämt und versucht, demjenigen, den ich geküsst hatte, fernzubleiben. Immerhin war er verlobt!

»Nun, Miss Härtel, ich hoffe, Sie sind bereit, Windsor Castle kennenzulernen.«

»Das bin ich«, antwortete ich.

»Gut. Dann kommen Sie, die Königin wird erfreut sein, Sie zu sehen.«

Ich war nicht sicher, ob das stimmte, aber ich schloss mich ihm an.

In der Kutsche wickelte ich mich in eine Decke. Die Luft schien noch etwas kälter geworden zu sein. In Windeseile beschlugen die Scheiben und der Beschlag wurde an den Rändern zu Eiskristallen.

Sandhurst nahm mir gegenüber Platz, und wenig später ruckte die Kutsche an. Ich wischte ein Sichtloch frei und hoffte, John doch noch zu Gesicht zu bekommen. Aber alles, was ich sah, waren die Häuser, die an uns vorüberzogen.

Windsor Castle war noch imposanter als der Buckingham Palace. Seine hellen Mauern erhoben sich trutzig gegen den sich allmählich rötenden Nachmittagshimmel. Im Gegensatz zum Buckingham Palace gab es hier viel älter anmutende Türme und Wehrgänge. Das Schloss ähnelte eher einer Ritterburg aus dem Märchen. Der Eindruck, klein und unbedeutend zu sein, verstärkte sich bei mir noch, als wir ausstiegen.

»Die Anlage ist bereits uralt«, erklärte Sandhurst, nachdem der Kutscher mir die Tasche mit den Engeln gereicht hatte. »Schon im elften Jahrhundert gab es hier eine Burg, im vierzehnten Jahrhundert wurde sie von Edward III. langsam umgebaut und zum Sitz der englischen Könige gemacht. Königin Victoria hält sich seit dem Tod ihres Gatten sehr häufig hier auf, was man angesichts der Grünanlagen verstehen kann. Jetzt ist davon leider nicht viel zu sehen, aber im Sommer ist es herrlich.«

Ich blickte mich um, doch außer kahlen Bäumen und Sträuchern sah ich nichts von der Pracht. Aber Lord Sandhurst hatte sicher recht, hier sah es gewiss anders aus, wenn alles grünte und blühte.

Wir betraten das Schloss durch den Besuchereingang. Wieder wurde ich erschlagen von der Größe der Räume. Kunstvoll geschnitzte hölzerne Vertäfelungen mit alten Ritterschilden zogen meinen Blick magisch an. Leider hatte ich nicht viel Zeit, sie zu betrachten, denn Lord Sandhurst drängte zur Eile.

Wir wurden vom Haushofmeister begrüßt, dem Mann, der mir das Schreiben gesandt hatte, dann wurden wir zu den Arbeitsgemächern der Königin geführt.

Dort waren wir allerdings nicht allein.

Und mit großem Schrecken stellte ich fest, dass mir einer der anwesenden Männer überaus bekannt vorkam.

»Dieser Mann dort«, wandte ich mich im Flüsterton an Sandhurst und deutete mit dem Kinn auf die Gestalt am Ende des Ganges, die sich mit einem Herrn in einem feinen Gehrock unterhielt.

Sandhurst blickte sich um. Plötzlich wurde er bleich.

»Dieser Mistkerl«, brummte er. »Hat er es also doch herausbekommen.«

»Wen meinen Sie?«, fragte ich. Erkannte er den Fremden vielleicht?

»Bannister. Da steht er mit seinem getreuen Handlanger. Connor.«

Connor? Ich hätte eher damit gerechnet, dass der Spitzel einen deutschen Namen tragen würde. Warum zum Teufel hatte sich Bannister mit ihm in einem Pub getroffen? Hatte er Angst, dass die Sache auffliegen würde?

»Ich nehme an, dieser Connor ist der Mann in dem braunen Anzug?«, sagte ich und fragte mich gleichzeitig, warum John nicht geahnt hatte, woher der Wind wehte. Oder wusste er es und hatte es mir nur nicht gesagt?

»Ja, woher kennen Sie ihn?«, fragte Sandhurst überrascht.

»Er ist uns die ganze Zeit über gefolgt. In Heilbronn hat er mich auf dem Bahnhof angesprochen, und in Köln war er ebenso wie wir im Dom. Ich nehme an, dass er auch auf dem Schiff war, aber wahrscheinlich konnte er sich dort besser verbergen.«

Ich zitterte am ganzen Leib. Am liebsten wäre ich zu den Männern gegangen und hätte sie zur Rede gestellt.

In dem Augenblick drehten sich beide zu uns um.

Der Mann neben dem Spitzel verneigte sich spöttisch, und Sandhurst erwiderte diese Geste. Ich sah eine Krawattennadel im Licht aufblitzen, rot wie ein Rubin.

Dann wandte er dem Mann den Rücken zu, damit er nicht mitbekam, was er sprach.

»Die Nadel!«, flüsterte ich Sandhurst zu.

»Welche Nadel?«

»Die dieser Bannister trägt. Ich bin sicher, er ist der Mann, der mit unserem Verfolger geredet hat. Der Glasstein an der Krawattennadel soll rot gewesen sein!«

Sandhurst blickte zu Bannister, aber der blieb weiterhin seinem Begleiter zugewandt.

»Nun gut, es war zu erwarten, dass er auftauchen würde. So schnell gibt Bannister nicht auf.«

»Kann er uns denn gefährlich werden?«, fragte ich beklommen und spähte an Sandhurst vorbei. Die beiden schauten uns immer noch an.

»Ich habe keine Ahnung, was er im Schilde führt. Er kann es nicht mehr verhindern, dass Sie der Königin die Engel zeigen.«

Kaum hatte Sandhurst das gesagt, kehrte der Sekretär der Königin zurück. »Ihre Majestät wird Sie jetzt empfangen.«

Seine Worte schossen wie Pfeile durch meine Brust. Ausgerechnet jetzt, wo ich so aufgewühlt war, sollte ich vor die Königin treten.

Ach, wenn doch nur John da wäre! Er hätte mich sicher besser beruhigen können als sein Vater.

Da spürte ich Lord Sandhursts Hand auf meinem Arm.

»Kommen Sie. Um Bannister und seinen Kompagnon kümmern wir uns später. Und denken Sie daran, ich bin bei Ihnen. Wichtig ist, dass die Königin jetzt Ihre Engel sieht. Eine schlimmere Niederlage können Sie Bannister gar nicht beibringen.«

Ich atmete tief durch. Ruhiger wurde ich dadurch nicht, doch Sandhurst hatte recht. Ich musste beenden, weswegen ich hergekommen war. Alles andere war in diesem Augenblick nebensächlich.

Das Büro der Königin war im Gegensatz zu den anderen Räumlichkeiten eher schlicht gehalten. Auch hier gab es prachtvolle Tapeten und Gemälde, auch hier breitete sich ein schwerer Teppich aus und die Möbel sahen kostbar aus. Dennoch wirkte hier alles einfacher. Auf dem Mahagoni-Schreibtisch stand eine große rote Kiste mit den königlichen Initialen, davor lagen zahlreiche Dokumente und Ordner.

Der Anblick der Königin überraschte mich. Ich hatte einmal ein Bild der Ehefrau unseres Kaisers gesehen, auf dem sie ein langes weißes Kleid und eine Krone trug. Königin Victoria wirkte eher wie eine gütige Großmutter, und außerdem war sie ganz und gar in Schwarz gekleidet. Selbst ihr schneeweißes Haar wurde von einem schwarzen Schleier bedeckt.

Einen Moment lang starrte ich sie überrascht an, dann verspürte ich einen leichten Stups im Rücken.

Ich machte einen tiefen Knicks und verharrte darin. Gleichzeitig kämpfte ich darum, nicht das Gleichgewicht zu verlieren.

»Erheben Sie sich!«, sagte Königin Victoria in einem akzentgefärbten Deutsch. Sie wusste offenbar noch, dass sie nach dem deutschen Mädchen geschickt hatte.

Ich gehorchte ihrer Aufforderung und blickte ihr ins Gesicht. Sie war nicht größer als ich selbst, und doch strahlte sie eine einnehmende Autorität aus.

»Nun, junge Frau, berichten Sie Uns doch bitte, warum Sie so verspätet eintreffen. Die ursprüngliche Audienz war vor mehr als einer Woche angesetzt. Uns wurde gesagt, es habe Komplikationen gegeben.«

Ich zuckte zusammen. Natürlich sprach sie zunächst meine Verspätung an. Meine Hoffnung, dass es ihr nur um die Engel gehen würde, zerstob.

Ich blickte fragend zu Sandhurst, der mir aufmunternd zunickte.

»Erzählen Sie ruhig, Wir sind ganz Ohr.« Die Königin verschränkte die Arme leicht vor ihrem Körper.

Ich begann zu erzählen und ließ auch das Zusammentreffen mit Connor in Heilbronn nicht aus. Ich berichtete ihr davon, dass der Spitzel uns verfolgt hatte, dass die Engel gestohlen wurden und nicht wieder aufgetrieben werden konnten.

»Wenn ich mir die Bemerkung erlauben darf, wir haben gesehen, dass sich Mr Connor im Palast aufhält«, warf Sandhurst ein. »Wahrscheinlich hat Lord Bannister später ebenfalls eine Audienz bei Eurer Majestät.«

Die Königin brachte ihn mit einer kurzen Handbewegung zum Schweigen. »Erzählen Sie weiter, Kind.«

Ich beschrieb, wie John mich zu Mr DeVries brachte. Und wie der Glasmacher mir vorschlug, seinen Ofen zu benutzen.

»Sie haben also die Engel eigens für Uns gefertigt?«

Ich nickte. »Ich hatte nur die Alternative, aufzugeben. Doch das wollte ich nicht. Das bin ich meiner Familie schuldig.«

Victoria nickte anerkennend, dann richtete sie ihren Blick auf meine Tasche. Inzwischen kam sie mir zentnerschwer vor, und ich hatte Angst, dass sie mir jeden Moment aus den schweißnassen Händen gleiten würde, denn ich hatte nicht gewagt, sie abzustellen.

»Dann zeigen Sie Uns doch bitte, was Sie mitgebracht haben.«

Sie deutete auf einen kleinen Beistelltisch.

Ich stellte die Tasche auf den Boden, hob die Schachtel heraus und legte sie auf dem Tischchen ab.

Als ich den Deckel anhob, hielt ich für einen Augenblick den Atem an. Die Engel leuchteten im Tageslicht und erfüllten das Behältnis mit einem farbigen Schimmer.

Die Königin trat zu mir. Lavendelduft stieg mir in die Nase. Er schien Victoria vollkommen zu umhüllen.

Einen Engel nach dem anderen nahm sie heraus und betrachtete ihn.

»Die Darreichung ist ein wenig gewöhnungsbedürftig«, bemerkte sie und sah sich zu Lord Sandhurst um.

»Es ist das, was von der ursprünglichen Verpackung übrig geblieben ist. Die gestohlenen Engel steckten in Streichholzschachteln. So verkaufe ich sie auch auf dem Markt.«

Ich bemerkte, dass die Königin ein belustigtes Lächeln verbarg. Ja, wo hätte ich denn ein Samtkissen herbekommen sollen?

»Ein Mädchen, das Engel in Streichholzschachteln verkauft. Das erinnert mich an ein Märchen.«

Beinahe wäre ich damit rausgeplatzt, dass das, was sie für ein Märchen hielt, für uns ein notwendiger Zuverdienst war, aber glücklicherweise konnte ich mir noch schnell auf die Zunge beißen.

»Das Gesicht dieses Engels«, sagte Victoria dann und nahm einen der Engel aus der Schachtel. »Es kommt Uns bekannt vor.«

»Ich habe einige nach einem Kinderbildnis Eurer Majestät gestaltet«, gab ich zu und zog unwillkürlich den Nacken ein. Was, wenn sie es nicht mochte?

Einen Moment noch betrachtete die Königin den Engel, dann huschte ein Lächeln über ihr Gesicht. »Albert hätte diese Idee gefallen.« Sie legte den Engel wieder in die Schachtel zurück. »Wir sind nun keine Expertin, was Glaswaren angeht. Aber Wir würden sagen, diese Engel sind wunderschön. Wir ...«

Plötzlich wurde die Tür aufgerissen.

Jemand rief etwas Wütendes aus dem Hintergrund, dann trat ein Mann in den Raum.

Bannister!

Sandhurst stellte ihm aufgebracht eine Frage, doch der Eindringling beachtete ihn gar nicht.

»Was sagt er?«, wandte ich mich flüsternd an Sandhurst. Der musterte den Eindringling mit flammendem Blick, bevor er mir übersetzte, was Bannister sagte.

»Er unterstellt Ihnen, eine Betrügerin zu sein.«

Mein Herz begann zu rasen. Ich sollte eine Betrügerin sein? Jetzt konnte ich nicht mehr an mich halten. Bannister mochte es vielleicht nicht verstehen, aber die Königin sehr wohl.

»Ich bin keine Betrügerin!«, gab ich zurück. »Diese Engel habe ich hier angefertigt, mit meinen eigenen Händen! Mit Hilfe eines englischen Glasofens!«

Bannister stockte, offenbar hatte er kein Wort verstanden. Dann wandte er sich wieder an die Königin.

Was er sagte, wusste ich nicht, doch ich war sicher, dass er kein gutes Haar an mir ließ. Ich hatte jetzt nur noch eine Möglichkeit.

»Sie haben mich von Ihrem Handlager, der vor der Tür steht, verfolgen lassen!«, rief ich ihm ins Gesicht. »Dieser Connor hat meine Engel gestohlen, ich habe ihn wiedererkannt!« Ich war erstaunt über meine eigene Lautstärke. Aber in diesem Augenblick ging es um meine Ehre.

Sandhurst übersetzte ihm genüsslich, was ich gesagt

hatte, worauf Bannisters Augen vor Zorn glühten. Überraschenderweise lag aber auch Angst auf seinen Zügen. Meine Worte hatten offenbar Wirkung gezeigt!

Sandhurst neigte sich zu mir und übersetzte, was nun zwischen Bannister und der Königin gesprochen wurde.

»Lord Bannister!«, sagte die Königin kalt. »Was fällt Ihnen ein, einfach hereinzuplatzen und Unsere Urteilsfähigkeit anzuzweifeln?«

Bannister schien unter ihrer Ansprache zu schrumpfen. Er zog den Kopf ein wie eine der Schildkröten auf den Gemälden in Sandhursts Exotenzimmer. Hätte er einen Panzer besessen, wäre er darin wahrscheinlich verschwunden.

»Verzeiht, Eure Majestät, ich wollte Euch lediglich davor bewahren ...«

Der Blick der Monarchin brachte ihn zum Schweigen.

»Sie haben sich an die Ordnung zu halten«, sagte sie. »Aber da Sie schon mal da sind: Die junge Dame hat behauptet, einer Ihrer Männer habe sie verfolgt. Würden Sie Mr Connor hereinbitten?«

Bannister erbleichte. »Ich ... er ...«

»Nun holen Sie ihn schon herein!«

Bannister blieb nichts anderes übrig, als sich umzuwenden und den Raum zu verlassen.

Die Miene der Königin blieb versteinert und ließ ihre Gedanken auch weiterhin nicht erkennen.

Wenig später trat Bannister wie ein geschlagener Hund ein, begleitet von dem Mann, der mich in Heilbronn angesprochen hatte.

Dieser blickte mich stechend an.

»Nun, Miss Härtel«, fragte Victoria auf Deutsch, »ist das der Mann, über den wir gesprochen haben?«

»Ja, das ist er«, antwortete ich mit fester Stimme. Kein Zweifel, er war es. Ob mit oder ohne Bart.

Bannister ereiferte sich nun, und Sandhurst übersetzte erneut für mich.

»Eure Majestät, das Mädchen lügt! Es will sich doch nur herausreden. In Wirklichkeit hatte es gar keine Engel bei sich. Es wollte sich nur wichtigmachen.«

»Das wollte ich nicht!«, fauchte ich zurück. Mir war es egal, ob dieser Bannister ein Adeliger war oder nicht. Schon John hatte ich es übelgenommen, als er fragte, ob ich die Engel tatsächlich bei mir hatte. »Ich habe alle Engel eingepackt, die ich in der vergangenen Zeit gefertigt hatte. Sie haben dafür gesorgt, dass sie verschwinden.«

»Mein Sohn kann es bezeugen«, sagte Sandhurst nun, einmal auf Englisch und einmal in Deutsch. Seine Miene wirkte grimmig, und mir entging nicht, wie fest er seine Hand um den Gehstock schloss. Ich hoffte nur, dass er nicht ausholen und seinen Rivalen vor der Königin schlagen würde. Doch seine Hand blieb ruhig, während er nachsetzte: »Und Sie wollen doch nicht behaupten, dass mein Sohn ein Lügner ist!«

Nun, wenn man es genau nahm, hatte John die Engel in den Schachteln nie gesehen.

»Meine Herren!«, schaltete sich die Königin ein und hob die Hand. Bannister verstummte. Sandhurst übersetzte wieder. »Uns ist bekannt, dass es zwischen Ihnen Differenzen gibt. Aber die werden Sie nicht in Unserer Gegenwart ausfechten. Obendrein scheint es Uns, dass Ihre Kinderstube stark zu wünschen übriglässt, Lord Bannister.«

»Majestät, ich wollte doch nur …«

»Wir wissen, was Sie wollten!«, gab die Königin zurück. »Nämlich dieser jungen Frau schaden, weil es Ihnen nicht gefiel, dass Lord Sandhurst einen deutschen Einfluss an den Hof bringt. Aber damit ist jetzt Schluss! Ich verpflichte Sie, Miss Härtel Schadensersatz zu leisten für die Engel, die ihr verlorengegangen sind. Ich denke, dass fünfhundert Pfund angemessen sind.«

»Fünfhundert Pfund?«, platzte Bannister heraus. »Aber Eure Majestät!«

»Das ist eine vergleichsweise kleine Summe dafür, dass Ihr Handlanger in Ihrem Namen einen Diebstahl begangen hat. Dies wird übrigens noch Gegenstand einer Unterhaltung werden, das versichere ich Ihnen. Und nun gehen Sie, bevor Ihr Aufenthalt hier noch weitreichendere Konsequenzen hat!«

Bannisters Gesichtsfarbe wechselte zwischen leichenblass und puterrot. Dann wandte er sich wutentbrannt um. Sein Gehilfe verbeugte sich tief und folgte dann seinem Herrn.

Ich atmete tief aus. Es war nicht die Strafe, die ich mir für den Mann gewünscht hatte, der den gesamten Schlamassel verursacht hatte. Aber ich war froh, dass er fort war – und dass ich die Königin offenbar zu mir hielt.

»Nun zu Ihnen, Miss Härtel. Ich hoffe, Sie sind mit der Entschädigungssumme einverstanden.«

»Ja ... das bin ich.« Ich hatte keine Ahnung, wie viel fünfhundert Pfund waren. Aber es hörte sich nach mehr an, als ich je mit meinen Engeln verdient hatte.

»Gut. Wir bieten Ihnen weitere fünfhundert für diese Engel. Erscheint Ihnen die Summe angemessen?«

Fünfhundert Pfund für dreißig Engel?

Ich starrte überrascht zu Sandhurst, der mir mit einem leichten Nicken signalisierte, dass es in Ordnung war, das Angebot anzunehmen – auch wenn ich glaubte, dass es etwas zu viel war.

»Vielen Dank, Eure Majestät, das ist sehr gütig.«

»Gut. Wir werden veranlassen, dass man Ihnen das Geld überbringt. Und natürlich auch die Rückkehr in Ihre Heimat bezahlt. Wir nehmen an, Sie wollen das Fest mit Ihrer Familie verbringen.«

»Ja, das würde ich nur zu gern.«

»Lord Sandhurst wird alles in die Wege leiten. Es hat Uns gefreut, Sie kennenzulernen.«

Sie reichte mir die Hand, und auf einen Fingerzeig des Lords hin küsste ich sie.

Draußen im Gang ließ ich mich auf einen der kleinen Schemel sinken. Meine Knie waren butterweich. Ich konnte nicht glauben, dass ich es geschafft hatte. Die Königin hatte meine Engel gekauft! Und ich hatte ihr die Hand geküsst!

Noch immer hatte ich ein wenig Angst, dass jemand auftauchen und alles zunichtemachen würde. Aber Bannister war ebenso wie dieser Connor verschwunden.

»Nun, das war doch wirklich mal eine interessante Audienz«, sagte Sandhurst, zog ein Taschentuch aus dem Ärmel und tupfte sich über die Stirn. »Es war bewundernswert, wie Sie Bannister angefahren haben.«

»Woher kommt eigentlich die Feindschaft zwischen Ihnen und Bannister?«, fragte ich, als wir das Arbeitszimmer der Königin weit hinter uns gelassen hatten.

»Es ist wegen seiner Schwester«, antwortete Lord Sandhurst, ohne den Blick von dem Weg abzuwenden, der vor ihm lag. »Die Familie und sie selbst haben sich erhofft, dass ich sie heiraten würde. Aber da gehörte mein Herz bereits Maria. Und ich war durch nichts umzustimmen. Ihr Bruder war tödlich beleidigt, dass ich seine Schwester abgewiesen hatte. Und so versucht er seitdem, mir das Leben schwerzumachen.«

»Aber was hat das denn alles mit mir zu tun?«, fragte ich.

»Nun, ich nehme an, dass es auch damit zusammenhängt, dass Sie aus Deutschland stammen. Wenn ich einen einheimischen Glasmacher vorgeschlagen hätte, hätte er natürlich auch versuchen können, mich zu sabotieren. Doch als ihm zu Ohren gekommen ist, dass es eine deutsche Glasmacherin sein soll, muss er sich wohl wieder an damals erinnert haben.«

»Hat seine Schwester denn keinen Ehemann gefunden?«

»O doch, das hat sie! Eine Tochter des Hochadels bleibt nicht allein, wenn sie es nicht will. Ich würde sogar sagen, dass sie eine recht gute Partie gemacht hat – wenn auch etwas unter ihrem Stand. Sie scheint glücklich damit zu sein.«

»Aber nicht ihr Bruder.«

»Sie haben keinen Bruder, nicht wahr?«

Ich schüttelte den Kopf.

»Nun, dann wissen Sie auch nichts darüber, wie nachtragend Brüder sein können. Bannister ist es jedenfalls, und auch wenn er fürs Erste einen Dämpfer erhalten hat, wird er es sich nicht nehmen lassen, wieder anzugreifen. Aber diesmal werde ich darauf besser gefasst sein.«

Wir verließen das Schloss und gingen zurück zur Kutsche. Schneeflocken rieselten vom Himmel und setzten sich im Fell der Pferde und auf dem Mantel des Kutschers fest. Ich war verwirrt und glücklich, aber gleichzeitig auch traurig. Immer wieder sagte meine innere Stimme: Die Königin hatte meine Engel gekauft! Und mir zu einem Schadensersatz für die gestohlenen verholfen!

Außerdem wusste ich nun, was der Grund für die Schwierigkeiten war, die mir bereitet worden waren.

Doch dass John einfach verschwunden war, nagte an mir. Wieder und wieder fragte ich mich, was die Ursache war. Hatte ihn sein schlechtes Gewissen zurück zu seiner Verlobten getrieben?

Aber was konnte ich schon verlangen? Ich hatte bekommen, was ich mir erhofft hatte – und mehr. Dank des Lords und DeVries hatte ich meine Reise erfolgreich abschließen können. Davon, dass ich mich verlieben würde und ein Recht hatte, diese Liebe für mich zu beanspruchen, hatte nichts in dem Brief gestanden.

»Was halten Sie davon, wenn wir Ihren Erfolg heute Abend bei einem kleinen Dinner feiern?«, fragte Sandhurst plötzlich. »Sie müssen ja völlig ausgehungert sein, und außerdem haben Sie für Ihren Mut noch eine kleine Würdigung verdient.«

»Das wäre sehr schön«, antwortete ich, wenngleich ich mir viel sehnlicher gewünscht hätte, John noch einmal zu sehen.

»Bestens! Ich werde nach unserer Rückkehr gleich der Köchin Bescheid geben.« Sandhurst half mir in die Kutsche und stieg dann selbst ein.

34. KAPITEL

Spätnachmittags nach unserer Rückkehr nach London blickte ich sehnsüchtig aus dem Fenster, in der Hoffnung, dass John doch noch auftauchen würde. Wenn ich meinte, Hufgetrappel zu vernehmen, sprang ich auf und schaute – nur um im nächsten Augenblick wieder enttäuscht auf den Sessel neben dem Bett zu sinken.

Es half alles nichts. Offenbar musste ich ihn vergessen. Aber wie sollte mir das gelingen?

Am Abend begab ich mich in meinem Audienzkleid ins Speisezimmer. Dort fand ich eine wunderschön geschmückte Tafel vor. Efeu und Stechapfel war in den Gestecken zu finden, aber auch Vogelbeeren, glänzende Kugeln aus Silber und zarte rote Schleifenbänder. In einem der Sträußchen erkannte ich zwei der Engel, die ich damals an ihn verkauft hatte. Unwillkürlich huschte mir ein Lächeln über das Gesicht. Davon musste ich Elisabeth unbedingt berichten.

Noch einen Moment lang betrachtete ich die Engel, dann schweifte mein Blick weiter.

Hohe Kerzenleuchter verströmten ein warmes Licht. Die Teller waren aus feinstem Porzellan und das Tafelsilber blank poliert wie ein Spiegel. Als ich entdeckte, dass drei Gedecke auf dem Tisch lagen, schlug mein Herz höher.

Ich kam offenbar ein wenig zu früh, Lord Sandhurst war jedenfalls noch nicht hier. Dafür konnte ich ein wenig die Dienstmädchen beobachten und den Butler, der nach einer Weile erschien und die Lage der Bestecke kontrollierte.

»Ah, Miss Härtel, Sie sind pünktlich!«, ertönte die Stimme des Lords hinter mir. Ich wandte mich um, in der Hoffnung, dass John da wäre und ich seine Ankunft nur übersehen hatte.

Doch an seinem Arm ging eine in ein grünes Kleid gehüllte Frau mit blondem, hochgestecktem Haar, in dem kleine Glasblüten funkelten.

»Darf ich vorstellen, meine Frau Maria. Sie ist während unserer Abwesenheit eingetroffen. – Maria, das ist das Mädchen, von dem ich dir erzählt habe.«

»Es ist mir eine Freude, Sie kennenzulernen«, sagte Lady Sandhurst. »Endlich begegne ich hier wieder einmal einer Landsfrau, die uns einen Grund bietet, meine Muttersprache ein wenig zu pflegen. Das geschieht leider nicht sehr häufig.«

»Es freut mich auch sehr, Lady Sandhurst.«

Ich reichte ihr die Hand und machte einen kleinen Knicks. Sie lächelte mich an.

»Ich bin schon sehr gespannt, was Sie mir von Ihren Erlebnissen zu erzählen haben. Mein Mann ist ja voll des Lobes darüber, wie Sie sich gegenüber der Königin verhalten haben.«

Hatte er ihr von dem Disput erzählt? Das war anzunehmen. Wärme strömte mir in die Wangen, doch ich wurde nicht rot vor Verlegenheit. Dazu war ich einfach zu stolz auf das, was mir gelungen war.

Wir nahmen an der Tafel Platz, worauf nur wenig später ein paar Dienstmädchen mit silberglänzenden

Schüsseln erschienen, in denen sich eine orangefarbene Suppe befand. Kürbis, erkannte ich, doch etwas anders gewürzt, als ich es von zu Hause kannte. Der Butler goss Weißwein in das schlankere der beiden Kristallgläser, die neben jedem Teller standen.

Mir brannte es auf der Zunge, nach John zu fragen, doch ich hielt mich zurück. Lady Sandhurst sollte keinen falschen Eindruck von mir bekommen.

»Mein Mann hat mir berichtet, dass Sie die Tochter eines Glasmachers sind«, sagte Lady Sandhurst, nachdem wir von der köstlichen Suppe, die eine leichte Muskatnote hatte, probiert hatten.

»Ja, Madam, die bin ich.«

»Und er erzählte mir auch, auf welche Weise Ihre Familie in Not geraten ist. Ich finde es bewundernswert, dass Sie die Arbeit Ihres Vaters fortführen. Das ist ungewöhnlich für eine junge Frau in dieser Zeit.«

»Mein Vater hatte mich schon früh an das Glashandwerk herangeführt. Eines Tages hätte ich seine Glashütte übernehmen sollen, aber daraus ist nichts mehr geworden.«

»Doch Sie haben nie aufgegeben?« Lady Sandhurst musterte mich eindringlich. Sie war wirklich wunderschön, und ich konnte verstehen, warum sich der Lord für sie entschieden und dafür den Ärger mit den Bannisters in Kauf genommen hatte.

»Nein, glücklicherweise hatte mir mein Vater noch beibringen können, wie man Glas gießt. Ein Kollege von ihm hat mich als Hilfsarbeiterin angestellt, und abends habe ich meine kleinen Engel angefertigt.«

Das alles kam mir auf einmal so weit weg vor, wie aus einem anderen Leben.

»Dann muss es Ihnen doch beinahe wie ein Märchen

erschienen sein, dass unser Sohn mit dem Brief der Königin bei Ihnen aufgetaucht ist.«

Hatte John seiner Mutter gebeichtet, dass er vorgegeben hatte, der Diener seines Vaters zu sein? Wieder hätte ich nur zu gern gewusst, wo er war und warum er seine Mutter nicht begleitet hatte.

»Ja, so war es. Trotzdem wäre ich beinahe nicht mit ihm gefahren. Meine Schwester ist erst zwölf und meine Mutter sehr krank. Mit dem Geld, das ich verdient habe, kann ich endlich sicherstellen, dass sie gute Medikamente bekommt.«

»Nun, damit können Sie weitaus mehr tun!«, meldete sich Lord Sandhurst zu Wort. »Die tausend Pfund werden reichen, um eine eigene Werkstatt einzurichten. Und ich kann mir vorstellen, dass Sie, sobald die Königin die Engel an ihrem Weihnachtsbaum zeigt, noch weitere Aufträge erhalten könnten.«

»Das wäre wunderbar! Und eine eigene Werkstatt war immer mein Traum. Genaugenommen bleibt mir auch nicht viel anderes übrig, denn Meister Philipps wird mich bestimmt nicht mehr einstellen.«

»Nun, wenn er hört, dass Sie bei unserer Queen waren, wird er sich das überlegen.«

Sandhurst lachte auf.

»Es imponiert mir wirklich, dass Sie immer weitergemacht haben, zum Wohle Ihrer Mutter und Ihrer Schwester. Sie haben doch sicher Heimweh, nicht wahr?«

Ich lächelte still in mich hinein. »Das habe ich. Sehr sogar. Und ich freue mich, sie wiederzusehen.«

»Dann trinken wir doch auf Sie und Ihre Familie!« Sandhurst erhob sein Glas, und die Lady und ich taten es ihm gleich.

»Und wo wir schon mal beim Imponieren sind: Du

hättest sie erleben sollen, als sie sich gegen Bannister verteidigte«, fuhr Sandhurst fort. »Das dumme Gesicht von ihm war Gold wert! Und die Strafe, die er zahlen musste, hat ihn auch sichtlich schockiert. Ich wünschte, John hätte das miterlebt!«

Bei diesen Worten fiel der Blick der Lady auf mich. Hatte John seiner Mutter gegenüber etwas erwähnt? Ich stellte rasch das Glas ab und wich ihrem Blick aus.

»Du solltest sie nicht so sehr in Verlegenheit bringen, mein Lieber«, sagte die Lady nun. »Sagen Sie, Miss Härtel, gibt es etwas, das Sie mit nach Deutschland nehmen wollen? Als Andenken?«

Ich schüttelte den Kopf, denn John konnte ich ja nicht mitnehmen.

»Ich habe alles, was ich brauche.«

»Und für Ihre Mutter und Ihre Schwester? Schließlich hatten Sie keine Gelegenheit, Weihnachtsgeschenke für sie zu erwerben.«

Ich zögerte. Die Sandhursts hatten mich so sehr unterstützt, dass es mir dreist vorkam, eine Bitte zu äußern.

»Na, nur heraus mit der Sprache!«, setzte Sandhurst fröhlich hinzu. »Egal, was es ist, meine Frau wird es Ihnen beschaffen.«

»Irgendetwas mit einem Rotkehlchen vielleicht«, antwortete ich. »Ich habe diese Vögel in dem Gasthaus gesehen und von John erfahren, dass sie eine besondere Bedeutung für Ihr Weihnachtsfest haben. Elisabeth würde sich bestimmt sehr darüber freuen.«

Und ich mich auch, dachte ich. Immer, wenn ich ein Rotkehlchen oder eine Mistel sah, würde ich an ihn denken.

35. KAPITEL

Als ich kurz vor Mitternacht in mein Zimmer zurückkehrte, glühte mein Gesicht vom Wein und dem guten Essen. Es war ein sehr angenehmer Abend gewesen, bei dem mir klargeworden war, dass ich nicht mehr dieselbe war wie vorher. Natürlich war ich immer noch unsicher, aber die Worte der Lady hatten mir bewusstgemacht, dass ich etwas Unglaubliches erreicht hatte, auf das ich stolz sein konnte. Und das war ich auch.

Einziger Wermutstropfen war die Abwesenheit von John. Wann würde ich mich endlich damit abfinden? Und warum schmerzte mein Herz so sehr vor Sehnsucht, wenn ich an ihn dachte?

Irgendwie fand ich in dieser Nacht doch in den Schlaf, bis ich gegen Morgen vom Rattern einer Kutsche geweckt wurde.

John?, fragte ich stumm, doch mein Herz sagte mir, dass er es nicht war. Wahrscheinlich war es nur ein Besucher des Lords.

Heute war der vierte Advent. Weihnachten würde in wenigen Tagen beginnen. Ob ich es noch schaffte, bis dahin nach Hause zu kommen? Der Lord hatte mir zugesichert, dass wir die schnellste Fähre nehmen konnten, die es derzeit gab. Vorausschauend hatte er bereits eine Einzelkabine für mich gebucht. Doch es war immer noch fraglich, ob ich den Zug rechtzeitig erreichen würde. Ich wünschte mir sehnlichst, dass wir es noch schaffen würden.

Aber auch wenn ich ein paar Tage nach Weihnachten heimkehrte, brachte ich doch gute Nachrichten, mit denen wir ins neue Jahr gehen konnten.

Als Liza erschien, fühlten sich meine Augenlider schwer an. Sonnenlicht blendete mich, als sie die Vorhänge zurückzog.

»Seine Lordschaft erwartet Sie«, flötete sie. »Gerade ist jemand aus dem Palast erschienen, mit einem Kuvert für Sie.«

»Ein Kuvert?«, fragte ich etwas begriffsstutzig, doch dann wurde mir klar, dass das mein Geld sein musste.

Noch vor einigen Wochen hätte mir dieser Augenblick alles bedeutet – konnte ich doch so das Überleben meiner Familie gewährleisten. Aber jetzt wünschte ich mir nur eines: John wiederzusehen.

Als ich nach unten ins Esszimmer kam, war der Kurier schon wieder verschwunden. Dafür erhob Sandhurst sich und reichte mir den Umschlag. Sein Lächeln war dabei so breit, als wollte es seine Ohren erreichen.

»Sie haben es sich verdient. Und ob Sie es glauben oder nicht, Bannister hat bereits seinen Schadensersatz geleistet. Hier.« Er reichte mir ein zweites Kuvert. »Ich habe mir erlaubt, meinen Butler loszuschicken, um den Scheck einzulösen. Damit sollten Sie für eine Weile auskommen können.«

Das Geld wog schwer in meiner Hand. Doch noch viel schwerer wog in meinem Herzen die Tatsache, dass John nicht wieder aufgetaucht war.

»Übrigens wird Mr Brady Sie nach Deutschland begleiten«, sagte Lord Sandhurst, als er sich wieder an seinen Platz begab. »Angesichts der Tatsache, dass Lord

Bannister den Kürzeren gezogen hat, ist es mir lieber, wenn Sie nicht allein reisen. Mein Butler bringt Kampferfahrung aus der Armee mit und wird gut für Sie sorgen.«

Ich nickte und setzte mich ebenfalls. John wäre mir zwar tausend Mal lieber gewesen als der Butler mit Kampferfahrung, aber offenbar stand der Sohn Seiner Lordschaft nicht zur Verfügung.

»Haben Sie schon etwas von Ihrem Sohn gehört?«, fragte ich zaghaft. Einen letzten Versuch zu erfahren, was mit ihm los war, wollte ich wagen, bevor wir am Nachmittag nach Dover aufbrachen.

»Nein, oder besser gesagt, doch, ich habe Nachricht erhalten, dass er zu Hause angekommen ist. Aber was er dort zu tun hat, kann ich Ihnen nicht sagen, denn ich weiß es nicht.«

»In Ordnung. Danke«, sagte ich und griff nach der Kaffeetasse.

Am Nachmittag führte mich Lord Sandhurst freundlicherweise durch seine beeindruckende Sammlung mit Glaswaren. Er hatte wunderbare Stücke aus allen Teilen der Welt. Ich sah orientalische Trinkgefäße und Vasen, italienische Glasfigürchen und Schalen sowie historisches Rubinglas, das mehr als zweihundert Jahre alt war. Auch einen reichverzierten Spiegel hatte er.

Dass meine kleinen Glasengel zu dieser Sammlung gehörten, machte mich stolz – und sicher hätte Vater sich sehr gefreut.

Anschließend war es so weit. Ich packte meine Sachen zusammen und begab mich mit meinen Taschen ins Foyer. Die Hoffnung, dass John vielleicht doch noch auftauchen würde, hatte ich trotz der Worte seines Vaters immer noch – allerdings wurde ich enttäuscht. Zu meiner Verabschiedung erschienen nur Lord Sandhurst und seine Frau.

»Ich wünsche Ihnen alles Gute, liebes Kind«, sagte er und reichte mir die Hand. »Es war mir eine Freude, Sie kennengelernt zu haben.«

»Hier habe ich ein paar Kleinigkeiten für Ihre Schwester und Ihre Mutter«, sagte die Lady. »Schneekugeln sind bei uns sehr beliebt, und wie Sie es sich wünschten, habe ich eine mit einem Rotkehlchen bekommen. Das Pashmina-Tuch aus Persien wird Ihre Mutter in den Wintertagen gut wärmen.«

»Pashmina?«, fragte ich.

»Das ist ein persisches Wort und beschreibt eine bestimmte Art von Gewebe aus Seide und Wolle.«

Das war eigentlich viel zu edel für uns, doch ich wusste genau, wie Mutter sich freuen würde. »Haben Sie von ganzem Herzen Dank für alles«, entgegnete ich. »Es tut mir nur leid, dass ich nichts für Sie habe.«

»Das ist nicht nötig. Ihre Anwesenheit allein war bereits Geschenk genug.«

Mit diesen Worten verabschiedete sich Lady Sandhurst. Lord Sandhurst begleitete mich noch bis zur Kutsche.

»Würden Sie mir bitte einen Gefallen tun, Lord Sandhurst?«, fragte ich und vergrub meine Hand in der Tasche. Schon beim Zusammenpacken meiner Sachen hatte ich eine Idee gehabt, die ich jetzt in die Tat umsetzen wollte.

Wenn ich John schon nicht wiedersehen sollte, wollte ich wenigstens, dass er etwas von mir zurückbehielt. Etwas, das ihn an unser Abenteuer erinnerte. Ich wickelte den kleinen Engel mit dem verstümmelten Fuß aus

Elisabeths Taschentuch und reichte ihn Lord Sandhurst. »Würden Sie diesen Engel Ihrem Sohn geben? Es ist ein kleines Dankeschön für die Mühen, die er auf sich genommen hat.«

»Dann haben Sie der Königin doch noch einen unterschlagen?«, fragte der Lord scherzhaft.

»Nein, es ist der erste, den ich jemals angefertigt habe. Sehen Sie, ihm fehlt ein Füßchen, weil die Glasmasse die Form nicht vollständig ausgefüllt hat. Ich habe ihn behalten, als Glücksbringer. Und ich möchte, dass John ihn bekommt. Als Andenken.«

Ich legte ihn Lord Sandhurst in die Hand. Dieser blickte mich ernst an, dann sagte er: »Ich werde es ihm geben.«

»Danke«, entgegnete ich. »Und danke auch für alles, was Sie für mich getan haben. Ich bin sehr froh, dass Ihr Weg Sie zu mir auf den Markt geführt hat.«

36. KAPITEL

Der Butler des Lords war ein ziemlich trockener und strenger Mann, der nur brockenweise Deutsch beherrschte und sich meist über Gesten mit mir verständigte. Dementsprechend langweilig war die Rückreise, und so nutzte ich die Zeit, um die Notizen in meinem Heftchen zu vervollständigen.

In meinem Koffer befanden sich neben meinen Kleidern auch noch die Geschenke von Lady Sandhurst. Das Geld trug ich eingenäht in meinem Kleid – sicher war sicher.

Bannisters Handlanger tauchte nicht mehr auf, dennoch fühlte ich mich ein wenig beobachtet, als ich in Dover die Landungsbrücke des Fährschiffes erklomm. Ich begab mich in die Kabine und blieb selbst dann dort, als wir ablegten. Es gab niemanden, der mir zuwinken würde, warum sollte ich also an der Reling stehen? Außerdem wollte ich im Herzen behalten, wie ich mit John auf dem Oberdeck gestanden hatte. Die Felsen jetzt verschwinden zu sehen, hätte mich nur traurig gestimmt.

Lieber konzentrierte ich mich auf das Weihnachtsfest. Elisabeth würde Augen machen, wenn sie die Schneekugel sah und all das las, was ich aufgeschrieben hatte.

Mr Brady gab während der Überfahrt und auch während der Reise von Calais nach Paris und weiter nach Deutschland gut auf mich acht.

In Paris musste ich wieder daran denken, dass John vom Louvre erzählt hatte und dass ich ihn gern gesehen hätte. Doch unser Zeitplan war sehr eng, und Mr Brady verstand nicht genug von dem, was ich sagte, um ihn darum zu bitten.

Ohnehin war ich sicher, dass mir ein Rundgang in dem Museum mehr Spaß gemacht hätte, wenn John an meiner Seite gewesen wäre.

John. Er war ständig in meinen Gedanken. Wenn ich im Zug aus dem Schlaf schreckte, glaubte ich für einen Moment, dass er da wäre.

Am Bahnhof von Heilbronn tauschten wir in einer Wechselstube etwas Geld ein, dann verabschiedete sich der Butler doch tatsächlich mit einem kleinen Lächeln von mir. Der Geist der Weihnacht schien auch ihn erreicht zu haben. Während er sich für eine Nacht in dem

Hotel einmietete, in dem auch John gewohnt hatte, entschied ich mich, mir eine Kutsche zu nehmen und gleich nach Hause zu fahren.

Inzwischen lagen auch hier hohe Schneeberge. Rauchgeruch mischte sich in den vertrauten Duft der heimischen Luft. In London hatte es stets ein wenig fischig gerochen, doch hier roch es nur nach Wald, Erde und Schnee.

Als ich in Spiegelberg ankam, dunkelte es bereits. Es war, als würde ich nach vielen Jahren der Abwesenheit wieder einen Fuß in den Ort setzen. Nichts hatte sich verändert – außer mir vielleicht. Als Kind war mir Spiegelberg groß vorgekommen, doch nun erschien es mir im Gegensatz zu London und Paris wie ein Dorf.

Jetzt, in der Nacht vor Heiligabend, leuchteten Kerzen in den Fenstern, und hier und da hingen Kränze aus Stechpalmen- und Tannenzweigen an den Türen. Die Welt schien allmählich zur Ruhe zu kommen.

Nachdem die Kutsche abgefahren war, stand ich einen Moment lang auf dem Marktplatz und überlegte, ob ich zum Friedhof gehen und Vater von meinen Erlebnissen berichten sollte. Doch die Lebenden waren jetzt wichtiger. In Köln hatte ich ein Telegramm aufgegeben, dass ich bald wieder zu Hause sein würde.

Als ich das Haus der Niedermayers erreichte, verharrte ich einen Moment lang an der Treppe und schaute nach oben. In unserer Wohnung brannte Licht. Beinahe konnte ich den Suppengeruch im Hausflur auch hier draußen wahrnehmen.

Freude erfüllte mein Herz. Ich war endlich zu Hause.

Im nächsten Augenblick hämmerte ich gegen die Tür. Ich rechnete fest damit, dass einer von den Niedermayers öffnen würde.

Doch als die Tür aufging, blickte ich in das Gesicht meiner Schwester. Das Himmelblau ihrer Augen schwamm in Tränen. Sogleich stürmte ich auf sie zu und zog sie in meine Arme.

»Ich bin so froh, dass du da bist!«, sagte ich, und nun kamen auch mir die Tränen.

»Ich auch. Du weißt gar nicht, wie sehr!«

Damit zog ich sie die Treppe hinauf, und wenig später lagen wir in den Armen unserer Mutter und weinten vor Glück.

Die ganze Nacht über musste ich erzählen, wie es in England war. Ein Brief war bereits zu Hause angekommen, der andere brauchte wahrscheinlich noch eine Weile. Aber das war egal. Meine Mutter staunte sehr über all das Geld, das ich mitgebracht hatte, und Elisabeth fragte immer wieder nach Details dessen, was ich gesehen hatte.

Erst als der Morgen heraufzog, begaben wir uns ins Bett.

Ich war sicher, dass ich meine Geschichte noch einmal den Niedermayers erzählen musste, aber vorerst blickte ich in den Morgenhimmel, der mit orangefarbenem Feuer erwachte, und schickte John einen Gruß aus der Ferne.

37. KAPITEL

Dank des Geldes der Königin wurde es eines der schönsten Weihnachtsfeste der vergangenen Zeit. Wir saßen unter der kleinen Tanne, die Herr Niedermayer für meine Mutter geholt hatte, und bewunderten die Geschenke der Lady.

Ich erzählte von dem Rotkehlchen und den Misteln, und immer wieder musste ich die Geschichte zum Besten geben, wie ich vor der Königin gestanden hatte.

Von dem Geld, das ich umgetauscht hatte, besorgte ich am ersten Feiertag bei einem Bauern eine Gans und kaufte im Laden der Niedermayers, den sie mir freundlicherweise öffneten, Leckereien und Zutaten für ein paar Plätzchen. Sofort nach den Feiertagen würde ich Mutter eine bessere Arznei aus der Apotheke holen, durch die ihre Schmerzen zumindest ein wenig gelindert wurden.

Wie lange ich mir das leisten können würde und ob es mit der eigenen Werkstatt wirklich klappte, wusste ich nicht. Doch immerhin hatte ich bereits eine Ahnung, an wen ich mich wegen des Ofens und eines Raumes wenden konnte. Herr Niedermayer hatte uns von einem Mann erzählt, der nicht wusste, was er mit einem kleinen Nebengelass machen sollte. Er meinte, dass diese Scheune, weil aus festen roten Ziegeln erbaut, ideal wäre für eine Glaswerkstatt.

Diesen Mann wollte ich im neuen Jahr ansprechen

und mich dann auch daranmachen, einen Glasofen errichten zu lassen.

Von Wenzel hatte ich bisher nichts gehört. Möglicherweise hatte er noch nicht erfahren, dass ich wieder da war. Aber vielleicht war es ihm auch egal. Im neuen Jahr würde ich ihn besuchen und mich zumindest bei seinem Vater dafür entschuldigen, dass ich ihn versetzt hatte.

Sobald ich meinen eigenen Glasofen hatte, würde ich auch meine Schuld bei Professor Bezelius abbezahlen und ihm einen meiner Engel bringen. Ich hatte ihn immerhin schon aufgesucht und ihm von meinen Erlebnissen berichtet, was ihn sehr erfreut hatte.

Ich war voller Hoffnung. Der einzige Wermutstropfen war, dass ich nicht wieder von John gehört hatte. Hatte ihn mein kleines Geschenk überhaupt erreicht? Insgeheim hatte ich gehofft, dass er mir schreiben würde, doch Tag um Tag verging ohne eine Nachricht.

Vielleicht bedeutete ihm das alles nichts, vielleicht hatte er mich auch schon wieder vergessen. Doch ich dachte ständig an ihn, fragte mich, was er gerade machte und warum er damals einfach verschwunden war, ohne sich zu verabschieden. Alles konnte ich verstehen, selbst, dass er bei seiner Verlobten bleiben wollte. Aber das Verschwinden ohne eine Nachricht oder einen Gruß verstand ich nicht.

An diesem Abend ging ich die Formen für die Glasengel durch, die ich noch hatte. Mit denen, die ich aus England mitgenommen hatte, waren es mehr als ein Dutzend. Damit würde ich genug Engel für Jahre herstellen können. Und die Tatsache, dass ich einige Exemplare sogar an die englische Königin verkauft hatte, würde eine gute Reklame sein. Vielleicht konnte ich wenigstens im Kleinen das Werk meines Vaters wieder zum Leben erwecken.

»Du solltest jetzt nicht an die Arbeit denken, Anna«, ertönte eine Stimme hinter mir. Elisabeth. Offenbar war Mutter eingeschlafen. »Weihnachten ist vorbei, jetzt braucht niemand mehr Weihnachtsengel.«

»Da hast du recht, aber im kommenden Jahr wollen wir doch auch wieder welche verkaufen, nicht?«

Lächelnd klappte ich das Kästchen, in denen ich die Formen aufbewahrte, zu.

»Hat denn die Königin zu dir gesagt, dass sie im nächsten Jahr auch wieder Engel haben möchte?«

»Nein, das hat sie nicht. Aber wer weiß …«

Ich lächelte sie an und versuchte zu verbergen, wie sehr ich mich danach sehnte, wieder nach England zu reisen. Allein schon, um John wiederzusehen und endlich zu erfahren, was los war. Warum er einfach verschwunden war, ohne mir auf Wiedersehen zu sagen …

»Du denkst wieder an ihn, nicht wahr?«, fragte Elisabeth und nahm meine Hand. Sie mochte jünger sein als ich, doch aus irgendeinem Grund träumte sie mehr von einer Hochzeit als ich. Mit Johns Abwesenheit waren mir endgültig alle Träume dieser Art abhandengekommen.

Aber ich konnte jetzt wieder von einer Werkstatt träumen. Und davon, die beiden Menschen, die ich liebte, zu ernähren.

»Rede keinen Unsinn«, wehrte ich ab, doch es stimmte. Ich dachte an ihn. Wieder und wieder. Und leider hatte ich den Fehler begangen, ihn gegenüber meiner Schwester zu erwähnen.

»Vielleicht siehst du ihn wieder, wenn du noch einmal nach England reist.«

»Falls«, entgegnete ich. »Das steht alles noch in den

Sternen. Wir sollten aufhören, darüber nachzudenken, und uns dem widmen, das erreichbar ist.«

Elisabeth nickte, doch ich sah ihr an, dass sie sich heimlich ausmalte, wie es wäre, wenn ich mit John zusammenkommen würde.

Und wenn ich ehrlich war, war ich in manchen Stunden des Tages nicht viel besser.

In der Nacht, kurz bevor wir uns anschickten, ins Bett zu gehen, ertönte Hufschlag vor dem Haus. Ich schenkte dem keine Beachtung, weil in letzter Zeit immer jemand irgendwo in der Nachbarschaft zu Besuch kam oder von einer späten Zechrunde heimkehrte.

Als es unten an die Tür hämmerte, zuckte ich zusammen.

»Wer ist das?«, fragte Elisabeth und ging ans Fenster.

»Woher soll ich das wissen?«, entgegnete ich.

»Da ist ein Reiter.«

»Der will sicher zu den Niedermayers«, entgegnete ich und schob den kleinen Funken Hoffnung beiseite, der kurz in mir aufgeflammt war.

»Die Niedermayers sind heute bei Frau Niedermayers Vater. Es ist niemand da, der öffnen kann!« Elisabeth wich vom Fenster zurück. »Anna, du musst runtergehen und nachschauen, wer es ist, damit er Bescheid weiß.«

Dass die Niedermayers nicht da waren, hatte ich ganz vergessen.

Ich griff nach meinem Schultertuch und legte es mir um, dann eilte ich nach unten. Erneut klopfte es.

»Ich komme ja schon!«, rief ich und ging zur Tür.

Ich öffnete – und erstarrte im nächsten Augenblick, denn der Blick zweier Silberaugen traf mich.

John!

Ich starrte ihn an, als wäre mir die Muttergottes erschienen.

»John ... ich meine ...«

Er lächelte. »Du kennst mich also noch?«

»Warum sollte ich dich vergessen?«, gab ich zurück. Auf einmal war es wie damals, als er mit mir durch das Stadthaus seines Vaters gegangen war. Meine Knie wurden weich und in meinem Bauch begann es erneut zu flattern.

»Darf ich hereinkommen? Draußen ist es ziemlich ungemütlich, und du trägst keinen Mantel.«

»Ja, sicher«, antwortete ich, trat ein Stück zurück, und als er eingetreten war, drückte ich die Tür wieder ins Schloss.

»Was ... was suchst du hier?«

»Nun, ich wollte dir deinen Talisman zurückgeben.«

»Aber er sollte doch dir gehören!«, protestierte ich, und in meine Wiedersehensfreude mischte sich ein wenig Traurigkeit. Mochte er mein Geschenk so wenig, dass er es mir wiedergeben wollte?

»Ich weiß, aber ich glaube, du kannst ihn eher brauchen für das, was vor dir liegt.«

»Was vor mir liegt?« Ich schüttelte unverständig den Kopf. »Aber ...«

Er zog einen Brief aus der Tasche. »Leider sind es keine guten Nachrichten, die ich bringe.«

»Keine guten Nachrichten?«, echote ich. Hatte Bannister die Königin nun doch davon überzeugen können, dass meine Engel minderwertig waren? Hatten sie am Weihnachtsbaum Schaden erlitten und wollte die Königin nun ihr Geld wiederhaben?

Ich wollte nach dem Brief greifen, doch John zog ihn zurück und ergriff meine Hand.

»Bevor du den Brief öffnest, solltest du noch etwas wissen. Ich habe meine Verlobung gelöst.«

Der Boden schien unter meinen Füßen zu schwanken.

»Was hast du?«

»Nach dem Abend, als wir ... als wir uns geküsst haben ... Nein, schon viel früher ... Ich habe einfach eingesehen, dass die Heirat mit Elaine mich nicht glücklich machen würde. Ich weiß, ich habe dich an der Nase herumgeführt, aber nur, weil ich Angst hatte, dass du mich nicht mögen würdest. Und nachdem wir uns kennengelernt haben ... oder besser gesagt, nachdem ich einiges von dir erfahren habe, konnte ich einfach nicht von meiner Verlobten erzählen. Ganz einfach, weil ich mir wünschte, dass es sie nicht gäbe. Weil ich mir wünschte, einer von euch zu sein, ein ganz gewöhnlicher Mann, der tun und lassen kann, was er möchte.«

»Du weißt aber doch, dass es auch bei uns nicht darum geht, tun und lassen zu können, was wir wollen«, gab ich zu bedenken, noch immer komplett verwirrt von seiner Beichte.

»Das weiß ich. Nun, eigentlich meinte ich damit auch eher, dass es mir darauf ankommt, zu lieben, wen ich will.« Er atmete tief durch. »Du musst mich verstehen: Was unsere Gefühle angeht, sind wir Engländer sehr eigen. Nicht immer zeigen wir, was wirklich in uns vorgeht. Aus diesem Grund war wohl auch meine Maskerade so erfolgreich.« Er lächelte mich entschuldigend an.

Ich wäre ihm am liebsten um den Hals gefallen – wenn es da nicht diese eine unbeantwortete Frage gegeben hätte ...

»Warum bist du einfach so verschwunden?«, fragte ich. »Nach dem Abend, als wir uns das Exotenzimmer angeschaut hatten. Als wir … du weißt schon.« Ich wurde rot, doch ich fuhr fort: »Ich hatte so sehr gehofft, du würdest mich zur Königin begleiten, und hätte mich so gefreut, wenn du miterlebt hättest, dass die Männer, die uns das Leben schwergemacht haben, von ihr gerügt und zum Schadensersatz verdonnert wurden.«

»Mein Vater hat mir davon berichtet«, gab John zurück. »Ich hätte es nur zu gern gesehen. Aber … ich war verwirrt. Ich wusste nicht, was ich tun sollte. Mir war klar, dass ich mit Elaine nicht einfach so weitermachen konnte. Ich brauchte die Zeit, um nachzudenken. Um herauszufinden, was sie mir bedeutet und was du mir bedeutest. Hinterher hat es mir leidgetan. Allerdings stimmt es nicht ganz, dass ich bei deiner Abreise nicht da war. Ich habe in der Nähe des Schiffes gestanden und beobachtet, wie du mit unserem Butler an Bord gegangen bist. Aber ich hatte nicht den Mut, mich dir zu zeigen. Ich hoffe, du kannst mir das verzeihen.«

Ich nickte. Wer weiß, vielleicht hätte ich auch nicht den Mut gehabt, nachdem ich mir ständig eingeredet hatte, dass ich nichts für ihn sei.

»Als es erforderlich wurde, dass ich wieder nach Deutschland reise, habe ich sofort zugestimmt. Schau bitte in den Brief. Und wappne dich.«

Er reichte mir den Umschlag. Er fühlte sich nicht besonders schwer an. Doch die Angst vor dem, was er enthalten könnte, gab ihm ein Gewicht, das ich lieber nicht getragen hätte.

Ich öffnete das Kuvert und zog ein Blatt hervor. Es war dicht in einer etwas fahrigen Handschrift beschrieben.

Mein liebes Kind,

wir alle haben unsere Geheimnisse – Sie, der junge Lord Sand-
burst und auch ich. Ich weiß, wie viel Unheil diese Geheim-
nisse stiften können, doch in Ihrem Fall hoffe ich, dass es etwas
Gutes bewirken wird.
Wenn Sie diesen Brief in den Händen halten, bin ich nicht
mehr auf dieser Welt. Sie werden sich fragen, wie das sein
kann, doch in meinem Innern schwelt schon lange eine Krank-
heit, von der außer mir niemand weiß. Ich habe es nicht einmal
Dr. Garland erzählt. Aus dem einfachen Grund, weil er dann
vielleicht versucht hätte, mich zu retten. Doch das wollte ich
nicht mehr. Ich möchte nur noch bei meiner Frau und meinem
Sohn sein, das ist alles. Also habe ich mich dafür entschieden,
die letzte Reise anzutreten.
Allerdings bin ich froh, Sie vorher noch kennengelernt zu ha-
ben! Wie ich bereits sagte, haben Sie mein Leben wieder mit
etwas Licht erfüllt. Vielleicht hat man es mir nicht angesehen,
aber diese Tage waren die besten seit langem. Wenn ich mir
etwas hätte wünschen können, dann eine Tochter wie Sie zu
haben. Jemanden, der den leeren Platz in meiner Glaswerkstatt
einnehmen würde.
Als ich Sie bei unserem Abschied einlud, zu mir zu kommen,
habe ich es ehrlich gemeint. Sie, Ihre Mutter und Ihre Schwes-
ter sind mir herzlich willkommen. Und so vererbe ich Ihnen
mein Haus und meine kleine Werkstatt. Das schockiert Sie, ich
weiß, aber ich versichere Ihnen, meine Tochter hat kein Inter-
esse an meinem Anwesen. Wahrscheinlich wird sie nicht einmal
bei meiner Beerdigung sein. Es gibt Bande, die auf ewig zer-
rissen sind, sosehr es den Zurückgelassenen auch schmerzt.
Ich habe John Sandhurst gebeten, Ihnen diesen Brief zu über-
geben, weil ich ahne, dass er für Sie mehr empfindet, als Sie
vielleicht für möglich halten. Ich weiß nicht, was er in den

nächsten Tagen unternehmen wird, aber um eines bitte ich Sie:
Geben Sie ihm eine Chance!
Um Ihr Erbe anzutreten, müssen Sie nur eines tun: John nach
London begleiten und dort beim Notar Seiner Lordschaft vor-
stellig werden. Ich bin sicher, Lord Sandhurst wird sich freuen,
wenn der Glasofen wieder lodert.
Bleiben Sie ein so guter Mensch, wie ich Sie kennengelernt
habe.

Glück und Liebe wünscht Ihnen
Ihr Pieter DeVries

Als ich den Brief beendet hatte, standen Tränen in meinen Augen. Mr DeVries lebte nicht mehr. Ich hatte meiner Mutter und meiner Schwester so viel von ihm erzählt ...

Ich blickte auf und sah in Johns Gesicht. Ich war noch
immer schockiert, dass er meinetwegen seine Verlobte
aufgegeben hatte – doch die Tatsache, dass ich soeben
eine Glaswerkstatt geerbt hatte, verwirrte mich noch
mehr.

»Und?«, fragte John erwartungsvoll. »Wirst du das
Erbe annehmen?«

»Was geschieht, wenn ich es nicht tue?«, fragte ich.

»Dann werden wir einen Käufer suchen müssen, und
DeVries' Werkstatt wird wohl nie wieder in Betrieb genommen. Doch wenn ich dir einen Rat geben darf, dann
greife zu. Auf dem Weihnachtsball waren alle voll des
Lobes für deine Engel. Ich bin sicher, dass du haufenwei-
se Aufträge bekommen wirst.«

»Aber was wird aus meiner Familie?«

»Nimm sie mit nach England. Oder hast du denn hier
irgendwelche Bande, die du nicht lösen kannst?«

Ich schüttelte den Kopf. »Nein, keine Bande. Allerdings habe ich mit dem Gedanken gespielt, mir einen neuen Glasofen zu kaufen.«

»Nun, dieses Geld könntest du dafür verwenden, euch im Haus einzurichten. Außerdem brauchst du Papiere, um Engländerin zu werden.«

Engländerin. Das hörte sich bedeutsam an.

»Ich kann ja nicht mal eure Sprache!«, gab ich zu bedenken, worauf er auflachte.

»Die wirst du lernen. Ich persönlich werde sie dir beibringen! Und deiner Mutter und Schwester auch, wenn sie wollen.«

Und Vaters Grab? fragte ich mich still, doch da war plötzlich eine kleine Stimme in mir, die sich verdächtig nach meinem Vater anhörte: Das Leben sollte sich nicht nach dem Tod richten. Mein Vater hätte sicher gewollt, dass wir einen Ort fänden, an dem ich arbeiten und glücklich werden konnte. Und warum sollte dieser Ort nicht in einem anderen Land sein?

Ein Knacken ertönte hinter mir. Ich blickte mich um. In der Dunkelheit kauerte Elisabeth. Mehr als ihren Umriss erkannte man nicht, aber sie hatte alles mitbekommen – auch Johns Geständnis. Meine Ohren glühten auf einmal, als hätte ich zu lange ins Feuer geschaut.

»Gut, ich werde darüber nachdenken«, sagte ich. »Komm doch mit hoch, meine Mutter möchte dich sicher kennenlernen. Und meine Schwester auch, wo sie ohnehin schon alles gehört hat.«

Johns Augen leuchteten auf, und ehe ich es mich versah, zog er mich an sich und küsste mich.

EPILOG

Der Wind zerrte kräftig an meinem Mantel und brachte mein Haar durcheinander. Der Märztag war frisch und trug die Ahnung des Frühlings mit sich, genau richtig für den Aufbruch in ein neues Leben.

Wie schon beim ersten Mal konnte ich es kaum glauben, dass sich die Fähre der englischen Küste näherte. Diesmal erreichten wir die Insel bei strahlendem Sonnenschein, der die weißen Felsen an der Küste wie Diamanten strahlen ließ.

»Es ist noch viel schöner, als ich dachte«, sagte Elisabeth, während sie sich bei mir unterhakte. Mutter war unter Deck geblieben, ihr bekam die Überfahrt nicht so gut, aber lange würde es auch nicht mehr dauern. »Zu schade, dass Mutter es nicht sehen kann.«

»Vielleicht solltest du ihr diese Ansicht auf ein Kissen sticken. Darüber freut sie sich bestimmt.«

Es war mir nicht leichtgefallen, Spiegelberg einfach hinter mir zu lassen und nach England zu gehen. Meine Schwester war natürlich begeistert gewesen, doch Mutter hatte ihre Zweifel gehabt.

»Ich wäre euch doch nur im Weg«, hatte sie angemerkt, aber ich hatte nichts davon hören wollen.

»Wenn, dann gehen wir alle zu der neuen Glashütte oder keiner«, hatte ich gesagt. »Ich würde dich nie im Stich lassen, Mutter, das weißt du!«

Nach einer Weile hatte Mutter dann eingelenkt. Die neuen Medikamente bescherten ihr jetzt öfter schmerzfreie Zeiten, also hatte sie mir schließlich offenbart, dass sie mitkommen würde.

Danach war alles recht schnell gegangen, und das hatte ich vor allem John zu verdanken, der jetzt hinter mir stand und gegen dessen warmen Körper ich mich lehnte.

Ich drehte mich zu ihm um und bemerkte, dass er mich die ganze Zeit über gemustert hatte.

»Wie fühlst du dich?«, fragte er, als wir uns in die Augen sahen. Am liebsten hätte ich ihn geküsst, doch es waren noch zahlreiche andere Leute an Deck, die es vielleicht unpassend gefunden hätten.

»Einfach wunderbar!«, antwortete ich.

»Hast du kein Heimweh?«

»Doch, ein wenig. Aber ich freue mich schon sehr auf die Glashütte.«

»Nur auf die Glashütte?«

»Und die Zeit mit dir!«

John streichelte meine Wange. Den Kuss würde ich mir nachher holen, wenn wir wieder unter Deck waren.

Eine turbulente Zeit lag hinter uns. Nach seiner Rückkehr hatte er nicht nur dafür gesorgt, dass DeVries' Glashütte auf mich überschrieben wurde. Er hatte seinen Eltern auch offenbart, dass er mich heiraten wollte.

»Vater ist beinahe der Suppenlöffel aus der Hand gefallen«, berichtete er mir schmunzelnd. »Mutter ist ganz still geworden. Die beiden hatten schon etwas geahnt, aber nun, da ich es ihnen offiziell machte, waren sie für einen Moment doch überrascht.«

»Und was haben sie gesagt?«, fragte ich. Meine Hände waren so kalt wie damals, als wir durch den Schnee gewatet waren.

»Sie haben mich natürlich darauf hingewiesen, dass es einen Skandal in der Gesellschaft geben würde. Die Lösung meiner Verlobung war ja schon schlimm genug. Doch dann erinnerte ich sie daran, welchen Skandal ihre Hochzeit ausgelöst hatte. Und da haben sie zugestimmt.«

»Wirklich?«

Als John genickt hatte, war ich ihm jubelnd um den Hals gefallen.

»Wir sollten runtergehen«, sagte er und vertrieb meine Erinnerung. »Ihr beide sollt doch gesund ankommen, nicht wahr? Immerhin habt ihr in ein paar Tagen schon eure erste Stunde bei Mr Hopkins.«

Daniel Hopkins war ein Privatlehrer, der Elisabeth und mir Englisch beibringen sollte. Wenn wir die Sprache beherrschten, würde meine Schwester wieder zur Schule gehen – und ich hoffentlich mit den Kunden reden können. Tatsächlich hatten die Glasengel großen Anklang bei den Adeligen gefunden. Ein Magazin hatte darüber berichtet, und John hatte mir daraufhin einen ganzen Stapel Briefe geschickt, in denen Anfragen zu den Engeln standen. Bis nächstes Weihnachten würde ich gut zu tun haben – und wer konnte schon wissen, was sich noch ergab?

John legte seinen Arm um mich und drückte mir einen Kuss auf die Stirn. »Komm, schauen wir, was deine Mutter macht.«

»Darf ich noch ein wenig oben bleiben?«, fragte Elisabeth, die von dem Anblick nicht genug bekam.

»Na gut, aber fall mir nicht über Bord!«, gab ich zurück.

Dann ging ich mit John, hinein in ein neues Leben.

Die Bestseller von Corina Bomann auf einen Blick

Alle Titel sind als Taschenbuch und als E-Book erhältlich.

Die Schmetterlingsinsel
Roman.

Der Mondscheingarten
Roman.

Die Jasmin-Schwestern
Roman.

Die Sturmrose
Roman.

Das Mondblütenjahr
Roman.

Sturmherz
Roman.

Eine wundersame Weihnachtsreise
Roman.

Winterblüte
Roman.

Winterengel
Roman.

Ein zauberhafter Sommer
Roman.

ullstein

www.ullstein-buchverlage.de

Martina Sahler

Die Stadt des Zaren

Der große Sankt-
Petersburg-Roman

Gebunden mit Schutzumschlag.
Auch als E-Book erhältlich.
www.list-verlag.de

Der große Roman über die Gründung von Sankt Petersburg

Zar Peter setzt im Mai 1703 den ersten Spatenstich. Er will eine Stadt nach westlichem Vorbild bauen: Sankt Petersburg. Ein monumentales Vorhaben, das Aufbruch und Abenteuer verheißt. Aus allen Himmelsrichtungen reisen die Menschen an, auch die deutsche Arztfamilie Albrecht. Im Kampf gegen die Naturgewalten wächst Stein für Stein eine Stadt heran, die Russlands Tor zur Welt werden soll.

List